Vermisst in Graal-Müritz

Regina Hartmann

VERMISST
in Graal-Müritz

HINSTORFF

Das Geschehen dieses Kriminalfalles spielt zwar an weitgehend authentischen Schauplätzen, Handlung und Figuren sind aber frei erfunden. Ähnlichkeiten mit tatsächlich existierenden Personen sind nicht beabsichtigt und wären rein zufällig.

Freitag, 29. Juli – Vermisst: Mareike Brandt

Immer wieder zog das rote Rettungsboot vor dem Strand von Graal-Müritz seine Runden, besetzt mit den drei jungen Männern, die für die Sicherheit der Badegäste sorgten. Viele Urlauber standen auf der Seebrücke und sahen dem Treiben zu. An diesem Freitag waren sie besonders zahlreich, denn am Abend begann das alljährliche Seebrückenfest – mit Musik, Tanz, Feuerwerk und an der Strandpromenade aufgereihten Buden, die Leckeres vom Fischer, aber auch allerlei Badeutensilien und Kleidung anboten.

Plötzlich ertönte das Signalhorn der Feuerwehr, gefolgt von einem Polizeiwagen: Sie stoppten kurz vor dem Strandaufgang 14. Fast zeitgleich erregte ein Brummen am Himmel die Aufmerksamkeit der Urlauber, und nun richteten sich alle Blicke auf den Hubschrauber, der immer tiefer kreiste; direkt am Strand entlangfliegend entfernte er sich, um nach kurzer Zeit wiederzukehren. Mit ohrenbetäubendem Propellerlärm verharrte er einige Male über einer Stelle der Uferzone und bot einen surrealistischen Anblick mit seinem blauen schlanken Flugkörper und den überdimensionierten Rotorblättern, bis er schließlich abdrehte und über den in der Sonne glitzernden Wellen aus dem Blickfeld verschwand. Gegen 16 Uhr an diesem heißen Julitag stoppte die Musik, die aus Richtung der Strandmuschel kam. Ein Mann in Polizeiuniform trat an das Mikrofon und bat alle Anwesenden um Mithilfe: Gesucht wurde die zehnjährige Mareike Brandt, die mittags um zwölf Uhr bei ihren Großeltern hätte sein sollen, aber nicht gekommen war. Zur Person hieß es: blonder Pferdeschwanz, etwa 1,50 Meter groß und bekleidet mit einem blauen Rock und weißem T-Shirt. Die Durchsage endete mit der üblichen Aufforderung: Wer Hinweise zum Verbleib des Mädchens machen könne, der solle sich an die Polizei wenden.

Die Polizei hielt in Graal-Müritz vor dem Haus der Dr.-Leber-Straße 16. Aus dem Wagen stiegen zwei Männer, Hauptkommissar Ralf Wenke, vierschrötig und Anfang vierzig, sowie sein junger Kollege Gert Jensen, der erst vor etwa einem Jahr seinen Dienst angetreten hatte. In der Tür wurden sie von der Oma des Mädchens, Gertrud Vesper, erwartet. Das Kind hatten sie bisher noch nicht gefunden und so standen die Polizisten vor der Aufgabe, die völlig aufgelöste Frau zu befragen. Sie mochte sechzig Jahre alt sein und machte keinesfalls einen hinfälligen Eindruck, sondern wirkte eher lebendig und resolut. Das musste sie wohl auch sein, denn ihr Mann litt an Demenz, sodass sie gewissermaßen für sie beide zu denken und zu handeln hatte. Hauptkommissar Wenke übernahm das schwierige Gespräch, das – immer wieder unterbrochen von Tränen und Händeringen – schließlich zu den folgenden Angaben führte: Mareike war in den Ferien bei den Großeltern, wie so oft in den vergangenen Jahren, denn ihre Mutter arbeitete als Köchin auf einer der Schwedenfähren der TT-Line und konnte in der Hochsaison keinen Urlaub nehmen. Sie war alleinerziehend – über den Vater wurde in der Familie nicht gesprochen.

Frau Vesper hatte ihre Tochter, Wiebke, noch nicht informiert; zum einen war die Fähre gerade auf ihrem Weg nach Trelleborg, zum anderen, aber sicher vor allem, weil sie hoffte, das Verschwinden ihrer Enkelin würde sich als harmlos erweisen. Die Großmutter betonte immer wieder: »Mareike ist doch so ein zuverlässiges und selbstständiges Mädchen.« Hilfesuchend wandte sie sich an die Polizisten: »Was sollen wir denn jetzt tun? Sie kann doch nicht einfach so verschwinden?«

Gert Jensen bemühte sich etwas unbeholfen, die fassungslose, in Tränen ausbrechende Frau zu trösten.

Währenddessen ging Ralf Wenke die Fakten noch einmal durch, die sich aus den Angaben Gertrud Vespers ergeben hatten: Das Kind wollte zu dem direkt neben der Kurklinik gelegenen kleinen Spielplatz laufen, auf dem ein hölzernes Klettergerüst und andere Spielgeräte stehen. Das war nichts Außergewöhnliches, sie kam gern dorthin, denn sie fand stets Spielgefährten. Die wechselten zwar oft von einem zum anderen Tag, weil es Urlauberkinder waren, sodass Mareike keine festen Freunde hatte. Der Weg führte über eine viel befahrene, doch in einer Dreißigerzone liegende Straße, von der ein Waldweg abging. Er verlief durch den Küstenwald, der zum größten zusammenhängenden Forst Norddeutschlands gehörte und nach etwa fünf Kilometern zum Strand führte, das heißt, direkt auf den Strandaufgang 14 zulief. Das Mädchen hatte das Haus der Großeltern nach dem Frühstück, etwa gegen 9 Uhr, verlassen und musste um 12 Uhr wiederkommen, denn es gab an jedem Tag pünktlich Mittagessen. Namen von Spielgefährten kannte die Großmutter nicht; am Abend vorher hatte die Kleine wohl von einem »Tom« gesprochen, der so schöne Papierboote falten konnte, aber sicher war sie sich nicht – der Name hätte auch »Ron« oder so ähnlich sein können.

Die beiden Polizisten versuchten, Gertrud Vesper zu beruhigen. Schließlich kannte Wenke durch seine langjährige Berufserfahrung die Statistiken. Danach fand sich die überwiegende Mehrheit der vermissten Kinder von allein wieder an. Die meisten hatten nur, völlig im Spiel versunken, die Zeit vergessen oder waren orientierungslos am Strand unterwegs. Letzteres passierte manchmal auch Erwachsenen, schließlich sahen Wasser und Sand überall ähnlich aus.

Die alte Frau sah zu Boden und blickte den Hauptkommissar dann gerade an – und er las in ihren Augen ein klares »Nein« für diese Möglichkeiten.

Tatsächlich schätzte er die Lage in diesem Falle aber anders ein: Wenn ein vermisstes Kind nicht noch am gleichen Tag, vor allem vor Einbruch der Nacht, gefunden wurde, sah es ernst aus. Das galt bei der Polizei an der Küste als unumstrittener Erfahrungswert; zu nahe liegend war die Annahme, dass das Wasser, das auf Kinder eine große Faszination ausübt, zum Verhängnis geworden war. Der Hauptkommissar hatte daher zwei Staffeln der Bereitschaftspolizei angefordert – eine Hundestaffel, die schon am gleichen Abend bereitstand, und den Hubschrauber, der mit einer Wärmebildkamera die Bodensuche unterstützen sollte.

Nachdem die zwei Ermittler sich verabschiedet hatten, fuhren sie auf dem Lindenweg zurück zur Kurklinik und parkten das Auto dort auf dem Gelände neben den Mannschaftswagen der Kollegen. Ungeachtet der einbrechenden Dunkelheit sollten der auf der anderen Straßenseite beginnende Waldweg sowie seine unmittelbare Umgebung abgelaufen werden, um auszuschließen, dass das Mädchen dort umherirrte. Die Beamten bildeten eine Kette und knipsten ihre starken Taschenlampen an, denn der Waldstreifen lag groß und dunkel vor ihnen. Das Geräusch des Hubschraubers war mal lauter, dann wieder leiser über ihnen zu hören. Wenke und Jensen liefen auf dem Weg mit. Die nächtliche Suche war kräfteraubend, aber jeder der Anwesenden hoffte, das kleine Mädchen zu finden. Bei einer mit Kiefern bestandenen etwas lichteren Stelle zog Jensen seinen Block hervor und zeichnete die Strecke, die sie bisher zurückgelegt hatten; dabei ging es ihm um Auffälligkeiten im Gelände, markante Bäume, Findlinge und Ähnliches am Wegesrand, das auf der offiziellen Karte des örtlichen Tourismusbüros natürlich nicht eingetragen war. Nach etwa einem Kilometer passierten sie einen schmalen Brettersteg, der einen Graben überbrückte. Soweit im Licht der Taschenlampe zu erkennen war, führte dieser nur wenig Wasser, sondern war stark verkrautet und an einigen Stellen so zugewachsen, dass er selbst bei Helligkeit kaum noch auszumachen war.

Jensen blickte den Hauptkommissar fragend an: »Ein Bach? Gibt es im Küstenbereich Quellen?« Der junge Mann kam aus Thüringen, das erklärte die Assoziation. Wie sollte er auch wissen, dass das Gebiet in breiter Ausdehnung einst moorig gewesen und der Graben im Zuge von Entwässerungsarbeiten angelegt worden war. Sein völlig vernachlässigter Zustand war darin begründet, dass die Gegend seit etwa zwanzig Jahren zu einem Landschaftsschutzgebiet gehörte. Das hieß auch, dass der Wald forstwirtschaftlich nicht mehr genutzt wurde. Die sich selbst überlassene Natur hatte sich ihr Terrain sehr schnell zurückerobert. Vom letzten Sturm umgestürzte Bäume wurden von kräftigem Unterholz überwuchert – ein naturbelassener Wald, für Touristen anziehend, doch für die Suchaktion natürlich hinderlich.

Es war inzwischen so dunkel, dass nur die Taschenlampen den Weg erkennen ließen. Neben den beiden Kriminalisten führten die Lichtpunkte der links und rechts laufenden Polizisten einen Tanz auf, der einer eigenwilligen Choreographie zu gehorchen schien. Da ertönte ein Signalpfiff, der Einsatzleiter rief zum Sammeln, und schnell standen die zwanzig Frauen und Männer auf dem Weg: Die Suche wurde abgebrochen und sollte erst bei Tageslicht fortgesetzt werden; sie war zu ineffektiv und die Gefahr zu groß, dass irgendetwas übersehen wurde, was auf die Vermisste hinwies.

Ralf Wenke leitete seit fast zehn Jahren das Kommissariat. Als er die Wohnungstür aufschloss, dachte er kurz an seine Anfänge hier zurück, und diese Erinnerung war mit seiner Frau Anne verbunden. Sie hatten sich vor etwa einem Jahr getrennt – »in gegenseitigem Einvernehmen«, wie es in der amtlichen Formulierung hieß. Doch die Wohnung, in die er jetzt trat, hatte sich seitdem nicht verändert. Wohnraum in Rostock war knapp, bezahlbare Mieten schienen ein Auslaufmodell zu sein, und so hatten sie vor Jahren schnell zugegriffen und waren an den Rand einer Industriebrache gezogen. Die Tristesse der Umgebung war selbst bei Sonnenschein nicht zu übersehen, bei Dunkelheit aber zeigte die finstere Fläche, auf die er aus dem Fenster sah, eine Art Verodung, die durchaus seinem derzeitigen Gefühl der Vereinsamung entsprach. Er nahm sich vor, nach dem Abendbrot das sich seit gestern stapelnde Geschirr abzuwaschen, ließ sich aber stattdessen erschöpft ins Bett fallen – wahrscheinlich steckte ihm noch die Erkältung in den Knochen, die ihn zwei Wochen geplagt hatte.

Doch noch fand er nicht in den Schlaf. ›Ein Kind‹, dachte er, ›ein blondes Mädchen. Die Haare zu einem Pferdeschwanz gebunden.‹ Anne und er hatten auf Kinder verzichtet; erst passten sie nicht ins Lebenskonzept, denn sie waren beide mit ihrem beruflichen Fortkommen beschäftigt. Und dann war es zu spät: Das Zerbrechen der Beziehung deutete sich an. Es war ein schleichender Prozess gewesen und aus heutiger Sicht war ihm längst klar: Er hätte es merken müssen. Aber die Arbeit bei der Kripo, noch dazu der oft ungeregelte Dienstschluss, war für das Privatleben Gift.

Schließlich stand er auf, ging in die Küche und trank einen Schluck kaltes Wasser aus dem Hahn. Obwohl er eine gähnende Leere erwartete, öffnete er trotzdem den Kühlschrank. Für den Einkauf war Anne zuständig gewesen. Sie hatte auch dafür gesorgt, dass »Grünzeug« auf den Tisch kam.

Wieder im Schlafzimmer angekommen schaute er in den Spiegel: Er strich sich sein mittelbraunes Haar aus der Stirn, die seit den letzten Jahren deutlich höher wirkte, weil der Haaransatz zurückgegangen war. Das machte sein ursprünglich eher volles Gesicht schmaler und ließ das markante Kinn hervortreten. ›Stirnglatze nennt man das ja wohl‹, dachte er und grinste sein Spiegelbild an. Dann blickte er an sich hinunter: Kräftig war er immer schon gewesen, aber seit einiger Zeit hatte er einen deutlichen Bauchansatz. ›Ich muss Sport machen, am besten in einem Verein‹, ging es ihm im Bett durch den Kopf.

Samstag, 30. Juli – Tag 1 nach Mareikes Verschwinden

Für den nächsten Tag hatte Wenke eine Besprechung in der Graal-Müritzer Polizeistation angesetzt, in der der kleine Meetingraum nun das Lagezentrum geworden war. Und so saßen sie frühmorgens zu viert vor ihren Kaffeetassen um den Tisch: neben Gert Jensen sein Kollege Torsten Festerling und Emma Baader, deren Einstellung als Kommissarin noch nicht lange her war. Zu Festerling, für den die Rente schon in zwei Jahren ein Thema sein würde, hatte er engeren Kontakt. Er schätzte dessen Erfahrung und ruhige Art. Andere nannten ihn wortkarg. Sie tranken manchmal ein Feierabendbier zusammen und Wenke wusste, wie er ihn zum Sprechen bringen konnte: Torsten war ein leidenschaftlicher Angler, der auch regelmäßig dabei war, wenn es mit dem Kutter zum Dorschfang hinausging. Mit Gert Jensen arbeitete er vertrauensvoll zusammen, doch seine kriminalistische Spürnase musste der erst noch unter Beweis stellen. Und Emma Baader, die da im Zimmer neben ihm herumwuselte, war ihm im Ausschreibungsverfahren der Stelle zugeteilt worden – ungefragt natürlich, aber ebenso unabwendbar.

Auf dem Tisch lag die Faltkarte der Kurverwaltung: Das Straßennetz des Seebades war verzeichnet, alles für Touristen Interessante markiert: Hotels, Supermärkte, Parkplätze, Bushaltestellen usw. Die Wege durch den Wald zur Strandpromenade liefen als dünne Linien über das Papier, und die Küste war detailliert abgebildet: bewachte Strandabschnitte,

Hunde- sowie FKK-Bereich und natürlich die Seebrücke mit der Strandmuschel als Vergnügungszentrum. Die Nummerierung der Strandaufgänge fehlte aus unerfindlichen Gründen und Emma Baader erhielt den Auftrag, sie zu ergänzen – das konnte sie mit Sicherheit bewältigen. Sie nahm dies zwar ungerührt hin, doch es war ihr anzumerken, dass sie sich als Hilfsschülerin behandelt fühlte.

Festerling wies mit dem Kugelschreiber auf einen Campingplatz, der am südwestlichen Ende des Ostseebades nahe Rosenort lag. Vom Strandaufgang 14 bis dorthin waren es etwa sechs Kilometer Küstenlinie. War es denkbar, dass die Zehnjährige bis zum Camp »Rote Anna« – wie es im Volksmund wegen der roten Boje hieß – gelaufen war? Natürlich war der Platz auch über eine Verkehrsanbindung, einen schmalen Plattenweg, zu erreichen. Aber wer sollte sie dahin mitgenommen haben? Und vor allem, was hätte sie im Camp gewollt? Die ganze Diskussion lief auf die Frage hinaus: Wo sollte man suchen oder besser, wo zuerst?

Der Hauptkommissar wollte der um sich greifenden Ratlosigkeit entgegensteuern und legte das Vorgehen für den Tag fest: Die Bereitschaftspolizei sollte das Vorhaben fortsetzen und nun bei normalen Lichtverhältnissen die Strecke bis zur Strandpromenade weiter absuchen, und zwar von Hundeführern mit Fährtenhunden unterstützt. Außerdem waren Feuerwehrleute und Helfer vom Deutschen Roten Kreuz an der Suche beteiligt. Freilich gestaltete sich die Lage ähnlich schwierig wie in der Nacht: Jetzt behinderten nicht die Dunkelheit, sondern die vielen Badegäste, die auf dem Waldweg zur Promenade unterwegs waren, die Polizisten – zu Fuß oder per Fahrrad bevölkerten sie die Gegend. Natürlich hatte die Aktion nicht unbemerkt bleiben können, zumal die Suchmeldung ja abends öffentlich bekanntgegeben worden war. Die große Zahl der Touristen, die zudem noch durch das Seebrückenfest am Wochenende deutlich zugenommen hatte, war für die Polizei eher problematisch als hilfreich; Mareike konnte zwar einerseits von einer größeren Anzahl von Leuten gesehen worden sein, doch erfahrungsgemäß verlor sich andererseits ihre Spur leichter in der Masse – blonde Haare, zehnjährig, blau-weiß gekleidet – die Hinweise schwollen im Laufe des Tages zu einem beträchtlichen Umfang an. Ihre Qualität ließ sich schon daran festmachen, dass eine Reihe von Zeugen sie zu gleicher Zeit gesehen haben wollten. Und zwar an unterschiedlichen Orten.

Wenke hätte zwar die Polizeimaßnahme einer Absperrung ganzer Waldabschnitte einfach anordnen können, doch vor allem Festerling sprach dagegen: Immerhin war es möglich, die Benutzer des Waldweges gezielt nach Beobachtungen zu befragen; vorausgesetzt, es war ihr üblicher Weg zum Strandaufgang 14 und sie gehörten nicht zu den Schaulustigen. Es war eine Möglichkeit, vage genug, aber man wollte die Kollegen von der Bereitschaftspolizei auch irgendwie unterstützen. Gert Jensen erklärte sich bereit, den Versuchsballon zu starten und sich am Ende des Waldweges auf der Promenade zur Befragung bereit zu stellen. Emma Baader hielt das für inkonsequent, wenn man das Gleiche nicht auch an der Straßeneinbiegung des Weges vorhatte. Doch der Hauptkommissar ließ den Einwurf nicht gelten: Laut Karte existierte ein weit verzweigtes Wegenetz, das den Küstenwald durchzog, und man müsse erst einmal vom Nächstliegenden ausgehen, nämlich dass die Kleine vom Spielplatz an den Strand wollte und dies auf dem kürzesten Weg.

Das Kommissariat hielt die Fäden in der Hand und koordinierte die verschiedenen polizeilichen Maßnahmen: Die Wasserschutzpolizei suchte den strandnahen Bereich im weiten Umkreis ab, und zwar mehrere Aufgänge östlich der Seebrücke beginnend, bis zum ca. fünf Kilometer entfernten Campingplatz – koordiniert mit der Hubschrauberbesatzung, die Wärmebildkameras an Bord hatte. Auf dem Spielplatz war die Spurensicherung zugange, die Bereitschaftspolizisten durchkämmten die Umgebung des Waldweges weiter und Gert Jensen passte dessen Benutzer am Ende zur Strandpromenade ab. Das Landeskriminalamt hatte nach Wenkes Ersuchen Kontakt mit den schwedischen Kollegen aufgenommen, sodass Wiebke Brandt als Mutter über das Verschwinden ihrer Tochter informiert werden konnte und umgehend zurückerwartet wurde. Das ganze Räderwerk war in Gang gesetzt und man konnte nur hoffen, dass die Suche nicht tatsächlich bis nach Schweden führen würde. Umso dringender schien es geboten, mehr über das familiäre Umfeld des Mädchens in Erfahrung zu bringen und daher war ein weiterer Besuch bei den Großeltern das Nächstliegende.

Am Vormittag war der Hauptkommissar auf dem Weg zu Gertrud Vesper. Er hatte Torsten Festerling an seiner Seite und folgte damit einem oft erprobten Vorgehen. Er wollte den bisher an einer Recherche unbeteiligten Kollegen mit unvoreingenommenen Augen, sozusagen mit unverstelltem Blick, auf das Geschehen oder wie hier auf eine Person schauen lassen. Das Ergebnis hieß: »Sich ein Bild machen« und war ein für Wenke unverzichtbarer Teil seiner Arbeit, denn die individuellen Eindrücke wurden dann quasi übereinandergelegt. So zeigten sich sowohl Übereinstimmungen als auch Abweichungen. Am Ende blieb eine gewisse Schnittmenge übrig, von der aus die Richtung des weiteren Vorgehens festgelegt werden konnte.

Alle Fensterläden des Hauses der Dr.-Leber-Straße 16 waren heruntergelassen. Wären die gepflegten Blumenrabatten nicht gewesen, man hätte das Anwesen für unbewohnt halten können. Auf Festerlings Klingeln hin tat sich nichts, und so liefen die beiden auf dem Gartenweg zur Rückseite des Gebäudes. Die Terrassentür war verschlossen, doch auf dem Weg dahin waren sie an einer einfachen Tür vorbeigekommen, die in die Küche führen mochte. Auf ihr Klopfen und Rufen hin öffnete sie sich und ein alter Mann, offenbar Herr Vesper, stand vor ihnen: Sehr dünn und hinfällig, mit nackten Füßen, schmutzigem Hemd und einer Hose von undefinierbarer Farbe machte er einen ausgesprochen heruntergekommenen Eindruck. Er schien weder den Gruß zu hören noch ihr Anliegen zu verstehen und so drängte ihn Festerling zurück ins Haus, bis sie in einer geräumigen Wohnküche standen. Neben dem Herd stapelte sich schmutziges Geschirr. Ralf Wenke dachte unwillkürlich an seine eigene Küche. Die Frage, wo seine Frau sei, blieb unbeantwortet. Der Kommissar zeigte seinen Dienstausweis, woraufhin zum ersten Mal überhaupt eine Reaktion erfolgte.

Manfred Vesper sagte: »Rambo ist tot.«

Die Kriminalisten sahen sich verdutzt an, dann fiel ihr Blick auf ein Schlüsselbrett, an dem auch eine Leine hing. Der verwirrte Mann hielt den Ausweis für eine Hundemarke. Offensichtlich reagierte er eher auf etwas, das man anfassen und in die Hand nehmen konnte als auf Worte. Die Beamten beschlossen, sich bei dieser Gelegenheit im Haus umzusehen. Als sie im Wohnzimmer ankamen, hatte Festerling eine Idee: Er nahm eines der an der Wand hängenden Familienfotos in die Hand und hielt es Herrn Vesper vor die Augen.

Dessen Kopf senkte sich. Die schlohweißen wirren Haare fielen ihm ins Gesicht. Mit der Rechten hielt er das Bild, während die linke Hand unaufhörlich auf der Knopfleiste des Hemdes auf und ab strich, als wollte er eine imaginäre Krawatte gerade ziehen. Als sich sein Blick hob, schien ein Funke des Verstehens aufzuleuchten. »Wiebke«, sagte er. Seine Tochter hatte er also erkannt, seine neben ihr sitzende Frau offenkundig nicht.

»Wo ist sie?«, fragte Festerling.

Die knochige Hand wies nach oben. Das Foto zeigte Wiebke als junges Mädchen. Für den Alten war die Zeit wohl stehen geblieben.

Der Kommissar tippte auf ein Bild von Mareike, das anlässlich ihrer Einschulung vor vier Jahren entstanden war.

Manfred Vesper flüsterte kaum verständlich etwas, das wie »dod« klang – »dort« oder »tot«? Doch als er nach oben schaute, sahen die beiden Besucher, dass seine Augen leer waren.

›Grauenhaft‹, dachte Wenke und zog Festerling zur Tür. Die Zimmer der oberen Etage, besonders das, in dem Mareike gewohnt hatte, wollten sie in Gegenwart der Großmutter besichtigen. Sie mussten sie ohnehin sprechen und das Haus war sicher ein geeigneterer Ort als das Kommissariat. Sie gingen zurück zu ihrem Wagen, stiegen ein, und in dem Moment als Festerling das Auto starten wollte, sahen sie Gertrud Vesper mit einem Einkaufsbeutel in der Hand in die Dr.-Leber-Straße einbiegen. So stiegen die Beamten wieder aus und gingen ihr entgegen.

Die alte Frau geleitete sie in die Wohnstube und bat die beiden, einen Moment zu warten.

Wenke und Festerling ahnten, dass Gertrud Vesper nach ihrem Mann suchen würde.

Sie kam zurück in die Stube, ohne diesen zu erwähnen, wirkte zwar ruhig, aber ihr Blick glitt unstet von einem zum anderen und verriet ihre ungeheure Anspannung. Wenke teilte ihr mit, dass die Suche in vollem Gange sei, es im Moment aber nichts Neues gäbe. Und das berechtige doch zu Hoffnung. Was ihm dabei durch den Kopf ging, war ihm nicht anzumerken: ›Die Hoffnung stirbt bekanntlich zuletzt, spätestens, wenn der tote Körper gefunden wird.‹

Dann standen sie zu dritt in dem kleinen Zimmer, das in den Ferien Mareikes Zuhause war. Ein Poster der letztjährigen Hanse Sail hing an der Wand, Bücher standen in einem Regal und auf dem Tisch am Fenster lag Papierkram. Frau Vesper wurde zu den Familienverhältnissen befragt: Der Vater ihrer Enkelin war ein Schiffsarzt, Bengt Johanson, den ihre Tochter bei der Arbeit kennengelernt hatte. Doch er war verheiratet und wollte damals seine Familie nicht verlassen. Sie hatten sich nach sechs Monaten in gegenseitigem Einvernehmen wieder getrennt und Wiebke Vesper eine einmalige Abfindung akzeptiert. Es handelte sich um eine hohe Summe, die die Mutter mit der Maßgabe erhielt, dass damit alles geregelt sei und beide keinerlei Kontakt mehr haben würden. Wiebke hatte drei Jahre später geheiratet, Jürgen Brandt, daher trug auch Mareike dessen Namen. Doch was so glücklich begann, endete, als der Schiffbauer seine Arbeit verlor und zu trinken begann. Die Ehe wurde vor etwa einem Jahr gegen den heftigen Widerstand des Schwiegersohnes geschieden. Erst als Wiebke gedroht hatte, ihn wegen Misshandlung bei einem Streit anzuzeigen, habe er in die Scheidung eingewilligt. In der Auseinandersetzung um das Sorgerecht für Mareike war er nicht ganz chancenlos, denn der Beruf der Mutter brachte schließlich Abwesenheitszeiten mit sich. Das Gericht entschied erst zu ihren Gunsten, als geklärt war, dass das Mädchen von der Freundin ihrer Tochter, mit der sie eine Wohnung teilte, in diesen Zeiten versorgt werden würde.

Festerling notierte sich den Namen ›Anna Hegebrecht‹. Er nahm eine Zeichnung in die Hand, die auf dem Tisch lag; es war ein ausdrucksstarkes, aber irgendwie eigenwilliges Porträt: das Gesicht eines Mannes, mit kräftigen Strichen hingeworfen. Der junge Mann in der Zeichnung blickte am Betrachter mit großen Augen vorbei. Seine Züge waren leicht verzerrt. Dem schiefen Mund gelang nur ein gezwungenes Lächeln. Die Augen lächelten nicht mit, sondern sahen in eine weite Ferne, ins Leere gewissermaßen. Die Großmutter konnte nichts zur Herkunft dieser merkwürdigen Zeichnung sagen, die Bilder ihrer Enkelin sahen jedenfalls ganz anders aus; und natürlich überlasse sie es den Polizisten.

Wenke suchte nach einem Tagebuch, ohne Erfolg, und nahm schließlich den Stapel Blätter mit, der auf dem Bett zerstreut war. Mareike besaß erstaunlicherweise kein Handy, wie Gertrud Vesper versicherte. Mit dem Versprechen, sich am nächsten Tag wieder zu melden, verließen die Beamten das Haus. Sie sahen noch, wie die Rollos heruntergelassen wurden – an einem sonnigen Vormittag.

Am Nachmittag waren alle in dem minimalistisch eingerichteten Zimmer des Kommissars in der Polizeistation Ribnitzer Straße versammelt. Wenke erteilte zuerst Jensen das Wort, der sich zur Befragung an der Strandpromenade postiert hatte: Die Urlauber, die hier unterwegs waren, hätten ihn zunächst für einen lästigen Journalisten gehalten. Sie seien aber durchweg zugänglich gewesen, als sie hörten, worum es ging, und gaben ihm auch bereitwillig ihre Hoteladresse an, wenn er sie darum bat. Insgesamt hatte er fünfundsechzig Personen angesprochen, die meisten kamen als Familie. Bepackt mit Badesachen hatte er viele auf ihrem Rückweg gegen Abend ein zweites Mal gesehen. Darunter hätten neunundzwanzig auf das Foto reagiert, allerdings gaben nur zwölf an, dass ihnen das Mädchen mit Sicherheit über den Weg gelaufen wäre.

Als interessant stufte er die Aussage einer Kindergärtnerin ein, die zufällig unter den Befragten war. Sie hatte Mareike auf dem Waldspielplatz gesehen, an dem der Weg zum Strandaufgang 14 vorbeiführte. Da Frau Freitag von Berufs wegen ein gewissermaßen geschultes Auge für Kinder besaß, kam ihrer Beobachtung Gewicht zu. Allerdings konnte sie nicht mit Bestimmtheit sagen, ob das tatsächlich am Tag des Verschwindens gewesen war oder doch schon am Vortag. Die Uhrzeit wusste sie dagegen aufgrund des Tagesablaufs: Gegen 10 Uhr war sie mit ihrer Kindergartengruppe auf den Spielplatz gekommen und kurz nach 11 Uhr zum Mittagessen zurückgegangen. Das Mädchen hätte etwas abseits am Rand neben einem Fliederbusch gehockt und wäre nach etwa einer halben Stunde fortgelaufen.

Weiterhin aufgefallen war Jensen die Aussage eines Mannes, den er mit seiner Tochter an der Hand antraf. Herr Lechleitner – Urlauber aus Bayern – erzählte, dass er eine etwa Zehnjährige am Strand bemerkt hätte, weil sie verbotenerweise auf den Buhnen herumbalancierte. Jedoch sei das nicht vor dem Strandaufgang 14 gewesen, sondern ein ganzes Stück weiter in Richtung Campingplatz, zur Mittagszeit, es mochte 14.30 Uhr gewesen sein.

Außerdem gab es da noch eine Frau Bessmer, eine Rentnerin aus Berlin, die mit ihrem Enkelsohn Thomas über das

Wochenende an die See gefahren war. Sie selbst hatte das Mädchen kaum beachtet und könne daher nichts Bestimmtes sagen. Nur so viel: Nach ihrem flüchtigen Eindruck zu urteilen, sei das Kind allein unterwegs gewesen. Der Junge schaltete sich ein, ein Zwölfjähriger, der lebhaft schilderte, wie er mit dem Mädchen auf dem Foto im Wasser nach Steinen gesucht habe. »… und zwar nach ganz besonderen, nach Klappersteinen! Rieke«, wie er sie nannte, »hatte einen. Und sie hat mir verraten, dass solche Steine einen Wunsch erfüllen können, wenn man sie bei Vollmond schüttelt.«

Jensen hielt den Jungen keinesfalls für einen Träumer, denn dieser betonte mehrfach, dass er die Geschichte nicht wirklich geglaubt hatte; außerdem erwähnte er ein rot-gelbgrün geflochtenes Armband an Riekes linkem Handgelenk. Auf die Frage, wo am Strand sich Frau Bessmer mit ihrem Enkel aufgehalten hatte, meinte sie, dass sich alles östlich der Seebrücke, etwa in Höhe des Strandaufgangs 28, und zwar nach dem Mittagessen, aber noch vor 14 Uhr abgespielt habe. Eine halbe Stunde später seien sie zum Eisessen an der Promenade aufgebrochen. Und als sie gegen 15 Uhr wieder zurückkamen, war Rieke nicht mehr da.

Jensen hielt einen Moment inne: Östlich der Seebrücke – das war genau die entgegengesetzte Richtung zum Campingplatz und von der Stelle, die Herr Lechleitner angegeben hatte, mehrere Kilometer entfernt. Der Strand war dort etwas steinig, sodass an dieser Stelle durchaus solche Klappersteine, das heißt Feuersteine, in deren innerem Hohlraum ein kleiner Stein bei der Auswaschung des Kalkanteils übrig geblieben war, gefunden wurden. Sie kamen wesentlich seltener vor als die sogenannten Hühnergötter, also Feuersteine mit einem Loch.

Neben diesen drei Aussagen gab es unter den neun weiteren keine, die ähnlich präzise klangen. So wollte beispielsweise die Fahrerin des durch den Ort rollenden Gefährts, das, einer Kleinbahn nachgebildet, bei den Urlauberkindern als Attraktion galt, im ersten Wagen hinter der »Lokomotive« ein solches Mädchen in Begleitung eines Jugendlichen gesehen haben. Vor allem war an der Befragung abzulesen, dass die Gerüchteküche heftig am Brodeln war: So war aus dem Mädchen ein Geschwisterpaar geworden, die Leute wussten mit Sicherheit, dass in der benachbarten Hansestadt ebenfalls ein blondes Mädchen seit Kurzem gesucht wurde, was ja wohl auf einen Serientäter schließen ließ oder dass die Fischer des Ortes aufgefordert waren, bei der Suche nach der Leiche mitzuhelfen, denn die Wasserschutzpolizei allein sei überfordert.

Der Hauptkommissar winkte ab und zog eine Seekarte hervor, die die Küstenwache ihm überlassen hatte. Eingetragen waren als rote Markierung die bisherige Route, die das Polizeiboot genommen hatte, und sehr detailliert der Verlauf der Uferlinie. Von der Kommissarin ergänzt standen rote Ziffern, die Nummerierung der Strandaufgänge, auf dem Papier. Damit ließ sich natürlich sehr viel mehr anfangen als mit der groben Karte der Kurverwaltung.

Emma Baader meldete sich zu Wort: Sie hatte den zuständigen Revierförster gebeten, die Wege-Karte des Flurabschnitts zu faxen; nun legte sie mehrere Blätter neben die Karte: Zu sehen war ein dichtes Netz, sowohl von Fuß- als auch von Radwegen, das aber keine Ordnung erkennen ließ, sondern eher chaotisch anmutete. Hier hatten sich wohl die Urlauber durchgesetzt, die sich die jeweils kürzeste Verbindung von ihren an der Uferstraße parkenden Autos durch den Wald zum nächstliegenden Strandaufgang gebahnt hatten.

Festerling nickte der jungen Frau zu, was bei ihm schon eine Form von Anerkennung war, und alle Köpfe beugten sich über den Tisch. Natürlich war damit zu rechnen, dass das Kind auf einem anderen Weg als dem abgesuchten unterwegs gewesen sein konnte, dann aber glich ihr Unterfangen der bekannten Suche nach einer Nadel im Heuhaufen. Man entschloss sich daher, die Medien einzubeziehen, sodass der Aufruf zur Mithilfe in der örtlichen Presse sowie den regionalen Sendern von Rundfunk und Fernsehen Verbreitung finden würde.

Jensen wurde, den Neuzugang Emma Baader im Schlepp, mit Mareikes Foto losgeschickt, um die zahlreichen Graal-Müritzer Hotels abzuklappern.

Wenke sprach aus, was allen ohnehin klar war: Bei dieser Aktion war Eile geboten, denn waren die Urlauber erst einmal abgereist, konnte kaum noch mit Erfolg bei der Zeugensuche gerechnet werden. Und am kommenden Samstag reisten zweifellos schon sehr viele aufgrund des 14-tägigen Hotelturnus wieder ab. Bis zum nächsten Bettenwechsel blieben also nur wenige Tage.

Etwa eine Viertelstunde später, der Hauptkommissar und Festerling waren gerade mit dem Auto in Richtung des Campingplatzes aufgebrochen, klingelte Wenkes Telefon. Die Nachricht Jensens elektrisierte die beiden: Ein Urlauber hatte sich mit einem Foto Mareikes gemeldet, gestern aufgenommen vor der Kurklinik, also ganz in der Nähe des Hauses der Großeltern und auch der Waldspielplatz lag nicht weit entfernt.

Zurück im provisorischen Kommissariat wartete der

Zeuge, dessen Schnappschuss ausgedruckt auf Wenkes Schreibtisch lag. Die Personalien waren überprüft worden: Martin Kleinschmidt, achtunddreißig Jahre alt, Besitzer einer Autowerkstatt in Gera. Der Mann machte einen sympathischen, aufgeschlossenen Eindruck. Seine Angaben hielt die Kollegin Baader im Protokoll fest: An diesem 29. Juli, also am Freitag, war er in der Kurklinik mit seiner Frau und Tochter verabredet, deren Mutter-Kind-Kur am 1. August, dem kommenden Montag, zu Ende ging. Er hatte sich drei Tage Urlaub genommen, war am Donnerstagabend mit dem Auto angereist und wollte seine Familie am Entlassungstag nach Hause bringen. So gegen 11 Uhr war er mit seiner Tochter Isabell vor der Klinik. Auf dem Weg zum Parkplatz, der im hinteren Teil des Geländes lag, kam ihnen ein Mädchen mit einer Katze auf dem Arm entgegen. Für die Tochter seien das Lieblingstiere und sie käme an keiner vorbei. Zu Hause wartete schon Kater Moritz. Die beiden Mädchen hätten sich dann gemeinsam mit dem Tier beschäftigt, während er am Auto zu tun hatte und dann zu seiner

Frau ins Haus gegangen wäre. Als er Isabell gegen 11.40 Uhr zum Mittagessen – in der Klinik wurden die Essenszeiten pünktlich eingehalten – holen wollte, konnte die sich nur schwer von der Katze trennen; er habe ein Foto von ihr vorgeschlagen, um dem Gezeter ein Ende zu bereiten. Das Kind habe sich schließlich besänftigen lassen und sich auch von dem Mädchen verabschiedet. Die Uhrzeit gab Herr Kleinschmidt mit 11.50 Uhr an.

Die Beamten ließen das Protokoll unterschreiben und gingen zur Beratung in den Nebenraum. Wenke fuhr sich mit der linken Hand über das Kinn, eine charakteristische Geste, die konzentriertes Nachdenken signalisierte, und nahm das Foto in die Hand: Es zeigte ein etwa achtjähriges Mädchen, das die auf einer niedrigen Mauer sitzende Katze liebkoste. Im Hintergrund war ein zweites Mädchen zu sehen, und zwar der Oberkörper und Kopf. Obwohl es leicht verschwommen abgebildet war, wusste jeder im Raum sofort, um wen es sich handelte: Das Kind hatte lange blonde Haare, die ihr etwas ins Gesicht fielen, denn sie schien sich zu der Katze zu bücken. Eine starke Ähnlichkeit mit Mareike war zweifellos vorhanden, aber das Mädchen trug keinen Pferdeschwanz.

»Was für ein Albtraum!«, damit hatte Emma Baader die Stimmungslage in der Runde auf den Punkt gebracht. Es war ihr erster Vermisstenfall und so dachte sie an ihre Ausbildung zurück: Den Entschluss, zur Polizei zu gehen, hatte sie schon während der Schulzeit gefasst. Nach dem Bachelor-Studium an der Güstrower Fachhochschule für öffentliche Verwaltung und der sich anschließenden obligatorischen Zeit bei der Schutzpolizei sowie im Streifendienst hatte sie sich nach drei Jahren auf die Stelle in der Rostocker Kriminalpolizeiinspektion beworben. Sie war dort seit dem 1. April als Kommissarin angestellt. Bei ihren Kollegen hieß sie freilich immer nur »unser Neuzugang«. Die junge Frau mit den naturblonden Haaren, die sie im Dienst zu einem Zopf zusammengebunden trug, und mit dem netten Lächeln fühlte nur allzu deutlich, dass sie von ihren Kollegen nicht ernst genommen wurde. Das galt selbst für Gert Jensen, der doch auch erst noch seine Meriten als Ermittler erwerben musste. Nun zog sie die Uniformbluse zurecht und saß in gerader Haltung an ihrem Platz.

Es wurde beschlossen, das Foto den Großeltern und der Mutter zu zeigen, die morgen zu erwarten war. Wenke informierte kurz über die Aktionen von Bereitschafts- und Wasserschutzpolizei, die gestern Abend zunächst beendet worden waren: beide ohne greifbares Ergebnis. Zwar war beim Absuchen des Waldweges allerlei entdeckt worden, darunter ein Schlüsselbund, eine Plastikhülle für Stifte, eine kleine Brusttasche aus Jeansstoff, diverse kaputte Wasserbälle unterschiedlicher Größe, Teile einer Luftmatratze, ja sogar ein Autoschlüssel, den sein Besitzer einmal verzweifelt gesucht haben mochte – kurz: nichts, was mit Sicherheit Mareike zuzuordnen war. Den Männern im Polizeiboot, die beinahe den ganzen Samstag die fraglichen Strandabschnitte abgefahren hatten, erging es ähnlich: Aufgetaucht war lediglich Plastikmüll. Ein rot-weiß gestreiftes Badetuch hatten sie aus dem Wasser gefischt sowie mehrfach Schwimmer ermahnt, die Bojenbegrenzung zu beachten. Der mit dem Fernglas abgesuchte Strand hatte keinerlei Auffälligkeiten erbracht; es war wie immer: Die Badegäste des FKK-Strandes hatten das ihnen zugewiesene Terrain zu beiden Seiten ziemlich weit auf den Textilstrand ausgedehnt. Man war nun also bunt gemischt, ohne dass das jemanden störte. Die Männer der Spurensicherung hatten zwar den Spielplatz in Augenschein genommen, doch ohne konkrete Anhaltspunkte wussten sie nicht, wonach sie eigentlich Ausschau halten sollten.

Wenke selbst brachte Herrn Kleinschmidt zur Kurklinik zurück, der sich fast überschwänglich für die Höflichkeit bedankte. Tatsächlich ging es dem Hauptkommissar darum, mit dem Kind zu sprechen. Den blauen Opel stellte er auf dem Parkplatz ab, »um sich das Gelände anzusehen«, wie er sagte. Dann ließ er Isabell holen, die ihm die Stelle zeigen sollte.

Martin Kleinschmidt zog die Stirn in Falten: »Hoffentlich geht das Ganze ohne die Katze ab, denn sonst gibt es wieder Theater.«

Ein Mädchen mit braunem Kraushaar erschien, von der Mutter offensichtlich herausgeputzt. Wenke fragte nach dem Namen des fremden Kindes vom Freitag, das Wort »Katze« vermied er tunlichst.

Die Kleine zuckte die Schultern, sah ihn scheu an und drückte sich in die Arme ihres Vaters. Da forderte er Isabell auf, die Szene nachzuspielen – nach dem Muster »Ich stand hier, das Mädchen da, was passierte dann?«

Es funktionierte: Im nächsten Moment war das Kind so bei der Sache, dass es die Begegnung Schritt für Schritt nachstellte; und dann kam ein Name: »Maike«.

Wenke blickte kurz auf, der Vater lächelte.

»Die Katze«, sagte Kleinschmidt.

Und nun sollte Isabell beschreiben, wie Maike aussah.

»Ganz normal«, war die Antwort; schließlich war »größer« und »blond« das, was ohnehin auf dem Foto zu sehen war.

»Es wäre gut, diese Maike zu finden«, verabschiedete er sich von den beiden. Hier konnte das Ausschlussverfahren helfen; der Hauptkommissar entschloss sich, auf direktem Weg vorzugehen: Er lief zur Rezeption, zog seinen Ausweis und fragte nach einer Kurpatientin mit einer etwa zehnjährigen Maike. Die Antwort war abschlägig.

Als Ralf Wenke seinen Opel auf die Uferstraße gelenkt hatte, klingelte das Handy: Emma Baader meldete sich. Laute Musik machte die Verständigung etwas schwierig, doch dann begriff er. Der zweite Tag des Seebrückenfestes war in vollem Gange – für den Abend angekündigt war ein Feuerwerk – und Emma stand nur einen Aufgang westlich. Sie hätte einen Zeugen – einen potentiellen jedenfalls – an ihrer Seite. Sie verabredeten sich im Fischrestaurant Zur Boje, das fußläufig ein paar Minuten von der Seebrücke entfernt lag.

Wenke wendete den Wagen, fuhr quer durch Graal-Müritz in Richtung Ortsmitte und parkte direkt vor dem kleinen, weinroten Restaurant, vor dem auch ein paar Urlauber mit Fischbrötchen in den Händen saßen. Er wartete einen Moment, bis die beiden vom Strand herankamen. Emmas Begleiter war ein Einheimischer, ein wettergebräunter Sechziger, bei dem man nicht lange fragen musste, wer oder besser was er war: Kai-Uwe Frenks war Fischer und ehemaliger Besitzer der Boje. Die kleine Gaststätte hatte er mittlerweile seinem Sohn überschrieben und auch seinen Kutter machte er nur noch gelegentlich seeklar.

Wenke stieg aus, ging direkt auf sein Ziel los und fragte nach sachdienlichen Hinweisen des Zeugen. Doch so war dem Alten nicht beizukommen; er sprach von »trockener Kehle« und steuerte auf das Haus zu. Nach der ersten Runde Bier »stotterte sein Motor« noch etwas, wie er meinte, aber nachdem Wenke auch einen Klaren vor ihn hinstellen ließ, kam der Alte sichtlich in Fahrt. Von dem, was er zu sagen hatte, war ein Teil Gerede dabei, das unter den Alteingesessenen umlief. Doch dem Hauptkommissar war bewusst, dass er es in der gegenwärtigen Ermittlungssituation nicht geringschätzen sollte – es war genau das, was von den Urlaubern nicht zu erwarten war: Hintergrundinformationen, deren Wert sich im Moment nicht exakt einschätzen ließ.

Auf dem Heimweg stand ihm sein erfahrener Kollege Torsten Festerling vor Augen, dem es schon so manches Mal gelungen war, Wichtiges aus der Fülle der Nachrichten herauszufiltern. ›Es wird schwieriger werden, wenn er in zwei Jahren nicht mehr da ist. Die Rente hat er sich redlich verdient. Aber ob die zwei jungen Mitarbeiter einschlagen, bleibt abzuwarten.‹ Bei Gert Jensen jedenfalls war viel eher davon auszugehen als bei Emma Baader, diesem »Küken«. ›Aber nett anzusehen ist sie schon, mit ihrem blonden Schopf, irgendwie mädchenhaft, dieser Neuzugang – diese Kriminalkommissarin‹, korrigierte er sich. Wenkes Opel bog auf die Zufahrt zur Hansestadt ein und nach etwa einer halben Stunde hatte er seine Wohnung erreicht.

Im Badezimmer drehte er den Wasserhahn der Wanne auf und hielt seinen Kopf kurz darunter. Der kalte Strahl

nahm ihm die aufgekommene Müdigkeit – die Behäbigkeit, mit der der alte Fischer nach seiner Aussage eine Anekdote nach der anderen aus dem Leben der Seebadgemeinde zum Besten gab, hatte das Ihre getan. Als Wenke mit trocken gerubbelten Haaren in den Spiegel schaute, musste er lächeln: Der wilde Haarschopf erinnerte ihn an seine Jugendzeit. Die einst volle Haarpracht war zwar heute merklich ausgedünnt, aber die kleine Lücke zwischen den oberen Schneidezähnen war geblieben. Sie gab seinem Lachen nicht nur etwas Jungenhaftes, sondern war auch der Grund dafür, dass er einen unverkennbaren Pfiff zuwege brachte. Er nahm den Kamm zur Hand und aus dem Spiegel blickte ihn wieder das Gesicht des Vierzigers an, mit der tiefen Falte um den Mund.

Sonntag, 31. Juli –
Zwei Tage nach Mareikes Verschwinden

Auf dem Notizblock von Emma Baader war es neben dem Kurzprotokoll vor allem eine Skizze, die am Sonntagmorgen in der Besprechungsrunde für ein Aufhorchen sorgte; sie fasste ihre Stichpunkte zusammen: »Die Familien Frenks und Vesper kennen sich aus früheren Jahren, denn zur Schulzeit von Wiebke und des Sohnes Torben Frenks, die in eine Klasse gingen, sind sie regelrecht befreundet gewesen. Als Jugendliche waren die beiden sogar ein Paar. Für die Familien stand fest, dass sie über kurz oder lang heiraten würden. Diese enge Verbindung ging aber auseinander, kurz nachdem Wiebke ihre Ausbildung zur Köchin in der Kurklinik beendet hatte. Von Torben waren zwar nie Einzelheiten zu erfahren, doch es sickerte durch, dass das junge Mädchen etwas mit einem dortigen Arzt angefangen hatte. Und weil niemand Genaues wusste, trieb der Klatsch im Ort Blüten; das ging so weit, dass man munkelte, Mareike sei aus dieser Verbindung hervorgegangen. Und noch etwas hat Herr Frenks erzählt: Mareikes Opa, Manfred Vesper, sei zu seiner Zeit ein stattlicher Mann gewesen, dem es die Frauen leicht gemacht hätten – auch als er längst mit seiner Frau verheiratet war. Das lasse sie ihn nun entgelten, denn sie sperre den Demenzkranken regelrecht weg. Und nun zu der Aussage, die möglicherweise im Zusammenhang mit Mareikes Verschwinden stehen könnte …«

Der Hauptkommissar unterbrach und bat Emma Baader um die Skizze der Karte: Sie zeigte den Fahrradweg, der durch den Küstenwald führte und Teil des europäischen Radwandernetzes war. Daher gab es in größeren Abständen an seiner Route gelegene Parkplätze, in der Regel mit einem Fahrradverleih verbunden. Vor den Augen der Runde im Kommissariat entstand das Gewirr der Wanderwege, durchschnitten von der roten Linie des Radweges; sie führte bis zu dem am westlichen Ortsausgang gelegenen Parkplatz – in Richtung Campingplatz also.

»Kai-Uwe Frenks war mit dem Rad auf dieser Route unterwegs. Kurz vor dem Parkplatz schloss er das Rad an einem Baum an und ging zum Strand – ich vermute, er wollte den FKK-Strand dort ›inspizieren‹«, Emma zog dabei eine Augenbraue hoch und blickte sich kurz um. Ihr Stift markierte die Stelle mit der Strandzugangsnummer »C 1«, sie gehörte also schon zum Campingplatz. Dann fuhr sie fort: »Als er zum Fahrradverleih zurückkam, es mochte inzwischen halb vier gewesen sein, da sah er Mareike, wie sie in ein schwarzes Auto stieg. Ob zu einem Mann oder einer Frau konnte er nicht erkennen. Auch bei der Automarke war er sich unsicher: ein Volvo ›oder irgend so etwas Ausländisches‹.« Emma Baader wies auf ein dickes Kreuz: »Hier also.«

Festerling wollte wissen, wie sie denn mit dem Fischer ins Gespräch gekommen war.

Sie hätte vorgegeben am Strand die Orientierung verloren zu haben, ihn angesprochen und dabei nach Besonderheiten der einzelnen Strandaufgänge gefragt, lautete die Erklärung.

Der erfahrene Polizist nickte der jungen Kollegin ein zweites Mal anerkennend zu, und auch der Hauptkommissar zollte ihr einen gewissen Respekt, denn er wusste nur zu gut, wie mühsam es sein konnte, diese Einheimischen zum Reden zu bringen.

Als zentrale Fragen blieben: Wie konnte sich Herr Frenks so sicher sein, dass es tatsächlich Mareike gewesen war? In seiner Beschreibung stimmte die Kleidung und die Angabe »blondes Haar«, lang und offen getragen. Und zum zweiten: Wenn es wirklich die Gesuchte war, wie war sie dorthin gekommen? Ein Fußmarsch am Strand hätte mehr als eine Stunde gedauert, und auch die Wege durch den Wald boten zwar eine deutliche Abkürzung, aber für eine Zehnjährige waren sie immer noch eine Anstrengung.

Jensen strich sich die dunklen Haare aus der Stirn und ergänzte Frage Nummer drei: »Aus welchem Grund hätte sie zu dem Parkplatz kommen wollen?«

Wenke sah ihn an, wie er so dasaß, mit seiner schlaksigen Figur immer etwas zu leger angezogen wirkte und mit dem Kuli spielte. Er wusste inzwischen, dass dieser Eindruck von Lässigkeit täuschte. Der junge Mann hatte einen scharfen Verstand und auch diesmal mit seinem Hinweis den Kern der Fragestellungen getroffen.

Um 10 Uhr klingelten die Beamten in der Dr.-Leber-Straße 16. Vor ihnen stand eine adrette blonde Frau, Ende dreißig, mit verweinten Augen. Ehe sie sich noch vorstellen konnten, fiel sie Festerling um den Hals und schluchzte bitterlich. Er ging mit ihr in die Küche und setzte sie behutsam auf einen Stuhl. Die Wohnküche sah aufgeräumt aus, aber vielleicht gerade deshalb wurde ihr abgewohnter Zustand besonders deutlich. Die Uhr an der Wand mochte vor dreißig Jahren modern gewesen sein, der Küchentisch wies Messerspuren auf und die Farbe der Wischflächen am Küchenschrank war von undefinierbarer Art. Hier hatte sich ein ganzes Leben eingeprägt. ›In dieser Umgebung wirkt Frau Brandt irgendwie deplatziert‹, ging es Festerling durch den Kopf, aber er konnte sich nicht darüber klarwerden, warum eigentlich. Ihre Kleidung war sauber und ordentlich, aber keineswegs mit modischem Schnickschnack drapiert.

Wenke tastete sich mit Bedacht an den Kernpunkt ihres Interesses heran und fragte nach der Rückreise: Sie war von ihrem Kapitän am Samstagabend, als sie gerade im sonnigen Malmö durch die Geschäfte schlenderte, benachrichtigt worden, sich umgehend zu Hause zu melden. Ein Anruf bei ihren Eltern hatte dann die furchtbare Nachricht gebracht. Die Nachtfähre zurück nach Rostock hatte sie erst um kurz vor Mitternacht in Trelleborg bestiegen und sich nach ihrer Ankunft heute früh auf den Weg ins Seebad gemacht. Seitdem sei sie in einer Art Trance-Zustand und erwarte eigentlich jeden Moment, aus einem bösen Traum zu erwachen. Während sie sprach, sah sie beständig auf die Küchenuhr, als wolle sie die Zeit erfassen; dann schwieg sie.

Der Hauptkommissar brachte sich in Erinnerung: »Haben Sie Mareikes Vater informiert?«

Frau Brandt sah ihn verständnislos an; ihr sei das Sorgerecht zugesprochen worden. Doch dann begriff sie, dass der leibliche Vater, Bengt Johanson, gemeint war. Sie gab an, seit der Trennung vor der Geburt des Kindes nichts mehr von ihm gehört zu haben, und kam schnell auf ihren geschiedenen Mann, Jürgen Brandt, zu sprechen. Die Kriminalisten erfuhren von der gerichtlichen Auseinandersetzung um das Sorgerecht.

›Zwei Männer‹, dachte Festerling, ›der eine wollte nichts von seinem eigenen Kind wissen, der andere will nicht von dem fremden lassen.‹

Die Befragung geriet erneut ins Stocken und der Hauptkommissar spürte, dass sie in schwieriges Fahrwasser geraten war. »Jürgen Brandt«, mahnte er, »wann haben Sie ihn zuletzt gesehen?«

Wiebke gab an, dass sie ihn seit etwa einem Dreivierteljahr nicht mehr getroffen hätte, aber er sie permanent anrufen würde, und zwar zu Hause, ihre Handynummer kannte er nicht. Das ging schon so weit, dass nur noch ihre Freundin den Hörer abnahm, aber das klappte nicht immer. Der letzte Anruf kam kurz vor ihrer Abreise Richtung Schweden. Es ging immer um das Gleiche: Wann er Mareike wieder einmal sehen könne.

»Das Verhältnis ist also eng gewesen«, meinte Festerling.

Wiebke Brandt lachte kurz höhnisch auf.

Der Hauptkommissar überließ die Gesprächsführung für einen Moment seinem Kollegen und sah sich nach Gertrud Vesper um. Sie stand in der Tür, mit so einem hasserfüllten Ausdruck in den Augen, dass er unwillkürlich ihrem Blick folgte. ›Gilt der Jürgen Brandt, den sie in der

Erinnerung vor sich sah oder gar ihrer Tochter?‹, fragte sich Wenke. Es dauerte nur einen Augenblick, dann hatte die Großmutter sich wieder unter Kontrolle und ergänzte sachlich, es sei dabei wohl um Wiebke gegangen, auf die er nicht verzichten konnte.

Festerling wollte die angespannte Stimmung etwas beruhigen, mit Hasstiraden war ihnen jetzt wenig gedient, und brachte die Sprache auf dem Umweg über Grundstücksnachbarn auf die Familie Frenks.

Gertrud Vesper bedauerte, dass sie kaum noch Kontakt hatten. »Der Torben ist doch so ein netter Mann …«

Ihre Tochter saß zusammengesunken auf dem Stuhl; Festerling zog das vor der Klinik aufgenommene Foto aus der Tasche und hielt es ihr unvermittelt vor die Augen.

»Mareike …«, schrie sie fast, alles andere ging in einem hysterischen Schluchzen unter, sie rutschte von ihrem Stuhl und umklammerte die Beine des Polizisten.

Wenke griff zu seinem Telefon und rief den Notarzt.

Nachdem der eingetroffen war, verließen sie das Haus, und als sie im Auto saßen, sprach Festerling aus, was sie beide dachten: »Eine Beziehungstat?« Das würde die weiteren Ermittlungen jedenfalls deutlich eingrenzen; dennoch konnten sie die Möglichkeit, dass das Kind bei einem zufällig getroffenen Fremden, einem Urlauber, ins Auto gestiegen war, nicht ausschließen – wenn die Beobachtung des Fischers überhaupt zutraf.

»Mein lieber Festerling, Jürgen Brandt soll sich umgehend auf dem Revier einfinden! Wir haben einen Verdächtigen.«

Montag, 1. August – Tag 3

Es war der dritte Tag seit dem Verschwinden der Zehnjährigen, Montag, der 1. August. Die ersten 48 Stunden waren längst verstrichen und bisher gab es nur unzureichende Zeugenaussagen. Die Ermittler hatten erst wenige Informationen und die Zeit lief ihnen davon. Das Mädchen lebend zu finden, wurde immer unwahrscheinlicher. Alle arbeiteten auf Hochtouren, doch die Ergebnisse waren frustrierend. Wo war Mareike?

Eine Meldung der Notruf-Zentrale ging um 4 Uhr morgens im Kommissariat ein: Auf dem Parkplatz des Radweges war ein Feuer ausgebrochen. Die Feuerwehr war im Großeinsatz, denn auf dem Terrain standen Autos, auch solche von Campern des nahegelegenen Platzes. Als der Hauptkommissar mit seinen beiden Mitstreitern wenig später eintraf, war die Gefahr gebannt: Nur zwei Autos waren stark beschädigt worden, von der Station des Fahrradverleihs allerdings gab es nur noch rauchende Trümmer. Der Brandermittler konnte noch am Vormittag an seine Arbeit gehen, und Wenke fragte sich, warum man sie so zeitig hierher beordert hatte, denn der Spezialist musste ohnehin erst sein Urteil abgeben.

Es war eine trübselige Stimmung; die Sonne begann zwar aufzugehen, doch dichter Seenebel lag über der Küste. Alles war in kurzer Zeit durchfeuchtet und es fühlte sich fast so an, als hätte der Kalender einen Sprung in den November gemacht. Die Camper waren nicht zu beneiden, und auch für die Urlauber in den Hotels konnte die Kurverwaltung wenig tun: Das größte Event dieser Saison, das Seebrückenfest, war vorüber, und alle übrigen Aktivitäten trugen deutlich die Zeichen von Auslaufmodellen.

Die Polizisten saßen um 8 Uhr zusammen, müde nach der kurzen Nacht und irgendwie ratlos, denn was hatten sie bisher? Jensen trug zusammen, was als mehr oder weniger gesichert galt: »Am Freitag, dem 29. Juli, ist Mareike Brandt nicht zum Mittagessen erschienen; von den Kindergärtnerinnen ist ein Mädchen – vermutlich die Vermisste – zwischen 10 und 10.30 Uhr auf dem Waldspielplatz gesehen worden. Von Herrn Bernd Lechleitner wurde sie etwa um 14 Uhr auf den Buhnen in der Nähe des Campingplatzes beobachtet – ebenso vermutlich. Aber noch vor 14 Uhr ist Ursula Bessmer mit ihrem Enkel Thomas in Höhe des Strandaufgangs 28, also am entgegengesetzten Ende des Seebades – etwa einen Kilometer östlich der Seebrücke – unterwegs; und der Junge gab eine detaillierte Beschreibung des Mädchens ab. Als gesichert können dagegen die Angaben von Martin Kleinschmidt gelten, der Mareike Brandt am Tag ihres Verschwindens gegen 11 Uhr auf dem Gelände der Kurklinik angetroffen und mit seiner Tochter fotografiert hat; die Identität ist von der Mutter bestätigt worden. Dort wurde die Kleine das letzte Mal um 11.50 Uhr gesehen. Die Zeugenaussage von Kai-Uwe Frenks schließlich betraf den Parkplatz des Radweges, wo er bemerkt haben will, wie Mareike etwa um 15.30 Uhr in ein schwarzes Auto stieg.«

Fasste man das alles zusammen, so war letztendlich nur der Aufenthalt bis 11.50 Uhr an der Kurklinik belegbar; dann passte die Aussage der Kindergärtnerinnen. Das Mädchen konnte also durchaus vom Spielplatz zu der nahegelegenen Klinik gelaufen sein; wenn sie freilich schon um 12 Uhr zum Mittagessen erwartet wurde, hätte sie es nicht mehr pünktlich nach Hause geschafft. Ihre Oma hatte sie aber als zuverlässig und vernünftig charakterisiert. Wie wollte sie also so schnell zu Hause sein?

Es blieben ihnen noch fünf Tage, dann war am Wochenende Bettenwechsel und potenzielle Zeugen unter den Urlaubern standen nicht mehr zur Verfügung. Sie beschlossen daher, sich auf dem Campingplatz umzusehen.

»Und warum haben wir immer noch keine Nachricht vom Stiefvater?«, fragte Wenke abschließend in die Runde.

»Die Kollegen in Rostock konnten ihn bisher nicht in seiner Wohnung antreffen und auch auf seiner dortigen Arbeitsstelle gab es eine Fehlmeldung. Im Moment ist völlig unklar, wo er sich aufhält. Womöglich ist er gar nicht mehr in der Stadt. Sollen wir eine Fahndung einleiten?«

Wenke wollte gerade antworten, da klingelte sein Telefon. Er ging ran und nickte ein paar Mal: »Wir kommen.« Die Brandermittler hatten erste Ergebnisse vorzuweisen, und der Radweg-Parkplatz befand sich ohnehin auf ihrem Weg zu den Campern.

Strenger Brandgeruch lag in der Luft, der durch den noch immer vorhandenen Seenebel kaum abziehen konnte, sondern wie in Watte gepackt über den Bäumen hängen blieb. Sie traten an das schwarz verkohlte Gebäude heran und trafen auf den Leiter der Experten, neben dem der Betreiber des Fahrradverleihs stand.

»Das war mein Arbeitsplatz«, sagte er kopfschüttelnd, »schauen Sie, was übrig ist.«

Und das Kopfschütteln ging weiter, als der Ermittler erläuterte, wie der Brand entstanden war: Alles deutete darauf hin, dass eine Propangasflasche explodiert war.

Jensen nahm die Personalien auf: Uwe Danzig, zweiundsechzig Jahre, wohnhaft im Seebad Graal-Müritz, Gartenstraße 3. Seit zwei Jahren betrieb er den Verleih – als Vorruheständler eine lukrative Aufgabe für ihn, die ihm noch dazu Spaß machte, schon weil sie ihn unter die Leute brachte. Zu Hause herumzuhocken, war nichts für ihn. Seine geschickten Hände hatten schon so manchem Radler geholfen, und allmählich hatte sich aus dem Sammelsurium von Werkzeugen eine kleine Werkstatt entwickelt. Um die tat es ihm besonders leid, denn daran hing sein Herzblut. Er gab an, Tür und Fenster am Vorabend ordnungsgemäß verschlossen zu haben, während er auf die rußgeschwärzten Fensterscheiben blickte. Die Tür hing nur noch schief in ihren Angeln.

Der Ermittler führte die Gruppe um das Haus herum zu einem zweiten Fenster der Werkstatt: Die Scheiben waren geborsten. »… von der Hitzeeinwirkung«, erklärte der Mann. »Hier ist das Feuer ausgebrochen.«

Danzigs Kopfschütteln wurde noch heftiger: Seine Propangasflasche bewahrte er ausschließlich in der Küche auf, sie stand immer linker Hand neben dem zweiflammigen Gaskocher.

Das war es, was der Experte ganz augenscheinlich hören wollte: Er wies Uwe Danzig noch einmal auf die Pflicht zu einer wahrheitsgemäßen Aussage hin, denn die Versicherung würde sie ohnehin noch einmal überprüfen. Dass hier ein Sachschaden von beträchtlichem Umfang entstanden war, erklärte sich nicht nur aus dem Verlust des nun abrissreifen Gebäudes, sondern auch für die zwei in Mitleidenschaft gezogenen Autos hieß es Totalschaden. Auf Wenkes Nachfrage hin stellte sich nämlich heraus, dass Danzig auch der Pächter dieses gebührenpflichtigen Parkplatzes war. Doch er beteuerte ständig, dass es völlig abwegig wäre, dass er die Gasflasche dort abgestellt hatte, denn dazu hätte er sie vom Herd abschließen, nach hinten rollen, wieder aufdrehen und noch dazu mit einer offenen Flamme hantieren müssen – absurd geradezu, diese Vorstellung.

Der Brandermittler nickte: »Brandstiftung also.«

Die Kriminalisten nahmen Uwe Danzig mit auf ihre Graal-Müritzer Polizeistelle, um seine Aussage zu Protokoll zu nehmen. Der Campingplatz musste vorerst warten.

Wenke begann die Befragung damit, dass er genau wissen wollte, was sich in der Werkstatt befunden hatte.

Etwas verwirrt begann der Fahrradverleiher eine Liste der Gegenstände anzufertigen, die ihm vor Augen standen: ein schmaler Schrank mit Arbeitskleidung, Besen und Harke für den Parkplatz, drei Regale mit Werkzeug und fein säuberlich geordnete Kästen mit Ersatzteilen diverser Art, ein kleiner Tisch mit einem Hocker und einer Schreibtischlampe.

Jensen stieß nach: Ob er denn auch irgendwelche Unterlagen oder Dokumente gehabt hätte.

Uwe Danzig blickte erstaunt auf: »Ja, sicher. Die Leute müssen die Parkscheine bei mir kaufen – zu einem Parkscheinautomaten hat es der Parkplatz bisher nicht gebracht, so abgelegen wie er ist. Auf dem Schein sind Datum und Uhrzeit vermerkt.«

»Auch die Kennzeichen?«

»Ja, die natürlich auch, aber nicht die Fahrzeugmarke«, bei ihm herrsche Ordnung, versicherte er. Er habe immer einen Überblick über die Belegung.

Es stellte sich heraus, dass die Unterlagen in altbewährter Manier geführt worden waren. Einen Computer gab es nicht und die Ablage mit den Quittungen, nach Monaten geordnet, hatte rechts griffbereit neben dem Tisch gestanden. Alles war restlos verbrannt, Duplikate existierten natürlich nicht.

Die Kriminalisten sahen sich an, und Festerling sprach aus, was ihnen durch den Kopf ging: »Waren die Aufzeichnungen Ziel des Anschlags?«

Uwe Danzig hielt das für absurd; wen sollte das interessieren, schließlich standen die Autos für jeden sichtbar auf dem Parkplatz; Unregelmäßigkeiten hatte es bisher nicht gegeben, und dass einer der Fahrer, um die Parkplatzgebühren zu sparen, den Fahrradverleih abfackelte – wie krank war denn das!

Doch Wenke forderte ihn auf, eine Skizze des Parkplatzes anzufertigen, und zwar mit allen parkenden Fahrzeugen des Vortages, an die er sich erinnern konnte: Automarke, Farbe, Auffälliges.

Beim Kennzeichen winkte der Befragte ab. Auch bei den Fahrern versagte sein Gedächtnis, denn beim Bezahlen warf er nur einen kurzen Blick auf sein Gegenüber: Er hatte schließlich zu schreiben beziehungsweise zu kassieren.

Der Hauptkommissar wurde ans Telefon gerufen, Gertrud Vesper meldete sich; ihre Tochter war auf ihr Drängen hin ins Krankenhaus gebracht worden, sodass ihre erneute Befragung vorerst nicht stattfinden konnte.

Als er ins Vernehmungszimmer zurückkam, war Uwe Danzig dabei, sein Gedächtnis anzustrengen. Auf der Skizze waren fünf Autos eingetragen, und zwar ausschließlich solche aus der ersten Reihe, direkt vor seinem Fenster. Er konnte sich an zwei Hondas erinnern, einer blau, der andere silbern, an einen roten Ford, einen weißen Opel und einen Fiat von dunkler Farbe, ob schwarz oder dunkelblau wusste er nicht mehr zu sagen.

Gert Jensen forderte ihn auf, mit seiner Erinnerung rückwärts zu gehen, zum Freitag, dem 29., nachmittags: »War irgendetwas ungewöhnlich in der Zeit zwischen 12 und 17 Uhr?«

Der Befragte erinnerte sich nun an ein Motorrad, das auf einem Autostellplatz gestanden und ihn damit blockierte hatte. Er hatte deswegen einen Disput mit dem Fahrer, der ein Einheimischer war, es doch eigentlich besser wissen musste: Frank Herbig aus dem Ort.

Dann kam der entscheidende Moment – Mareikes Foto wurde ihm vorgelegt: »Haben Sie dieses Mädchen schon einmal gesehen?«, fragte Festerling und rückte seine Brille von der Stirn auf die Nase.

Ein Schulterzucken war die Antwort: »Möglich oder auch nicht, es gab zu viele Urlauber mit Kindern.«

Damit war die Befragung beendet.

Emma Baader war in der Zwischenzeit mit ihrem Fahrrad auf dem Waldweg entlang zum Spielplatz gefahren und hatte sich dort auf eine der Bänke gesetzt. Es war kurz vor 10 Uhr, die Sonne kämpfte sich nun schon langsam den Weg durch den Nebel, da sah sie die Kindergartengruppe herankommen. Einige der Kleinen mochten nicht älter als drei Jahre alt sein; sie hielten sich zu zweit an den Händen und wirkten fast wie die Sieben Zwerge, die da durch die Morgensonne gewackelt kamen. Eine der Kindergärtnerinnen hatte ein deutlich älteres Kind bei sich, offensichtlich aus einer anderen Gruppe. Es hatte sich am Rand des Platzes allein niedergehockt und baute etwas aus Sand und Kienäpfeln.

Die junge Kommissarin sah dem Kind versonnen zu, da blickte das Mädchen auf und kam langsam näher, die Hände auf dem Rücken verschränkt und wohl hin- und hergerissen zwischen Schüchternheit und Neugier. Schließlich siegte ihr Zutrauen; sie hätte etwas Schönes gefunden. Etwas verschämt, doch sichtlich stolz streckte sie der fremden Frau ihre linke Hand entgegen: Als sie sie öffnete, kam ein Zopfgummi mit einer roten Plastikblüte zum Vorschein.

Emma Baader war wieder Kriminalkommissarin Baader. Und hellwach. Sie ließ sich die Fundstelle des »Schatzes« zeigen: unter einem Gebüsch, das am Rand des nicht eingezäunten Platzes wuchs. Emma wies sich den beiden Kindergärtnerinnen gegenüber aus, denn sie wollte das Gummi mitnehmen. Doch das war gar nicht so einfach. Erst als sie ihren piepsenden Schlüsselanhänger als Tauschobjekt anbot, kam sie zum Ziel. Der idyllische Waldflecken hatte auf seltsame Weise seinen Zauber verloren – sie sah Mareike vor sich.

Mit Jensen und Festerling war der Hauptkommissar zum Campingplatz „Rote Anna“ unterwegs, wo Emma Baader bereits auf sie wartete. Sie war fest davon überzeugt, dass das Haargummi ein wichtiger Beweis war. Wenke jedoch zeigte sich übernächtigt und etwas gestresst. Er wollte unbedingt den Campingplatzbetreiber, der nur bis 12.30 Uhr an der Rezeption anzutreffen war, sprechen. Etwas unwirsch ordnete der Hauptkommissar schließlich an: Sie solle Frank Herbig ausfindig machen und ansonsten »Stallwache halten«.

Automatisch nickte Emma ihrem Vorgesetzten zu, innerlich schäumte sie, hielt sich aber zurück.

Allen war klar, dass sie dringend Hinweise brauchten, um zu wissen, in welche Richtung sich der Fall entwickelte. Laut Statistik klärten sich fünfzig Prozent der Vermisstenfälle, in denen Kinder betroffen waren, in einer Woche auf. Wenn das nicht gelang, bestand erfahrungsgemäß eine Quote von achtzig Prozent, in der die verbliebenen Fälle in einem Monat zu den Akten gelegt werden konnten. In der Anzahl der weiterhin Verschwundenen erfasste die Statistik dann auch solche Kinder, die vermutlich ertrunken waren, deren Leichname aber nie gefunden wurden. Der Hauptkommissar sah den Strand vor sich …

Die drei Polizisten meldeten sich an der Rezeption und teilten dem Leiter des Campingplatzes, einem dicken, nach Schweiß riechenden Mittvierziger, ihr Vorhaben mit; er verschaffte ihnen auf seiner Belegungskarte einen Überblick: Das Gelände gehörte zu den größeren Campingplätzen

und war gewissermaßen eine Enklave in dem umgebenden Landschaftsschutzgebiet.

Jensen hielt den Belegungsplan in der Hand; er zeigte eine Zweiteilung durch einen breiten, befahrbaren Weg, der die Anlage in einen westlichen und einen östlichen Teil – in Richtung Fahrradparkplatz – trennte. Davon liefen links und rechts schmale Wege ab, die mit »Quer 1« bis »Quer 6« nummeriert waren. In der Ausdehnung war die Strandseite knapp zwei Kilometer lang und etwa neunhundert Meter reichte der Platz in den Wald hinein. Das Ganze war asymmetrisch, das heißt, der westliche Teilbereich war wesentlich größer. Von der Rezeption führte ein befestigter Weg zu den Versorgungseinrichtungen, Toiletten, Wasch- und Duschräume und weitere Gebäude, und hier standen auch einige Kioske wie an einer Kette aufgereiht nebeneinander.

Festerling zeigte auf den vorderen Teil, der für Zelte vorgesehen war, während im hinteren Teil Wohnwagen standen. Der Platzwart sah den dreien interessiert zu und bot seine Hilfe an. Sie erfuhren, dass der Platz eingezäunt und jeder Camper ordnungsgemäß angemeldet war, es in diesem Sommer keinen Fall von Diebstahl gegeben hätte und auch keinen von ruhestörendem Lärm – bei ihm herrsche nämlich Ordnung, dafür sei er bekannt.

Den Kriminalisten wurde allerdings bewusst, dass auch Fremde Zugang hatten, dass Terrain war schließlich nicht hermetisch abgeriegelt, und tagsüber herrschte ein reges Kommen und Gehen vom und zum Strand. Dennoch mussten sie es hier versuchen. Aber Glück brauchten sie schon, wenn dabei etwas Nennenswertes an sachdienlichen Hinweisen herauskommen sollte. Sie gingen aufgeteilt zu Werke, ausgerüstet mit dem Foto; Gert Jensen übernahm die Zelte im westlichen Teil, Torsten Festerling die im östlichen und der Hauptkommissar wollte sich um die Wohnwagen kümmern. Es war abgemacht, dass sie sich gegen 13.30 Uhr zur Mittagspause am Kiosk der Bäckerei neben der Rezeption treffen.

Festerling begann, von einem Zelt zum nächsten zu gehen; er traf die Leute größtenteils beim Mittagessen an. Nach kurzer Zeit konnte er sein Verfahren in gewissermaßen optimieren, sein Agieren erregte Aufsehen: So kamen die Camper immer gleich mehrerer Zelte herbei, um seine Fragen zu beantworten. Nach etwa zwei Stunden hielt er kurz inne; die Reaktionen glichen sich auf fatale Weise: »Es sind hier so viele Kinder.« »Das Mädchen, das vor mir in der Schlange am Kiosk stand, könnte sie gewesen sein.« »Ich bin nicht sicher, aber ein solches Mädchen habe ich auf dem Weg ›Quer 5‹ zu den Wohnwagen laufend gesehen.« Festerling bewegte sich auf die östliche Umzäunung zu, an der ein weiterer Trakt mit Sanitärenanlagen stand. Von dort kam ihm eine Gruppe Kinder entgegen, Mädchen und Jungen, der Jüngste mochte sechs sein, die Älteste dreizehn Jahre alt. Aus einem Impuls heraus hielt er sie auf, zeigte das Foto herum und erlebte eine Überraschung.

Drei von ihnen waren sich einig, mit Mareike gespielt zu haben, und zwar an den Duschanlagen; sie waren verbotenerweise auf das Flachdach des niedrigen Gebäudes geklettert und hatten da – nach einigem Herumdrucksen kam heraus – geraucht.

Festerling zeigte Verständnis für das ängstliche Zögern und ließ sich die Kletterpartie andeutungsweise zeigen. Er fragte die drei, wann das gewesen sei, und erhielt die erstaunte Antwort: »Oft!«

›Natürlich‹, dachte er, ›alles Verbotene macht Spaß.‹ »Wann also das letzte Mal?«

Doch da versagten seine Zeugen zusehends und konnten sich nicht festlegen, ob das am Freitag gewesen war. Das Datum sagte ihnen nichts, denn Kinder machen ihr Zeitgefühl häufig nicht am Kalender, sondern an ganz anderen Dingen fest.

Festerling hatte ein enges Verhältnis zu seinen Enkeln, und so kam er auf die Idee, seinen kleinen Zeugen das Gefühl von Wichtigkeit und Ernstgenommenwerden zu geben, indem er sich nach weiteren Einzelheiten erkundigte. Auf diese Weise erinnerten sie sich mit Sicherheit, dass sie mit dem Mädchen – sie sagten Maike – das letzte Mal am Tag vor der Abreise eines ihrer Freunde, Jens Dörfer, auf dem Dach gewesen waren. »Wo waren Maikes Eltern?«, wollte der Beamte wissen.

Schulterzucken: »Sie war irgendwo zu Besuch.«

Festerling versuchte es anders: »Aus welcher Ecke des Zeltplatzes kam sie denn?«

Die drei blickten sich vielsagend an: »Von draußen!« Zur Erklärung führten sie vor, was gemeint war: Man konnte problemlos vom Dach auf einen Baum an der Rückfront des Hauses steigen und hatte damit den Zaun überwunden. Festerling blickte nachdenklich in das wild wuchernde Unterholz …

Der Hauptkommissar hatte wie Jensen westlich des breiten Weges die Aktion begonnen, nur war er bis zur Stellfläche der Wohnmobile gegangen, die in lockerer Ordnung zwischen den Bäumen standen. Es waren Gefährte unterschiedlicher Art, manche schon älter, andere machten einen fast luxuriösen Eindruck. Nahezu alle hatten ein Vordach, unter dem Tische und Stühle standen. Die Camper schienen Individualisten zu sein, denn oft hatten sie ihre Sitzecke ausgestaltet: mit den unvermeidlichen Gartenzwergen oder mit Strandfunden, aufgefädelten Hühnergöttern, die in langen Feuersteinketten herunterhingen. Je weiter er sich in Richtung Rückfront bewegte, umso eigenwilliger wurden die Wohnmobile, bis er schließlich begriff: Er war in den Bereich der Dauercamper gekommen. Die meisten gaben auf seine Erkundigungen bereitwillig Auskunft oder verwiesen ihn oft genug an den Nachbarn: Man kannte sich und schätzte sich offensichtlich auch, denn viele Wagen blieben in der kalten Jahreszeit stehen, bis auf einige, die sich Sommer für Sommer wieder einfanden – nicht selten auf exakt demselben Stellplatz. Das konnte für die Ermittlungen von Vorteil sein, denn hier traf er offenbar auf eine zusammengewachsene Gemeinschaft – das waren keine Urlauber in der Anonymität von Hotels. Deswegen war auch die Chance größer, dass ein fremdes Mädchen hier aufgefallen war.

Bereits in der westlichen Ecke angekommen, gaben gleich mehrere Camper an, dem Mädchen schon einmal begegnet zu sein; doch wo genau und wann, da kam Unsicherheit auf. Als er sich auf der schmalen Verbindung »Quer 6« befand, hieß es, er solle doch einmal bei »Paule« vorbeischauen, da hätte es vor Kurzem wohl Ärger mit einem Kind gegeben. Paule hieß Karl-Friedrich Paul und war ein eher kleiner Mann unbestimmten Alters. Er trug ein abgenutztes Käppi, das ihm wie angewachsen auf dem Kopf saß, und Wenke konnte sich für einen Augenblick nicht gegen die Vorstellung wehren, dass er es auch im Bett trug. Sein Wohnwagen war älterer, oder wohl eher ältester, Bauart und hatte mit Sicherheit lange keinen TÜV mehr gesehen.

Doch Paule, das war nicht der Wohnwagen und war nicht das Käppi, das war seine durchdringende Stimme, die er bei Erregung und Wut in den Diskant steigern konnte, was eine gewisse Ähnlichkeit mit Hahnengeschrei hatte. Und mit eben dieser Stimme hatte er in der vorigen Woche ein unbekanntes Mädchen in die Flucht getrieben, das in ziemlichem Tempo dicht an seinem Wohnwagen vorbeigeradelt kam. »Das ist doch hier keine Rennstrecke«, dieses Gezeter war in den nächsten und noch hinter diesen liegenden Domizilen zu hören gewesen.

Wenke zeigte ihm das Foto: »Sehr richtig, das ist sie, jetzt kümmert sich die Bäderpolizei also auch um Raser auf dem Campingplatz. Sehr tüchtig!«, zeigte sich Herr Paul sichtlich beeindruckt.

Der Hauptkommissar klärte das Missverständnis auf.

Plötzlich hatte der kleine Campingfreund all seine geräuschvolle Aufgeräumtheit verloren. Er strengte sein Gedächtnis an: »Es war am Freitagnachmittag vergangener Woche. Ich glaube so gegen 16 Uhr.«

Die drei Kriminalisten saßen sich, wie verabredet, an einem etwas wackligen Tisch hinter dem Bäckerei-Kiosk gegenüber und zogen Bilanz. Nachdem sie ihre Kaffeebecher ausgetrunken hatten, holte Wenke die Belegungskarte hervor und sie trugen die Stellen der Beobachtungen ein: Die Markierungen häuften sich im unteren Drittel des östlichen Teils zwischen den Verbindungswegen »Quer 6« und »Quer 5«, und nahm man die Angaben Festerlings hinzu bis zum Sanitärtrakt an der Umzäunung, wo die Punkte dicht an dicht standen.

Die Erkundigungen in der Rezeption ergaben, dass Familie Dörfer am Sonntag, dem 31. Juli, abgereist war – das stimmte mit den Angaben der Kinder überein; ihr Freund Jens war noch dabei, als sie ihre Spielgefährtin das letzte Mal gesehen hatten.

Gert Jensen blieb skeptisch: »Kann man die Kletterpartie über den Zaun als Hinweis ernst nehmen? Ein Indianerspiel oder was immer es gewesen sein mag …« Der junge Polizist dachte an seine eigene Kindheit zurück – in einem Dorf bei Eisenach. Als er siebzehn Jahre alt war, kam der Umzug nach Stralsund. Die Eltern hatten sich getrennt und seine Mutter war mit ihm an die Küste zurückgekehrt, wo ihre Familie lebte. Für ihn aber blieb Thüringen die Heimat – die Kindheitsjahre vergisst man nicht. Er strich sich die Haare zurück und verscheuchte die Erinnerungen an wilde Abfahrten mit dem Bike die Hänge hinunter.

Sie liefen zu dritt von einem Kiosk zum nächsten, mit dem Foto in der Hand. Die Verkäuferin im Getränkeshop winkte ab, hierher kamen so viele Kinder, wie sollte sie sich an ein einzelnes erinnern; bei den beiden Eisverkäuferinnen scheiterte das ganze schon im Ansatz: Es waren zwei junge Polinnen, die zwar die Eissorten beherrschten und mit dem Geld umgehen konnten, doch sprachlich dann an ihre Grenzen kamen. Auch bei dem Stand mit den Strandutensilien hatten sie kein Glück – hier waren die Käufer Erwachsene, nicht Kinder.

So gelangten sie schließlich an ihren Ausgangspunkt zurück und hielten der Verkäuferin das Foto vor die Augen; ihre Reaktion kam prompt: »Das ist die kleine Mareike aus dem Ort!«

Die Polizisten blickten sich überrascht an und Wenke stieß einen leisen Pfiff aus. Es stellte sich heraus, dass Margit Rolfsen in dritter Generation eine Bäckerei im Seebad

Graal-Müritz führte. Ihr Vater, Hannes, war nur wenig jünger als die Vespers und sie selbst im gleichen Alter mit Wiebke. Als Kinder hatten sie miteinander gespielt, aber als diese nach der Lehre auf der Schwedenfähre der TT-Line anfing, hatten sie sich aus den Augen verloren. Natürlich kannte sie Mareike, die von ihrer Oma oft genug morgens zum Brötchenholen geschickt wurde. Dass sie selbst heute nicht im Laden stand, war reiner Zufall – es hatte in der Kasse des Kiosks Unregelmäßigkeiten gegeben und sie sollte nach dem Rechten sehen.

Jensen trat vor Ungeduld von einem Bein auf das andere, bis er die etwas betuliche Frau ausbremsen konnte und auf den Punkt brachte: »War Mareike jemals an diesem Kiosk?«

Sie dachte einen Moment nach, dann kam ein klares »Nein«, gefolgt allerdings von einem »Aber«: »Als Mareike in der vergangenen Woche, am Dienstag oder Mittwoch, zum Einkaufen kam, hat sie eine Tüte gebrannte Mandeln mitgenommen. Das war so ungewöhnlich, weil ihr Frau Vesper das Geld immer abgezählt mitgab.« Sie habe das Mädchen gefragt: »Wohl für den Opa?« Aber die Kleine hätte verschmitzt gelächelt: »Nein, für Onkel Tom.« Sie hätte zu tun gehabt und so konnte sie nicht weiter nachfragen, aber sie wisse mit Sicherheit, dass es in der Familie keinen Onkel Tom gebe.

Margit Rolfsen erzählte noch einiges über die Vespers, und diesmal ließen die Kriminalisten sie reden und hörten aufmerksam zu: Wiebke hätte bei ihren Männern einen »Drang zu Höherem« gehabt, schon bei ihrer Lehre in der Kurklinik hätte es etwas mit einem Arzt gegeben, und später bei ihrer Arbeit auf einem Kreuzfahrtschiff musste es wieder ein Arzt sein – der Vater Mareikes. Beides wurde im Ort mit einem Kopfschütteln bedacht; der Torben Frenks könne einem leidtun, den hätte sie einfach stehengelassen, den Fischersohn … Wer aber nun dieser Onkel Tom sein solle, wisse sie nicht zu sagen; doch wohl nicht Wiebkes Neuer, diesmal gar der Kapitän?

Die drei Zuhörer waren sich einig: Natürlich war vieles

Geschwätz, Dorfklatsch eben, aber auch hierin konnte ein Hinweis versteckt liegen.

Jensen konnte über den Westteil des Geländes nichts berichten, was aber auch ein Ergebnis war; man trennte sich zur weiteren Befragung.

Um 17 Uhr brach Wenke die Unternehmung vorerst ab.

Auf dem Weg nach Hause entschloss sich der Hauptkommissar, eine nette kleine Gaststätte in Rostock anzusteuern, in der er schon so manches Mal mit Festerling bei einem Glas Bier zusammengesessen hatte. An einem freien Ecktisch ließ er sich nieder und rieb sich mit der Linken das Kinn. ›Paule‹, dachte er unwillkürlich, nicht ›Herr Paul‹ und sann darüber nach, warum das so war: Der Mann konnte zweifellos als Original gelten – doch das war es nicht. Wenke malte mit dem Zeigefinger die Maserung des Tisches nach. Er blickte gedankenverloren auf die von seinem immensen Zigarettenkonsum, dem er erst kürzlich abgeschworen hatte, noch gelblichen Finger: ›Dieser alte Mann mit seinem skurrilen Wohnwagen gehört zum Campingplatz dazu – auf seinem Standort genauso wie zu der Gemeinschaft der Dauercamper. Die Leute akzeptieren ihn nicht nur, sie mögen ihn geradezu. Wenn er nicht da wäre, würde etwas fehlen. Fast zu beneiden.‹ Und Wenke sann darüber nach, wer ihn vermissen würde, wenn er eines Tages nicht mehr die Tür zum Kommissariat öffnete und mit brummigem Morgengruß an den Kollegen vorbeiging. Wenke sah sich um, die meisten Gäste saßen nicht allein an den Tischen und unterhielten sich lebhaft. Als ihm bewusst wurde, dass diese gemütliche Gaststätte kcin Refugium vor seinem Gefühl des Alleinseins war, sondern die Einsamkeit in seiner Wohnung sich auch hier Eingang verschafft hatte, schaute er auf seine Armbanduhr, griff zum Handy und rief Torsten Festerling an.

Es dauerte keine zwanzig Minuten, dann stand dieser vor ihm; die kleine Kneipe lag in ihrer beider Wohngegend und Festerling war es, der hier regelmäßig herkam. Mit seiner drahtigen Figur waren ihm seine Lebensjahre erst auf den zweiten Blick anzumerken – der etwas steife Gang, der bei älteren Männern des Öfteren zu finden ist, verriet sein Alter. Er nickte seinem Chef zu, was sowohl Begrüßung als auch Zustimmung einschloss. »Am Wochenende will ich mit meiner Angel losziehen …«, sagte er unvermittelt.

Wenke blickte auf und sah ihn stumm an. Beiden stand das Kind vor Augen, das Mädchen mit dem blonden Pferdeschwanz – mit einem Zopfgummi zusammengebunden, das hier an der Küste zu Hause war und im Sommer täglich am Wasser spielte. Hatte sie die Gefahren unterschätzt und war von einer Buhne gestürzt? Bei einer nordwestlichen Windrichtung und höherem Wellengang wie am vergangenen Freitag konnte eine starke Unterströmung entstehen, die Badende auf das Meer hinauszog …

Und als säßen sie noch auf den wackligen Stühlen des Campingplatzes sagte der Hauptkommissar: »War die rasante Fahrerin tatsächlich Mareike Brandt? Das wäre ein vom Haus der Großeltern weit entfernter Spielplatz!«

Sein Kollege nickte ein paar Mal, offensichtlich teilte er die Zweifel Wenkes.

»Aber der Parkplatz des Radwanderweges, wo sie von einem Autofahrer mitgenommen worden sein soll, liegt ebenfalls in beträchtlicher Entfernung«, sprach er nach einer ganzen Weile halblaut vor sich hin und schob mit dem Finger seine Brille auf der Nase in die Höhe.

Als sie sich an diesem Abend trennten, hatten sie zwar über das Angeln gesprochen, doch ohne die sonst übliche Hingabe und Begeisterung. Hätte ein Unbeteiligter mit am Tisch gesessen, er wäre verwundert gewesen über dieses merkwürdige, immer wieder ins Stocken geratene Gespräch, dem der Faden abhanden gekommen zu sein schien; und wäre er aus einem anderen Bundesland gewesen, hätte er dies der sprichwörtlichen »Maulfaulheit der Fischköppe« zugeschrieben.

Emma Baader hatte den Tag im Kommissariat über Akten verbracht: die Durchsicht von Vermisstenfällen der letzten zehn Jahre aus dieser Region. Das einzig Konstruktive, was sie beitragen konnte, war die Überprüfung der Anschrift von Frank Herbig, dem Motorradfahrer vom Radwanderparkplatz. Selbstständig durfte sie ihn nicht befragen. Sie fühlte sich zum Nichtstun verurteilt, zu einer Pseudo-Ermittlung in die Ecke gestellt – kurz, erheblich frustriert. Wenke hatte sie am Telefon schnell über die wichtigsten Ergebnisse der Campingplatzrecherche informiert, aber das hörte sich unwillig an, ziemlich pflichtgemäß und noch dazu etwas herablassend, als spräche er mit einem Kind.

So kam ihr die Idee, in ihren kleinen Nissan zu steigen und sich nach Dienstschluss am Ort des Geschehens umzusehen. Sie parkte den Wagen kurz vor dem Eingang, mit ihrer Sonderberechtigung hinter der Scheibe. Als erstes wollte sie sich zwar einen Eindruck von der ganzen Anlage verschaffen und lief deshalb den Hauptweg entlang bis zu den Wohnwagen. Doch sie hatte vor, Neues zu erkunden und nicht nachzumachen, was ihre Kollegen vorgemacht hatten. Daher ging sie zurück zum Eingang; es war kurz nach 19 Uhr. Die meisten Camper saßen beim Abendbrot. Sie wartete einen unbeobachteten Moment ab und schlüpfte in das Gestrüpp, um sich von außen am Zaun fortzubewegen. Ihr Ziel war der Sanitärtrakt an der Ostseite, auf den sie stoßen musste. Am liebsten hätte sie wie die Kinder den Weg über das Dach genommen, doch dazu war an dieser Stelle zu viel Publikumsverkehr, als dass eine erwachsene Frau bei dieser Kletterei unbemerkt hätte bleiben können.

Das Unterfangen erwies sich mühevoller als gedacht. Sie war gezwungen, kleine Umwege zu machen; das Gesträuch war dicht gewachsen und wo es lichtere Stellen gab, standen ausgedehnte Brombeerfelder im Wege. So kämpfte sie sich weiter; eins stand jedenfalls fest: Hier war schon lange niemand mehr gewesen. Emma mochte etwa eine halbe Stunde unterwegs gewesen sein, da bemerkte sie, dass sie sich zwischen Bäumen mit schlanken dunklen Stämmen fortbewegte: Das waren keine Buchen mehr, das waren Erlen. Ihr kam die kleine Brücke in den Sinn auf dem Weg zum Strandaufgang 14, die über einen Entwässerungsgraben führte – der Untergrund war sumpfig. Sie musste achtgeben, dass ihre Expedition kein Eigentor wurde, sie womöglich irgendwo stecken blieb – die Gesichter der grinsenden Kollegen sah sie schon vor sich. So tastete sie sich vorsichtig weiter und kam daher immer langsamer voran. Doch irgendwann musste rechter Hand das helle, lang gestreckte Gebäude der Toiletten und Waschräume auftauchen, und dort war ein Weg oder Pfad zu erwarten, den das Mädchen benutzt hatte.

Doch nichts dergleichen kam in Sicht. Sie setzte sich auf einen Findling und sah nachdenklich auf den Boden: Ringsum war er mit runden Moospolstern bedeckt und dahinter sahen dichte Halme hervor. Sie richtete sich alarmiert auf und ging ein paar Schritte weiter: Das war Riedgras! Sie war in einem Sumpf, der sie von drei Seiten umschloss. Ihr blieb nur übrig, sich seitlich auf dem trockeneren Untergrund fortzubewegen. Doch damit stand fest, dass die Orientierung verloren gegangen war. Den Zaun vermutete sie rechts von ihrer Position, doch auf geradem Weg dorthin zu gelangen, schien unmöglich. Zu allem Überfluss begann es zu regnen; Emma zog ihre Kapuze über den Kopf und schaute zum Himmel, der grau über ihr hing. ›Tristesse pur‹, ging ihr durch den Sinn. Sie lief geradewegs weiter durch den sich etwas lichtenden Wald. Da schimmerte es vor ihr hell durch die Stämme. ›Endlich‹, dachte sie und nahm ihr Handy hervor, um die Uhrzeit abzulesen; doch es reagierte nicht, der Akku war leer. Wie hatte ihre Großmutter gesagt: »Es ist nichts so schlecht, als dass es nicht immer noch schlimmer werden kann!«

Der Spruch schien sich zu bewahrheiten, denn nach zehn Minuten stellte sie fest, dass das keineswegs das Gebäude des Sanitärtraktes war: Sie stand vor dicken Betonteilen eines alten Weltkriegsbunkers. Dessen rechte Seite neigte sich geradezu grotesk dem Boden entgegen; offensichtlich war der Sprengversuch unvollkommen geblieben, die Stahlarmierung hielt die Betonklötze zusammen. Es war ein eingeschossiges Bauwerk, ursprünglich vermutlich ein Schutzraum, dessen unterirdische Ausmaße von oben schwer zu schätzen waren. Emma lief auf den vor ihr liegenden Eingang zu, der mit dicken Bohlen gesichert war. Ein Stück weiter tat sich allerdings ein Loch in der Wand auf, groß genug, um in gebückter Haltung hindurchzukriechen. Einen Moment lang warnte die Vernunft und der Spruch ihrer Oma stand ihr vor Augen. Doch dann siegte die Neugier. Zu ihrem Ärger stellte sie fest, dass ihre Taschenlampe nicht in dem kleinen Rucksack steckte, sondern wohl im Handschuhfach des Autos liegen geblieben sein musste, als sie neulich unter den Sitzen nach einem Parkschein gesucht hatte. Doch an ihrem Schlüsselbund war ein Anhänger mit einem kleinen Punkt-Licht, zum Finden des Schlüssellochs an ihrer schlecht beleuchteten Haustür.

Sie trat ein paar Schritte hinein – die Lichtquelle war geradezu lächerlich angesichts des sich weitenden Ganges vor ihr. So tastete sie mit ihrer linken Hand an der Mauer entlang, mit einem Gefühl des Ekels, denn diese war feucht und glitschig. Der Gang vor ihr stand wie eine schwarze Wand von absoluter Finsternis. Sie schaute unwillkürlich nach links und entdeckte an der Wand einen Schriftzug; das Wort ›Reich‹ konnte sie entziffern. Sie hielt einen Augenblick inne und lauschte, irgendwo tropfte regelmäßig Wasser. Als sie sich drei Schritte weiter nach vorn bewegte, rauschte es plötzlich auf; irgendetwas kam ihr entgegen. Sie stieß einen Schrei aus und hatte Mühe, ihre Panik zu unterdrücken. So schnell wie möglich strebte sie dem Ausgang zu, holte sich ein paar Schrammen an Steinkanten, stolperte schließlich auf dem unebenen Untergrund und fiel hin. Mit den instinktiv ausgestreckten Händen griff sie in etwas Weiches – Stoff, eine Decke oder Kleidung? Sie hatte nicht die Nerven, genauer nachzusehen. Nur raus hier; es kann immer noch schlimmer kommen … Endlich stand sie im Freien. Jedes Zeitgefühl war ihr abhandengekommen, sie wusste nicht, wie lange sie in dem Bunker zugebracht hatte.

Als sich ihr Puls beruhigt hatte, konnte sie wieder klar denken: Was den Bunker so lebendig gemacht hatte, waren sicherlich nichts weiter als Fledermäuse gewesen – eine ideale Behausung war es ja für die Tiere. Aber die Schrift und die Textilien am Boden wusste sie auch jetzt nicht zu deuten; fest stand damit eigentlich nur, dass jemand hier gewesen sein musste – doch wann und warum? Das konnte Jahre zurückliegen. In diese verlassene Gegend kamen jedenfalls bestimmt keine Urlauber, soviel war sicher.

Emma bewegte sich nun auf festem Boden vom Bunker fort, doch in welcher Richtung das Meer lag, war nicht auszumachen. Immer wieder musste sie dichtem Gestrüpp ausweichen; ratlos lehnte sie sich nach einiger Zeit an den glatten Stamm einer Buche und sah in den Himmel. Die dichte Wolkendecke hing noch immer tief und unter dem Blätterdach herrschte ein fahles Licht. Offenbar begann es zu dämmern. Sie musste aus diesem Waldgebiet rausgefunden haben, ehe es hier ganz dunkel wurde. Unschlüssig blieb sie auf einer Lichtung stehen, an deren linker Seite das Buschwerk etwas auseinanderzutreten schien. Emma steuerte auf die Stelle zu und entdeckte einen Trampelpfad, ganz schmal und kaum von der Umgebung zu unterscheiden. Obwohl er bei der schwindenden Helligkeit kaum noch zu erkennen war, versuchte sie, ihm zu folgen. Irgendwohin musste er ja schließlich führen. Neben ihr raschelte es im Unterholz, ohne dass etwas zu sehen war. Doch diesmal ließ sie sich nicht ins Bockshorn jagen: Ganz bestimmt waren das Tiere, Rehe oder Wildschweine. Der Küstenwald durfte nur eingeschränkt bejagt werden, und so meldete die regionale Presse immer wieder Begegnungen von Urlaubern mit den Schwarzkitteln, die in letzter Zeit immer dreister geworden waren und sogar schon auf der Seepromenade gesichtet wurden.

Beim nächsten Geräusch blieb sie stehen und blickte angestrengt auf die Stelle im Gesträuch. Glänzte da nicht etwas? Die Augen von Tieren? Dann konnte es nur ein Fuchs sein, so dicht am Boden. Sie nahm einen Stein und warf ihn in die Richtung – doch nichts rührte sich. Nach einigem Zögern tat sie ein paar Schritte und bückte sich: Im Licht der kleinen LED-Lampe ihres Schlüsselanhängers war der Lenker eines Fahrrades zu erkennen. Ein zweiter Blick sagte ihr, dass es ein Kinderfahrrad war. Ihr anfänglicher Impuls

war, es herauszuziehen und mitzunehmen: Doch wenn dies etwas mit ihrem Fall zu tun hatte, wäre es grundverkehrt gewesen. Jede Veränderung am Fundort konnte mögliche Spuren verwischen. Aber welche Angaben sollte sie zu diesem Fund machen, sie wusste doch gar nicht, wo sie sich genau befand. Emma sah das Kopfschütteln der Kollegen lebhaft vor sich.

Unter den Bäumen war es jetzt schon fast dunkel, doch der Weg schien breiter zu werden. Schließlich befand sie sich an einer Weggabelung. ›In welche Richtung weiter?‹, war die Frage. Sie hielt einen Moment inne und vernahm ein schwaches, und zwar dumpfes, wummerndes Geräusch in der Ferne. Sie atmete erleichtert auf, denn sie erinnerte sich, dass die Kurverwaltung für heute Abend ein Sonderkonzert der »Freibeuter« angekündigt hatte: Die rhythmischen Töne aus der Strandmuschel waren die Bässe, die weit in die Umgebung und in den Ort hinein dröhnten – was schon zu Beschwerden geführt hatte. Sie wusste, dass die Musiker erst ab 20.30 Uhr spielten und hatte damit einen Anhaltspunkt für die Uhrzeit. Ihre Schritte der Geräuschquelle entgegen wurden immer schneller und gingen nach ein paar Minuten in einen leichten Trab über wie beim Jogging. Als sie um eine Krümmung bog, sah sie es in einiger Entfernung heller werden und nach zehn Minuten stand sie am Meer: Es war der Radwanderweg, auf den Emma zurückgefunden hatte. Das hieß, sie war außerhalb des Seebades, das mit seiner beleuchteten Seebrücke auf der rechten Seite ihres Blickfeldes lag. Doch sie musste in die entgegengesetzte Richtung laufen – jetzt wieder in normalem Schritttempo –, denn ihr Auto stand ja kurz vor dem Eingang zum Campingplatz.

Nach etwa dreißig Minuten kam der Parkplatz mit der Ruine der Fahrradstation in Sicht. Von dort aus war es noch eine Viertelstunde zum Ziel. Als sie sich in ihren Nissan fallen ließ, fühlte sie so etwas wie eine tiefe Dankbarkeit zu diesem schon in die Jahre gekommenen, aber stets zuverlässigen Gefährt. Die Uhrzeit leuchtete nach dem Starten auf: Es war 21.40 Uhr. Das, was ihr wie eine halbe Ewigkeit vorgekommen war, hatte also gut zwei Stunden gedauert, nicht länger.

Das Letzte, was sie dachte, als sie erschöpft im Bett lag, war, wie sie das alles dem Hauptkommissar beibringen wollte.

Dienstag, 2. August

Es war Dienstagmorgen, als die übermüdet wirkende Emma Baader auf dem Revier erschien. Die Erlebnisse der letzten Nacht hatten sie nicht schlafen lassen. Sie fühlte sich wie gerädert, aber sie musste weitermachen. Sie hatte wichtige Informationen, die vielleicht im Fall des vermissten Mädchens helfen konnten. Sie hoffte nur, dass Wenke ein Nachsehen mit ihr hätte, denn sie war unerlaubt alleine losgezogen und

hatte sich unnötig in Gefahr gebracht. Auch fürchtete sie ein wenig, zum Gespött der Kollegen zu werden, weil sie nicht gerade mutig gehandelt hatte.

Während der Besprechung im Kommissariat wurden die Ergebnisse der Befragung auf dem Campingplatz mitgeteilt, ergänzt durch Baaders Auffinden eines Kinderrades – irgendwo außerhalb der Umzäunung. Sie hatte den Hergang ihrer Aktion etwas geschönt und all das nicht erwähnt, was mit Umherirren und Panik zu tun hatte. Dennoch erntete dieser Alleingang natürlich ein Stirnrunzeln bei den Kollegen, doch Ralf Wenke ging darüber hinweg und kam zur Tagesordnung. Sie war ihm im Stillen dankbar und gestand sich ein, dass sie ihn mochte.

»Gibt es Neuigkeiten über den Aufenthaltsort von diesem Stiefvater, Jürgen Brandt?«, fragte der Hauptkommissar, es war jedoch noch keine Nachricht aus Rostock eingetroffen.

Es wurde beschlossen, eine Hundertschaft der Bereitschaftspolizei anzufordern, die das Gelände um den Campingplatz absuchen sollte, schon um das möglicherweise wichtige Fahrrad sicherzustellen und die Bunkerruine zu lokalisieren. Es war allerdings nicht unbedingt davon auszugehen, dass beides für den Fall von Bedeutung sein könnte.

Der Hauptkommissar, Jensen und Baader waren auf dem Weg zur Dr.-Leber-Straße, denn Wiebke Brandt war aus dem Krankenhaus entlassen worden. Unterwegs stoppten sie am Lindenweg 12, dem Wohnsitz von Frank Herbig. Sie holten den jungen Mann aus dem Bett – am Dienstagvormittag ein etwas ungewöhnlicher Aufenthaltsort. Er hatte mit Freunden abends gefeiert und ihm war sichtlich nicht ganz wohl beim Anblick der Polizisten – eine Anzeige wegen ruhestörenden Lärms? Als klar war, worum es ging, zeigte er sich aber zugänglich: Er bestätigte zunächst, dass er sein Motorrad am 29. Juli auf dem Parkplatz des Radwanderweges abgestellt hatte. Etwa zwischen 14 und 18 Uhr. Er hatte eine Verabredung zum Volleyball am Strand. Er erinnerte sich auch daran, dass er sein Gefährt umstellen musste.

Auf Emmas Frage, ob ihm auf dem Parkplatz etwas Besonderes aufgefallen wäre, hakte Jensen nach: »Was für Autos standen in der Nähe, Farbe und Automarke?«

Der junge Mann blickte nachdenklich auf: Der Fahrer neben ihm sei mit halb offenem Kofferraum abgefahren, er wäre ihm noch ein paar Schritte winkend nachgelaufen. Aber obwohl der ihn bemerkt haben musste, habe er den Wagen beschleunigt und sei davongefahren; ein schwarzer Volvo, Nummernschild unbekannt.

»Der Fahrer, ein Mann also?«, wollte Wenke wissen.

Was das betraf, war sich der Zeuge sicher, zum Aussehen konnte er keine Angaben machen. Bei der nächsten Frage schien ihn sein Gedächtnis ganz zu verlassen.

»War die Kofferraumklappe versehentlich nicht geschlossen worden oder gab es einen Grund dafür?«

Frank Herbig zögerte; ihm sei so, als hätte derjenige irgendetwas geladen, was nicht ganz reinpasste. Vermutlich hatte er kein rotes Tuch dabei, um seine Fracht zu markieren und deshalb auch sein schnelles Verschwinden. Herbig wurde zur Protokollierung seiner Aussage am Folgetag ins Kommissariat bestellt.

Wiebke Brandt saß zusammengesunken auf einem Gartenstuhl hinter dem Haus. Gert Jensen komplimentierte die alte Gertrud Vesper in die Wohnküche, die zwei Frauen sollten getrennt befragt werden. Der Hauptkommissar teilte der verzweifelten Mutter den Stand der Ermittlungen mit – soweit dies geraten schien – und lenkte dann das Gespräch auf ihren geschiedenen Mann, der seit mehreren Tagen gesucht wurde.

Aus ihren Aussagen entstand folgendes Bild: Jürgen Brandt war zu Beginn ihres gemeinsamen Lebens so etwas wie der ruhige Pol ihrer Beziehung gewesen, der umsichtig wirtschaftete und sich zuverlässig um die Kleine kümmerte, wenn sie auf der Fähre unterwegs war. Sie hatten keine Sorgen und sahen einer ungetrübten Zukunft entgegen. Das änderte sich, wie sie schon erzählt hatte, schlagartig, als er seine Arbeit auf der Werft verlor. Er war einer derjenigen Schiffsbauer, die gleich am Anfang der Werftenkrise ihre Kündigung erhalten hatten. Seitdem gab es ständig Reibereien, gepaart mit Eifersüchteleien unsinnigster Art, denn es bestand überhaupt kein Anlass dazu. Zunehmend zeigte sich, dass der scheinbar in sich ruhende Mann aus dem Gleichgewicht geriet: Hatte er im ersten Jahr noch zahlreiche Bewerbungen geschrieben, die jedoch alle im Sande verliefen, so ließ er den Dingen bald ihren Lauf. Es gab immer öfter Streit, auch weil sie sich nun finanziell einschränken mussten. Bei einem dieser Vorfälle war er handgreiflich geworden; das war der Moment, an dem sie sich innerlich von ihm loszusagen begann. Eines Tages fiel ihr ein Notizbuch in die Hände, in dem er Zeit und Ort ihrer Abwesenheit penibel eingetragen hatte. Es stellte sich heraus, dass er sie auf Schritt und Tritt verfolgte. Aus dem einst so selbstsicheren Mann war ein zutiefst verunsicherter Fünfunddreißigjähriger geworden, der nur noch gegenüber Bekannten und Nachbarn – seine Freunde hatten anderswo eine Stelle gefunden und die Stadt verlassen – die Maske des treu sorgenden Familienvaters trug, sich tatsächlich aber in einen Kontrollfreak verwandelt hatte. Wiebke Brandt gebrauchte das Wort »Stalker«. All das zog sich noch etwa ein Jahr hin und dann war sie Hals über Kopf bei ihrer Freundin Anna Hegebrecht eingezogen.

Die verstörte Frau hob den Blick und sah Hauptkommissar Wenke das erste Mal gerade in die Augen: Da war noch etwas, das den unmittelbaren Anlass für ihre Entscheidung, einen Schlussstrich zu ziehen, geliefert hatte: Eines Tages sei sie wider Erwarten zwei Stunden früher, also kurz nach dem Mittagessen, nach Hause gekommen, da hätte sie ihren Mann im Bett, und zwar mit Mareike, angetroffen. Seiner Erklärung, er hätte das Kind in den Arm genommen, weil es sich beim Sturz vom Fahrrad wehgetan hatte und er es trösten wollte, hatte sie nicht geglaubt.

Wenke und Jensen sprachen fast gleichzeitig: »Mareikes Fahrrad – wo ist es jetzt?«

Die Mutter reagierte verwundert: »Im zur Wohnung gehörenden Keller natürlich.«

Der Hauptkommissar nahm sich vor, das per Anruf bei der Mitbewohnerin überprüfen zu lassen, wenn diese abends wieder zu Hause war. Nun interessierte ihn eher das Verhältnis Mareikes zu ihrem Stiefvater.

Da aber hatte er geradezu in ein Wespennest gestochen – es folgte ein Redeschwall: Nachdem sie ihm als Frau zusehends zu entgleiten drohte, hätte sich Jürgen geradezu an Mareike geklammert und sie vor Gericht der unsinnigsten Dinge bis zur Vernachlässigung beschuldigt. Die Richterin hätte ihn aber ermahnt, bei der Wahrheit zu bleiben, denn sie hatte erkannt, dass ihr Mann das Mädchen nur als Druckmittel einsetzen wollte: Sie sollte zu ihm zurückkehren.

Wiebke Brandt senkte den Blick erschöpft zu Boden.

Doch für Wenke war das alles nur Vorgeplänkel, das erwartungsgemäß nichts grundsätzlich Neues erbracht hatte – wenn man jedenfalls die »Bettszene« nicht ernst nehmen wollte; sie gänzlich als hysterische Reaktion abzutun und von vornherein bei den Ermittlungen außen vor zu lassen, schien natürlich nicht ratsam. Doch nun kam er auf den

Punkt, zu dem er sich vor allem Aufschluss erhoffte: »In welchem Verhältnis stand Mareike zu Onkel Tom?«

Die Befragte schaute den Hauptkommissar einen Augenblick lang entgeistert an, dann schien sie wieder in Lethargie zu fallen.

Doch diesen Blick registrierten sie alle drei. Emma Baader hatte Mühe, sich zurückzuhalten, aber sie wollte nicht wieder durch eigenmächtiges Vorpreschen in die Kritik geraten. Wenke und Jensen schwiegen, die Augen auf die vor ihnen Sitzende gerichtet. Sie wussten, dass Schweigen die Widerstandskraft in manchen Fällen schneller untergraben konnte als ein offener Angriff. Auf den konnten sich die Betreffenden, wenn sie gewandt genug waren, schnell einstellen; beim Verstummen des Ermittlers aber mussten sie selbst eine plausible Lösung finden.

In diesem Augenblick ertönte Gertrud Vespers etwas schrille Stimme aus dem Haus; sie lehnte aus dem Küchenfenster und rief den Beamten zu, dass sie keine Zeit mehr habe und fort müsse.

Ihre Tochter raffte sich noch zu einem: »Kenne ich nicht« auf, aber die Anspannung war verpufft.

›Zufall?‹, dachte Jensen, ›oder gezieltes Eingreifen? Hatte Frau Vesper mitbekommen, worum es ging? Oder hatte sie es mindestens befürchtet?‹ Er fragte die Großmutter, ob Mareike im Seebad Graal-Müritz Fahrrad gefahren sei und erntete ein Kopfschütteln. »Und wer ist Onkel Tom?«

Statt eines Schulterzuckens kam die Gegenfrage: »Hat die Polizei schon Jürgen Brandt aufgetrieben?« Die Formulierung legte nahe, dass dieser untergetaucht war. Eine verbale Antwort blieb sie zwar schuldig, doch die Ermittler verstanden, was sie ihnen sagen wollte.

Nach dieser Befragung brauchte Wenke einen Moment für sich und sagte zu seinen Kollegen: »Ich muss an die Luft. Nur für einen Augenblick – zum Nachdenken.«

Dann fuhr er in Richtung Strand. In dieser frühen Nachmittagsstunde waren die Wege nicht so verstopft, denn die Masse der Urlauber war bereits am Wasser oder gönnte sich ein Mittagsschläfchen. Er stellte den Wagen nahe dem Strandaufgang ab, lief ein Stück am Meer entlang und entschied sich für ein idyllisches Plätzchen. Die Wärme des Sommers umgab ihn. Nach ein paar Minuten zog er seine Jacke aus und knöpfte sich das Oberhemd bis zum Gürtel auf, denn es wurde ihm zu heiß. Wer ihn so sitzen sah, würde kaum auf die Idee kommen, in dem Mann einen Hauptkommissar der Kriminalpolizeiinspektion vor sich zu haben, dessen Metier Kapitalverbrechen waren. Seine Augen waren auf das Meer gerichtet, aber bei näherem Hinsehen war zu erkennen, dass er mit leerem Blick reglos dasaß. Ihm fiel seine Jugend in einer anderen Hansestadt ein, viel kleiner, aber auch mit einem in die See mündenden Fluss, dem Ryck; die Törns mit dem Segelclub, die Schulzeit am Greifswalder Gymnasium und die Freunde von damals. Die Tage waren von einer Unbeschwertheit gewesen, die er sich heute nicht mehr vorstellen konnte. ›Wo ist dieses Leben geblieben?‹, fragte er sich etwas wehmütig und rief sich schnell wieder zur Ordnung. Es gab überhaupt keinen Grund, sentimental zu werden: In seinem Beruf erfolgreich, bei den Kollegen angesehen, geübt in Stressbewältigung und der Übernahme von Verantwortung – das stand auf der Habenseite. Auf der anderen waren die Negativposten der Folgen einer solchen Lebensführung zu finden: ungesunde Lebensweise, fehlender Freundeskreis und überhaupt ein nur in Relikten vorhandenes Privatleben. Sein Angelhobby, viel zu selten ausgeübt, war geradezu symptomatisch für seine Situation: Wenn er sich einmal freinahm, war er allein. ›Einsamer Wolf‹, dachte er und wusste, dass er ursprünglich ganz anders gewesen war, eher der gesellige Typ. Er fühlte, wie er doch immer mehr in diese Rolle hineinwuchs. Es war ein wenig Trotz bei dem Gedanken: ›Wenn es nicht anders sein kann, dann ist es eben so.‹ Die gescheiterte Ehe ging ihm durch den Kopf.

Eine Möwe schrie ganz in seiner Nähe und brachte ihn wieder in die Gegenwart zurück. Wieder blickte er zum Meer und sah, wie das Licht der Sonne auf den Wellen funkelte. Wenke schaute versonnen in dieses Gefunkel – da tauchte ein Gesicht daraus hervor: ein Kind, dem die blonden Haare wie ein Strahlenkranz um den Kopf standen. ›Mein Gott‹, dachte er, ›also ertrunken. Ob wir den kleinen Körper je finden werden? Manch einen Toten gibt die See nicht wieder her.‹

In diesem Augenblick schob sich eine dicke Wolke vor die Sonne und der Zauber war verschwunden. Mit der Rechten fuhr er sich über die Augen, wie um den Bann endgültig zu brechen. ›Es lässt mich nicht los‹, ging es ihm durch den Kopf, ›selbst hier nicht.‹ Festerling hatte ihm einmal verraten, was er tat, wenn er von einem Gedanken nicht loskommen konnte: »Dieser Verfolgung kannst du nur dadurch entgehen, dass du dich zwingst, an etwas gänzlich anderes, etwas Positives, zu denken.« Es dauerte nur einen kurzen Moment, dann sah er zwei lächelnde Augen vor sich. ›Wie die Mona Lisa lächelt sie, nicht mit dem Mund, sondern mit den Augen: Emma. – Was für ein Vergleich‹, dachte er noch und rief sich zum zweiten Mal an diesem Nachmittag zur Ordnung. Es machte ihn nachdenklich, dass ihm selbst bei

dieser Suche nach etwas Schönem nichts anderes als Dienstliches einfiel. ›Aber es gibt neben dem Beruf eben nichts weiter‹, sagte er sich, ›ein Privatleben von grenzenloser Öde …‹

Aus diesen Grübeleien riss ihn das Klingeln seines Handys: Seine Schwägerin hatte ihn auf dem Festnetzanschluss nicht erreicht, wollte wissen, was er denn so treibe und erinnerte ihn an die Einladung am kommenden Wochenende nach Berlin, denn sein Neffe, Wenke war immerhin dessen Patenonkel, wurde zehn Jahre alt.

Er könne nichts versprechen, antwortete der Hauptkommissar, denn sie hätten momentan einen Fall, bei dem mit unvorhergesehenen Wendungen zu rechnen sei.

Dann machte er sich auf den Rückweg ins Rostocker Kommissariat. Auf der Bundesstraße hatte er zu dieser Zeit freie Fahrt.

Festerling fasste bei der abendlichen Besprechung noch einmal die gesammelten Informationen zusammen: »Als gesichert dürfte der Aufenthalt Mareikes auf dem Gelände der Kurklinik am Freitag, dem 29. Juli, zwischen 11 und 11.50 Uhr gelten.« Er heftete das Beweisfoto an die Tafel und versah es mit dem Namen »Maike«, durchaus eine mögliche Kurzform ihres Namens. »Die Abgebildete ist von ihrer Mutter später als Mareike identifiziert worden. Der Zeitpunkt der Aufnahme war kurz vor 12 Uhr, exakt zehn Minuten bevor sie zum Mittagessen bei ihrer Oma erwartet wurde. Sie wäre zwar nicht ganz pünktlich gewesen, doch spätestens zehn Minuten nach 12 Uhr hätte sie dort ankommen müssen.

Von hoher Glaubwürdigkeit ist die Aussage des Fischers Kai-Uwe Frenks, der Mareike gegen 15.30 Uhr desselben Tages auf dem Parkplatz des Fahrradverleihs gesehen hat. Er kannte das Kind doch, warum sollte er sich derart täuschen lassen? Die Befragung von Uwe Danzig, dem Betreiber des Verleihs, führte zu Frank Herbig, der allerdings nur den schwarzen Wagen bestätigen konnte – ob dieser mit dem von Herrn Frenks beschriebenen identisch war, muss offen bleiben.« Festerling malte ein dickes Fragezeichen an diese Stelle. »Völlig ungeklärt bleibt bisher auch, wie das Kind dorthin gekommen sein sollte – mit demselben Auto vielleicht?« Er schob sich die Brille zurecht und fuhr fort: »Der Zeuge Bernd Lechleitner will gegen 14.30 Uhr auf den Buhnen in Richtung Campingplatz ein Mädchen beobachtet haben, das Ähnlichkeit mit der Gesuchten aufweist. Gleichzeitig taucht eine ›Rieke‹ vor 14 Uhr in ziemlicher Entfernung, etwa beim Strandaufgang 28 – östlich der Seebrücke – auf, mit der der Enkel einer Berliner Rentnerin sicher war, gespielt zu haben. Beide Stellen liegen ca. sieben Kilometer auseinander.« An der Tafel entstand eine gestrichelte Linie. »Dass es sich dabei um dieselbe Person gehandelt hat, ist nahezu auszuschließen. Welche Version trifft also zu, das ist hier die Frage.« Und der Stift schrieb wieder ein dickes Fragezeichen. »Mareikes Anwesenheit auf dem Parkplatz des Radweges ist dagegen in eine gewisse Übereinstimmung damit zu bringen, was die Recherche auf dem Campingplatz ergeben hat: Ein Mädchen des fraglichen Alters hatte am 28. Juli – also einen Tag vor dem Verschwinden Mareikes –, wie schon so oft, mit einer Gruppe von Ferienkindern gespielt; sie erkannten sie auf dem Foto und wieder fiel der Name ›Maike‹. Einer der Dauercamper, Karl-Friedrich Paul, hat das Kind auf dem Foto ebenfalls dort gesehen und als die wilde Radfahrerin identifiziert, die am 28. an seinem Wohnwagen vorbeigefahren war. Dass die Radlerin auch diejenige gewesen ist, die die Kletterpartie über den Zaun unternommen hat, kann als naheliegend gelten. Doch war das tatsächlich Mareike Brandt?« – Wieder ein Fragezeichen.

Am Ende war die Tafel voll davon, klare Linien als Zeichen einer Verbindung gab es dagegen wenige. Der Hauptkommissar stimmte dem dargelegten Ermittlungsstand mit einem Kopfnicken zu – das war ein trotz aller Mühen mehr als dürftiges Ergebnis.

Mittwoch, 3. August –
Der 5. Tag nach Mareikes Verschwinden

Für den Vormittag hatten sich Festerling und Jensen bei der Familie Frenks angekündigt, und zwar beim Sohn des Hauses. Der Besitzer der kleinen Fischgaststätte »Zur Boje« trat ihnen entgegen und die beiden wechselten einen erstaunten Blick. Unausgesprochen waren sie darauf eingestellt, den Typus des Vaters – nur in jüngeren Jahren – vorzufinden. Doch Torben Frenks entsprach so ganz und gar nicht der Vorstellung von einem wettergebräunten, athletischen Fischersohn.

Er bat sie, ihm auf die Terrasse zu folgen, auf der die großen weißen Sonnenschirme noch verpackt wie Pylonen standen, telefonierte kurz und nahm auf einer der weißen Bänke Platz. Der Mann, der ihnen da gegenüber saß, war wie Wiebke Ende dreißig, doch er wirkte jünger, und zwar in einer besonderen Art. Er hatte etwas Infantiles an sich: Die Augen schauten aus einem runden Gesicht, umgeben von einer blonden Lockenpracht, um die ihn jede Frau beneidet hätte. Beim Sprechen fuhr er sich beständig mit dem Handrücken über den Mund, wie ein Kind, das vor der Klasse steht, die Frage des Lehrers nicht beantworten kann und vor Verlegenheit nicht weiter weiß. Seine Beine hatte er übereinander geschlagen. Als er kurz aufstand, um Kaffee zu holen, bewegte er seinen untersetzten Körper etwas schwerfällig: Torben Frenks wog nicht nur zu viel, sondern seine Beleibtheit wirkte auch irgendwie aufgeschwemmt.

Jensen zeigte ihm Mareikes Foto: Er hätte sie schon mindestens vier Wochen nicht mehr gesehen, was allerdings auch kein Wunder sei, denn was sollte sie in seinem Restaurant.

›Restaurant‹, dachte Festerling und wollte die durchschnittliche Anzahl der Gäste wissen, die in der Saison pro Tag hierher fanden.

Sie erfuhren, dass die Boje auch bei Einheimischen beliebt war, die gern mal auf ein paar Biere abends bei ihm vorbeischauten. Nach Auffälligkeiten befragt, erzählte er, dass die Nachricht vom Verschwinden des Kindes natürlich Aufsehen erregt und tagelang für Gesprächsstoff gesorgt hatte. Ein Gast wollte das Mädchen sogar gesehen haben.

»Und warum hat er sich nicht bei uns gemeldet?«, fragte Jensen unwillig.

Das sei etwa am Strandaufgang 30 gewesen, also so weit östlich der Seebrücke, dass sie es doch unmöglich gewesen sein konnte.

»Und wie ist Ihr Verhältnis zu Frau Brandt?«

Die so unvermittelt gestellte Frage brachte den jungen Mann an den Rand seiner Reaktionsfähigkeit. Er sah den Ermittler an, als hätte er ihn nicht verstanden.

Festerling ließ ihm keine Zeit zum Überlegen: »Frau Brandt hat Sie seit Ihrem Aufenthalt bei Ihren Eltern doch angerufen«, stieß der Kripo-Beamte nach.

Die Augen des Befragten sahen zur Terassentür, als wäre von dort Hilfe zu erwarten. Dabei wurde eine leichte Schielstellung sichtbar, die auf den ersten Blick nicht auffiel. »Sie wollte doch nur wissen, ob ich die Kleine gesehen habe«, lautete die Antwort. Weiter gab er an, zu Wiebke Brandt keinen näheren Kontakt zu haben, seit der gemeinsamen Jugend verband sie nichts mehr.

Die beiden Kriminalisten erhoben sich. Im Aufbruch bat Jensen darum, sich kurz umschauen zu dürfen. Sie gingen hinein und warfen auch einen Blick in das Büro hinter der Theke, das recht unaufgeräumt wirkte. Jensen trat ans Fenster und sah rechts daneben ein kleines Regal. Erstaunt griff er nach einem auf dem zweiten Brett stehenden gerahmten Foto. Er nahm es in die Hand, drehte es um und stellte es wieder an seinen Platz: »Das ist Wiebke Brandt!«

Die Augen des jungen Mannes irrten umher und blieben schließlich auf dem Bild haften. »Wir waren mit neunzehn Jahren einmal zusammen.«

Festerling übernahm wieder die Gesprächsführung – sie waren eben ein eingespieltes Team: »Und Onkel Tom, wie Mareike sagt, wann haben Sie den zuletzt gesehen?«

»Noch nie«, sagte er und reagierte zum ersten Mal mit einer Gegenfrage: »Ist das Wiebkes Neuer?«

Die Antwort darauf blieben die Polizisten ihm schuldig.

Als sie beide wieder unter sich waren, wollte Jensen wissen, warum ihn Festerling nicht über den Anruf von Wiebke Brandt bei Torben Frenks informiert hätte.

»Welcher Anruf?«, meinte dieser trocken.

Daraufhin revanchierte sich Jensen: »Das Foto im Regal war keins von Wiebke Brandt, sondern von Wiebke Vesper; auf der Rückseite stand: ›Wiebke, 31.7.2002‹ – vor mehr als zehn Jahren also aufgenommen. Ein merkwürdiger junger

Mann.« Warum war er so verunsichert, fragten sie sich. Und sie zeigten durchaus Verständnis für Wiebke Vespers Entscheidung, ihn nicht zu heiraten – noch dazu bei ihrem Drang nach Sozialprestige.

Währenddessen war auch Wenke auf dem Weg nach Graal-Müritz. Auf der Fahrt dachte er an einen älteren ähnlichen Vermisstenfall. Damals war es um einen Jungen gegangen, einen Achtjährigen aus Rövershagen. Eines Abends war er

nicht nach Hause gekommen. Es war auch Sommer damals – Anfang Juni. Die Eltern hatten erst spät in der Nacht die Polizei alarmiert. Bei ihrer häuslichen Befragung wurde den Beamten sehr schnell klar, dass die Ehe der beiden wohl nur noch auf dem Papier bestand. Um das Kind hatten sie sich aber gekümmert, ja sie schienen sich in ihrer Sorge wieder näherzukommen. Es vergingen zwei Tage erfolglosen Suchens – mit Kollegen von der Bereitschaftspolizei, Hubschrauber, Suchhunden. Von Nachbarn angefangen wurde der Suchradius ständig erweitert: Schulkameraden, Bewohner angrenzender Ortschaften, die Bäderpolizei von Markgrafenheide … Nichts. Da ging zu später Stunde des dritten Tages ein Anruf bei der Polizei ein: Gemeldet hatte sich der Mitarbeiter einer Raststätte zwischen Pasewalk und Prenzlau, dem ein Junge aufgefallen war, der schon seit Stunden mutterseelenallein am Tisch saß. Er wolle zu seiner Oma nach Erfurt … Als die Autobahnpolizei eintraf, kaute er mit vollen Backen – die Leute der Gaststätte hatten ihn erst einmal mit Essen versorgt. Wie sich später herausstellte, war er am dritten Tag seines Verschwindens zu Fuß bis zum Nachbarort gekommen und dort unbemerkt auf die Ladefläche eines Lieferwagens geklettert, der am Supermarkt hielt. Als blinder Passagier hatte er die ganze Strecke auf der A 20 zurückgelegt, bis der Fahrer schließlich tanken musste. Der Hauptkommissar fuhr sich mit der Linken über das Kinn: »Drei Tage …«

Die Bereitschaftspolizei hatte sich am Morgen mit ihrem Bericht über das Absuchen des Waldgebietes um den Campingplatz im Kommissariat gemeldet. Die neuen Informationen veranlassten das Team der Kripo noch am selben Tag zu einem Lokaltermin am Bunker. Der Zeitpunkt bedeutete nichts Gutes, denn die Kollegen waren seit Tagen im Einsatz. Wenn sie etwas entdeckt hätten, wüssten die Ermittler das längst. Und doch war es nicht ganz so, es gab durchaus etwas: Ein Fahrrad war nicht gefunden worden!

Die Kriminalisten fuhren zum verabredeten Treffpunkt auf dem Campingplatz und diesmal schlossen sie Emma Baader nicht aus. Dort nahm sie der Einsatzleiter in Empfang, der seine Männer bereits abgezogen hatte. Sie fuhren mit seinem Jeep in einen Waldweg hinein und saßen ziemlich eng beieinander, zu dritt hinten auf der Rückbank; nur der Hauptkommissar hatte genügend Beinfreiheit neben dem Fahrer. Der Wagen hielt, denn nun mussten sie zu Fuß weiter. Es dauerte noch etwa eine halbe Stunde, bis sie vor den Überresten des Bunkers standen. Sie hatten dasselbe

Problem wie einst Emma und mussten oft genug dichtem Gestrüpp ausweichen. Erst jetzt fiel ihr auf, dass der Koloss nur auf einer Seite dicht von Unkraut und niederem Buschwerk überwuchert war, zu dem offenen seitlichen Eingang hatte man dagegen ungehindert Zutritt. Der Kollege ließ Emma vorangehen. Sie fand sich nun ein zweites Mal in dem dunklen, feuchten Gang wieder, der auch zu dieser Stunde keinen anheimelnden Eindruck machte. Sie sollte an ungefähr der gleichen Stelle stehen bleiben, an der sie umgekehrt war.

Der Einsatzleiter schob sich vorsichtig an ihr ein paar Schritte vorbei und leuchtete mit seiner starken Lampe den Untergrund ab: Keine fünf Meter weiter fiel der Lichtkegel ins Bodenlose. Was sie für einen Gang gehalten hatte, war ein durch die Sprengung zufällig entstandener Hohlraum gewesen, der abrupt endete und einen Blick in die Etage darunter freigab. Ohne fremde Hilfe wäre hier ein Herauskommen unmöglich gewesen, ganz abgesehen davon, dass der Sturz mit Sicherheit nicht ohne Verletzungen abgegangen wäre. ›Und ein Hilferuf mit dem Handy …‹, Emma dachte an ihren leeren Akku.

Wenke sah sie an und sagte: »Es wäre doch schade gewesen.«

Die Bereitschaftspolizisten hatten den Zugang sofort gesichert, sodass sich kein Unbefugter in Gefahr bringen konnte. Dann wurden die vier an der Seitenwand entlanggeführt, bis zu einer Stelle, an der ein Stück der Stahlarmierung aus dem Beton ragte. Zur Ausrüstung der Polizisten gehörten feste

Halbstiefel mit einem starken Sohlenprofil; der Einsatzleiter kletterte an den verbogenen Stahlteilen ein Stück in die Höhe: »Wie auf einer Treppe«, sagte er. Er schaute Jensen an, den er wahrscheinlich wegen seines Alters für den Sportlichsten hielt, und forderte ihn auf, ihm hinterherzusteigen; die anderen sollten aus Sicherheitsgründen unten warten.

Jensen bewegte sich dann auch geschickt nach oben und war schnell den Blicken entschwunden. Die Kletterpartie ging scharf um eine Biegung. Dem recht bequemen Aufstieg folgte eine horizontal verlaufende Strecke, bei der nur an einer Stelle ein Absturz drohte, wenn man nicht einen großen Schritt über einen tiefen Spalt machte. Schließlich tat sich vor ihnen ein recht geräumiger Platz auf, den man für ein Zimmer hätte halten können, wären die Wände nicht so schräg gewesen. Auch er war mit Sicherheit erst durch die Sprengung entstanden. »Hier muss jemand gewesen sein!« Der Schein der Lampe fiel auf eine Matratze und ein Bündel Kleidungsstücke. Der Einsatzleiter hatte seine Männer an dieser Stelle gestoppt: Das war ein Fall für die Spurensicherung, ihre Arbeit war hier beendet.

Emma Baader versuchte gemeinsam mit dem Hauptkommissar, den Pfad wiederzufinden, auf dem sie auf das Fahrrad gestoßen war. Die anderen beiden hatte Wenke mit dem Jeep zurückgeschickt. Sie hatte sich vom Bunker aus rechts gehalten und mitten durch den Wald weiterbewegt. Die Richtung wusste sie nicht zu sagen, aber jedenfalls auf trockenem Untergrund. Ein geradliniges Fortkommen war selbst bei Tageslicht undenkbar, zu oft standen sie in dem urwüchsigen Gewirr von umgestürzten, teilweise restlos von Farnkraut überwachsenen Baumstämmen.

Nach einiger Zeit sahen sie die Buchen lichter werden. Emma dachte an die Lichtung. Doch ihre Hoffnung, sie gefunden zu haben, wurde enttäuscht. Stattdessen tat sich vor ihnen eine Wasserfläche auf: Es war ein kleiner See, der sich bei näherem Hinsehen als ein Soll entpuppte, wie es häufig im Norden Deutschlands anzutreffen ist, eine aus der Eiszeit

stammende mit Wasser gefüllte Mulde. Das Gewässer war völlig verkrautet und auch am Uferrand standen die Pflanzen mehr als kniehoch. So blieb ihnen nichts anderes übrig, als um das Soll herumzulaufen; Ralf Wenke voran bahnte den Weg durch den dichten Bewuchs.

Emma war so konzentriert darauf, auf den Boden zu blicken, um in seine Fußstapfen zu treten, dass sie nicht merkte, dass er stehen geblieben war und sich umgedreht hatte. Sie lief ihm geradewegs in die Arme und er hielt sie für einen Moment fest. »Kleine Heldenjungfrau«, sagte Wenke. Es klang ironisch, aber keineswegs herablassend. Sie sah ihn etwas schüchtern an. Ihr Chef mochte ahnen, welche Ängste sie bei ihrer nächtlichen Wanderung ausgestanden hatte.

Sie mussten den Pfad finden, doch solange sie noch die von der Bereitschaftspolizei angebrachten Flatterbändchen sahen, waren sie auf einem Gelände, das diese durchsucht hatte. Das Fahrrad konnte also nur jenseits der Markierungen liegen. Deshalb schlug der Hauptkommissar eine südliche Richtung ein, fort vom Campingplatz. Schließlich waren keine Bändchen mehr an den Bäumen angebracht, sie mussten sich inzwischen schon östlich vom Fahrradparkplatz befinden, das hieß, in Richtung des Seebades Graal-Müritz gegangen sein. Wenke setzte sich für einen Moment auf den breiten Stamm einer Kiefer, der ihnen im Weg lag. Der letzte Frühjahrssturm mochte dem stattlichen Baum zum Verhängnis geworden sein, denn sein umfangreicher Wurzelballen reckte seine Teile wie ein letzter Hilferuf in den Himmel. Er zog einen Schokoladenriegel aus der Tasche, brach ihn durch und reichte ihr die Hälfte: »Damit meine wertvollste Mitarbeiterin nicht wegen Auszehrung ausfällt.«

Emma hatte ihre fröhliche Unbekümmertheit verlassen. So griff sie stumm zu.

Jetzt konnten sie nebeneinander laufen, denn der Sturm hatte ganze Arbeit geleistet, die Bäume wie Streichhölzer abgeknickt und eine lichte Stelle geschaffen. Sie kam ihr bekannt vor. Nach einigem Zögern zeigte sie zum Waldrand auf der anderen Seite. »Das könnte die Lichtung sein. Dann müssten wir hier auf den Trampelpfad treffen. Aber im Dunkeln sah alles anders aus«, meinte Emma etwas kleinlaut. Doch sie behielt recht; nachdem sie den Waldessaum ein Stück abgelaufen waren, öffnete sich das Gebüsch und ein schmaler Pfad wurde sichtbar.

Wenke war jetzt ganz bei der Sache. Alle zwanzig Schritte etwa bogen sie rechts ins Gebüsch ab, denn hier musste das Fahrrad liegen. Sie kamen an einem bemoosten Findling vorbei, der ihr aber bei ihrem Umherirren nicht aufgefallen war. Als der Pfad auf einen breiten Weg mündete, gaben sie ihr Unternehmen auf. Durch den Zickzack-Kurs hatten sie unverhältnismäßig lange für die ungefähr drei Kilometer weite Tour gebraucht. Emma war sich sicher, auf dem bequemen Weg nachts zum Radwanderweg zurückgefunden zu haben; und so war es auch jetzt, nach einem etwa vierzigminütigen Marsch hatten sie den Eingang zum Campingplatz erreicht – nur ein Kinderfahrrad hatten sie nicht entdeckt.

Der Hauptkommissar griff zu seinem Handy und rief einen Streifenwagen aus Graal-Müritz, der sie in den Ort brachte und an Wenkes dort geparktem Wagen hielt.

Emma stieg ein paar Schritte weiter in ihren Nissan um. Sie saß eine ganze Weile hinter dem Lenkrad – in Gedanken versunken.

Am nächsten Tag waren Wenke und Festerling zu Wiebke Brandts Rostocker Wohnung unterwegs, um mit der Mitbewohnerin, Anna Hegebrecht, zu sprechen. Eine salopp gekleidete Frau öffnete die Tür und führte sie ins Wohnzimmer, das beide offenbar gemeinsam nutzten. Zu der Wohnung gehörten noch drei weitere Zimmer: je eins für die beiden Frauen und ein Kinderzimmer für Mareike. Anna Hegebrecht bezeichnete ihrer beider Verhältnis zueinander als das enger Freundinnen, die sich nach dem Fiasko mit ihren Männern zusammengetan und keine Geheimnisse voreinander hatten.

»… anders als Frau Brandt«, sagte Festerling, als sie einen Moment allein waren, weil Anna Hegebrecht mit der Kaffeemaschine in der Küche hantierte. »Eher der burschikose Typ; ohne Zweifel mit beiden Beinen fest auf dem Boden.« In vielem fanden sie hier die Bestätigung zu Wiebke Brandts Angaben.

»Wir sind nach der Scheidung Wiebkes zusammengezogen und leben seitdem gemeinsam in dieser Wohnung«, gab Hegebrecht an. Nach Jürgen Brandt befragt, deckten sich ihre Aussagen ebenfalls mit denen ihrer Freundin.

›Das ist ja fast wortwörtlich‹, dachte Festerling.

Dem Hauptkommissar mochte das auch aufgefallen sein und so fragte er nach, ob sie über Herrn Brandt aus persönlicher Kenntnis urteile oder das wiedergäbe, was ihre Freundin über ihn erzählt hatte.

Und jetzt gab es zum ersten Mal eine Überraschung für die beiden: Anna war schon während Wiebkes Ehe mit ihr befreundet gewesen und war mit deren Mann also auch mehrere Male persönlich zusammengetroffen. Das Bild, das sich da abzeichnete, war um keinen Strich besser als das Wiebke Brandts: ein schwacher Mensch, der offenbar seine ganze Energie daran setzte, dies zu verbergen. »Er trägt eine Maske«, sagte Hegebrecht, »und nur, wenn er nicht aufpasst und sie verrutscht, sieht ein Zipfel von dem hindurch, was er wirklich ist: nämlich alles andere als der Beschützer mit der breiten Brust und den starken Armen, sondern ein Mann, der sich ängstlich duckt vor Schwierigkeiten. Aber er braucht jemanden, von dem er die Bestätigung seines Selbstbildes als das eines ganzen Kerls bekommt; und das funktioniert am besten, wenn er Kontrolle über den anderen ausüben kann, über den in seinen Augen schwächeren …«

»Das ist ja schon fast ein Psychogramm«, warf Festerling ein und kam damit auf eine der zentralen Fragen. »Ist es denkbar, dass Jürgen Brandt etwas mit dem Verschwinden Mareikes zu tun hat? Die Ehefrau hatte sich gegen seine Bevormundung gewehrt, kann er sich da an das Mädchen gehalten haben?«

Anna Hegebrecht zuckte die Schultern: Für die Entführung des Kindes hätte er eine Tatkraft haben müssen, die sie ihm nicht zutraue. »Aber wissen kann man das nie«, fügte sie, unsicher geworden, hinzu.

Wenke lenkte die Aufmerksamkeit auf den leiblichen Vater Mareikes, Bengt Johanson.

»Das ist vor meiner Zeit gewesen, dazu kann ich nichts sagen«, kam die Antwort. Ihres Wissens sei er Arzt auf einem der Schiffe gewesen; der Arzt und die Köchin, nun ja …“

Der Hauptkommissar erhob sich als erster, er wollte noch einen Blick in Frau Brandts und Mareikes Räume werfen. Anna Hegebrecht führte ihn bereitwillig herum; die Wohnung war recht geräumig und geschmackvoll eingerichtet: nicht von der Art moderner Kühle mit weißen Möbeln und Holzfußboden – ob nun imitiert oder echt –, sondern ausgesprochen gemütlich. In Mareikes Zimmer gab es ein Bett mit einer bunten Patchwork-Tagesdecke, einen kleinen Schreibtisch, helle Möbel mit viel Stauraum und überall verteilten Stofftieren. Wenke öffnete einen der Schränke: Kleidung in einem ziemlichen Durcheinander lag darin, die Ordentlichste war das Mädchen wohl nicht. Er schob ein paar T-Shirts zur Seite und hatte ein Blatt Papier in der Hand: Auseinandergefaltet kam ein mit Kohlestift gezeichnetes Porträt zum Vorschein; auffällig waren die eigenwilligen Züge, ein Auge offen, das andere geschlossen und überhaupt passten die Einzelheiten nicht recht zusammen: Der Mund war viel zu weich für die Zornesfalten auf der Stirn. Der Ermittler überlegte angestrengt: ›Wo hatte er so etwas schon einmal gesehen?‹ Er wandte sich an Hegebrecht: »Gibt es einen Onkel Tom im Umkreis Mareikes, möglicherweise eine männliche Bekanntschaft ihrer Mutter?«

Die Gefragte reagierte unwillig. Das wüsste sie aber, also völlig ausgeschlossen, war ihre Antwort.

Die beiden Kriminalisten saßen im Auto und waren in ihre Gedanken versunken. Dann sagte Festerling zu Wenke: »Wie hatte sich Anna Hegebrecht ausgedrückt: ›Wir leben gemeinsam‹, bedeutete das vielleicht ›zusammen‹? Und die Beziehung zu Mareikes leiblichem Vater war ›vor meiner Zeit‹?«

Wenke stieß einen leisen Pfiff aus und blickte ihn überrascht an; er wusste, dass sein erfahrener Kollege nicht nur gut sah, sondern auch genau hinzuhören verstand. Er »hört das Gras wachsen«, hieß es unter den Kollegen.

Die Gedanken des Hauptkommissars hakten sich an Festerlings Mutmaßung fest, es könne sich bei den beiden Freundinnen, Wiebke und Anna, um eine lesbische Beziehung handeln. Bei dem etwas androgynen Typus von Frau Hegebrecht hielt er – aus seiner typisch männlichen heterosexuellen Sicht, wie er sich sofort bei dem Gedanken eingestand – eine solche Partnerwahl für denkbar; aber Wiebke Brandt? Von nicht zu übersehender weiblicher Attraktivität, was ihr durch die wechselnden Partner sicher bewusst war – zumal Bengt Johanson und Jürgen Brandt doch bestimmt nicht die einzigen Männer in ihrem Leben gewesen waren. Wenke schüttelte unmerklich mit dem Kopf. Außerdem, wenn dem so wäre, würden sie es sicher noch von Wiebke Brandts Exmann zu hören bekommen – der hatte bestimmt keinen Grund, damit hinter dem Berg zu halten. Und dennoch: Festerling hatte ein feines Gespür für Ungewöhnliches. Er fuhr sich dann über seinen schon lange kahlen Kopf, rückte mit dem Zeigefinger die Brille wieder in Positur und begann seine Sätze mit: »Wie wäre es, wenn …«

Von den Kollegen des Streifendienstes hatte Wenke mitgeteilt bekommen, dass sie Jürgen Brandt ausfindig gemacht hätten, der sich aber vom Amtsarzt habe krankschreiben lassen und jetzt in seiner Rostocker Wohnung befände. Wenkes Gefühl sagte ihm, dass dies eine gute Nachricht war. Ein Verdächtiger war damit wenigstens gefunden – fast eine Woche nach Mareikes Verschwinden.

Sie saßen in ihrem Rostocker Kommissariat bei einer Besprechung zusammen, die der Hauptkommissar am frühen Nachmittag angesetzt hatte, weil er die Ergebnisse der Spurensicherung aus dem Bunker abwarten wollte. Das Telefon klingelte plötzlich, aber es waren nicht die Kollegen von der Technik, sondern die Leitung der Graal-Müritzer Kurklinik: Seit dem Frühstück wurde ein Patient vermisst, ein junger Mann, 23 Jahre alt. Man habe das Haus und Gelände abgesucht – vergeblich. Dann folgte die Erklärung für das ungewöhnliche Reagieren der Klinik angesichts des Fortbleibens eines Erwachsenen, der erst ganze acht Stunden bzw. seit dem Mittagessen überfällig war: Ronald Bäumer war behindert.

Wenke setzte sich mit Gert Jensen und Emma Baader in den Wagen. Nach etwa vierzig Minuten fuhren sie bei der Kurklinik vor.

Der Direktor des Hauses, seine Verwaltungschefin und eine Vertreterin des Pflegepersonals gaben folgendes an: Ronald Bäumer war nicht zum Mittagessen um 12 Uhr erschienen. Er war weder in seinem Zimmer, noch sonst irgendwo im Haus oder im Garten. Als Wenke nach der Mutter bzw. seiner Begleitung fragte, wurde er über eine Besonderheit der Klinik in Kenntnis gesetzt: Das Konzept einer Mutter-Kind-Einrichtung war etwas modifiziert worden; es gab eine Station in der obersten Etage, die ausschließlich Menschen mit Behinderung vorbehalten war, und zwar solchen ohne Begleitung. Der Hintergrund ihrer Unterbringung hier war unterschiedlich: Zum Teil waren es Fälle von leichter Behinderung, die normalerweise in ihren Familien

lebten, aber nicht mit in den Urlaub genommen werden konnten oder wollten. Aus diesem Grund hatten die Angehörigen eine staatlich bezahlte Teilzeitpflege in Anspruch genommen und die Betroffenen hiergelassen. Daneben gab es aber auch Dauerpatienten: Einige waren schon in ihrer Kindheit in die Klinik gekommen und geblieben, weil sie aufgrund der Art ihres Handicaps weder in ihren Familien noch allein leben konnten. Sie benötigten eine permanente Betreuung und waren in der Regel Privatpatienten.

Der Hauptkommissar stoppte den Redefluss des eloquenten Direktors: »Wer ist dieser Ronald Bäumer?«

»Ein medizinisch interessanter Fall …«

Ehe sie nun mit einer Tirade von Fachbegriffen konfrontiert wurden, griff Wenke erneut ein: »In allgemein verständlicher Kurzfassung, bitte!«

Der Leiter der Kureinrichtung gab leicht pikiert das Wort mit einer Geste an die Verwaltungschefin: »Der junge Mann ist als Vierzehnjähriger aus Hamburg zu uns gekommen. Nachdem die Mutter verstorben war, hatte ihn seine Familie hier untergebracht, denn dem Vater war es aufgrund seiner beruflichen Reisetätigkeit nicht möglich, sich zu kümmern. Man wollte damit wohl auch verhindern, dass der Junge von einem Heim ins nächste weitergereicht wurde, je nach dem Einsatzort des Vaters. Er lebt also seit neun Jahren hier. In der ersten Zeit ist seine Tante hin und wieder zu Besuch gekommen, die Schwester seiner Mutter, doch seit Langem niemand mehr, aber das Geld ging pünktlich ein.«

»Und wie halten Sie Kontakt zu den Angehörigen?«, wollte Jensen wissen.

»Das jährliche medizinische Gutachten geht nach Hamburg, postlagernd«, war die Antwort. »Nun zu seinem Krankheitsbild«, und damit übergab sie das Wort wieder an ihren Chef.

Der war sichtlich um Verständlichkeit bemüht, was seinem Gebaren etwas von einem Erwachsenen gab, der einem Fünfjährigen den Regenbogen erklärt. »Ronald Bäumer leidet an einer Form von Autismus, die mit wechselnden Krankheitsschüben einhergeht. Das bedeutet, Zeiten, in denen er sich völlig verschließt, wechseln sich ab mit solchen, in denen er relativ zugänglich ist. Allerdings bleibt das auch stark abhängig von der Person, die zu ihm Zugang sucht. Er ist rein körperlich gesund, von kräftiger Konstitution. Mental ist er zwar zurückgeblieben, also etwa auf dem Niveau eines Jugendlichen von sechzehn Jahren, doch durchaus nicht mit einem Hilfsschüler vergleichbar; im Gegenteil, in manchen Dingen, so künstlerischen wie bei seinen Gefäßen aus Ton oder auch bei mathematischen, besitzt er eine erstaunliche Kreativität.«

Festerling bat um eine Beschreibung der Anlage des Klinikgebäudes sowie des Grundstücks. Während der Direktor und die Verwaltungschefin sprachen, entstand auf dem Papierbogen des Polizisten eine Skizze: Das dreigeschossige Objekt hatte zwei Flügel, die das Haupthaus links und rechts flankierten. Es lag direkt an dem vielbefahrenen Lindenweg zwischen der Dr.-Leber-Straße und der Kastanienallee von Graal-Müritz, sodass man vom Eingang aus auf direktem Weg zum Küstenwald und damit zum Strand kommen konnte. Auf der Rückseite befand sich ein weitläufiges Gartengelände, von einem ausgewiesenen Fachmann angelegt; es war unterteilt in durch Hecken abgegrenzte Bereiche. Der Direktor führte die Gruppe auf einen Balkon: Zu sehen waren kleine Grünflächen, bestückt mit Sitzecken, die eine gewisse Intimität ausstrahlten. Blumenrabatten liefen an einem langgestreckten eingeschossigen Gebäude entlang; hier waren vor allem Therapieräume untergebracht. Das Gelände war eingezäunt und so interessierte Festerling insbesondere, welche Zugänge existierten. Auf seinem Blatt markierte er eine Tür im hinteren linken Bereich; dort lag der Parkplatz, den sie ja bereits kannten. Das hieß, man konnte von einer Nebenstraße direkt auf den Parkplatz gelangen. Aber auch an der hinteren Begrenzung des Geländes war ein kleiner Durchlass, der auf einen öffentlichen Platz führte. Von der Leiterin des Pflegepersonals erfuhren die Kriminalisten nach einigem Zögern, dass es außerdem am hinteren Zaun einen Durchgang zu den angrenzenden Häusern gab, allerdings nur für Eingeweihte, denn man musste erst durch einen Carport gehen, in dem der hauseigene Kleintransporter geparkt war. Vor allem die hier beschäftigten Physiotherapeuten, die dort wohnten, nutzten diesen Weg.

Der Direktor sah auf seine Armbanduhr und bemerkte trocken: »Ja, ein Hochsicherheitstrakt ist das hier nicht.«

Jensen und Festerling inspizierten das Gelände, Wenke ging mit Emma Baader zum Zimmer Ronald Bäumers, allerdings nur, um einen kurzen Blick hineinzuwerfen: Die Spurensicherung hatte etwas dagegen, nicht als erste am Ort zu sein. Beim Schließen der Tür wandte er sich Emma zu, zögerte etwas zu lange und gab ihr dann die Hand: »Bis später!«, verabschiedete sich Wenke.

Er brauchte wieder einmal Zeit zum Nachdenken. Der Hauptkommissar parkte seinen Wagen an der Seebrücke, denn er wollte seinen Kopf freibekommen. Die Sonne ging langsam unter und von Westen kam ein böiger Wind, der den Sand vor sich hertrieb. Der Strand wurde leerer, denn die meisten Urlauber zog es jetzt in den Hotels zum Abendessen. Ralf Wenke lief an die Spitze des Steges, an der Dampfer anlegen konnten und blickte in die Richtung, in der sich der Campingplatz befand. Das Fahrrad hatten sie dort vergeblich gesucht. Er sah Emma Baader vor sich, wie sie sich auf dem schmalen Pfad bewegte und geschickt den wuchernden Pflanzen auswich. ›Sie macht immer den Eindruck, als sei sie auf dem richtigen Platz – da, wo sie gerade ist‹, sinnierte er vor sich hin. Aber nicht etwa als verhielte sie sich angepasst, sondern »lebendig« war für sie das richtige Wort. ›Von Leben erfüllt‹, ging es ihm durch den Sinn, ›mit ihrem Blondhaar und ihrem frischen Gesicht … Wie poetisch …‹, dachte er noch. Doch die Selbstironie wollte nicht recht funktionieren.

Noch am selben Abend wurde die Öffentlichkeit in Rundfunk, Fernsehen und Presse aufgefordert, sich mit Beobachtungen oder Hinweisen an die Polizei zu wenden, falls jemand etwas zur Aufklärung des Vermisstenfalles beitragen konnte. Die Bereitschaftspolizisten suchten nun schon zum zweiten Mal das Waldstück im Umkreis des Weges zum Strandaufgang 14 ab: Es war fast eine Woche vergangen seit Mareikes Verschwinden. Noch immer fehlten entscheidende Hinweise auf ihren Verbleib. Die Polizisten taten ihr Bestes, aber reichte das? Nur noch wenige Tage bis zum Bettenwechsel und dann könnte ihnen der Täter entkommen und das Mädchen würde vielleicht niemals gefunden werden. Wenke wusste, dass sie jetzt, wegen des neuen Vermisstenfalls, noch mehr Überstunden machen mussten. Umso wichtiger war es, dass er dennoch keine lähmende Frustration unter den Kollegen aufkommen ließ.

Der Ermittler fuhr noch einmal in die kleine Polizeiwache in Graal-Müritz, die in den letzten sechs Tagen ihre Außenstelle geworden war. Im Kommissariat war die Sonderkommission »Mareike« gebildet worden; Kollegen aus dem Dezernat Eigentumsdelikte würden Wenke morgen als Verstärkung zugeordnet werden. Um sie dann mit dem Ermittlungsstand vertraut machen zu können, hatte er zu ihrer Selbstverständigung von Festerling einen Überblick über die Faktenlage verlangt, und zwar mit dem Schwerpunkt auf all das, was Ortsansässige betraf, denn die aus Urlauberkreisen gewonnenen Erkenntnisse konnten sie im Protokoll nachlesen.

Als der Hauptkommissar eintraf, hatte sein Mitarbeiter bereits in chronologischer Ordnung stichpunktartig auf einer Tafel festgehalten:

›- Vermisstenanzeige am 29. Juli um 15.10 Uhr eingegangen. Zeugin, Marta Freitag, Kindergärtnerin: Mareike etwa zwischen 10 und 10.30 Uhr auf dem Waldspielplatz gesehen; allerdings unsicher, was den Tag anging.

- Zeuge: Martin Kleinschmidt, Urlauber, aber unverzichtbar an dieser Stelle: Mareike gegen 12 Uhr auf dem Gelände der Kurklinik fotografiert.

- Zeuge: Kai-Uwe Frenks, Anwohner: Mareike ungefähr um 15.30 Uhr auf dem Parkplatz des Radwanderweges beobachtet, wie sie in einen schwarzen Wagen stieg.

- Zeuge: Uwe Danzig, Fahrradverleih: Fahrradverleih durch Brandstiftung am 31. Juli stark beschädigt. Buchführung des Inhabers vernichtet. Welche Autos hier am 29.7. abgestellt waren, konnte nicht mehr rekonstruiert werden.

- Zeuge: Frank Herbig, Anwohner, sah schwarzen Volvo mit offener Kofferraumklappe in überhöhter Geschwindigkeit davonfahren.‹

Alle Namen und Daten standen auf der linken Seite untereinander. »Nun doch noch einmal der Vollständigkeit halber zu solchen Urlauberaussagen, die ich für bemerkenswert halte: Die Nachfragen auf dem Campingplatz haben ergeben, dass ein Mädchen im passenden Alter, auf das die Beschreibung zutreffen könnte, auf dem Platz aufgefallen war, allerdings zuletzt am 28. Juli. Es hatte ein Fahrrad bei sich. Von einer Gruppe Kindern konnte in Erfahrung gebracht werden, dass das Mädchen ortsansässig ist und üblicherweise über den Zaun kletterte, um auf den Campingplatz zu gelangen. Der Name des Mädchens wird sowohl von Herrn Kleinschmidt als auch von den Urlauberkindern mit ›Maike‹ angegeben, was durchaus die Abkürzung von ›Mareike‹ sein könnte«, schloss Festerling.

Und der Hauptkommissar fügte an der Tafel mit drei Ausrufezeichen hinzu:

›Stiefvater der Vermissten, Jürgen Brandt: Vernehmung, Freitag 14 Uhr!!!‹

Freitag, 5. August –
Eine Woche nach Mareikes Verschwinden

Die Polizisten standen um 8 Uhr morgens, jeder mit einer Tasse Kaffee in der Hand, vor eben jener Tafel. Jensen warf ein, dass alle aufgeführten Personen Zufallszeugen waren, die in keinem familiären oder sonst wie geartetem engen Verhältnis zu der Vermissten standen. Er nahm den Stift zur Hand und schrieb rechts daneben:

›Großeltern: Manfred und Gertrud Vesper;

Männer der Mutter (Wiebke Brandt): Bengt Johanson, leiblicher Vater; Jürgen Brandt, Stiefvater; Torben Frenks – Jugendliebe;

Anna Hegebrecht: Mitbewohnerin, enge Freundin Wiebke Brandts.‹

Der Hauptkommissar klammerte Bengt Johanson und Torben Frenks ein: Diese beiden waren keine Bezugspersonen des Kindes, sondern ausschließlich der Mutter.

Emma Baader blickte niemanden an, sondern sprach laut vor sich hin: »Und Onkel Tom.«

Wenke sah sie überrascht an, rieb sich mit der Linken das Kinn und Festerling nickte ein paar Mal zustimmend – was bei ihm schon höchstes Lob bedeutete, wie jeder wusste. »Die Befragung von Jürgen Brandt heute um 14 Uhr steht noch aus, vielleicht kann er etwas zu diesem mysteriösen Onkel Tom sagen«, schloss er die Überlegungen ab.

Einer der beiden in den Kreis der Sonderkommission Aufgenommenen, Kriminalobermeister Frank Steffen, sah etwas irritiert auf die Fülle der Namen, die ja schließlich auch noch durch eine Reihe weiterer Urlauber zu ergänzen waren: »Wo suchen wir denn nun eigentlich nach dem Kind: unter den Urlaubern oder unter den Einheimischen?«

Wenke blickte über seine Lesebrille zur Tafel. »In beiden Gruppen«, sagte er knapp.

Die ganze Runde stöhnte auf; allen war klar, dass das, was sie bisher hatten, Splitter eines Mosaiks waren: Wie bei dem bekannten Kinderspielzeug, einem Kaleidoskop, dessen Glasstückchen sich zu unterschiedlichen Mustern zusammenfügen; wenn man es bewegt, konnten sie ein völlig verschiedenartiges Aussehen annehmen. Die zentralen Fragen lauteten: Was war der Grund für Mareikes Verschwinden? War sie von jemandem mitgenommen worden? Wer hätte ein Motiv, so etwas zu tun? War sie verunglückt, ertrunken zum Beispiel, und man hatte den Leichnam einfach noch nicht gefunden?

Der Hauptkommissar sah nachdenklich auf. Es gab da noch etwas: »Seit gestern wird ja Ronald Bäumer vermisst. Die Bereitschaftspolizei ist noch im Wald zugange, ein Hubschrauber unterstützt sie und ein Boot der Wasserschutzpolizei verstärkt die Aktion seeseitig. Gibt es eine Verbindung zwischen den beiden Fällen, oder ist die zeitliche Nähe – 29. Juli und 4. August – ein Zufall?« Er sah im Geiste schon die Journalisten bei der nächsten Pressekonferenz vor sich: Welche Antworten sollte er auf ihre Fragen geben? Die Ostsee-Zeitung von heute hatte in ihrer Lokalausgabe getitelt: ›Und wer verschwindet als nächstes?‹ Es war bereits von einem Serientäter zu lesen.

Um die Mittagszeit herum, bevor Wenke gemeinsam mit Baader und Festerling ins Kommissariat nach Rostock fuhr, druckte der uralte Nadeldrucker des Polizeireviers Graal-Müritz nun endlich das Ergebnis der Spurensicherung aus dem Bunker aus. Als der Hauptkommissar die ersten Zeilen überflogen hatte, hielt er inne und dachte plötzlich an seinen Neffen Lasse, zu dessen zehnten Geburtstag er am frühen Samstagmorgen nach Berlin hätte fahren wollen. Aber er konnte nun nicht mehr weg von diesem Fall! Wenke wusste, dass er den Jungen – und damit auch seine Schwägerin und seinen Bruder – wieder einmal enttäuschen musste. Wieder einmal stand ihm seine Arbeit im Weg. Aus dem Gutachten der Spurensicherung ging hervor, dass das aufgefundene Kleiderbündel von einer männlichen Person mittlerer Größe stammte: Jeans und T-Shirt waren relativ neu; vermutlich waren sie erst in diesem Jahr dort abgelegt worden. Sie wiesen Gebrauchsspuren auf und wenn man Vergleichsproben einer infrage kommenden DNA hätte … ›Ja, wenn‹, dachte Wenke. Aber immerhin konnte man ja froh sein, dass überhaupt etwas Konkretes gefunden worden war, im Unterschied zu den Kollegen von der Bereitschaftspolizei, die nichts vorzuweisen hatten. Das Gutachten sprach auch von Schmutzanhaftungen an den Kleidungsstücken, von Erde an der Hose und Flecken im Oberteil, die man nicht zuordnen konnte. Fingerabdrücke konnten zwar festgestellt werden, doch sie waren unbrauchbar: Auf der Matratze hatte wohl jemand seine schmutzigen Hände abgewischt; ein Schmiermittel konnte nachgewiesen werden, doch es hatte auch dafür gesorgt, dass nichts zu erkennen war. Entdeckt wurden außerdem am Boden vor dem Eingang: eine Plastikflasche, die Überreste einer Zeltplane, ein kleines Küchenmesser – mit einer fünf Zentimeter langen Klinge – sowie ein angerosteter Zehnliter-Benzinkanister, der nur etwa zwei Meter neben dem Bunkereingang gefunden worden war. In dem Gang, auf den Emma Baader hingewiesen hatte, stand ein Schriftzug an der Wand; etwa drei Meter vom Eingang entfernt, auf der linken Seite. Außer dem Wort ›Reich‹ war er allerdings nichts zu entziffern und stammte höchstwahrscheinlich aus der Zeit, als der Bunker noch in Betrieb war. Es konnte also mehr als siebzig Jahre alt sein, wie eine Farbanalyse ergeben hatte. Das galt allerdings nicht für die auf der Seite liegende Acht, die erst in unseren Tagen dorthin geschrieben worden war.

Obwohl das alles nicht unbedingt etwas mit den Vermisstenfällen zu tun haben musste, wollten sie den Bunker aber auch selbst noch ein zweites Mal in den nächsten Tagen in Augenschein nehmen.

In Rostock angekommen wartete erst einmal Jürgen Brandt, der Stiefvater der kleinen Mareike. Emma Baader führte ihn um 14 Uhr in den Vernehmungsraum und beobachtete den Vorgang von nebenan durch die Sichtscheibe.

Der Mann, der dem Hauptkommissar und Festerling da entgegentrat, sah deutlich älter aus als Ende dreißig. Er hatte sich offensichtlich für die Befragung ordentlich angezogen. ›Feingemacht‹, dachte der Hauptkommissar. Bei der Feststellung zu seiner Person hatte er angegeben: ›Im Fischhandel tätig.‹ Die Nachfrage ergab, dass er bei einem Fischbrötchenstand im Rostocker Stadthafen beschäftigt war.

Die beiden Ermittler hielten sich nicht lange bei der Begrüßung und Vorrede auf. »Wie ist das Verhältnis zu Ihrer geschiedenen Frau?«, wollte Wenke wissen.

Ein so schnelles Zur-Sache-Kommen hatte Jürgen Brandt wohl nicht erwartet. Für einen kurzen Augenblick zögerte er: »Wir waren sehr glücklich miteinander.«

»Aber?«, ließ sich Festerling hören.

»Aber dann fing Wiebke wieder etwas mit Mareikes Vater, Bengt Johanson, an. Das habe ich mir nicht gefallen lassen und sie rausgeworfen. Ihre Freundin hat sie aufgenommen, sonst säße sie heute noch auf der Straße.«

Die beiden Ermittler hatten Mühe, ungerührt dreinzublicken, aber routiniert wie sie waren, fragten sie in sachlichem Ton weiter: »Wo waren Sie am 29. Juli?«

»Zu Hause«, war die lapidare Entgegnung. Er wäre zu diesem Zeitpunkt noch arbeitslos gewesen und hätte den Tag in seiner Wohnung verbracht, allein. Aber er wisse noch, dass nachmittags ein Boxkampf im Fernsehen lief.

»Phänomenales Gedächtnis«, meinte Festerling trocken.

»Hatten Sie seit der Trennung mit ihrer geschiedenen Frau in irgendeiner Form Kontakt?«, fragte Wenke.

»Im letzten Jahr nicht«, antwortete Brandt.

»Und zu Mareike?«, wollte Wenke wissen.

»Sie hatte am 24. Juli Geburtstag«, half Festerling nach.

Jetzt begann Jürgen Brandt zu sprechen, nicht nur schnell, sondern geradezu hektisch. Er war auf seinem Stuhl nach vorne gerutscht und saß fast auf der Stuhlkante: Seine Frau hätte das Kind vernachlässigt, sich stattdessen mit oder bei ihrer Freundin herumgetrieben oder aber Mareike zu ihrer Oma abgeschoben. Er dagegen liebe das Mädchen über alles und habe für es gesorgt. Diesen Satz hörten die Polizisten in verschiedenen Variationen immer wieder.

»Sie stehen hier nicht vor dem Scheidungsrichter«, unterbrach der Hauptkommissar diese in Selbstmitleid zerfließenden Aussagen. »Sie haben Mareike also wie eine eigene

Tochter geliebt?« – Wenke ließ einen Augenblick schweigend vergehen. »Und deswegen sind Sie auch zu ihrem Geburtstag nach Graal-Müritz gekommen.«

Angesichts dieser sachlich-nüchternen Feststellung erstarrte der Befragte geradezu.

Festerling reichte Wenke einen Hefter. »Zeugenaussagen«, meinte er. »Die Protokolle bis zum 29. Juli.«

Jürgen Brandt sackte zusammen; er nahm die Hände vor das Gesicht und begann, hemmungslos zu schluchzen. Die Maske des »starken Kerls« war verrutscht und was darunter hervorkam, war ein Mann, der seinen Gefühlen hilflos ausgeliefert zu sein schien. Im Laufe des Gesprächs erfuhren die beiden Polizisten: Er war am 24. Juli, am Sonntag also, nach Graal-Müritz gekommen – mit dem Motorrad. Er hatte aber nicht gewagt, bei den Großeltern zu klingeln und deshalb in der Dr.-Leber-Straße so geparkt, dass er deren Haus im Auge behielt. Mareike war so gegen 10 Uhr aus der Gartentür getreten und zum Waldspielplatz gelaufen. Dort habe er sie angesprochen und ihr ein Buch über Steine geschenkt, weil sie die doch so eifrig sammelte und sich mit Versteinerungen schon auskannte. Nach einer Stunde ungefähr hätten sie sich verabschiedet, denn sie musste pünktlich zum Mittagessen erscheinen. Er wäre dann gegen 14.30 Uhr wieder in seiner Wohnung gewesen. Bezeugen konnte das niemand. Ob ihn auf dem Spielplatz jemand gesehen haben konnte, wusste er nicht.

Brandt hatte das Protokoll schon unterschrieben, da fiel Festerling noch etwas ein: »Hat Ihnen Mareike auch von Onkel Tom erzählt?«

»Das also ist ihr neuer …«, kam es leise, begleitet von heftigem Kopfschütteln.

»Sie war also mit einem anderen Mann liiert?«, fragte Wenke nach.

Brandt sah mit unverkennbarem Hass im Blick hoch: »Sie hätte mich doch sonst nicht verlassen …«

›Etwas anderes fällt ihm dazu nicht ein‹, dachte Festerling, ›gekränkte Eitelkeit, beschädigtes Selbstwertgefühl bei ausgeprägtem Narzissmus.‹

Dann wurde Jürgen Brandt mit dem Hinweis, er solle sich für weitere Befragungen bereithalten, entlassen.

Als die beiden Ermittler unter sich waren, wollte der Hauptkommissar wissen, wieso Festerling denn auf den Geburtstag von Mareike gekommen war.

»Aus den Akten«, entgegnete dieser.

»Aus dem Hefter, auf dem ›Zeugenaussagen‹ steht?«

»Aus demselben«. Beide grinsten sich an: Es handelte sich um die Protokolle zum Vermisstenfall ›Ronald Bäumer‹.

Samstag, 6. August

Trotz des Wochenendes – dem zweiten infolge – arbeiteten alle professionell weiter. Wenke hatte die beiden neuen Kollegen mit einem Foto Ronald Bäumers am nächsten Tag in den Ort geschickt, Festerling und Jensen sollten sich in der Klinik umhören und er selbst war mit Emma Baader auf dem Weg durch den Wald zum Bunker.

Kurz vor dem Betonklotz blieb er stehen und hielt Emma, am Arm gefasst, zurück: Vor ihnen zeichneten sich auf dem morastigen Boden Radspuren ab – die eines Fahrrades. Wer hatte den schmalen Pfad benutzt? Ein Urlauber – doch eher unwahrscheinlich. Ein Einheimischer? Und was hatte er hier gewollt, in dieser verlassenen Gegend? Jedenfalls waren die Reifenabdrücke frisch und konnten nicht aus den Tagen stammen, als die Spurensicherung hier gewesen war.

Sie gingen vorsichtig weiter, Wenke wieder voran, aber nichts rührte sich. Die Sonne warf ihr Licht durch die Baumkronen und zauberte helle Kringel auf den Waldboden. Vögel waren zu hören in der Stille.

»Fast wie im Urlaub in Schweden«, sagte die junge Frau. Doch in diese Idylle passten die schräg auseinandergeborstenen Wände des Bunkers schlecht. »Er nimmt sich aus, wie vom Himmel gefallen, als hätte ein böser Zauberer hier sein Spiel getrieben.«

Wenke sah sie an: »Viel Fantasie …«, und es war für Emma nicht herauszuhören, ob hier auch Kritik mitschwang.

Mit Fotos der Spurensicherung in der Hand kletterten sie am Seiteneingang hoch und blickten in den Raum. Alle Fundstücke waren fortgeräumt und die nackten Wände machten nicht gerade einen wohnlichen Eindruck. Der Hauptkommissar warf nur einen kurzen Blick hinein und hangelte sich dann ein Stück um die Ecke.

Emma stand allein in dem Unterschlupf des Unbekannten, da blieb ihr Blick am Boden haften: Dort hinten in der Ecke, in der die Matratze links an der Wand gelegen hatte, war ein kleiner Steinhaufen aufgetürmt. Es waren Feuer- steine mit einem Loch, also Hühnergötter, wie man sie am Strand fand, nicht mehr als ein Dutzend. Sie zog sich die Lederhandschuhe an, die sie über der linken Gesäßtasche am Gürtel befestigt trug, griff hinein und wog einen Stein nachdenklich in der Hand. Auf den Fotos der Kollegen waren die Steine nicht zu sehen, möglicherweise verdeckt von der Matratze. Etwas unschlüssig rief sie Wenke zu sich; die Steine waren ihm nicht aufgefallen.

»Sicher vom Zauberer, also Vorsicht!«, meinte er und sah sie lächelnd an.

Und wieder war ihr wie beim ersten Mal ihrer gemeinsamen Suche im Wald nicht klar, ob er sie mit seiner Ironie wie ein Kind behandelte oder nicht. Ein wenig infantil war das Ganze ja tatsächlich.

Wenke sagte: »Für das Protokoll: Die Kriminalkommissarin, Frau Emma Baader, hat an der von der Spurensicherung bearbeiteten Stelle zwölf Steine mit einem Loch gefunden.« Der Hauptkommissar bückte sich und sammelte den

Haufen ebenfalls mit Handschuhen an den Händen Stein für Stein in einen Plastikbeutel.

Ein paar Minuten später waren sie zu dem kleinen Mauervorsprung gelangt, den er erkundet hatte. Der Blick in die Runde war an diesem sonnigen Tag wirklich schön; es war keine Panoramaaussicht, denn der Bunker war zu niedrig, doch man schaute in ein grünes Blättermeer. Ob der Pfad hinter dem Bauwerk weiterführte, war von hier aus nicht zu erkennen. Sie standen eine Weile schweigend nebeneinander. Emma gestand sich ein, dass keineswegs Peinlichkeit aufgekommen war – wie bei einem Chef, von dessen Urteil über sie einiges abhing.

Sie wollten noch den weiteren Verlauf des Pfades erkunden und kamen nach ihrem Abstieg an dem Gang vorbei, der Emma vor ein paar Tagen so in Angst und Schrecken versetzt hatte. Wenke ging voran und leuchtete mit einer starken Taschenlampe die Wände ab; selbst jetzt, in dem Wissen, dass draußen heller Tag war, wirkte diese stockfinstere Enge bedrückend. Der Lichtkegel blieb an einem Schriftzug haften. Er hatte gefunden, was er gesucht hatte. ›Reich‹ stand da, weitere Buchstaben waren nicht mehr zu entziffern; nur ein Zeichen, eine horizontal liegende Acht mit einem Punkt im linken Feld hob sich deutlich auf der feuchten Betonfläche ab.

Wieder draußen setzten sie sich auf einen Baumstamm und schauten auf die Fotos der Spurensicherung: Wer mochte das hinterlassen haben? Was bedeutete es? Man müsste die Schriftzüge rekonstruieren können. Emma sagte: »Sicher nicht vom Zauberer, denn das Zeichen ist schwarz. Er aber schreibt rot – mit Blut«, und blitzte ihren Chef verschmitzt an.

Die beiden Hinzugekommenen, Kriminalobermeister Frank Steffen und Hauptmeister Arno Leising, berichteten von ihrer Umfrage bei den Bewohnern von Graal-Müritz im Vermisstenfall Ronald Bäumer: Der junge Mann war den im unmittelbaren Umkreis der Kurklinik Wohnenden bekannt, über einen ziemlich engen Radius hinaus aber kannten ihn nur noch vereinzelte Anwohner. Arno Leising stand vor der Pinnwand im Kommissariat, zeichnete einen roten Kreis auf den Ortsplan und kommentierte ihn: Einerseits ließen sich Ronalds lokale Aktivitäten gut verfolgen, andererseits ergab sich eine unerwartete Schwierigkeit; die Leute hatten ihn täglich gesehen, sodass sie oft nicht mit Bestimmtheit sagen konnten, an welchem Tag eigentlich. Leising griff zum Stift und trug ein Bewegungsmuster in den Kreis ein. Daraus wurde etwas ersichtlich, was ihnen auch bei der Suche nach Mareike Brandt begegnet war: Bäumer war zu gleicher Zeit an unterschiedlichen Orten bemerkt worden; wenn er also keinen Doppelgänger hatte, dann konnte man nicht von einer hundertprozentigen Verlässlichkeit der Zeugen ausgehen.

Der Hauptkommissar seufzte auf. »Hat ihn jemand auf dem Spielplatz beobachtet?«, wollte er wissen.

Frank Steffen ergänzte: »Der Gang des Gesuchten führte zwar auf den Waldweg, aber daran vorbei bis zum Strandaufgang 14. Zuletzt ist er auf der Strandpromenade gesehen worden. Und zwar auf dem Weg in Richtung Campingplatz, dann verliert sich seine Spur.«

»Wir sprechen hier vom Tag seines Verschwindens«, warf Jensen ein, »danach ist er niemandem mehr begegnet?«

Die beiden Beamten schüttelten mit den Köpfen, sie hätten sicher gern ein anderes Ergebnis präsentiert.

Im Zentrum der Diskussionsrunde stand nun die Frage: Was wollte Ronald Bäumer außerhalb seines ihm vertrauten Gebietes? Die Zeugin, die ihn auf der Promenade angetroffen hatte – etwa in Höhe des Strandaufgangs 9 – war Margit Rolfsen, die Bäckersfrau, die mit dem Fahrrad zu ihrem Stand auf dem Campingplatz unterwegs gewesen war. Auf die Ermittler hatte sie damals den Eindruck von jemandem hinterlassen, der die Einheimischen genau kannte.

Der Hauptkommissar gab Jensen und Festerling das Wort. Ersterer strich sich die dunklen Haare aus der Stirn, schlug sein Notizheft auf und begann: »Wenn man einmal Ärzte, Schwestern, Physiotherapeuten – also das Pflegepersonal – außer Betracht lässt, so war der junge Mann in der Kurklinik kaum bekannt. Viele Kurgäste waren heute Vormittag auch schon gleich nach dem Frühstück abgereist. Wir konnten nur einige befragen, die aber auch nichts aussagen konnten. Deshalb haben wir uns auf die Frage konzentriert, auf welchem Weg der Gesuchte das Gelände verlassen hatte. Eine ältere Patientin, die aufgrund der Verlängerung ihrer Kur noch in der Klinik ist, gab an, ihn am Donnerstag, also vorgestern, auf dem Parkplatz gesehen zu haben, als sie nach dem Frühstück zu ihrem Wagen ging. Das war gegen 8.30 Uhr.«

Arno Leising meldete sich: »Frau Rolfsen ist sich sicher, Ronald Bäumer zwischen 9 und 9.20 Uhr getroffen zu haben, denn sie wollte ihren Stand um 10 Uhr öffnen. Wie sollte denn der junge Mann so schnell dorthin gekommen sein? Das war doch gar nicht zu schaffen.«

Jensen schloss seinen Bericht mit der lapidaren Feststellung: »Ronald Bäumer ist höchstwahrscheinlich durch den Hauptausgang gelaufen, denn der Zugang zum Klinikparkplatz war nachts verschlossen und wurde nur von Leuten mit einer Parkgenehmigung geöffnet, das heißt, von Patienten, die einen Schlüssel hatten. An diesem Tag aber ist bis zum Mittagessen niemand an- oder abgereist.«

Ratlosigkeit machte sich in der Runde breit. Wenke platzte schließlich der Kragen: Sie arbeiteten seit dem 29. Juli auf Hochtouren, aber es war, als fasse man in einen Brei, der dem Griff nachgab und nichts Festes fand. Ihm trat der Morast vor Augen, der den Tümpel umgab, auf den Emma und er gestoßen waren. Es war Zeit für eine Pause. Der Hauptkommissar entließ die Kollegen bis Montag in das Wochenende. Um den vermissten Ronald Bäumer mussten sich die beiden Neuen kümmern.

Emma stieg schließlich auch in ihren alten Nissan und fuhr nach Hause. Wenke sah ihr durch das Fenster des kleinen Ribnitzer Polizeigebäudes nach. Er überlegte kurz, doch zu seinem Neffen nach Berlin zu fahren. Entschied sich aber im gleichen Moment dagegen.

Als der Hauptkommissar abends in seine Wohnung trat, sah er auf seinem Schreibtisch unzählige Papiere liegen. Er konnte sowieso noch nicht schlafen, daher wollte er Ordnung schaffen. Er sortierte alte Finanzamtsunterlagen aus, diverse Papiere von Stromanbietern, bei denen er schon längst nicht mehr Kunde war und die nicht mehr gültige Police seiner Autoversicherung, die er ebenfalls gewechselt hatte. Der Stoß auf dem Fußboden war zusehends angewachsen und er fühlte sich nun doch müde. Im Bett versuchte er vergeblich einzuschlafen. Immer wieder musste er an die Vermissten denken. ›Was würde sein, wenn …‹ Dieser Gedanke ließ ihn nicht los und so spielte er verschiedene Varianten durch und zwang sich, dabei in gewohnt rationaler Weise vorzugehen. Das aber verscheuchte den Schlaf nun endgültig. Daher stand er wieder auf und ließ sich erschöpft in seinen Wohnzimmersessel fallen. Im Radio lief eine Sendung mit klassischer Musik. ›Mozart‹, dachte er und begann, aufmerksamer zuzuhören. Nach ein paar Minuten hatte er sich darauf eingelassen und fühlte, wie die Musik ihn davontrug und die Augen zufielen.

Am Montag saßen Wenke – mit Emma Baader im Schlepp – und Jensen in der Klinik wieder dem Leiter der Einrichtung gegenüber.

»War Ronald Bäumer bei der Art seiner Erkrankung in der Lage, sich auf fremdem Terrain zu orientieren?«, begann der Hauptkommissar das Gespräch.

Der Arzt zögerte: »Im Allgemeinen vermeiden die Kranken den Aufenthalt in unbekanntem Gebiet. Doch das Krankheitsbild dieses Patienten ist in mancher Hinsicht atypisch: In Zeiten, in denen kein Krankheitsschub zu verzeichnen ist, öffnet er sich gegenüber vertrauten Personen in einem Maße, dass ein Nichteingeweihter ihn für gesund halten könnte. In diesem Zustand ist es denkbar, dass er die weitere Umgebung der Klinik zu erkunden begann, denn er konnte sich frei bewegen. Ein solches Betreten von Neuland birgt freilich unkalkulierbare Risiken, die darin liegen, dass er Gefahren nicht realistisch einschätzt – so paradox es anmutet – sie auch unterschätzt, dann ausgesprochen waghalsig agiert und so in Panik gerät.«

Der Hauptkommissar bedankte sich formvollendet – ihm stand die Pikiertheit seines Gegenübers im ersten Gespräch vor Augen – und bat, schon im Aufbruch, um Fingerabdrücke des Gesuchten.

Auf diese beiläufig geäußerte Bitte, im Zimmer des Patienten danach suchen zu dürfen, reagierte der Arzt unerwartet: Der junge Mann sei kein Verbrecher, das seien ungerechtfertigte Polizeimethoden, Übergriffe auf dessen Integrität; ja die Polizei stelle damit die Klinik unter Generalverdacht, denn für die Öffentlichkeit – sprich Presse – müsse es so aussehen, als gäbe es hier etwas zu verbergen.

Wenke sah ihn ungerührt an und schwieg.

Der Chefarzt wandte sich zum Fenster und hatte sich im nächsten Augenblick wieder im Griff. »Ja, natürlich können Sie sich in der Klink umsehen, im Haus und im Garten. Und tun, was Ihnen beliebt.«

Mit einem knappen »Danke« verließen die drei den Raum. Eine Pflegerin wies sie zu Ronald Bäumers Zimmer. Die Spurensicherung hatte beim ersten Mal nichts Auffälliges feststellen können, war allerdings nicht darauf aus gewesen, Fingerabdrücke zu sichern. Auf der Suche nach Dingen des ganz persönlichen Gebrauchs sahen sie sich auch in dem winzigen Bad um und steckten Zahnputzutensilien und Kamm in ihre Plastikbeutel.

Ronald war nun vier Tage verschwunden. So galt die Aufmerksamkeit allem, was Licht in die Ereignisse des 4. August bringen konnte. Es musste ihnen aber zunächst gelingen, den üblichen Tagesablauf zu erfahren.

Die junge Frau vom Pflegepersonal holte den Plan der vergangenen Woche aus dem Dienstzimmer: »Frühstück war in der Zeit von 7.30 bis 8 Uhr. Wenn jemand etwas später fertig wird, ist es aber auch nicht schlimm. Bis zum Mittagessen um 12 Uhr gab es montags und donnerstags von 14 bis 15.30 Uhr Gruppenkurse unterschiedlicher Art. Ronald hat an einem Keramikkurs teilgenommen, der Teil des Ergotherapie-Programms der Klinik ist. Die Tassen, Krüge, Vasen, Teller, die der junge Mann aus gebranntem Ton schuf, sind tatsächlich sehenswert. Von Zeit zu Zeit werden sie im hauseigenen Stand auf dem Markt des Ortes angeboten – gegen einen relativ geringen Obolus, der in die Materialkasse des Kurses fließt.« Sie berichtete weiter, dass die von Ronald Bäumer hergestellten Gefäße bei den Urlaubern schnellen Absatz gefunden hätten. Die anderen Tage standen, mit Ausnahme des Mittwochvormittags, zur freien Verfügung; da war er dem Gärtner für Hilfsarbeiten zugeteilt, im Winter half er beim Sauberhalten der Therapieräume aus. Schließlich fanden sich die Patienten um 18 Uhr zum Abendbrot zusammen; Bettruhe herrschte ab 21.30 Uhr. Die Nachtschwester hatte um 22 Uhr ihre Runde gemacht, kontrollierte die Zimmer und verteilte Medikamente.

Jensen unterbrach hier: »Kann ein Patient nachts die Station verlassen, ohne dass es bemerkt wird?«

Die Pflegerin sah ihn groß an: »Die Station vielleicht, das Haus nicht; das wird um 22 Uhr verschlossen.« Im Übrigen sei sie keine Gefängniswärterin, sondern Betreuerin der Bewohner ihrer Station.

Jensen war um Glättung der Wogen bemüht und wollte wissen, ob der Vermisste zu jemandem aus dem Haus ein besonderes Vertrauensverhältnis hatte.

»Zu unserer Ergotherapeutin wohl«, kam die nachdenkliche Antwort.

Die Pflegerin ging wieder an ihre Arbeit und die drei konnten sich ungestört in dem Zimmer umsehen: Die Einrichtung bestand aus Bett, Schrank, Tisch und Stuhl – ein spartanisch mit dem Nötigsten ausstaffiertes Zuhause. Wenke öffnete den Kleiderschrank; es sah nicht aus, als würde etwas fehlen. Unter dem Stapel mit T-Shirts zog er ein Foto hervor und ließ überrascht einen leisen Pfiff hören: Es zeigte Ronald irgendwo am Strand und stammte mit großer Wahrscheinlichkeit aus diesem Sommer – nach einem Vergleich mit der aktuellen Aufnahme des Gesuchten zu urteilen, die die Klinik zur Verfügung gestellt hatte.

Emma Baader nahm das Bild in die Hand: »Und wer war der Fotograf?«

»Das ist die Frage«, ließ sich Wenke hören.

Der Abgebildete lächelte in die Kamera.

»Er sieht fast glücklich aus«, stellte sie erstaunt fest.

Der Hauptkommissar gab ihr recht. »Der Begleiter war wohl jemand, zu dem Ronald Vertrauen hat – doch wer kommt da infrage?«

Der Raum enthielt ansonsten auffallend wenig persönliche Sachen. Die aber waren fein säuberlich geordnet: ein Stapel loser Blätter auf dem Tisch, Stifte in einem runden Tongefäß, ein paar Steine vom Strand auf der Fensterbank – der Größe nach aufgereiht – und über dem Bett ein Bücherbord, deren Bände wie mit dem Lineal abgezirkelt standen. »Es wirkt, als wäre hier gerade aufgeräumt worden«, sagte Jensen. »In so einer Ordnung wohnt doch niemand.«

Wenke sah ihn von der Seite an und schmunzelte. Er musste an die Ordnung seines eigenen Wohnzimmers denken.

Emma hielt den Kopf nach rechts geneigt und las die Titel der Bücher, erst leise, dann laut: »Die Sprache der Steine.« Sie schlug das Buch auf: Abbildungen von Versteinerungen. Fundstücke von der Küste.

Der Hauptkommissar griff danach und versenkte es in einem seiner Plastikbeutel.

Emma sah ihn erstaunt an.

Es klopfte. Als sie die Tür öffnete, stand ihnen ein Mann mittleren Alters gegenüber, in Hosen, die ihm mindestens eine Nummer zu klein waren und einem blauen Polohemd, dessen Kragen er hinten hochgestellt trug. Er schaute die drei an, stumm und ohne die Miene zu verziehen.

Emma nahm den Mann spontan an der Hand und zog ihn in den Raum. Um das Schweigen zu brechen, zeigte sie auf die Steine, nahm ein größeres Exemplar vom Fensterbrett und schüttelte es unwillkürlich: Es war ein Klapperstein. »Ronalds!«, sagte sie.

Doch der Besucher blickte sie starr an – mit Augen, in denen blankes Entsetzen lag. Sein Gesicht hatte markante Züge, die in gesunden Tagen einmal durchaus ansprechend gewesen sein mochten. Jetzt aber schien alles Lebendige daraus entwichen, was in merkwürdigem Kontrast zu seinem ganzen Aufzug stand: In der gelblichen eng anliegenden Hose und dem tintenblauen Oberteil wirkte er nicht nur gewollt jugendlich, sondern geradezu geckenhaft. Seine linke Hand fuhr an den faltigen Hals, als würde ihm die Luft knapp. Dabei wurde ein Armband sichtbar: geflochten aus bunten Plastefäden. »Ronni«, sagte er mit einer belegten Stimme, die kaum zu verstehen war. Vielleicht sprach er einfach zu wenig, sodass ihm die Modulationsfähigkeit abhanden gekommen war.

»Und Sie heißen?«, versuchte Wenke es vergebens.

Der Patient bewegte sich auf das Bett zu und sank darauf nieder; so saß er eine Weile in sich zusammengesunken und reagierte nicht mehr. Als die herbeigerufene Pflegerin ihn aus dem Zimmer führen wollte, zog er einen Stein aus der Brusttasche und legte ihn auf das Kopfkissen.

Der Hauptkommissar sah die junge Frau fragend an: »Das ist Erwin«, erklärte sie, »ein Freund Ronald Bäumers. Er spricht fast nie. Und nur zu ihm hat er so etwas wie Kontakt.« Über die Krankheit sei sie nicht befugt zu reden, aber der Stationsarzt könne ihnen Aufschluss geben.

Von diesem erfuhren sie etwas später, dass Erwin Almgren an den Folgen eines Komas litt, in das ihn die Ärzte nach einem Unfall versetzt hatten. Er lebte seit etwa acht Jahren in der Klinik.

»Almgren«, hakte Jensen ein, »ein Deutscher?«

»Nein«, war die Antwort, »seine Familie lebt in Schweden. Wenn er also spricht, so sind es ein paar Brocken auf Schwedisch.« Ronald Bäumer sei der Einzige der Station gewesen, der einen Zugang zu Herrn Almgren gefunden hätte.

Wenig später blickten die Ermittler durch die Fenster der Therapieräume, die in dem langgestreckten Gebäude untergebracht waren. Dabei trafen sie auch auf die Ergotherapeutin, mit der sie sich in deren Mittagspause verabredeten. Bis dahin blieb noch Zeit und so sahen sie sich auf dem Gelände noch einmal um. Auf dem Weg zum rückwärtigen Ausgang, der zu den angrenzenden Häusern des Ortes führte, kamen sie an einem weiteren Wirtschaftsgebäude vorbei: ›Wäscherei‹ stand an der Tür, ›Geräte/Garten‹ an der anderen. Dann stutzten sie: An der dritten war das Schild ›Fahrradverleih‹ angebracht. Sie trafen den Angestellten an und erfuhren, dass die klinikeigenen Fahrräder allen Patienten zur Verfügung stünden, gegen Angabe der Zimmernummer und Hinterlegung einer Kaution von zwanzig Euro.

»Auch den behinderten Insassen?«, wollte Jensen wissen.

Die Antwort war ein klares »Nein« – die Verkehrssicherheit war nicht gegeben. Mit dem Mann ließ sich gut schwatzen. Er hieß Bruno Bunke, aber jeder nannte ihn nur Bruno. Das wunderte die drei nicht, denn er kannte alle und jeden und kam beim Gespräch vom Hundertsten ins Tausendste; sein Mitteilungsbedürfnis war unverkennbar. Mit seinen Fahrrädern konnte er ja schließlich nicht reden. So erfuhren die Beamten eine Menge Interna, stets mit der Einleitung: »Man sagt, dass …«. Dennoch konnte solch ein Hintergrundrauschen, wie Wenke das nannte, durchaus von Nutzen sein. So hörten sie von Querelen zwischen den Physiotherapeuten und den behandelnden Ärzten, dass die Verwaltungschefin ein Verhältnis mit dem Leiter der Klinik hätte oder von der Diätassistentin, die hin und wieder mit der Küche im Clinch liegen würde, wenn die Köche Schwierigkeiten hätten, deren Vorstellungen umzusetzen. Wie in jeder größeren Firma schien es auch hier manchmal gewaltig im Getriebe zu knirschen.

Wenke fragte nach der Ergotherapeutin und lenkte auf diese Weise die Aufmerksamkeit scheinbar aus der Gesprächssituation heraus auf Ronald Bäumer.

Bunke kannte ihn, obwohl er kein Kunde war, denn er half ihm, die Blumenrabatten unmittelbar vor dem Gebäude in Ordnung zu halten – der Gärtner hatte in der Saison reichlich zu tun. Er verstand sich mit Ronni, wie er ihn nannte, gut; dieser wäre zuverlässig und umsichtig. Auch wenn Ronald wenig sprach, so erzählte er ihm umso mehr, denn er konnte sicher sein, dass der es nicht weitertrug. »Das Witzige ist«, sagte Bruno, »dass der Junge für seine Arbeit einen Lohn haben will. Ich bezahle ihn mit Steinen; die mit den Löchern sind doppelt so viel wert wie die ohne. Und sogenannte Klappersteine gleich zehn Mal so viel.«

»Dann ist ein solcher Stein ein kleines Vermögen«, meinte Jensen und erfuhr, dass Bruno nur sehr selten damit bezahlt hatte, das letzte Mal Ende Juli.

Emma Baader sah sich die Reihe der Fahrräder interessiert an; sie besaß selbst eins, mit dem sie in der Umgebung der Hansestadt an freien Tagen hin und wieder unterwegs war – eines ihrer wenigen Hobbys. Unter den teils hochwertigen Rädern waren auch einfachere für Kinder. Vor einem blieb sie stehen. »War das Rad am 29. Juli vergeben?«

Bruno zog die Stirn kraus und begann in seinem Hefter zu blättern. Der Zeigefinger seiner verarbeiteten Rechten fuhr die Spalten entlang und blieb an einer Stelle haften:

»Dieses nicht, aber ein anderes Kinderfahrrad. Vom 28. Juli bis 3. August ist es unterwegs gewesen.«

Wenke und Emma sahen sich an: Als sie vor ein paar Tagen allein im Wald war, hatte sie ein Kinderfahrrad im Gebüsch gefunden – später hatten beide »unauffindbar« ins Protokoll eintragen lassen.

Die Urlauberin, die es ausgeliehen hatte, war längst abgereist und eine weitere Recherche in dieser Richtung im Moment nicht naheliegend; theoretisch denkbar war natürlich, dass das Rad in der Zwischenzeit von dort abgeholt worden war. Wenke stieß nach: »Sind die Räder vollzählig, oder ist der Verlust eines Exemplars verbucht worden?«

Bruno Bunkes Redefluss versiegte zusehends; und schließlich rückte er mit der Sprache heraus: »Seit dem 30. Juli ist ein Rad verschwunden – aber keins für Kinder, sondern ein Herrenfahrrad.« Aufgefallen sei ihm das aber erst am Abend, denn um 19 Uhr zähle er die Räder durch, um festzustellen, ob alle fälligen wieder zurückgegeben worden sind. Er hätte die Anzahl mehrmals mit seiner Liste im Hefter verglichen, ehe ihm klar wurde, dass das Rad gar nicht eingetragen war! Es musste also jemandem gelungen sein, es aus dem Fahrradverleih zu schieben, während er abwesend gewesen war. Seine Tür stand von 8 bis 9 Uhr und 17 bis 19 Uhr offen und manche Gäste deponierten die Räder zur Rückgabe schon mittags davor, zum Beispiel bei der Abreise. Bunke sah verlegen zu Boden; wenn die Herren das noch nicht weitergeben könnten, er würde bald eine Lösung finden …

Gegen 13 Uhr saßen sie der Ergotherapeutin Luise Meister gegenüber. Sie stellte sich als freischaffende Kunsthandwerkerin vor, was man ihr aufs Wort glaubte angesichts des extravagant um ihre Haarpracht geschlungenen Schals und dem braunen Kleid, das ihr ohne jede Taillierung bis auf die Knöchel fiel. Im Gespräch ließ sie ihre Aufmerksamkeit beinahe ausschließlich dem Hauptkommissar zukommen, die anderen beiden, besonders Emma Baader, übersah sie geflissentlich.

Auf seine Bitte stellte sie ihre Werkstatt vor: Es waren hauptsächlich Patienten »des dritten Stocks«, wie sie sich ausdrückte, also Menschen mit verschiedenen Behinderungen; aber auf besonderen Wunsch standen auch den Kurgästen die Räumlichkeiten offen – nur Kindern nicht, die lehnte sie kategorisch ab. Sie wurden im Malzirkel der Kinderbetreuung mit ähnlichen Aktivitäten beschäftigt, während ihre Mütter in ärztlicher Behandlung waren.

Jensen stand an einem der mit Farbtöpfen, Tuben und Pinseln vollgepackten Regale und fragte nach Bildern oder Zeichnungen.

Luise Meister holte eine ganze Handvoll hinter einer Staffelei hervor. Es waren mit Acrylfarben gemalte abstrakte Gebilde, in denen er nur ein Gewirr von Farbstrichen erkennen konnte. Sie zog eines der Bilder heraus und warf ihm einen missbilligenden Blick angesichts seiner offenkundigen künstlerischen Inkompetenz zu: »Das ist ein Werk, was geradezu faszinierend auf den Betrachter wirkt, denn es zeigt Angst; eine schwarze Spirale auf rotem Grund, die ihre

Arme wie eine Galaxie zu drehen scheint und auf ein Zentrum zuläuft – ein schwarzes Loch gewissermaßen –, aus dem es ja auch im Kosmos kein Entrinnen gibt.«

Wenke gab ihr im Stillen recht; beeindruckt fragte er nach dem Schöpfer.

»Der Künstler heißt Ronald Bäumer«, erwiderte sie schlicht.

Die drei horchten auf. Frau Meister führte sie, geschmeichelt von dem plötzlichen Interesse, in einen Nebenraum, in dem mit Ton gearbeitet wurde. Auf dem Tisch lagen verschiedene größere Teller aus Terrakotta.

Die Therapeutin war gerade dabei, deren relativ unkomplizierte Herstellung zu erläutern, da fiel ihr Wenke ins Wort: »Und dieser Teller ist von Ronald Bäumer!«

»Ja, tatsächlich«, erwiderte sie erstaunt und bescheinigte ihm ein fast schon professionelles Gespür für dessen künstlerische Handschrift.

Er durfte ihn als »Leihgabe« mitnehmen. Als sie wieder im Garten standen, fuhr er vorsichtig mit den Fingern über die erhabenen Strukturen: Es war ein Gesicht mit dicken Brauen, einem leicht schiefen Mund und großen Augen, das eine geschlossen, das andere offen. »Das Porträt«, sagte er und meinte das mit Kohlestift gezeichnete Gesicht, das er bei Mareike gefunden hatte: Das erste in ihrem Zimmer bei ihrer Oma, ein zweites in ihrem Kinderzimmer in der Wohnung ihrer Mutter und deren Freundin Anna Hegebrecht.

Emma Baader nahm den Teller in die Hand und sah ihn nachdenklich an: »Und ich weiß auch, wer das ist: Erwin Almgren!«

Wenke schaute sie überrascht an; sie war es wohl, die ein »Gespür« für das Kunstwerk hatte, denn das war es ohne Zweifel.

Nachmittags am Waldspielplatz setzte sich Emma auf eine Bank, dachte kurz nach und wählte die Nummer ihrer besten Freundin Silke. Nach all dem Stress der letzten Tage brauchte sie ein paar aufbauende Worte, um wieder Kraft zum Weitermachen zu haben.

Silke erzählte zuerst von ihrer Arbeit in der Schule: Nach dem Lehramtsstudium war sie als Referendarin an der dortigen Gesamtschule angestellt worden. Ihre sechste Klasse kannte sie ganz genau und nach einer halben Stunde hatte auch Emma jeden einzelnen Schüler kennengelernt. Nachdem Silke auch das Lehrerkollegium hatte Revue passieren lassen, fragte sie die Freundin nach ihren Kollegen in der Dienststelle.

»Wir haben einen älteren Ermittler, ich glaube, er geht bald in Rente. Er hat so seine Eigenheiten, und zwar harmlose: Wenn er seine grauen Zellen bemüht, schiebt er sich immer erst einmal mit dem rechten Zeigefinger die Brille auf der Nase hoch, als könne er dann die Dinge besser vor sein inneres Auge rücken. Ist er zu einem Schluss seiner Überlegungen gekommen, fährt er mit der Linken über seine Glatze, ehe er den Mund auftut. Was aber dann da herauskommt, ist oft genug intelligent. Dieses umständliche Ritual hilft ihm offensichtlich bei der Denkarbeit. Am eigenwilligsten ist, dass er nicht etwa ein Lob ausspricht, wenn er etwas gut gemacht findet, sondern stattdessen ausdauernd mit dem Kopf nickt. Neulich habe ich mitgezählt und bin auf zwanzig Nicker gekommen. Das alles schadet seinem Ansehen keineswegs, sondern er ist von allen akzeptiert und auch mein Chef hält große Stücke auf ihn – schon wegen seiner langjährigen Erfahrung.«

Silke hatte amüsiert zugehört und als Emma der Reihe nach alle vorgestellt hatte und zu Gert Jensen kam, den sie mit »ein junger Kollege« einführte, meinte Silke: »Aha, jetzt kommen wir auf den Punkt« und sie ließ ein anzügliches Lachen hören.

Emma wehrte die Anspielung ab und sprach weiter: »Er ist etwas überdurchschnittlich groß und schlank – sehr schlank, sodass seine Bewegungen schlaksig wirken, was ihn jünger macht, als er mit seinen zweiunddreißig Jahren eigentlich ist. Er hat ein schmales, fein geschnittenes Gesicht und ich glaube, er ist viel sensibler, als er das nach außen zu erkennen gibt. Er müsste einmal mit seinem Friseur reden, damit der ihm die Haare vorne kürzer schneidet, denn er muss sich die dunkle Strähne ständig aus dem Gesicht streichen. Neulich hat ihn mein Chef wegen seiner scharfen Beobachtungsgabe gelobt und das zu recht. Im Unterschied zu mir ist er mit einem ausgeprägten Selbstbewusstsein ausgestattet, was ihm natürlich bei der Durchsetzung im Kollegenkreis hilft. Aber nicht nur dort: Offensichtlich hält er sich auch noch als Mann für unwiderstehlich, denn in letzter Zeit hat er mich ein paar Mal zu einem Kaffee eingeladen und läuft mir – kaum bin ich morgens da – auch im Dienstgebäude in Rostock ständig über den Weg.«

»Also doch!«, war Silkes Kommentar.

Emma schüttelte heftig den Kopf: »In unserer Cafeteria habe ich mir eine Tasse Kaffee spendieren lassen, auf die Einladungen in das Strandcafé bin ich nicht eingegangen. Seitdem ist er ausgesprochen nett zu mir, ohne mir auf die Nerven zu gehen.«

»So fängt es meist an«, lautete das Urteil der Freundin.

»Sagtest du nicht, er könne gut beobachten? Vielleicht hat er da doch ein kleines Blitzen in deinen Augen gesehen ...«

Emma lachte lauthals: »Das wüsste ich aber. Ich bin doch kein Leuchtturm, der sein Licht automatisch so rundum in die Gegend blitzt.«

Die beiden jungen Frauen lachten lauthals.

»Aber du hast noch gar nichts von deinem Chef erzählt, diesem Hauptkommissar, wie heißt er doch gleich?«, griff Silke den Faden wieder auf.

»Wenke, Ralf Wenke«, antwortete Emma und schwieg.

Aber die Freundin ließ nicht so leicht locker: »Also ein Kurzporträt bitte.«

»Er ist älter als ich, wohl Anfang vierzig, hat mittelblondes Haar, eine hohe Stirn und eine kräftige Statur. Auch wenn er nicht Hauptkommissar wäre, hätte er die Führung in unserem Team; er ist der unangefochtene Kopf der Ermittlergruppe. Man merkt ihm an, dass er auch laut werden kann, wenn es sein muss. Aber da das jedem klar ist, muss er das selten tun. Bei seinem Durchsetzungsvermögen reicht es schon völlig, dass die Leute in seinem Umkreis das wissen.«

Silke fasste zusammen, als Emma wieder verstummte: »Mann in besten Jahren, stattliche Erscheinung, Typ Alpha-Männchen, aber lieb.«

Emma reagierte entrüstet: »Das habe ich gar nicht gesagt!«

»Doch, meine Beste, doch Emma.«

Die junge Polizistin wurde rot und ärgerte sich dieses Mal besonders darüber. Dann wurde Emma sehr nachdenklich, denn sie hatte noch ein ganz bestimmtes Anliegen, dass sie mit Silke besprechen wollte. Natürlich konnte sie ihrer Freundin keine Details des Falls erzählen, aber diese hatte durch die Nachrichten sowieso schon einige Informationen erfahren.

Die angehende Kriminalkommissarin holte etwas aus ihrer Hosentasche, als ob die Angerufene am anderen Ende der Leitung es sehen könnte: »Ich trage einen Zopfhalter mit roter Plastikblüte bei mir. Er gehört einem blonden Mädchen«, erklärte sie.

Die Freundin war solche fragmentarischen Äußerungen gewohnt, sie wusste schon, dass sie nicht weiterfragen durfte.

Emma stand die Situation vor Augen, als sie von dem Kindergartenkind das Zopfgummi gegen ihren Schlüssel-Piepser getauscht hatte. Sie erhob sich und lief auf die Stelle am Rand des Gebüsches zu, an der Mareike am Boden hockend gesehen worden war. Doch dann blieb sie unbeweglich stehen: Dicht daneben war ein kleiner Haufen aus Feuersteinen aufgetürmt, den sie fast mit dem Fuß umgestoßen hätte. »Ich muss Schluss machen!«, sagte sie kurz angebunden, nahm ihr Handy und fotografierte den Fund – mit ihrer Handyhülle daneben, zum Größenvergleich. Sie zählte: Es waren zwölf Steine.

Die Besprechung im Rostocker Kriminalkommissariat begann erst am späten Nachmittag: Festerling saß schon an seinem Platz, Gert Jensen und Emma Baader erschienen zusammen, sie mit einem Plastikbeutel voller Steine, den sie erst noch bei den KTU-Kollegen ließ.

Die Ergebnisse aus der Klinik-Recherche fasste Wenke kurz zusammen: »Ronald Bäumer hatte einen Freund unter den Patienten, einen Erwin Almgren, etwa zehn Jahre älter als er. Beide haben ein gemeinsames Hobby: Steine vom Ostseestrand. Interessant wird das erst dadurch, dass mit ihnen möglicherweise auch eine Verbindung zu Mareike Brandt hergestellt werden kann – nach Aussagen des Stiefvaters jedenfalls. Jürgen Brandt will ihr ein Buch über Versteinerungen zum Geburtstag geschenkt haben. Feuersteine sind auch im Bunker aufgetaucht: Es ist allerdings unsicher, wann sie in den Unterschlupf gelangt sind – ob vor oder nach der Durchsuchung durch die Spurensicherung; möglich also, dass sie von den Kollegen nicht wahrgenommen worden sind. Nun allerdings – Kommissarin Baader hat mich vorhin darüber informiert – sind zum zweiten Mal solche Steine aufgefunden worden: wiederum zu einem Haufen geschichtet, zwölf an der Zahl. Und zwar auf dem Spielplatz im Wald, auf dem sich auch Mareike aufgehalten hat. Ein weiterer Umstand der eine Verbindung zwischen Ronald Bäumer und dem Mädchen nahelegt, ist ihr Besitz von zwei Porträts, die von Herrn Bäumer gezeichnet worden sind.«

An der Tafel stand in der Mitte das Wort ›Steine‹. Von da aus gingen die Pfeile zu den vier Personen: zu den beiden Vermissten sowie zu Erwin Almgren und Jürgen Brandt.

Emma Baader meldete sich: »Ich denke, Mareike hat einen besonderen Stein besessen, einen Klapperstein, das hatte ein Urlauberjunge ausgesagt, der mit seiner Oma, einer Frau Ursula Bessmer, am Strand gespielt hat. Wenn es denn die Gesuchte war, denn das alles hat sich am Tag des Verschwindens, nahe des Strandaufgangs 28 gegen 14 Uhr zugetragen; Ort und Zeit widersprechen also anderen Zeugenbeobachtungen.«

Der Hauptkommissar sah sie an, blickte in die Runde und schlug mit der flachen Hand auf den Tisch: »Ich schlage vor, wir geben eine Fahndung nach Steinen heraus. Aussehen schwarz-weiß, manchmal mit Loch, manchmal ohne, auch klappernde Exemplare sind möglich!«

Festerling grinste: »Und sie halten sich mit Vorliebe bei jungen Frauen auf, blonden jungen Frauen.«

Emma Baader fühlte, dass sie rot wurde.

»Das sind die dürren Fakten«, meinte Jensen. »Was aber, wenn man sie mit dem Drumherum aus der Kurklinik ergänzt, mit dem, was so geredet oder auch nicht gesagt worden ist. Die Nähe zur Spekulation ist zwar groß, aber wenn man das in Rechnung stellt …«

Wenke signalisierte mit einer Handbewegung Zustimmung und Jensen begann: »Bruno Bunke ist doch so etwas wie das

Faktotum der Klinik, viel mehr also als der Fahrradverleiher des Hauses. Einiges von dem, was er über Personen und Zustände am Rande seiner Befragung erzählt hat – freilich ungeordnet – könnte mehr als Gewäsch sein. So hat er durchblicken lassen, dass der Leiter der Klinik beim Personal nicht gerade in hohem Ansehen steht; ganz im Unterschied zu seinem Oberarzt, einem Psychiater, der so etwas wie die Graue Eminenz ist. Dieser Dr. Sagmo gilt nicht nur unter seinen Kollegen als der eigentliche Mann an der Spitze des Hauses, sondern auch die Patienten sehen das so. Allerdings wurde ihm in der Vergangenheit auch der Hang zum weiblichen Personal nachgesagt, aber das kann natürlich ebenso eine Frage der Perspektive sein: Möglicherweise waren es auch Physiotherapeutinnen, Schwestern etc., die ihn besonders anziehend fanden. Interessant könnte dieser Mediziner für unsere Ermittlungen sein, weil er der zuständige Arzt für Ronald Bäumer – nicht zuletzt in dessen depressiven Phasen – ist. Außerdem: Wiebke Brandt hätte, als sie noch Vesper hieß und ihre Ausbildung an der Kurklinik lief, ein Verhältnis mit einem Arzt gehabt. Das hat der Fischer Kai-Uwe Frenks erwähnt. Es gab sogar das Gerücht, dass dieser Ivar Sagmo der Mareikes Vater ist …«

Wenke unterbrach: »Wie war der Vorname? Ivar? Dänisch, schwedisch?«

»Ein norwegischer Name«, sagte Festerling.

Da klingelte das Telefon; der Hauptkommissar nahm den Hörer ab und hielt ihn einen Moment lang in der Hand, ehe er ihn langsam wieder auflegte: »Ein Leichenfund.«

Einen Augenblick war Stille, dann fragte Jensen: »Wer?« Wenke zuckte mit den Schultern.

Das Ermittler-Team war wenig später zu dem Wasserwanderrastplatz jenseits des Campingplatzes unterwegs, wo ein Boot der Wasserschutzpolizei auf dic Beamten wartete. Die Besatzung klärte sie über den Sachverhalt auf: »Zu dem Platz gehört natürlich auch ein Badestrand – in gut einem Kilometer Entfernung gelegen –, der an dieser Stelle aber schmal bleibt und durch die letzte Sturmflut im Frühjahr noch zusätzlich abgetragen wurde. Deshalb hat das Staatliche Amt für Umwelt und Natur den Entschluss gefasst, an dieser Stelle eine Strandaufspülung zu veranlassen. Sie dient nicht etwa nur der Attraktivität des Rastplatzes, sondern ist eine Maßnahme des Küstenschutzes; die Landverluste mussten minimiert werden. Und das war höchste Zeit, denn die letzte Aufspülung hat zu Anfang der Neunzigerjahre stattgefunden. Dazu ist jetzt ein Saugbagger in etwa fünf Seemeilen vor der Küste stationiert, der dort den Sand vom sedimentreichen Meeresboden fördert. Das Sand-Wasser-Gemisch gelangt dann zunächst in den Schiffstank. Ist der gefüllt, fährt das Schiff so nahe an das Ufer, dass eine etwa drei Kilometer lange Rohrverbindung angeschlossen werden kann, was natürlich nur bei ruhiger See möglich ist. Mit einem Druck von sieben Bar wird der Wasser-Sand-Mix direkt an den jeweiligen Strand gespült, wo er mit Hilfe von Planierraupen verteilt wird.«

Wenke dankte für diese fachmännische Erläuterung und sah den Kollegen fragend an: »Und?«

»Und dabei ist es zu einem Zwischenfall gekommen: Beim Saugvorgang ist ein Metallteil in das Rohr gelangt, sodass kurz unterbrochen werden musste. Ein Absuchen des Laderaums folgte und zu Tage trat eine Kette, die sich zu einem Knäuel verheddert hatte und zu einem kompakten Klumpen geworden war. Es kommt schon einmal vor, dass Unvorhergesehenes in das Saugrohr gerät – Kriegsmunition natürlich möglichst nicht.«

Die bedächtige Art des Mannes spannte die Kriminalbeamten auf die Folter: »Und weiter?«, fragte der Hauptkommissar.

»An der Kette hing ein menschliches Bein«.

Das Polizeiboot brachte die vier zum Baggerschiff – eine Überfahrt, bei der Emma Baader mit ihrem Magen zu kämpfen hatte. Der Kapitän empfing sie und schilderte den Hergang noch einmal. Nach der Bergung des Fundes war die Arbeit sofort gestoppt worden.

»Seit wann wird an dieser Stelle gefördert?«, wollte der Hauptkommissar wissen und erfuhr, dass der Saugbagger erst seit gestern auf dieser Position lag. Zuvor war er zwei Seemeilen weiter östlich im Einsatz.

Ein zweites Boot der Küstenwache übernahm den makabren Fund; er kam auf direktem Weg in die universitäre Rechtsmedizin der Hansestadt Rostock.

Heute konnten sie hier nichts mehr ausrichten und so wurden sie von Wenke in den Feierabend entlassen.

Das grausige Bild dieses Leichenteils wurde er auch zu Hause nicht los. In seinem Lieblingssessel sitzend, ließ er es zu, dass es immer dämmriger im Zimmer wurde, denn die Stehlampe blieb ausgeschaltet. Er fuhr sich mit der Linken über das Kinn, in der Rechten hielt er Roland Bäumers Teller. ›Ein Betrachter kann sich kaum der Faszination dieser Gesichtszüge entziehen‹, dachte er und sann darüber nach, warum das so war. Ihm fielen die ganz ähnlichen Porträts ein, die der junge Mann mit Kohle gezeichnet hatte. Er sah sie in Gedanken vor sich; die einzelnen Partien passten nicht zueinander: die wulstigen Augenbrauen nicht zu dem Umstand, dass eines der Augen wie im Schlaf geschlossen blieb und der wie ein Strich wirkende schiefe Mund gehörte nicht zu der übergroßen Augenpartie – ein Kinn war nicht einmal angedeutet. ›Ein zerstörtes Antlitz‹, ging es ihm durch den Sinn. ›Wie mochte es vorher ausgesehen haben?‹

Aber der Versuch, die Einzelheiten in ihre ursprüngliche, normale Fassung zu bringen, scheiterte kläglich: ›Zu wenig Fantasie‹, bescheinigte er sich. Dann drängte sich Wenke die Frage auf: ›Wer hat dieses Gesicht zerstört?‹ Und nach kurzem Zögern korrigierte er sich: ›Nein, was hat diesen Menschen zerstört?‹

Er hielt wieder einen Moment inne, dann glaubte er die Antwort zu kennen: ›Das Bild, auf der die schwarze Spirale auf rotem Grund kreist und dabei eine Anziehungskraft entwickelt, die kein Entkommen zulässt, so gewaltig ist ihr Sog: Angst.‹

Ihm stand die vom Meeresboden aufgetauchte Extremität vor Augen …

Dienstag, 9. August

Am nächsten Morgen waren alle pünktlich wieder im Besprechungsraum zusammengekommen und erfuhren die vorläufigen Resultate: Dem ersten Augenschein nach gehörte das Bein zu einem männlichen Toten. Genaueres war erst gegen Ende der Woche von den Rechtsmedizinern zu erwarten.

Aber ein anderes Ergebnis lag vor: Auf den Steinen aus

dem Bunker hatten Fingerabdrücke gesichert werden können. Sie stammten alle von einer Person und waren mit denen identisch, die auf den Badutensilien aus Zimmer 34 der Klinik sichergestellt werden konnten.

»Das Zimmer von Ronald Bäumer«, stellte Festerling fest.

Wenke sah Emma Baader an: »Gute Nase!«

Jensen ergänzte: »Blonde Spürnase …«

Festerling nickte eifrig mit dem Kopf.

Am Vormittag waren sie wiederum auf der Landstraße zu dem Strandabschnitt der Aufspülung unterwegs. Jensen steuerte den Wagen auf eine provisorisch angelegte Stichstraße etwas westlich des Wasserwanderrastplatzes und parkte ihn auf einer Abstellfläche für Baufahrzeuge; von dort verlief ein Weg durch den Wald direkt auf den gesuchten Strand zu.

»Der Radweg«, sagte Emma an einer Wegkreuzung. Dass er so weit über den Campingplatz hinaus führen könnte, hatten sie nicht bedacht.

Etwa zweihundert Meter des Terrains der Aufspülung waren nach dem grausigen Fund mit weiß-roten Flatterbändern abgesperrt, eine Maßnahme, die der Kommissar veranlasst hatte. Links von ihnen befand sich das mächtige Rohr, aus dem üblicherweise das Wasser-Sand-Gemisch sprudelte. Zwei Planierraupen parkten an einem Strandaufgang. Rechts dehnte sich der aufgespülte Strandabschnitt. Die Polizisten waren erstaunt über seine Ausmaße, es mochten nahezu zwei Kilometer in der Länge sein. Jensen sprach kurz mit den Fahrern, die ihm erzählten, dass sie an guten Tagen bis zu dreihundert Meter Küste schafften; insgesamt sollten nahezu dreihunderttausend Kubikmeter Sand aufgetragen werden, und zwar auf einer Strandlänge von fünf Kilometern. Irgendetwas Besonderes hatten sie bisher nicht bemerkt. Allerdings arbeiteten sie im Akkord und viel Zeit für ein genaueres Hinsehen blieb nicht. Es könne sein – so räumten beide ein –, dass kleinere Gegenstände, die sich in den Sandhaufen befanden, verschüttet wurden, ohne dass ihnen das auffiel.

Die vier teilten sich für das Absuchen des Strandes auf: Gert Jensen und Emma Baader liefen direkt am Wasser entlang, Wenke und Festerling parallel zu ihnen an der Düne. So kämpften sie sich vom westlichen Teil nach Osten zu den Planierraupen vor.

Jensen bückte sich und hob etwas auf. »Ein Bernstein für die blonde Steinspürnase«, rief er Emma zu und drückte ihn ihr in die Hand. Das klang nicht ironisch, sondern lieb und nett.

Sie sah ihn unbefangen an und beglückwünschte sich im Stillen, dass sie in solch einen aufgeschlossenen Kreis geraten war. Nur Torsten Festerlings Neckereien hatten zuweilen einen Beigeschmack von Herablassung. ›Und Ralf Wenke?‹, dachte sie, nicht ›der Kommissar‹.

Festerling hatte sich hingehockt, dabei die weißen Gummihandschuhe übergezogen und holte etwas aus dem Sand hervor: eine leere Dose Linsensuppe, sogar noch im Zeitlimit des Haltbarkeitsdatums. Möglich, dass sie gar nichts

mit der Sandaufspülung zu tun hatte. Das aber brachte die Kriminalisten auf den Gedanken, den Strandabschnitt in den nächsten Tagen noch einmal mit einem Metalldetektor abzusuchen.

Da meldete sich Jensen. Er hatte einen Stofffetzen gefunden, wohl die Reste eines blauen Oberteils.

»Mitnehmen«, sagte Wenke. Die Tüten für die KTU begannen sich zu füllen, vor allem mit Plastikmüll: Die Meere leiden bekanntlich unter diesen Hinterlassenschaften der Zivilisation, deren Verrottung unglaublich lange Zeit dauern würde. In einigen Fischereihäfen standen deshalb seit diesem Jahr Container, in die die Fischer diese üblen Plastikabfälle entleeren konnten, wenn sie sich in ihren Netzen verfangen hatten. Ein paar Meter weiter bückte sich Jensen erneut. Er war auf etwas Festes getreten, schob den lockeren Sand beiseite und griff zu: eine volle Bierflasche! Vielleicht hatte sie zum Kühlen im Wasser gesteckt und war dann fortgespült worden.

Nach gut einer Stunde legten sie eine Pause ein, setzten sich im Kreis in den Sand und begutachteten ihre »Schätze«.

Emma hatte leider nur Plastik gefunden, einen Fünfliterbehälter, Tassen, diverse Flaschen und Bruchstücke von Undefinierbarem.

Jensen griff sich eine der Flaschen heraus und drehte sie spielerisch in den Händen. Plötzlich stutzte er; im oberen Teil war ein geriffeltes Muster sichtbar: »Die ist aus der Kurklinik von Graal-Müritz. Jedenfalls haben sie da solche Flaschen, eine ganze Batterie davon steht im Ergotherapieraum.«

»Könnte sein«, murmelte Wenke, »oder auch nicht.«

»Dann gehört das dazu«, sagte Emma Baader und zeigte auf eine kleinere Flasche, an der noch Etikettreste hafteten. »Acryl«, las sie vor. »Acrylfarbe also.«

Jetzt wurde Wenke aufmerksam. Diese Berufsanfängerin hatte schon einmal ein glückliches Händchen bewiesen. ›Uns Erfahrenen vernebelt manchmal die Routine den Blick, sie aber sieht alles unverstellt‹, ging es ihm durch den Kopf. Er ordnete an, bei der weiteren Suche die Aufmerksamkeit verstärkt auf Plastikgegenstände zu richten. Das hatte zur Folge, dass wohl kaum jemals vier erwachsene Menschen so voller Eifer Müll auf der Spur waren wie an diesem Strand.

Das musste auch den beiden Planierraupenfahrern aufgefallen sein, die, an ihre Maschine gelehnt, rauchten und offenbar auf die Fortführung der Aufspülung warteten. »Putzkolonne antreten!«, riefen sie ihnen zu und winkten.

Festerling markierte die Stelle, zu der sie gekommen waren, mit der Bierflasche im Sand. Anschließend trotteten die Polizisten im Gänsemarsch zu den Fahrern.

Einer der beiden zeigte auf ein zerbrochenes Holzgestell: »Das da haben wir freigeschoben.« Es war unverkennbar eine Staffelei. Oder was davon übrig war. Die Leisten konnten nicht aus dem Saugrohr stammen. Zum einen war das Holz nicht aufgequollen und zum anderen war es direkt unterhalb der Düne gefunden worden. Es war schon richtig, was der Fahrer sagte, »freigeschoben«.

Festerling packte die Teile in Folie und brachte sie zum Auto. Noch etwa eine weitere Stunde schritten sie den Strand

ab, dann gab der Kommissar das Zeichen zum Aufbruch.

Noch am selben Tag hatten sich Wenke, Jensen und Festerling wiederum in der Klinik angekündigt. Ihr Weg führte sie direkt zu Luise Meister.

Die Ergotherapeutin bestätigte ihnen, dass die Flasche Acrylfarbe aus ihrem Bestand kommen könnte. Sie zeigte auf das Fach im Regal, in dem die Farbe stand; gezählt hätte sie sie zwar nicht, konnte also nicht mit Sicherheit sagen, ob eine fehlen würde. Mit der Staffelei trat sie ans Fenster und sah sie genau an. »Das ist unsere«, war sie sich sicher und wies mit dem Finger auf drei kleine Buchstaben: ›KKE‹ stand da. »Das steht für Kurklinik Ergotherapie.«

»Wer hatte die Staffelei in Gebrauch?« Festerling sah sie gespannt an.

Frau Meister öffnete ihren Schrank und zog ein dickes schwarzes Heft heraus. Sie zeigte auf die Eintragungen: Datum, Name und Gegenstand waren fein säuberlich verzeichnet. Die letzte Spalte war für den roten Haken bei Rückgabe vorgesehen. Eine Staffelei war am 1. August an Ronald Bäumer gegangen und eine weitere einen Tag später an Erwin Almgren. Dann wurde die Ergotherapeutin verlegen: Sie hatte ihr ›O.K.‹ mit einem Fragezeichen versehen; eine der zwei Staffeleien war nicht zurückgegeben worden, aber es ließ sich nicht feststellen, welche. Sie hatte den Verlust erst im Nachhinein bemerkt. Die Staffeleien selbst trugen kein weiteres eigenes Inventarzeichen.

Jensen fragte nach Bildern von Herrn Almgren, solche von Ronald Bäumer kannten sie ja schon.

Luise Meister kramte in einem Ständer und legte drei Arbeiten auf den Tisch.

»Was halten Sie davon?«, wollte er wissen.

»Nichts«, kam die lapidare Antwort, »wertloses Geschmiere, schade um die Farbe.«

»Acryl?«

»Acrylfarbe, dick aufgetragen. Geben Sie einem Kleinkind einen Pinsel oder Spachtel in die Hand, dann tut es das, was seinem Entwicklungsstand entspricht: Es kleckst …«

Wenke kam auf den Punkt: »Der eine, Ronald, also ein Künstler, der andere, dieser Erwin Almgren, ein infantiler Möchtegern? Was für ein Verhältnis hatten die beiden zueinander?«

Was die Polizisten zu hören bekamen, konnte für sie vielleicht von Bedeutung sein. Das wusste man erst, wenn sich das Puzzle zusammenzufügen begann: Frau Meister kannte Erwin Almgren seit etwa vier Jahren; seit sie in der Klinik tätig war. Der Patient spreche kaum – ein Zustand nach einem Unfall, soweit sie wisse. Anfangs hätte er bei ihr ein gewisses Mitleid erregt; es hieß, er wäre Arzt gewesen. Aber das sei doch wohl Gerede. Als sie ihn besser kennenlernte, war ihr aufgefallen, dass er eine gewisse Pfiffigkeit besaß; in manchen Situationen konnte man wohl von Durchtriebenheit sprechen, denn er wisse durchaus seinen Vorteil zu wahren. Das war nicht nur Zeichen einer Charakterschwäche, sondern auch für ein funktionierendes »Oberstübchen«, wie sich Frau Meister ausdrückte. Einmal hatte er ein während des Therapiekurses entstandenes Bild von Ronald als sein eigenes ausgegeben, und zwar als es im Verkaufsstand der Klinik an den Mann gebracht werden sollte – was nur geschah, wenn die Arbeiten auch Niveau hätten. Sie war erst auf den Schwindel gekommen, als ein Interessent dafür einen beachtlichen Preis bot und sie die gefälschte Signatur ›Almgren‹ entdeckte.

Wenke unterbrach: »Und das Verhältnis zueinander? Waren sie unter diesen Umständen befreundet?«

»Mit Ronald Bäumer konnte man nicht befreundet sein«, sagte Frau Meister zögernd.

Von Festerling war zu hören: »Aber?«

»Aber wenn es jemanden gibt, mit dem ihn so etwas wie Freundschaft verband, dann war es die Kleine. Erwin Almgren auf gar keinen Fall.«

Wenke sah sie an: »Die Kleine? Mareike etwa?« Die Kriminalisten waren perplex: Da hatten sie so lange nach einer Verbindung zwischen beiden Vermissten gesucht und alle möglichen Konstrukte bemüht, von Steinen und Porträts. Und hier saß jemand vor ihnen, der ihnen den Kontakt völlig selbstverständlich präsentierte. Warum hatte keiner der anderen Befragten, die in der Klinik Rede und Antwort gestanden hatten, davon gesprochen? Weil sie nichts davon wussten?

Und Luise gab noch etwas preis: Deswegen sei Herr Almgren auf das Mädchen ja regelrecht eifersüchtig gewesen.

Beim Hinausgehen drehte sich Jensen zu den Kollegen um: »... die richtigen Leute fragen. Darauf musste man erst einmal kommen.«

Der nächste Gang führte sie zur Küche, wo sich ihre Vermutung bestätigte: Die Flasche mit dem auffälligen Muster konnte nur aus der Klinik stammen. Sie war nicht frei verkäuflich – etwa im Supermarkt –, sondern wurde an diejenigen Patienten ausgegeben, die viel trinken sollten; es waren Automaten aufgestellt, an denen sie möglichst oft nachgefüllt werden konnten.

Von dem unten gelegenen Küchentrakt fuhren die drei in das oberste Stockwerk und klopften an der Tür von Dr. Sagmo.

Der streckte ihnen die Hände entgegen und begrüßte sie zuvorkommend. Der Arzt war ein smarter Mann in den Vierzigern, dunkelhaarig mit nur leichtem Ansatz zu Grautönen. Unter seinem Kittel sah ein gelbliches Oberteil hervor und seine Beine steckten in blauen Jeans.

›Gelb und blau‹, dachte Jensen, ›wie bei Erwin Almgren, nur in umgekehrter Abfolge.‹

Der hier vor ihnen stand, war hellwach, ein Intellektueller mit jugendlichem Charme. Er wurde gebeten, etwas zu der Persönlichkeit von Ronald Bäumer zu sagen und antwortete mit fachmännischer Sachlichkeit: »Medizinisch ein interessanter Fall, weil er grenzwertig war. Autismus ist sehr vielgestaltig ausgeprägt und hier gab es deutlich längere Phasen, in denen sich der Patient seiner Umwelt öffnete, als üblich; eingelagert waren allerdings depressive Verstimmungen, die wir selbstverständlich behandelt haben.«

Wenke fragte nach Bäumers geistigen Leistungsfähigkeit und erfuhr, dass diese nicht grundsätzlich eingeschränkt war, auch wenn er in seinen schlechten Zeiten ein anderes Bild abgeben sollte; ganz zu schweigen von seiner Kreativität. Diese Einschätzung erbrachte nichts Neues, dennoch hatten die Polizisten ihn nicht unterbrochen.

Festerling knüpfte an das Stichwort »Kreativität« an und zeigte auf eine Zeichnung, die mit Pflaster am Schrank befestigt war: »Ist das von Ihrem Patienten?«

Dr. Sagmo wandte sich dem Porträt zu: Es zeigte den Kopf eines Mannes, leicht zur Seite gedreht. Mit wenigen Strichen waren eine hohe Stirn, eine etwas schiefe Nase und eine markante Kinnpartie aufs Papier gebracht. Die Augen blickten den Betrachter nicht an und waren dennoch das alles beherrschende Detail des Gesichts – übergroß schauten sie auf einen imaginären Punkt. »Ja, das ist von Ronni«, sagte er mit warmer Stimme. »Das ist während einer Therapiesitzung des Patienten entstanden, die auf dieser Station durchgeführt worden ist«, fügte er hinzu.

Jensen trat vor das Bild: »Das sind doch Sie, oder?«

Der Arzt bestätigte die Vermutung: »Die Behandlung ist darauf ausgerichtet, ein Vertrauensverhältnis der Kranken zu ihren behandelnden Ärzten aufzubauen. Und da sie sich – wie im Falle von Herrn Bäumer – nur eingeschränkt verbal äußern können, wird oft auf andere Mittel zurückgegriffen, um ihre Befindlichkeit einzuschätzen und einen Kontakt herzustellen.«

Wenke ergänzte: »Die Zeichnung ist also eine Art Fenster, durch das man in das Innere des Betroffenen sehen kann.«

»Ein treffenden Vergleich«, erwiderte Dr. Sagmo.

Jensen schaltete sich ein: »Dann hatten Sie ein gutes Verhältnis zu Ronald Bäumer.« Das war im Ton einer Feststellung gesprochen.

Doch nun ruderte der Befragte auffallend zurück, er sei sehr wohl stets um den Aufbau von Vertrauen bemüht. Das wäre die Grundlage der psychiatrischen Betreuung seiner Schutzbefohlenen überhaupt.

»Betrifft das in gleichem Maße auch Erwin Almgren?«, ließ sich der Kommissar hören.

Der Arzt sprach ausführlich über dessen Krankheitsbild.

›Ein Ausweichmanöver‹, ging es Wenke durch den Kopf und er fasste nach: »Wie war dessen Verhältnis zu Ronald?«

Die Antwort kam zögerlich, glich mehr einer Vermutung als sicherem Wissen und lief darauf hinaus, dass die beiden gleiche Interessen – Malen und Zeichnen – verbanden. Dass dies dem Kommissar zu vage war, ließ er sein Gegenüber spüren. So folgte die etwas weitschweifige Erläuterung, dass es für den Mediziner durchaus eine Herausforderung sei, das Verhältnis zweier an Autismus leidender Personen zueinander einzuschätzen.

›Wieder weicht er aus‹, dachte Wenke, doch er schwieg.

Stattdessen wollte Festerling wissen, ob Ronald Bäumer auch Kontakte zu Leuten außerhalb der Klinik hatte.

Dazu könne er nichts sagen, die Station sei ein eigener Kosmos und alles, was außerhalb geschieht, bleibe gewissermaßen auch draußen.

Auf dieses ständige Lavieren reagierte der Kommissar jetzt nun mit unverblümter Direktheit und kam damit auf den Punkt, um den es den Kriminalisten hier eigentlich

ging: »Haben Sie vor etwas mehr als zehn Jahren Wiebke Vesper kennengelernt?«

Für einen kurzen Moment verharrte Dr. Sagmo geradezu unbeweglich, dann ging er an seinen Schreibtisch und begann mit der Maus zu hantieren. »Wie heißt die Patientin?«

Festerling half ihm freundlich auf die Sprünge: »Keine Patientin, eine junge Frau, damals etwa neunzehn Jahre alt, die Lehrling in der Küche war.«

Die Hand mit der Maus blieb bewegungslos liegen. Das wäre dann in seiner Anfangszeit in der Klinik gewesen, also schon lange her. Natürlich kenne man sich vom Sehen, aber normalerweise bestehe kaum Kontakt zu Angestellten der Verwaltung – Gärtnern, Reinigungskräften, Küchenpersonal –, sondern natürlich zu Kollegen und Schwestern.

Festerling ließ nicht locker und forderte den Arzt auf, doch noch einmal nachzudenken.

Jensen zog ein Foto von Wiebke aus der Tasche und hielt es ihm vor die Augen: »So sieht sie heute aus, der Nachname ist Brandt.«

Durchaus möglich, dass die Abgebildete damals als junges Mädchen in der Küche gearbeitet hätte, er wäre sich nicht sicher; am besten wäre es, sie würden in der Verwaltung nachfragen. Da müssten noch Unterlagen zu finden sein. Dr. Sagmo sah auf die Uhr.

Die Kriminalisten brachen auf, hier war ohnehin nichts mehr zu tun für sie. Wenke wandte sich an der Tür noch einmal um: »Was sind Sie für ein Landsmann, Norweger?«

»Nein, Schwede«, war die Antwort.

Festerling und Jensen beschlossen, noch einen Kaffee in der Bäckerei Rolfsen zu trinken, von deren Windbeuteln die Leute so schwärmten. Die Chefin hatte sie wiedererkannt, begrüßte sie persönlich und führte sie an einen Tisch, von dem man einen Blick auf die Uferstraße hatte; sie waren also ein ganzes Stück von der Klinik entfernt.

»Und das Kind haben wir immer noch nicht gefunden«, Jensen sprach aus, was sie beide dachten und deutete damit an, was unausgesprochen blieb: Der Fall Mareike Brandt war es, der ihnen unter die Haut ging; der dieses merkwürdigen jungen Mannes interessierte sie dagegen vor allem unter dem Gesichtspunkt, in welche Beziehung er mit dem vermissten Kind gebracht werden konnte. Sie waren doch nicht etwa auf den Täter gestoßen, wie eine bekannte Boulevard-Zeitung getitelt hatte, nachdem die Polizei den Fund des Leichenteils in einer Pressemitteilung bekannt gegeben hatte?!

Es saßen nur noch wenige Gäste an den Tischen und so kam die Bäckersfrau kurz zu ihnen. Sie erzählte, dass die wildesten Gerüchte im Ort kursieren würden, seit das abgetrennte Bein eines Mannes am Strand aufgetaucht war: So wollten die einen wissen, dass es vom Kapitän eines Fischkutters stamme, der im Mai aus völlig ungeklärten Gründen gesunken war. Der mysteriöse Untergang des Schiffes BELUGA hatte bei den Einheimischen tiefe Betroffenheit ausgelöst, zumal niemand von der Besatzung gefunden werden konnte. Sie lagen eingeschlossen in der Kajüte auf dem Meeresgrund, wie Schifffahrtsexperten schließlich erklärt hatten. Margit Rolfsen schwieg und sah die beiden an; sie erwartete Widerspruch, denn diese Vorstellung fand sie etwas zu simpel – vielleicht auch deshalb, weil sie sich im Falle der vermissten Mareike quasi als »im Dienst der Polizei« oder doch wenigstens als unmittelbare Helferin bei den Ermittlungen verstand und daher an einen Zusammenhang der zwei Vermisstenfälle glauben wollte.

Doch die beiden Polizisten schwiegen. Festerling tat ihr schließlich den Gefallen und fragte, ob es etwas Neues vom Campingplatz gäbe.

Die Frau schüttelte den Kopf und ging wieder an ihre Arbeit, denn drei Kunden hatten die Bäckerei betreten.

Beim Blick aus dem Fenster sahen sie eine Kindergartengruppe vorbeilaufen. Jensen schaute seinen Kollegen Festerling an: »Und wie geht es Ihrem Enkel Benni, seit er aus dem Krankenhaus entlassen wurde?«

»Meine Tochter muss ja arbeiten gehen, deshalb hat sie den Jungen zu uns gebracht, solange er noch nicht wieder zur Schule gehen kann. Meine Frau umsorgt ihn.«

Jensen wusste von der dramatischen Lage, in die der Dreizehnjährige durch eine Blinddarmentzündung geraten war – und das ausgerechnet auf einer Klassenfahrt. Die Ärzte hatten ihm durch eine Notoperation in buchstäblich letzter Minute helfen können.

»Ja, es hätte nicht viel gefehlt«, sagte Festerling leise und damit waren beide in Gedanken wieder bei Mareike Brandt.

Beim Kommissar machte sich Ungeduld breit. Er wartete auf die Ergebnisse der Rechtsmedizin, denn ein blindes Agieren war wenig Erfolg versprechend. Sollte sich herausstellen, dass die menschlichen Überreste unmöglich mit einem ihrer Vermisstenfälle in Verbindung standen, sie es also mit einem unbekannten Toten zu tun hatten, war das hier ein dritter Fall und ohne massive Aufstockung der SOKO »Mareike« nicht zu bewältigen. Sie konnten sich nicht noch einen Fall auf den Tisch ziehen. Kurz vor Dienstschluss kam zwar endlich der Anruf der Mediziner, doch die Nachricht lautete: Die DNA-Analyse des Beinstumpfes würde sich im Labor noch hinziehen und sei erst »in frühestens zwei bis drei Tagen« zu erwarten.

Wenke, Festerling und Emma Baader wollten die Wartezeit sinnvoll nutzen und setzten daher am nächsten Vormittag ihr Vorhaben um, mit Metalldetektoren noch einmal zum Aufspülungsstrand zu fahren. Bei einsetzender Dämmerung hätte das gestern Abend ohnehin keinen Sinn mehr gehabt. Der Bereitschaftspolizei konnten sie diese Aktion nicht überlassen, denn ob den Kollegen beispielsweise die Plastikflasche aus der Klinik aufgefallen wäre, war mehr als zweifelhaft – trotz ihres engagierten Einsatzes, der bisher nicht von Erfolg gekrönt war. Die Gruppe ging wie schon einmal ans westliche Ende; ausgerüstet mit zwei Geräten liefen sie wiederum parallel zueinander – Festerling an der Düne, der Kommissar und Emma am Spülsaum – den Strand ab. Die Detektoren piepsten alle paar Meter, denn sie zeigten jeden Kronkorken an; ein etwas mühseliges Geschäft also. So schaufelte Festerling zum Beispiel eine verbogene Metallöse mit einem Zipfel Zeltbahn frei. Die Funde lagen umso tiefer, je dicker die aufgespülte Sandschicht war. Das bedeutete, sie stammten höchstwahrscheinlich aus dem Saugrohr. Festerling rief sie zu sich: Er saß unmittelbar am Fuß der Düne, also außerhalb der Spülfläche; das Gerät schlug unentwegt an und so halfen die zwei ihm mit ihren kleinen Spaten beim Graben.

Emma hielt schließlich den Urheber in der Hand: einen kleinen Schlüssel.

»Zu klein für einen Hausschlüssel«, meinte Festerling.

Nach einer halben Stunde waren Wenke und Emma an einer Reihe Buhnen angekommen. Emma krempelte sich die Hosenbeine hoch und balancierte darauf entlang.

Der Kommissar machte eine Rauchpause und sah ihr zu. ›Wie ein junges Mädchen‹, dachte er. ›Nein, wie eine junge Frau, zwar zart, aber tough. Und nett, nein lieb …‹

Die Suche ging weiter, der Beutel mit den Kronkorken nahm beachtliche Ausmaße an; in dem Sammelsurium fanden sich Feuerzeuge, Dosenöffner, Kindereimer und Schaufeln mit Metallteilen und ähnliches. Nach drei Stunden waren sie – unterbrochen von Pausen – in die Nähe des Rohres gekommen. An dieser Stelle, an der die Arbeiten vor zwei Tagen zum Erliegen gekommen waren, türmte sich der Sand zu einem kleinen Hügel, der von den Planierraupen erst noch in Angriff genommen werden musste. Die drei Ermittler schalteten ihre Detektoren aus und steckten sie in den Sand. Festerling und seine Kollegin hatten sich für einen Moment entspannt zurückgelehnt. Dann rief Wenke zum Aufbruch, zog sein Gerät aus dem Sand und hatte es unwillkürlich eingeschaltet. Es schlug mit lautem Signal an. Die Quelle der Reaktion lag in etwa zwei Schritten Entfernung.

Festerling bückte sich und griff in den Sand. Was er da hervorzog, ließ er gleich wieder los.

Emma drehte sich heftig fort, direkt Wenke in die Arme: Es war eine Hand mit einem Stück Unterarm, der eine Armbanduhr trug.

Der Kommissar rief einen Streifenwagen herbei, der das in eine Plane eingewickelte »Objekt«, wie er sich den Kollegen gegenüber ausdrückte, in der Rechtsmedizin abliefern sollte. Sie machten sich auf den Rückweg und trafen dabei am Rand der Düne auf die Fahrer der Planierraupen, die auf den Abtransport ihrer Fahrzeuge zu einer anderen Baustelle warteten, denn es war nicht abzusehen, wie lange die Arbeit hier noch ruhen musste. Der eine von beiden hatte die Fundstelle zufällig in seinem Blickfeld gehabt und zog nun an seiner Zigarette, als wäre sie ein Rettungsanker, an dem er sich festhalten konnte. Sein Kollege sah ihn mitleidig an. Bemerkt hatten

sie in den letzten Tagen nichts Auffälliges. Ab morgen waren sie auf dem Wasserwanderrastplatz eingesetzt, zum Glück. Irgendwann machten hier zwei andere Leute der Firma weiter. Emma fragte sie mit deutlich belegter Stimme, ob ihnen der Schlüssel abhandengekommen wäre, doch sie kannten ihn nicht.

Als Wenke an diesem Abend vor dem Fernseher saß, kam im NDR ein Bericht über das Auffinden eines Leichenteils am Strand. Im Interview mit dem Kapitän des Saugbaggers wollte eine Journalistin wissen, ob noch weitere Körperteile, neben dem Torso vor allem der Kopf, zu erwarten waren.

›Blödsinnige Frage‹, dachte der Kommissar. Dann tauchte er selbst kurz im Bild auf – abwinkend, mit dem Verweis auf Informationen durch den Pressesprecher der Kripo: »In Kürze wird es eine Mitteilung geben.«

Entnervt stellte er das Nordmagazin aus und griff zur morgigen Ausgabe der Ostsee-Zeitung, die er als E-Paper abonniert hatte und daher schon am Abend vor ihrem Erscheinen lesen konnte. ›Neumodisch, aber praktisch‹, hatte er bei der Installation der Software gedacht. Vor ein paar Tagen hatte er Emma Baader beobachtet, die schweigend auf dem Beifahrersitz in der elektronischen Zeitung gelesen hatte. Als er die App auf seinem Smartphone gestartet hatte, sprang ihm die Schlagzeile auf der Titelseite entgegen: ›Grausiger Fund unter weißem Ostseesand‹. Weiter unten hieß es: ›Urlauber geschockt …‹

›Ja, sicher‹, dachte er, ›das wäre ich auch. Und ich weiß auch, wer noch, nämlich die Kurdirektorin des Seebades.‹

In Ermangelung von Fotos der Kollegen aus der Forensik, die aus ermittlungstechnischen Gründen nicht freigegeben worden waren, hatte man der Fantasie freien Lauf gelassen, sein Pressebild und einen blauen Stoffzipfel, der aus einem Sandberg herausragte, abgebildet. ›Die Imaginationskraft der Journaille ist mal wieder kaum zu überbieten. Warum ausgerechnet aus blauem Stoff?‹, überlegte er.

Aber ein ausgewachsener Ärger kam erst in ihm hoch, als er die Spekulationen zur Identität der Leiche las, die wild ins Kraut schossen: ›Graal-Müritz: Mareike B.'s linke Hand und der Unterschenkel eines Mannes. – Der ihres Mörders?‹, hieß es in dem Blatt; je weniger konkrete Fakten vorhanden waren, umso mehr musste eben selbst »ermittelt« werden. Wenke fühlte sich plötzlich todmüde. Die tagelange Anspannung steckte ihm in den Knochen

Zur gleichen Zeit hatte auch Emma die Zeitung in der Hand. ›Zum Glück keine Bilder des grauenvollen Fundes‹, dachte sie, als sie auf das Foto ihres Chefs schaute. ›Hauptkommissar Ralf Wenke‹ stand darunter. Er blickte sie an. ›Was ist es eigentlich, das ihn so anziehend macht?‹, überlegte sie.

Aber so sehr Emma auch darüber nachsann, sie konnte keine Antwort auf diese Frage finden. Der Refrain eines älteren Schlagers fiel ihr ein, der im Radio lief, als sie mit Wenke zusammen im Streifenwagen gesessen hatte – auf dem Rückweg nach Graal-Müritz von der Fahrradsuche im Wald. Und sie ertappte sich dabei, wie sie die Melodie vor sich hin summte. Emma schüttelte unwillig den Kopf, doch der Ohrwurm ging ihr nicht aus dem Sinn: ›Teenager-Jahre, schöne Zeit damals … ›Schluss jetzt!‹, rief sie sich zur Ordnung.

Freitag, 12. August – Zwei Tage später

Die Ermittler der SOKO »Mareike« saßen im Kommissariat zusammen; es war ein regenverhangener und grauer Morgen. In der Nacht hatte es sich merklich abgekühlt.

Der Kommissar hielt den Bericht der Gerichtsmediziner in den Händen, den er um 7.45 Uhr per E-Mail erhalten hatte und begann vorzulesen: »›Die DNA, die aus den Haaren des Kammes von Zimmer 34 der Kurklinik zum Vergleich zur Verfügung stand, ist identisch mit der am 8. August aufgefundenen Extremität.« Er fügte hinzu: »In Klammern: ›zu 97,9 Prozent‹ – ›Die am Mittwoch, dem 10. August, im Institut eingelieferte linke Hand mit dem Unterarmstumpf ist noch im labortechnischen Untersuchungsverfahren.‹ – Im Geschäftsgang«, ergänzte Wenke, das Makabre des ganzen Vorgangs konnte selbst die nüchterne Sprache der Mediziner nicht ganz verdecken. Er las weiter vor: »›Es wird darauf aufmerksam gemacht, dass es bei Wasserleichen nicht möglich ist, Fingerabdrücke zu gewinnen. Nach einem ersten Augenschein deutet aufgrund der Größenverhältnisse und Knochenmerkmale alles darauf hin, dass das linke Bein und der linke Armteil zu ein und demselben Torso gehören. Weitere Ergebnisse sind in den nächsten Stunden zu erwarten.‹« Wenke ließ das Blatt sinken und für einen Moment herrschte Schweigen.

»Also Ronald Bäumer«, sagte Festerling schließlich in die Stille.

Wie es zu der Abtrennung gekommen war, musste noch offen bleiben. Doch eines war sicher: Dass der Saugbagger die Teile überhaupt erfasst hatte – mit anderen Worten, dass er ausgerechnet an dieser Position arbeitete – war ein riesiger Zufall. Zum Zeitpunkt des Verschwindens des jungen Mannes, am 4. August, lag das Schiff noch im Rostocker Hafen vertäut. Nach Aussagen des Kapitäns war es erst am Sonntagabend, dem 7. August, an exakt dieser Stelle eingesetzt.

Wenke bat Festerling und Emma um eine kurze Zusammenfassung. Der erfahrene Ermittler trat an die Tafel, befestigte die Fotos der Vermissten nebeneinander und zeichnete eine Verbindungslinie zwischen den beiden Porträts. Darunter folgte Luise Meister; von Ronald führte ein Strich zu dem danebenstehenden Erwin Almgren; von Mareike Brandt zeigte ein Pfeil zu Jürgen Brandt, ihrem Stiefvater, und von dort zu ihrer Mutter; unter Wiebke Brandt standen Torben Frenks und Anna Hegebrecht. Emma Baader trug unter Wiebke Brandt noch Bengt Johanson und Dr. Ivar Sagmo ein, beide mit einem Fragezeichen.

Die Runde sah ein paar Minuten auf das Gewirr von Namen und Strichen. Da meldete sich Gert Jensen zu Wort: »Was ist, wenn man das Ganze geografisch aufdröselt, also nach der Lage wichtiger Orte fragt?«

Vor den Augen der Anwesenden entstand folgende Skizze: Im Zentrum war ›Mareike‹ und ›Kurklinik/Foto‹ eingekreist, ein Strich wies zum Parkplatz des Radweges. Daneben zeigte ein Pfeil auf ›Bunker/Steine‹ und von dort zum

Fundort der Leichenteile ›Ronald Bäumer‹. Die Lokalisierung ließ eine Ost-West-Richtung erkennen, mit der Klinik im Osten.

Die Einwände zu diesem Gegenentwurf kamen prompt: Die Anwesenheit Mareikes auf dem Parkplatz des Fahrradverleihs sei nicht erwiesen, man könne nicht Fakten und Vermutungen mischen, meinte Hauptkommissar Wenke. Dennoch habe diese Ortsverbindung etwas für sich, wenn man nämlich die Parkplatzthese mit der Beobachtung einer »Maike« auf dem Campingplatz verbindet. Das – allerdings nicht wieder aufgefundene – Fahrrad, das Emma Baader im angrenzenden Waldstück gesehen hatte, würde eine plausible Erklärung dafür bieten, wie Mareike so schnell dorthin gelangt sein könnte.

Unter allgemeiner Zustimmung wurde dann schließlich doch ›Fahrradparkplatz‹ in Gert Jensens Denkmodell gestrichen, sodass man auf diese Weise Fakten und Indizien auseinanderhalten konnte.

»Dann wäre bei Torsten Festerlings Personenskizze unter den Namen mit Fragezeichen allerdings auch noch ›Onkel Tom‹ einzutragen«, meinte Emma Baader. Den Arzt habe sie hinzugefügt, weil Dr. Sagmo bei der Befragung so merkwürdig gemauert hätte: »Aus welchem Grund? Hatte es tatsächlich eine intime Beziehung zu Wiebke Vesper gegeben, die er nicht publik machen wollte?«

»Und dann ist da noch etwas«, ergänzte Wenke. »Die kardinale Frage ist doch: Haben wir hier zwei Fälle oder ist es einer?« Darauf gab es bisher keine Antwort.

Zwei Stunden später war der Wagen der Kriminalisten auf dem Weg zum Wasserwanderrastplatz. Sie kamen am Campingplatz vorbei. Emma schaute nachdenklich auf den Begrenzungszaun neben dem Eingang. Nach etwa dreißig Minuten parkte Wenke das Auto vor dem Zugang zum Rastplatz.

Die Bauarbeiten waren in vollem Gange, denn man konnte das umfangreiche Vorhaben nur während der warmen Jahreszeit in die Tat umsetzen – die Steganlage sollte erweitert werden. Dazu wurde eine neue Spundwand gezogen; einer der damit Beschäftigten winkte ihnen zu, ein Planierraupenfahrer von der Strandaufspülung. Der Saugbagger sei inzwischen ein Stück nach Westen weitergerückt, wenn es nicht so diesig wäre, könnten sie ihn von hier aus sehen.

›Groß genug ist er ja‹, dachte Wenke. Der über dem Wasser liegende feine Seenebel stand auch dem im Weg, was sie hierher geführt hatte: Ein Boot der Küstenwache wollte sie an Bord nehmen und den Bereich um die Strandaufspülung weiträumig absuchen, doch dazu war klare Sicht unerlässlich. Aber das Wetter schlug an der Küste oftmals schnell um und so hoffte man auf Besserung.

Der Platzwart, der über die Ordnung wachte, die Liegegebühr kassierte und im Übrigen ein »Mädchen für alles« war, führte sie in sein Büro. Der Mann, Typ Seebär, passte hierher, was bedauerlicherweise mit sich brachte, dass er nur redete, wenn er konkrete Fragen bekam und auch dann nur das Nötigste antwortete.

Auf Jensens Bemerkung, ob ihm in den letzten Tagen etwas Ungewöhnliches aufgefallen sei, war ein »Nix« zu hören.

Emma, die er bisher konsequent ignoriert hatte, fragte nach der Anzahl der Liegeplätze. Knapp aber exakt hieß es: »Fünfundzwanzig«.

Wenke führte die von seiner Mitstreiterin eingeschlagene Strategie weiter: »Welche Boote hatten in der Zeit vom 29. Juli bis zum 5. August hier festgemacht? Bootstyp und Eigner!«

Statt einer Antwort griff der behäbige Mann in seine Schublade, setzte seine Brille auf und schlug die Registrierung der »Anläufe«, wie er sich ausdrückte, in einem blauen Buch nach.

Wenke bat ihn, die betreffenden Seiten zu kopieren, was er auch umgehend tat.

Sie liefen zur Steganlage. Im Wasser dümpelten einige Boote vor sich hin. Vor einer Motorjacht blieben sie stehen. »Mit solch einem Boot könnte die Leiche zum Ort der Versenkung gebracht worden sein«, sagte Wenke.

Der Platzwart sah ihn groß an und zog sich dann schnell zurück: Diese Polizisten waren ihm wohl nicht geheuer.

Jensen meinte, eine so kapitale Jacht müsse es gar nicht gewesen sein, ein größeres Segelboot – mit einer Kajüte womöglich – würde auch reichen.

Emma gab ihm im Stillen recht. »Ist denn überhaupt ein Skipper von diesem Wasserwanderrastplatz in das Tötungsdelikt verwickelt? Und ist es denn völlig auszuschließen, dass eines der Boote unbefugt benutzt wurde?«, fragte sie. Die kopierten Seiten des blauen Bandes lieferten zumindest grundlegende Informationen.

Die Ungewissheit, die immer mehr Möglichkeiten ins Spiel brachte, zerrte an Wenkes Nerven und so telefonierte er mit der Rechtsmedizin, um wenigstens von dieser Seite unangreifbare Fakten zu erfahren; doch auch hier gab es nur ein vorläufiges Ergebnis der Untersuchung: Der abgetrennte Armstumpf gehörte zweifelsfrei zu demselben Torso wie das Bein; das vollständige Gutachten für beide Leichenteile sollte bald folgen, dennoch brachte diese Information die Ermittler einen Schritt weiter: Der Stumpf trug eine

Armbanduhr, die um 5.10 Uhr stehengeblieben war. Ronald Bäumer war das letzte Mal am 4. August beim Frühstück gesehen worden, zum Mittagessen war er nicht mehr erschienen. Wenn man von der Annahme ausging, dass er bereits am gleichen Tag gestorben war, musste die Uhrzeit also als 17.10 Uhr gelesen werden. Doch da die Uhr keine Datumsangabe besaß, lag es durchaus im Bereich der Möglichkeiten, dass der Vermisste an einem der Folgetage zu Tode gekommen war. Dann blieb natürlich offen, ob der Zeigerstand morgens oder nachmittags angab. Und noch etwas gab es zu bedenken: Es war keineswegs sicher, dass der Zeitpunkt der Versenkung mit dem Todeszeitpunkt identisch war. Der Getötete konnte durchaus erst Tage später im Wasser »entsorgt« worden sein – die Rechtsmedizin konnte hoffentlich bei der Klärung dieser offenen Fragen weiterhelfen, bis dahin blieb alles Weitere Spekulation.

Es war gegen 14 Uhr und der Himmel begann sich – als hätte er eine Verabredung mit den Kriminalisten getroffen – aufzuziehen, sodass der Strand im Sonnenschein dalag.

›Um 11 oder um 14 Uhr wechselt das Wetter, sagt man an der Küste. Die alte Wetterregel behält wieder einmal recht‹, dachte Wenke.

Der Hauptkommissar und seine drei Mitarbeiter stiegen in das Boot der Küstenwache. Parallel zu seinem Kurs wurde von Land eine Drohne auf den Weg geschickt, die mit ihrer Kamera einen breiten Strandabschnitt erfasste und von Zeit zu Zeit auf eine neue Position umgesetzt wurde, denn ihr Aktionsradius war natürlich für die weite Strecke zu begrenzt. Der Kapitän erläuterte den Kriminalisten seine Vorgehensweise: Das Boot war mit einem Unterwasserortungsgerät ausgerüstet. Das Echolot wurde in der Regel für das Aufspüren von Wracks oder Minen – oft Relikte des Krieges – in der Ostsee eingesetzt, konnte aber auch zur Personen- bzw. Leichensuche genutzt werden. Auch die Beschaffenheit des Seebodens war das Gerät in der Lage zu ermitteln; es war als einfachere Version für eine Tiefe bis zu einhundert Metern ausgelegt. Das reichte völlig für den infrage kommenden Bereich. »Es ist gut, dass das Fördergebiet des Saugbaggers außerhalb der Fahrrinne liegt«, teilte der Schiffsführer seinen Gästen mit, denn das Schraubenwasser vorbeifahrender Schiffe erschwert eine exakte Messung – durch seine schnelle Strömung ebenso wie durch Luftblasen, welche die Messergebnisse verfälschen können.«

Der Saugbagger hatte natürlich vor seiner Arbeit auf dieser Position mit Hilfe eines Fächerecholots ein digitales Geländemodell erstellt, aber das half hier nicht weiter, denn es hatte keinerlei Auffälligkeiten angezeigt. Das Boot zog

Stunde um Stunde seinen festgelegten Kurs von Ost nach West – und ein Stück weiter seewärts in umgekehrter Richtung zurück. Am späten Nachmittag befand es sich etwas außerhalb der Position, auf die der Saugbagger am 7. August umgesetzt worden war, da gab das Gerät ein Signal: ein rundes Stück von etwa neunzig Zentimetern Durchmesser, das keines natürlichen Ursprungs sein konnte, lag in annähernd zehn Metern Tiefe auf dem Meeresgrund. Die Besatzung machte sich zu einem Tauchgang fertig.

Zu zweit gingen die Männer auf die Suche. Nach dreißig Minuten waren sie wieder an Bord und bestätigten, was das Echolot gezeigt hatte: Es war der aus Beton gefertigte Ständer eines Sonnenschirms, aus dessen Mitte ein Metallteil für den Fuß des Schirms ragte; um diesen Klotz war eine Metallkette geschlungen. Es machte allerdings erhebliche Probleme, diesen schweren und vor allem unhandlichen Fund an Bord zu hieven.

Nach mehreren vergeblichen Versuchen wurde ein Tonnenleger, der die Rote Anna, die Boje vor dem Campingplatz, zu warten hatte, per Funk herbeigerufen; von dort war es nicht weit zu ihrer Fundstelle und die Hebung des Teils mit der Krananlage kein Problem.

Der Kapitän machte den Ermittlern klar, dass ein Großteil Zufall bei dem Fund im Spiel gewesen war, denn eigentlich lag er schon etwas außerhalb ihres abgesteckten Suchterrains. Außerdem gab er zu bedenken: Selbst wenn das Echolot des Baggerschiffs dieses Betonteil erfasst hatte, so fiel es nicht in die Kategorie von Gegenständen mit Gefährdungspotential.

Das wäre bei ihnen ähnlich gewesen, wenn sie nicht eine – freilich vage – Vorstellung davon gehabt hätten, wonach sie eigentlich suchen sollten.

Doch die fehlenden sterblichen Überreste von Ronald Bäumer waren nicht aufgetaucht. Die Seeleute gingen davon aus, dass der Körper durch die an dieser Stelle kräftige Unterströmung abgetrieben worden war, hinaus auf die See, und sicher nie gefunden wurde.

Von Land kam die Meldung, dass die Drohne bisher nichts Ungewöhnliches entdeckt hätte. Einige Zeit später war der Betonklotz gehoben und in Rostock angelandet worden, um in die KTU zur Spurensicherung gebracht zu werden.

Wenkes Bauchgefühl sagte ihm, dass sie nun einen entscheidenden Schritt vorankommen würden.

Samstag, 13. August

Am nächsten Tag hatten sich Wenke und Festerling bei Wiebke Brandt angekündigt, die ihre Zeit nach einem Nervenzusammenbruch im Krankenhaus verbracht hatte – seit dem Tag, an dem sie von der Ergotherapeutin erfahren hatten, dass es einen Kontakt von Mareike zu Ronald Bäumer gab. Die beiden warteten in einem Café auf Emma Baader, die mit dabei sein sollte, als »weibliches Element«, wie der Kommissar meinte, und besprachen ihr Vorgehen: Sie wollten erfahren, ob die Mutter der Vermissten etwas über das Verhältnis Mareikes zu dem jungen Mann sagen konnte.

Der Garten des Hauses der Dr.-Leber-Straße 16 sah inzwischen ungepflegt aus: die Blumen wurden teilweise vom Unkraut überwuchert, das Gras hätte längst einen Rasenmäher gebraucht und die Hecke an der Gartentür zurückgeschnitten werden müssen. Seit Mareikes Verschwinden hatte sich niemand mehr um ihn gekümmert.

Gertrud Vesper bat sie hinein und führte sie ins Wohnzimmer. In einem der Sessel saß ihre Tochter. Sie erhob sich unschlüssig und begrüßte die drei mit abgewandtem Gesicht. Ihr Körper schien abgemagert, aber das Gesicht merkwürdig aufgeschwemmt. Wenke versuchte, etwas Optimismus zu verbreiten: Man habe ihre Tochter zwar noch nicht gefunden, aber das gäbe doch auch Hoffnung auf einen guten Ausgang. Wiebke Brandt hob zum ersten Mal den Blick; das Leid hatte sich in ihre Züge gegraben, doch das allein war es nicht. Die da vor ihnen stand, war eine andere als die Mutter, die sie kennengelernt hatten. Nicht mehr von wilder Verzweiflung gepackt, in der auch ein gutes Stück Auflehnung gegen das Unfassbare lag, sondern in Resignation versunken.

›Erloschen‹, dachte Emma.

Das einzig Lebendige in ihrem Gesicht waren die Augen: Voller Angst sah die Mutter der Vermissten den Kommissar an.

»Haben Sie in Mareikes Sachen noch irgendetwas gefunden, was uns weiterhelfen könnte?«, fragte er.

Wiebke Brandt schüttelte stumm den Kopf. Dann sagte sie tonlos, dass sie es noch nicht fertiggebracht hätte, Mareikes Spielsachen in die Hand zu nehmen.

Wenke bat Festerling, mit der Großmutter im Wohnzimmer zu sprechen, während er sich mit Frau Brandt noch einmal im Kinderzimmer umsah.

Es schien so, als sei hier seit ihrem ersten Besuch nichts verändert worden. T-Shirt und Hose lagen auf dem Bett, auf dem Tisch befanden sich Buntstifte und Papier, wie eben aus der Hand gelegt, und neben der Tür war ein großes Stofftier auf den Boden geworfen – ein Pinguin. Frau Brandt blieb scheu an der Zimmertür stehen und trat erst nach Emmas Aufforderung ein paar Schritte näher.

Wenke griff in das Bücherbord neben dem Fenster und zog einen Band heraus: ›Was Steine erzählen‹, las er; auf der Innenseite stand ein Geburtstagsgruß von Jürgen Brandt, datiert vom 24. Juli – ein Indiz dafür, dass dieser ihnen bei der Befragung die Wahrheit gesagt hatte und zu Mareikes Geburtstag tatsächlich in Graal-Müritz gewesen war.

»Haben Sie gewusst, dass ihr geschiedener Mann nach wie vor engen Kontakt zu ihrer Tochter hat?«, wollte der Kommissar wissen.

Das sei Unsinn, wurde er belehrt. Mareikes Oma sei der beste Schutz vor dessen Zudringlichkeiten.

Emma blickte sie nachdenklich an; wusste sie wirklich nichts von Jürgen Brandts Anwesenheit oder leugnete sie dies einfach, vor sich selbst – und vor ihrer Freundin Anna Hegebrecht? Was, wenn die beiden Frauen nicht nur eine Wohnung teilten, sondern auch zusammen lebten? Dieser Gedanke war ihr bei dem Bericht Festerlings über das Zusammentreffen mit der Freundin in Frau Brandts Wohnung schon einmal durch den Kopf gegangen. Dann wären alle Männer Störenfriede. Emma hob den Pinguin vom Boden auf: »Den liebte sie wohl?«, fragte sie.

Zum ersten Mal schien Wiebke Brandt wirklich zu reagieren; die Erinnerung an unbeschwerte Tage konnte für einen Moment die Wand von Abgestumpftheit durchdringen.

»Ja sehr, sie schleppte ihn überall hin mit: Am ersten Schultag sogar mit in die Klasse«, die Stimme der verweifelten Frau klang schon wieder tonlos.

Hauptkommissar Wenke zog eines der von Ronald Bäumer gezeichneten Porträts aus der Tasche. »Kennen Sie es?«

Die Frau schrie auf, ihre Hände vor den Mund gepresst, rang sie um Fassung und sank schließlich auf einen Stuhl, den Oberkörper verkrampft nach vorn gebeugt.

Emma Baader nahm sie in den Arm und wiegte sie wie ein Kind, bis sie sich etwas beruhigt hatte. Wenke beglückwünschte sich im Stillen, dass er seine junge Kollegin mitgenommen hatte. Dann fragte Emma: »Wer ist das?«

Als keine Antwort kam, hockte sie sich vor die verängstigte Mutter und hob ihr Gesicht zu sich. »Mein Vater«, sagte Wiebke kaum hörbar.

Emma Baader erhob sich. Auf einen Wink des Kommissars verließen sie das Zimmer. An der Tür wies Emma auf den Pinguin, den sie unter dem Arm geklemmt hielt: »Den müssen wir mitnehmen.«

Auf der Treppe zum Kinderzimmer warteten schon Festerling und Gertrud Vesper. Er hatte sie eine gewisse Zeit in ein Gespräch über Belanglosigkeiten verwickeln können, bis ihm der Gesprächsstoff ausgegangen war und die Befragte zu durchschauen schien, dass es nur darum gegangen war, sie von ihrer Tochter getrennt zu halten. Nun stand sie voller Ungeduld da und erwartete eine detaillierte Information von den Polizisten.

Doch der Kommissar tat ihr diesen Gefallen nicht, erklärte den Pinguin zum vorläufigen »Gast« des Kommissariats, und sie verabschiedeten sich. Vor der Gartentür übergab er das Stofftier an Festerling, der es zur KTU bringen sollte. Er sah Emma an: »Der kleine Kerl hat eine Beule im Bauch. Zu harter Stuhlgang oder eine Entzündung der Leber?«

»Vielen Dank, Herr Doktor, für die Verdachtsdiagnose! Wohl eher Hepatitis«, erwiderte sie.

Sonntag, 14. August

Ein Motorrad quälte sich durch die Autokolonnen der Urlauber an diesem Vormittag. ›Typischer Wochenendverkehr‹, dachte der Fahrer, denn zu dem Bettenwechsel der Hotels kamen noch die Tagestouristen. Er fluchte laut vor sich hin, als es trotz einiger riskanter Überholmanöver nicht wesentlich schneller vorwärts ging.

Leider hatte er sich erst nach einem späten Frühstück entschlossen, nach Graal-Müritz zu fahren. Von einem wohlüberlegten Entschluss konnte allerdings keine Rede sein. ›Es war wie eine Eingebung‹, ging es ihm durch den Kopf, ›plötzlich wusste ich, was zu tun ist – ich brauche jedenfalls Gewissheit und die werde ich mir heute holen.‹

Hals über Kopf war er in Rostock aufgebrochen und nun zerrte dieses zwangsläufig gedrosselte Tempo an seinen Nerven. Endlich war das Ortsschild von Torfbrücke zu sehen und wenig später hatte er sein Ziel erreicht. Das Motorrad stellte er in bewährter Manier auf dem Parkplatz des Supermarktes ab – wem fiel schon sein Rostocker Kennzeichen auf –, vermied es aber, durch die Dr.-Leber-Straße zu gehen, sondern nahm lieber die parallel verlaufende August-Bebel-Straße, die ebenfalls zum Lindenweg führte. Als er diesen überquert hatte, blickte er scheu über die Schulter: Dort lag die Kurklinik in makellosem Weiß. Jürgen Brandt fuhr sich mit dem Handrücken über die Augen, als könnte es auf diese Weise gelingen, die bedrängenden Bilder in seinem Kopf fortzuwischen.

Er lief in den Wald und verlangsamte seinen Schritt, als er am Waldspielplatz vorbeikam; er wollte sich schon auf eine der Bänke setzen, aber dann bemerkte er eine junge Frau, die ihrer Kleinen auf dem Klettergerüst weiterhalf. Das Kind mochte etwa fünf Jahre alt sein. Unwillkürlich stand ihm Mareike vor Augen, die in diesem Alter von der Rutsche nicht genug bekommen konnte. Jürgen Brandt dachte zurück an diese Zeit. An einen Besuch bei den Schwiegereltern: Ein Sonntag im Sommer war es gewesen, ein Tag wie dieser, auf eben diesem Spielplatz im Wald. Wenige Monate später hatte er seine Arbeit auf der Werft verloren. Aber nicht nur das – im Jahr darauf auch seine Frau. ›Sie wollte keinen Versager … und dann war da Mareikes Vater, dieser Arzt.‹

Lange Zeit war er sich sicher gewesen, dass Wiebke wieder Kontakt zu ihm hatte und dass dies der Grund für die Kälte war, mit der sie ihn behandelte. ›Kalte Herablassung‹, erinnerte er sich, die die unerträgliche Situation zuspitzte, was sich dann in immer heftigerem Streit entlud. Nun war ihr Mareike genommen und das Blatt musste sich wenden; das jedenfalls hatte er geglaubt. Doch dann hatte sich herausgestellt, dass es einen anderen gab. Diesen Tom, von dem die Polizisten gesprochen hatten. Und deswegen war er hier.

›Sie hat mich getäuscht‹, dachte er erbost. ›Während ich auf diesen Bengt Johanson fixiert war, hatte sie ein Verhältnis mit dem anderen. Er muss aus Graal-Müritz sein, denn die Lage in Rostock war unter Kontrolle.‹

Mechanisch war er auf dem Waldweg weitergelaufen und stand jetzt auf der Strandpromenade. Er lenkte seine Schritte in Richtung Campingplatz und nahm den Strandaufgang unmittelbar an der Roten Anna. ›Ich muss einen klaren Kopf bekommen‹, sagte er sich, zog sich bis auf die Badehose aus und schwamm hinaus, bis er die Boje erreicht hatte. Als er sich in den warmen Sand setzte und von der Sonne trocknen ließ, sann er über seinen Plan nach: Was ihm in schlaflosen Nächten der letzten Zeit so einfach erschienen war, erwies sich nun als weitaus schwieriger.

›Tom oder Thomas, soviel war klar – und der Nachname?‹

Er dachte über seine Befragung durch die Kripobeamten im Kommissariat nach und kam wieder zu dem Ergebnis, dass die Polizei ihn auch nicht kannte; ganz abgesehen davon, dass er sie auch nicht einfach danach hätte fragen wollen, denn wie hätte er seine Interessen dann noch verbergen können – das Motiv seines Handelns, aus dem heraus alles geschah. ›Wenn ihr der letzte Halt genommen ist, dann bin nur noch ich da. Wie bei einem auf Außenreede liegenden Schiff, das bei auflandigem Wind unweigerlich in den Hafen getrieben wird, wenn die Ankerkette reißt‹, überlegte der Exmann Wiebkes. Dann stand ihm Anna Hegebrecht vor Augen und er schüttelte unwillig den Kopf: ›Was will die denn …‹

Ein Blick auf die Uhr sagte ihm, dass es Zeit war, loszugehen. Zur späten Mittagszeit, wenn der Hauptansturm der Urlauber vorüber und die Kaffeezeit noch nicht herangekommen war, wollte er an Ort und Stelle sein. Als er in der Nähe der Gaststätte des Fischers war, wandelte sich sein zielstrebiger Schritt in ein Dahinschlendern – in das planlose Dahintreiben eines Urlaubers, der sich spontan entschließt, an einem der Tische bei Frenks Platz zu nehmen. Bei einem Beobachter hätte es freilich Verwunderung erregen können, dass der Gast sich nicht einen der Plätze unter den Sonnenschirmen aussuchte, sondern sich bei dem schönen Wetter für den direkt neben der Theke stehenden Tisch im Gastraum entschied. Als der Sohn und nicht der alte Frenks nach seinen Wünschen fragte, atmete er erleichtert auf: ›Der ist ein bisschen döschig, nicht so gewitzt wie der Alte‹, dachte er, denn im Ort liefen etliche Geschichten über die beiden um, die Wiebke ihm einmal unter Lachen erzählt hatte. Dass Torben in ihm den Exmann von Wiebke Brandt wiedererkennen würde, damit war nicht zu rechnen; sie hatten sich vielleicht zwei Mal bei seinem Besuch der Schwiegereltern auf der Straße gesehen.

Nach dem zweiten Bier fragte er den Wirt nach der Heringsquote für die Ostsee, die in diesem Frühjahr wieder einmal herabgesetzt worden war und hörte sich die Sorgen an, die die Fischer hatten: Das sei »Brotfisch« und eine so drastische Begrenzung der Fangmenge eine existenzbedrohende Festlegung, noch dazu wo das Gütesiegel für nachhaltigen Fang bisher fehlte und der Fisch deshalb billiger verkauft werden müsse. Jürgen Brandt nickte verständnisvoll und lud den jungen Mann zu einem Klaren ein; sie kamen beim Reden vom Hundertsten ins Tausendste. Die Kellnerin versorgte die Gäste im Außenbereich, die Schankstube war nahezu leer und so setzte sich der Wirt für ein paar Augenblicke zu seinem Gast an den Tisch. Jürgen Brandt brachte das Gespräch auf das vermisste Kind und wollte wissen, was denn im Ort darüber gesprochen wurde – eine naheliegende Frage, auf die der junge Gastwirt auch sofort einging. Was er zunächst zu berichten wusste, war für den Fragenden weitgehend uninteressant, denn es deckte sich mit der Berichterstattung in Presse und Fernsehen. Dann aber ging es um das Gerede der Einheimischen, die sich natürlich untereinander gut kannten. Offensichtlich existierten verschiedene Vermutungen darüber, was passiert war. Bei dem Stichwort »Entführung« stieg Jürgen Brandt ein: »Aber ein Fremder kann es doch wohl nicht gewesen sein, denn Erpressung kommt nicht infrage – bei der Mutter und ihren Eltern ist doch bestimmt nichts zu holen. Hat die Frau denn einen Liebhaber? Vielleicht sollte einmal in diese Richtung gedacht werden?« Damit war die entscheidende Frage gefallen.

Torben Frenks zögerte mit der Antwort.

»Also ja«, meinte sein Gegenüber, »die Margit, die Bäckersfrau Rolfsen, erzählt so etwas und die könnte es wissen, denn ihr Café war schon immer ein Ort für den neuesten Klatsch.«

»Und wer …?« Der Wirt strich sich seine blonden Locken aus der Stirn und sah an seinem Gast vorbei auf die Flaschenwand hinter der Theke. Dabei wurde eine leichte Schielstellung seiner Augen sichtbar.

›Er ist nervös‹, konstatierte Jürgen Brandt verwundert.

»Irgendein Tom«, kam schließlich die Antwort, »den kennt hier keiner, jedenfalls wusste Margit den Nachnamen nicht und auch sonst nichts weiter über ihn.«

»Dann ist er aus der Kurklinik«, reagierte der Gast.

»Oder aus Rostock, da wohnt Mareike ja.«

»Oder aus Rostock«, wiederholte Jürgen Brandt, doch das wusste er besser.

Ein älterer Mann kam herein, um beim Wirt zu zahlen, denn offenbar hatte es ihm bei der Bedienung vor dem Haus zu lange gedauert. Der Sohn des Hauses erhob sich. »Na tschüs denn!«, verabschiedete er sich von seinem kontaktfreudigen Gast.

›Also in die Kurklinik‹, sagte sich Jürgen Brandt, als er draußen stand. ›Oder in die Bäckerei?‹, überlegte er, verwarf den zweiten Gedanken aber schnell wieder, denn die Bäckersfrau würde sicher einem Fremden, einem Urlauber, nicht mehr erzählen als einem Einheimischen und außerdem war hier die Gefahr größer, dass er wiedererkannt wurde. Doch wie sollte er an den Namen des Klinikmitarbeiters kommen? Dass es keinen Arzt mit diesem Vornamen gab, hatte er im Internet auf der Homepage des Hauses überprüft. Aber da waren ja noch Physiotherapeuten, Verwaltungsangestellte, das Küchenpersonal …

Unschlüssig machte er vor dem Haupteingang des Gebäudes halt. Dann gab er sich einen Ruck. An der Rezeption erzählte er, dass er auf dem Waldweg ein Schlüsselbund mit einem Namensschild ›Tom‹ gefunden hätte und wollte wissen, ob es einen Tom oder Thomas unter den Mitarbeitern gebe. Ein stummes Kopfschütteln war die Antwort, gefolgt von dem Hinweis, es auf der Graal-Müritzer Polizeistation abzugeben – die Bäderpolizei, die im sommerlichen Badebetrieb für die Sicherheit der Urlauber mit ihren Streifengängen sorge, würde sich kümmern.

Als Jürgen Brandt wieder vor der Tür stand, schüttelte er über seine eigene Unüberlegtheit den Kopf: Die Kripo hatte doch sicher auch in der Kurklinik recherchiert – einen Tom aber dort nicht gefunden. Er lief zurück zum Supermarkt, diesmal direkt durch die Dr.-Leber-Straße. An dem Haus mit der Nummer 16 ging er auf dem gegenüberliegenden Bürgersteig vorüber. Sein Blick streifte kurz die Fenster mit den heruntergelassenen Rollläden. ›Es tut wohl sehr weh …‹, dachte er und verzog den Mund.

Als er am Supermarkt wieder auf sein Motorrad stieg, kam in ihm Wut hoch angesichts dieser fehlgeschlagenen Aktion – dann glitt ein hämisches Grinsen über seine Züge. ›Wir werden sehen, noch ist nicht aller Tage Abend …‹

Montag, 15. August – die dritte Woche

Am späten Vormittag saßen die Kriminalisten zur Besprechung zusammen. Es war der siebzehnte Tag seit Mareike vermisst wurde und der elfte Tag seit Ronald Bäumers Verschwinden. Trotz intensiver Suche und ungezählter Überstunden hatten sie noch immer keine heiße Spur. Ein vermisstes Kind und ein Toter. Und niemand hatte etwas bemerkt. Es war zum Verzweifeln. Nicht nur die Familien und Freunde Mareikes und Ronalds litten unter dieser Ungewissheit. Dieser Fall zerrte auch an den Nerven der Kommissare. Wenn sie nicht bald etwas zum Fall Mareike vorzuweisen hatten, mussten sie diesen als ungelöst zu den Akten legen. Das konnte und wollte Wenke auf keinen Fall zulassen. Der Kommissar bat Gert Jensen um einen zusammenfassenden Überblick über den Stand der Ermittlungen.

Der Übersichtlichkeit halber ergänzte dieser zunächst alles, was die Gerichtsmediziner zum Tod Ronald Bäumers beizutragen hatten: »Die abgetrennten Gliedmaßen weisen scharfe Schnittkanten auf, die von einem großen Werkzeug in der Art eines Beiles herrühren könnten; möglicherweise auch von einer Schiffsschraube. Sie sind dem Opfer nach dem Tod zugefügt worden. Dieser war mit an Sicherheit grenzender Wahrscheinlichkeit durch Ertrinken eingetreten. Der Todeszeitpunkt kann zwar nicht mehr exakt bestimmt werden, doch bei der Liegezeit im Wasser legen sich die Mediziner aufgrund der forensischen Untersuchungsergebnisse auf einen Zeitraum von etwa zehn Tagen fest, genauer geht es nicht.«

Bei dieser Mitteilung geriet die Runde in Aufruhr: »Das heißt ja, der junge Mann könnte kurz nach seinem Verschwinden, am 4. August oder aber erst am 5. bzw. 6. ins Wasser geraten sein!«

»Bleiben wir beim ersten Fall, dann ist die Uhr also zwischen dem 4. und 5. stehengeblieben, entweder am frühen Morgen oder späten Nachmittag um 5.10 Uhr«, fuhr Jensen fort.

Wenke dämpfte die Erregung mit seiner sachlich-nüch-ternen Art: »Feststeht demnach lediglich, dass dem Toten erst Bein und Arm abgetrennt wurden; unklar bleibt, an welchem Tag genau er gestorben ist.«

»Zu dem Vermisstenfall Mareike Brandt«, fuhr Jensen fort. »Seit der Aussage der Ergotherapeutin, Luise Meister, ist bekannt, dass es einen freundschaftlichen Kontakt zwischen dem Mädchen und Ronald Bäumer gab. Die Art dieser Beziehung konnte mithilfe der Mutter nicht geklärt werden. Diese stand bei dem letzten Besuch unter starkem medikamentösem Einfluss, sodass von ihr kaum brauchbare Informationen zu gewinnen waren.«

Wieder wurde er unterbrochen, diesmal von Emma Baader. »Die außergewöhnlichen Reaktionen auf das Porträt hatten durchaus Aussagewert. Die Frau hat Angst. Nach den Worten ›mein Vater‹ hatte sie noch etwas geflüstert, kaum zu verstehen, es klang wie ›däfu‹.«

Die Ermittler sahen sich ratlos an – damit konnte niemand etwas anfangen. Der Kommissar gab Emma aber in der Sache recht: Die Reaktion fiel völlig aus dem Rahmen dessen, was zu erwarten war. Er forderte Jensen auf, die Untersuchungsergebnisse zu dem Stofftier vorzutragen.

»Die Spurensicherung hat in dem Pinguin einen mittelgroßen Stein zutage gefördert, der in ein Stück Papier gewickelt war.« Aus dem Berichtshefter zog er ein halbiertes DIN-A4-Blatt. Auf der Vorderseite stand in ungelenken Buchstaben ›warte R‹. Und auf der Rückseite befanden sich Linien, Punkte und Kreuze – ein verwirrendes Puzzle, das keinen Sinn ergab. Auch die Spurensicherung konnte es nicht deuten, allerdings mit Sicherheit sagen, dass Ronald Bäumer das Blatt in der Hand gehabt haben musste, denn seine Fingerabdrücke fanden sich darauf. Sie waren jedenfalls identisch mit denen aus dem Zimmer 34 gewonnenen. Wenke hatte auch die zwei Kollegen, Frank Steffen und Arno Leising, die zwischenzeitlich mit der Drohne am Strand beschäftigt gewesen waren, mit dazu gebeten. So sahen sechs Ermittler angestrengt auf das Papier und drehten und wendeten es.

Festerling nahm die Strichelei in die Hand; es mochten zum Teil sogar Buchstaben sein, die eigenartig auf die Seite gefallen waren oder gar Kopfstand machten. »Wir sollten damit zu Frau Meister gehen«, meinte er. »Sie hat Zugang zu Ronalds spezieller Kreativität.«

Neben diesem eigenartigen Fund enthielt der Pinguin noch zwei Armbänder aus Gummi, selbst geflochten und in knallbunten Farben, sogenannte Loom Bands – eine Mode aus Amerika, die bei Kindern und Jugendlichen gerade angesagt war.

Jensen nahm sie in die Hand: »Außer dass sie hübsch sind, ist daran wohl nichts weiter zu erkennen; typischer Mädchenkram eben.«

Wenke verlor langsam die Geduld: Noch immer war unklar, ob sie es mit zwei Fällen oder mit einem zu tun hatten. Bei Mareike konnte man von möglichen Motiven bei den Männern im Umfeld ihrer Mutter ausgehen: Jürgen Brandt als Exmann, aber ebenso Torben Frenks als Jugendliebe könnten ein Interesse haben, das Kind in ihre Gewalt zu bringen; nicht zu vergessen auch der leibliche Vater Bengt Johanson.

»Und Onkel Tom«, ergänzte Emma.

»Wer immer das sein mag, bisher jedenfalls ein Phantom, das es vielleicht nur in der Fantasie des Mädchens gibt.«

Festerling sah nachdenklich in die Runde und nickte ein paar Mal.

Der Kommissar schaute ihn an und wartete auf das Ergebnis seines Nachdenkens: »Und Anna Hegebrecht. Welche Rolle spielt sie eigentlich in diesem ganzen Männerclan? Beste Freundin, oder mehr? Aber wie auch immer, welchen Grund sollte sie haben …«

»Und dann ist natürlich nicht auszuschließen, dass irgendein Urlauber im Spiel ist; das schwarze Auto auf dem Parkplatz des Radwanderweges«, fiel Gert Jensen ihm ins Wort.

Die Ermittler waren sich darin einig, dass dies alles recht wenig war. Im Fall Ronald Bäumer gab es zwar mehr Fakten, aber weit und breit kein Motiv. Wer sollte daran interessiert sein, ihn zu töten? Was hatte er gewusst oder gesehen? Die

Verbindung zwischen beiden Fällen war der freundschaftliche Kontakt, durch Frau Meister und die Zeile auf der Vorderseite der Zeichnung bezeugt; völlig im Dunkeln blieb, wann der Zettel geschrieben worden war. Es musste allerdings vor Mareikes Verschwinden gewesen sein; soviel war sicher. Jedenfalls hatten das Blatt und der Stein eine besondere Bedeutung, sonst wären sie nicht in das Lieblingsstofftier gesteckt worden.

»Vielleicht ein Glücksbringer«, meinte Festerling.

»Gesteckt oder nicht doch versteckt? Womöglich ging es um das Strichmuster«, ließ sich Emma hören.

»Warten wir unseren morgigen Besuch in der Klinik ab, den ich vereinbart habe, denn der Klinikchef hat Kontakt mit der Familie Ronald Bäumers aufgenommen«, damit schloss Wenke die Zusammenkunft.

Der Hauptkommissar fuhr abends zurück in seine Wohnung. Hinter dem Steuer ging ihm ein merkwürdiger Gedanke durch den Kopf: ›Vielleicht würden er und Emma einmal in einem Auto fahren. Und zu einer Wohnung.‹ Er schüttelte belustigt den Kopf über solche Vorstellungen und dachte über das Wort »merkwürdig« nach: ›Des Merkens würdig‹, ja das war es wohl.‹; und das Es war eine Sie, blond, von hellem Verstand und gesundem Ehrgeiz. Und jung – zwölf Jahre etwa lagen zwischen ihnen. ›Zu jung … zu jung?‹

In seiner Wohnung angekommen, empfing ihn die übliche Tristesse: Das Geschirr von gestern wartete auf seinen Abwasch, Zeitungen stapelten sich auf dem Wohnzimmertisch und der Brausekopf im Bad tropfte immer noch vor sich hin –

der Handwerker konnte nur nach Feierabend kommen. Das dauerte eben, bis ein Termin zustande kam. Er öffnete den Kühlschrank, der nur noch mit einem Minimalangebot bestückt war, nahm Brot, Butter, einen Käserest und die letzte Flasche Bier heraus, setzte sich mit dem Abendbrotteller vor den Fernseher und legte die Beine hoch. Als er zur Fernbedienung auf dem Couchtisch griff, fiel sein Blick auf einen Zettel mit Emma Baaders Handynummer. Er könnte sie jetzt einfach anrufen und zu einem Bier einladen – zu einem Bier? Eine Frau doch wohl zu einem Glas Wein, eine Kollegin zum Bier. Er verwarf schließlich beides; denn was war sie eigentlich, diese Frau Kollegin …?

Es war schon weit nach 21 Uhr, ein Montagabend, an dem Luise Meister noch einen späten Therapiekurs gehabt hatte, was alle vierzehn Tage der Fall war. Ehe sie aus dem Haus kam, war noch eine halbe Stunde mit Aufräumarbeiten vergangen. Als sie vor die Tür trat, war es schon fast dunkel, denn ein heftiger Wind peitschte schwere Wolken vor sich her. Sie wollte wie immer den Hinterausgang benutzen, die Zaunlücke hinter den Wirtschaftsgebäuden, durch die alle diejenigen gingen, deren Wohnungen in dieser Richtung lagen und die daher einen halb offiziellen Charakter hatte. Ihre stille Hoffnung, dass die Gewalt der Windböen durch die Baumreihe am hinteren Ende des Grundstücks etwas gemildert werden würde, erwies sich als falsch. Dennoch holte sie ihr unter einem Schuppendach abgestelltes Fahrrad, aber an ein Aufsteigen war nicht zu denken. Sie hielt es an Lenker und Sattel fest und konnte gerade noch einem Schwung Ziegel ausweichen, der vom Dach der Sporthalle kam. So entschloss sie sich, ein Taxi zu rufen, bemerkte aber, dass ihr Handy fehlte; es lag sicher noch im Atelier. Nachdem sie das Fahrrad wieder untergestellt hatte, lief sie über den Kiesweg auf die Therapieräume zu. Plötzlich sah sie einen Lichtstrahl aufleuchten, der sich in der Werkstatt bewegte – eine Taschenlampe. ›Also doch‹, dachte sie. Ihr Eindruck, dass jemand ihre Abwesenheit nutzte, um ungesehen in die Räumlichkeiten zu gelangen, hatte sie nicht getäuscht. Sie bewegte sich an der Wand neben dem rückwärtigen Eingang entlang, um in das Fenster blicken zu können.

Das Atelier lag immer noch dunkel und verlassen da und so rang sie sich schließlich dazu durch, wenigstens in den schmalen Flur zu treten, der die Werkräume miteinander verband. Sie öffnete die Tür einen Spalt breit und lauschte, doch es war weder etwas zu hören noch zu sehen. Sie war gerade hineingeschlüpft, als sie ein Geräusch neben sich vernahm.

Im Therapieraum fiel etwas zu Boden, eine unterdrückte Stimme fluchte.

Voller Panik griff sie rechts neben sich und drückte auf die Klinke der Damentoilette. Hinter verschlossener Tür setzte sie sich vorsichtig auf den Toilettendeckel. Das Herz schlug ihr immer noch bis zum Hals. ›Hoffentlich ist das ein Mann‹, dachte sie, ›der nicht auf die Idee kommt, in diese Toilette zu wollen.‹

Sie war sich jetzt sicher, dass die Geräusche aus dem Atelier kamen. Plötzlich ging ein Telefon – es dauerte eine

Weile, bis ihr klar wurde, dass dies ihr eigenes Handy war – es lag tatsächlich nebenan auf dem Tisch. Sie hielt automatisch die Hand vor den Mund gepresst, lauschte angestrengt und verfluchte ihre Unbedachtheit.

Im Atelier klapperte etwas.

›Der Brennofen‹, ging es ihr durch den Sinn. Was wollte der Unbekannte nur? In den Therapieräumen gab es weder irgendetwas Wertvolles noch etwa Geld. So hielt sie auf ihrem etwas skurrilen Zufluchtsort bewegungslos aus – eine Dreiviertelstunde lang, die ihr wie eine halbe Ewigkeit vorkam.

Schließlich hörte sie das Quietschen der Ateliertür, der Eindringling war wieder in den vorderen Räumen. Sie nahm allen Mut zusammen, schlich bis zur Ausgangstür und rannte zum Hauptgebäude der Klinik. Dort ließ sie sich an der Rezeption, die zu dieser Zeit nicht mehr besetzt war, in einen Sessel sinken. Sie wartete eine Weile, bis ihr Atem wieder normal ging, dann lief sie zur diensthabenden Nachtschwester und telefonierte nach einem Taxi.

Dienstag, 16. August

Der stürmische Wind dauerte am nächsten Morgen unvermindert an. Emma hielt das Steuer ihres Wagens fest im Griff auf dem Weg von der Hansestadt nach Graal-Müritz; sie wollte nicht zu spät zur Kurklinik kommen. Als sie auf die Landstraße einbog, sah sie am Straßenrand einen Wagen mit eingeschalteten Warnblinkern stehen. Sie fuhr langsam heran, da hob der Fahrer den Arm: Es war der Kommissar. Die Scheibenwischer funktionierten nicht und auch das Gebläse hatte seinen Dienst eingestellt.

»Von außen keine Sicht und auch innen alles zu«, sagte er zu Emma und strahlte sie an. »Ich wollte schon immer einmal in Ihrem kleinen Nissan mitfahren.«

»Und ich wollte Sie schon immer einmal mitnehmen«, antwortete sie.

Und beide wussten nicht recht, ob das nur flapsiges Gerede war. So ging Wenke zu Dienstlichem über und fühlte sich wieder auf sicherem Terrain. Mit den Untersuchungsergebnissen des geborgenen Betonklotzes, von denen sie sich Aufschluss zum Tathergang erhofften, war noch nicht zu rechnen gewesen. Deshalb sprachen sie über Jürgen Brandt. »Ein merkwürdig gehemmter Mann. Will ein Macho sein und ist doch nur ein Weichei.«

Emma nickte, doch gleichzeitig war sie sich nicht sicher, ob dies nicht eine brisante Mischung war. »Das Gefühl von Minderwertigkeit sucht sich nur allzu oft ein Ventil und dabei kann es durchaus zu eruptiven Ausbrüchen kommen, die von den Betroffenen nicht mehr steuerbar sind.«

»Das ist zwar denkbar«, meinte der Kommissar, »doch dann hat das in der Regel Taten im Affekt zur Folge. Die Kleine hätte er dann maximal drei Tage bei sich behalten, kaum länger. Das hier dauert dafür schon zu lange; es sieht eher nach planvollem Vorgehen aus. Was Ronald Bäumer und Jürgen Brandt gemeinsam haben, ist doch der Umstand, dass sie für das Kind Vertrauenspersonen waren, im

Unterschied zu Torben Frenks und Bengt Johanson – beide kannte sie nicht.«

Emma sah Wenke kurz an. »Was war das für eine Beziehung zwischen der gerade einmal Zehnjährigen und dem dreiundzwanzigjährigen Bäumer? Eine Freundschaft zwischen einem Kind und einem jungen Mann mit dem Entwicklungsstand eines Sechzehnjährigen? Oder eine Liebesbeziehung eines frühreifen Mädchens zu einem Teenager? War sie vielleicht freiwillig zu ihm gegangen und dort geblieben? Aber wo war das?«

Der Kommissar unterbrach ihren Gedankenfluss: »Der Bunker!«, sagte er. »Aber dort konnten nur Fingerabdrücke von Ronald nachgewiesen werden. Nichts deutet darauf hin, dass auch Mareike in der Ruine gewesen ist. Wenn es einen gemeinsamen Treffpunkt gab, so muss er sich an anderer Stelle befinden. Eine weitere nebulöse Angelegenheit ist die Sache mit dem Porträt. Zwei dieser Bilder waren in Mareikes Besitz: eines wurde in dem Zimmer der Wohnung ihrer Mutter, ein zweites bei ihrer Oma gefunden. Offensichtlich hat die Vermisste sie keineswegs als bedrohlich empfunden, sonst hätte sie die Zeichnungen einfach wegwerfen können. Warum war das für ihre Mutter so ganz anders? Ist der Porträtierte tatsächlich Manfred Vesper, deren Vater? Oder sah sie ihn nur in dem Bild, aufgrund ihres ungefestigten psychischen Zustands vielleicht. Denn falls er tatsächlich porträtiert wurde, hätte das bedeutet, dass Ronald Bäumer im Hause von Frau Vesper gewesen sein muss, das der Demenzkranke bekanntlich nicht mehr verlässt.«

Der Nissan hatte Torfbrücke passiert. Von einem abgeernteten Feld wurde eine Staubwolke über die Straße gewirbelt und ließ die Sicht auf fünfzig Meter sinken. Obwohl Emma langsam unterwegs war, sah sie erst spät einen vor ihr fahrenden Traktor; ihn zu überholen, war unter diesen Umständen nicht möglich, und so zuckelten sie bis zum Ortseingang hinter ihm her.

Als der Wagen auf dem Klinikparkplatz hielt, warteten Festerling und Jensen schon.

»Heute mit Chauffeur, mein Wagen hat aufgegeben«, sagte Wenke. Festerling grinste ihn an.

Der Klinikdirektor, Dr. Armin Rohde, empfing sie am Eingang und führte sie in sein Dienstzimmer. Sie wurden einer älteren Dame von ausgesprochen distinguiertem Auftreten vorgestellt, Birgitta Bäumer; sie war die Frau von Ronalds Vater, Per Bäumer. »Die zweite Ehefrau«, wie sie betonte. Nach dem Tod von Ronalds Mutter war der Junge in dieser Klinik zur Behandlung seiner schweren Krankheit untergebracht worden. Ihr Mann war als Kapitän nicht in der

Lage, sich um den Sohn zu kümmern. Sie selbst fühlte sich völlig überfordert, mit dem autistischen Jungen umzugehen.

›In der Klinik zur Behandlung untergebracht …‹, dachte Emma. ›Wohl eher abgeschoben. Standesgemäß und niveauvoll.‹

Birgitta Bäumer knöpfte ihre elegante Kostümjacke auf. Dabei wurde eine an einer Halskette hängende kleine Uhr sichtbar, die in ihrem Wert den Ringen, die sie trug sicher in nichts nachstand. Sie mochte in ihren Jugendtagen eine

schöne Frau gewesen sein und war auch jetzt noch ohne Zweifel eine Erscheinung. Doch sie konnte offensichtlich das Älterwerden nicht akzeptieren und hatte daher im Gesicht allzu heftig nachgeholfen.

›Zu tief in den Schminktopf gefallen‹, war Emmas stiller Kommentar.

Ihre Sprechweise – die dezente Mischung aus Hannoverschem und Hamburger Dialekt – passte perfekt zu ihrem Erscheinungsbild. Sie nahm die Beileidsbekundungen der Anwesenden gewissermaßen huldvoll entgegen und sprach beständig von dem »armen Jungen«, der so einen grässlichen Unfall erlitten hatte.

Dr. Rohde hörte sich das alles mit unbewegter Miene und ausgesuchter Höflichkeit an; er wusste, was seiner Stellung angemessen war.

Doch dem Kommissar war das ganze Getue nach kurzer Zeit zu dumm. Er stellte klar, dass Ronald Bäumer auf keinen Fall einen Unfalltod gestorben war, alle anderen Möglichkeiten seien offen.

Frau Bäumer blickte mit hochgezogenen Augenbrauen den Arzt an, der ihr offenkundig diese Variante nahegelegt hatte – Selbstmord oder gar Mord in seiner Klinik war eine geschäftsschädigende Angelegenheit. »Wie grässlich«, hauchte Bäumer und widersprach dann heftig: »Wer sollte dem armen Jungen etwas antun?«

›Und vor allem, warum‹, dachte Wenke. ›Wenn sie das wüssten, kämen sie auch dem ›Wer‹ einen Schritt näher.‹ »Zur Klärung der Familienverhältnisse …«, sagte er. »Gibt es in ihrem Umfeld jemanden, der Thomas oder Tom heißt?«

Birgitta Bäumer sah ihn erstaunt an: »Zu unserem Freundeskreis gehört Thomas Johanson, ein exzellenter Künstler, Grafiker und Maler, der im Frühjahr auch in einer Hamburger Galerie eine viel beachtete Ausstellung hatte.« Zur Vernissage sei sie selbst mit einer Reihe der Hamburger Prominenz erschienen.

Festerling blickte zu Boden und hatte Mühe, nicht laut werden zu lassen, was er von der »Prominenz« der Dame hielt.

Jensen schaltete sich ein: »Johanson, das ist ein verbreiteter Name, für einen Künstler eher ungewöhnlich.«

»Seine Werke signiert er auch stets mit ›T.J.‹, sodass er in Fachkreisen nur unter diesem Kürzel bekannt ist«, erwiderte Bäumer.

»Thomas Johanson … doch nicht verwandt mit Bengt Johanson?«, fragte der Kommissar nach.

Die Antwort verblüffte die Kriminalisten zunächst, doch die folgende Erklärung lag auf der Hand: Der Kapitän Per Bäumer hatte Bengt Johanson als Schiffsarzt kennengelernt.

Die beiden Männer kannten sich gut und so hatte sich auch der freundschaftliche Kontakt zu dessen Bruder, Thomas Johanson, ergeben. Dass dieser Künstler war, mochte ihm den Weg zu Birgitta Bäumer geebnet haben. Zum derzeitigen Einsatz ihres Mannes befragt, erfuhren die vier, dass Kapitän Bäumer gerade auf einem amerikanischen Luxusliner unterwegs wäre; Bengt Johanson war inzwischen zur AIDA-Flotte gewechselt.

Als sie wieder unter sich waren, meinte Emma: »Geld schmückt sich mit Kunst. Aber Freundschaft?«

Ihre Aufmerksamkeit galt nun Luise Meister, die sie schon vor dem Therapieraum erwartete und mit sichtlicher Zurückhaltung begrüßte. Als erstes gab ihr der Kommissar den von Ronald Bäumer gestalteten Teller zurück, die Leihgabe ihres ersten Besuchs. Sie folgten ihr in die Räumlichkeiten der Werkstatt. An langen Arbeitstischen lagen einzelne Arbeiten, von kunstlosen Ketten und Armbändern, die solche Patienten auffädelten, deren Feinmotorik geschult werden sollte, bis zu aus Speckstein gefertigten kleinen Skulpturen und bunten Tüchern, die als Seidenmalerei zu erkennen waren. Diesmal bat die Therapeutin sie ins Atelier, wie sie sagte, weil es dort eine Sitzecke gab. Sie hatte wohl von Dr. Rohde angesichts des Todesfalles eine entsprechende Maßregel erhalten.

Auch dieser Raum war mit bis unter die Decke reichenden Regalen ausgestattet, die mit den unterschiedlichsten Utensilien vollgestellt warten – eine Ordnung, in der sich nur die Therapeutin zurechtfinden mochte, denn auf die Besucher wirkte das Sammelsurium chaotisch. Was diesen Raum vor dem anderen auszeichnete, war ein großes Fenster, das die Bezeichnung »Atelier« rechtfertigte. Jensen trat in eine geöffnete Flügeltür und schloss sie; es zog, denn gegenüber führte ein kleiner Durchgang ins Freie. »Wird das als zweiter Eingang genutzt?«, fragte er.

Daraufhin erklärte ihnen Luise Meister die Nutzung der Therapiewerkstatt: Das Gros der Patienten arbeite in dem vorderen Raum, in den man durch den offiziellen Eingang gelangte. In das Atelier kämen nur einige wenige besondere Fälle. Und zwar auf Anweisung des jeweils behandelnden Klinikarztes. Die Begründung war also medizinischer Art; aber soweit sie das »Fachchinesisch« verstünde, handelte es sich vorrangig um Patienten, die Menschenansammlungen als bedrohlich empfanden.

»War Ronald Bäumers Arbeitsstätte das Atelier?«, fragte Jensen weiter.

Frau Meister nickte zustimmend.

»… und auf Dr. Sagmos Veranlassung?«, ergänzte Wenke.

Wiederum folgte nur ein Nicken.

›Sehr gesprächig ist sie heute nicht‹, dachte er und lenkte die Unterhaltung auf die Mediziner. »Es gibt doch sicher eine enge Zusammenarbeit mit ihnen.«

Auf diesen deutlichen Anstoß begann Meister endlich, zusammenhängend zu sprechen. Als Ergotherapeutin stand sie nicht nur in engem Kontakt mit dem zuständigen Arzt, sondern auch mit dem ganzen Team der Station 3, denn einmal wöchentlich kämen sie zu einer Besprechung zusammen, bei akuten Fällen auch öfter. Außerdem ließ sich Dr. Sagmo auch manchmal von dem Assistenzarzt, Dr. Peter Vanderveit, vertreten. Im Tagesablauf spiele aber vor allem die Stationsschwester eine wichtige Rolle, Schwester Anka – Anka Riechert. In ihrer Hand läge die Verantwortung für die Vergabe der Medikamente, aber auch für die Einhaltung der von der Diätassistentin angeordneten Ernährungspläne.

Der Kommissar unterbrach sie. An einer solchen allgemein gehaltenen Übersicht hatten sie weniger Interesse: »Wer hatte neben Dr. Sagmo auf dem Gelände der Klinik unmittelbar mit dem Vermissten zu tun?«

»In letzter Zeit Dr. Vanderveit, die Physiotherapeutin Petra Siegel und wohl auch ihre Kollegin Siegrid Neuhaus und – Schwester Lena«, sagte sie zögernd. »Sie hat nach ihrer Ausbildung erst vor Kurzem in der Klinik angefangen und kümmerte sich besonders um Ronald, wenn sich die Gelegenheit dazu ergab. – Sagt jedenfalls der Buschfunk.«

Festerling griff ein: »Haben Sie da nicht jemanden vergessen?«

»Meinen Sie Erwin Almgren? Aber der ist Patient.«

»Nein, Bruno Bunke vom Fahrradverleih«, entgegnete er.

Doch dieser zählte zu der Art von Personal, das offenbar außerhalb ihrer Welt »in Weiß« lag, die vor allem aus Ärzten bestand – die Stationsschwester ließ sie gerade noch gelten.

Wenke kam auf die Staffelei zu sprechen, die an der Aufspülungsstelle gefunden worden war: »Herr Bäumer hatte sich eine am 1. August und Herr Almgren eine am 2. bei

Ihnen entliehen. Gibt es dazu neue Erkenntnisse, wem sie gehört hat?«, fragte er.

Zu seiner Überraschung gab Luise Meister an, dass Erwin Almgren, als sie ihn darauf angesprochen hatte, ihr versichert hätte, seine Staffelei zurückgegeben zu haben. Die Eintragung in ihrem Heft für die ausgegebenen Arbeitsmaterialien bezog sich also auf das an ihn ausgehändigte Exemplar. Die am Strand aufgefundene musste demnach Ronald gehört haben.

»Existieren Bilder des jungen Mannes von diesem Strandabschnitt?«, warf Emma ein.

In ihrem Besitz seien keine, war die Antwort.

Damit war nun das Stichwort für ihr eigentliches Anliegen gegeben: Jensen zog das im Stofftier gefundene Blatt aus der Tasche: »Können Sie uns zu diesem Strichmuster Ronald Bäumers etwas sagen?«

Die Ergotherapeutin nahm die Zeichnung in die Hand und drehte sie ein paar Mal. »Sie gleicht sogenannten Linienbildern, wie sie von den Schülern Benys aus den Sechzigerjahren bekannt sind. Einer davon war Imi Knoebel, der verschieden lange Linien übereinander legte, oft in schwarz-weiß gehalten.«

Die Kriminalisten sahen sie verblüfft an – ein Kunstwerk also … Wieder war es Emma, die nach ähnlichen Bildern des Toten in dieser Art fragte.

Luise Meister schüttelte bedauernd den Kopf. Außer diesem, sicher als Entwurf oder Ideenskizze zu verstehendem Blatt, gäbe es nichts dergleichen bei Ronald. Sie griff in das

Regal und hielt eine Terrakottafigur in der Hand: »Das ist eine der letzten Arbeiten, mit denen er sich beschäftigt hat.« Die etwa zwanzig Zentimeter große Skulptur zeigte ein Wesen mit rundem Rücken, dessen viel zu lange Arme vor dem Körper hingen. Die Beine schienen zusammengewachsen zu sein und waren leicht gekrümmt. Der Dargestellte hatte keine Schuhe an, sondern stand auf nackten übergroßen Füßen, die in keiner Weise zu den viel zu kleinen Händen passten. Diese waren nach außen gekehrt und

schienen nicht recht in die Gelenke zu gehören. Am auffälligsten aber war der Kopf: Er saß wie eine dicke Wulst auf dem kurzen Hals, war leicht zurückgelehnt – sodass der Blick nach oben gerichtet war – und auf dem Schädel kahl. Wie auch bei den Porträts passten die Details des Gesichts nicht zueinander: Der schiefe Mund, das linke geschlossene Auge und eine Nase, groß und nach oben gebogen, sodass der Betrachter quasi in überdimensionale Nasenlöcher schaute. »Er sieht nach oben, als suche er den Himmel«, erklärte die Therapeutin. »Aber er kann nicht dorthin gelangen, seine Beine können nicht laufen und seine Hände können nichts festhalten. So bleibt ihm nur das Sehen, denn auch diesem geschlossenen Mund scheint die Sprache abhandengekommen zu sein. Doch das eine der beiden Augen ist schon geschlossen. Es sieht nicht so aus, als ob das andere noch etwas fixieren kann. Ein Gefangener … eingesperrt in einem undurchdringlichen Käfig. Wie in Rainer Maria Rilkes Gedicht ›Der Panther‹, dem es nur noch manchmal gelingt, durch die Gitterstäbe zu blicken, ohne das Geschaute erfassen zu können. ›Und hört im Herzen auf zu sein‹«, zitierte sie.

»Und Mareike?«, fragte Festerling. »Konnte sie ihm die Tür zur Welt öffnen?«

»Die Tür wohl nicht, aber ein Fenster schon, manchmal wenigstens«, kam die Antwort.

»Können Sie uns noch etwas sagen, was als Indiz für die besondere Beziehung des Toten zu dem Mädchen gelten kann?« Der Kommissar sah auf den Kopf der Figur in seiner Hand und fuhr mit dem Daumen über den Schädel.

»Sie haben es also entdeckt, auf dem Kopf steht ein ›M‹; Ronald signierte manche seiner Arbeiten so, aber ob es tatsächlich für Mareike steht, wer weiß das schon.« Luise Meister nahm die Skulptur wieder an sich und stellte sie zurück auf ihren Platz im Regal.

Als sie allein war, ließ sie sich erleichtert auf einen Stuhl sinken. Sie war sich nicht sicher, ob es richtig gewesen war, dass sie die Schreckensnacht mit dem Eindringling in ihren Räumen verschwiegen hatte: Der Zufluchtsort Toilette war denn doch etwas peinlich. Außerdem kam es natürlich vor, dass Patienten dort nach Dienstschluss allein an ihren Bildern, Ketten, Tüchern etc. arbeiteten, aber dazu mussten sie sich anmelden und auf einer Liste mit Namen und Uhrzeit eintragen. Doch es gab schon seit Wochen keinen Eintrag mehr. – Und wieder fiel ihr ein, dass sie in letzter Zeit den Eindruck nicht losgeworden war, dass sich jemand in ihrer Abwesenheit in den Werkstatträumen zu schaffen machte.

Die vier saßen in der Cafeteria der Klinik um einen runden Tisch. Jensen zuckte mit den Schultern: »Was für eine monströse Fantasie. Sah er sich selbst als Monster?«

»Nein, kein Monster«, entgegnete Emma, »ein Mensch.«

Wenke spann den Gedanken seines Kollegen weiter: »War er das oder jemand anderer? Und wenn ja, wer? Welche Bedeutung hat das ›M‹, stand es für eine Person oder eine Sache?«

Festerling hielt das alles für zu vage. Er erinnerte an die Tatsache, dass die Staffelei, die am 8. August wieder in die Werkstatt zurückgefunden hatte, von Erwin Almgren ausgeliehen war. Ronald war seit dem 1. August im Besitz der seinen und dessen Leichnam zwischen dem 4. und 5. August ins Wasser geraten. Möglicherweise befand er sich also in diesem Zeitraum mit den Malutensilien am Strand. »Nein, falsch«, korrigierte er sich. »Erwin Almgrens Tag der Ausleihe war erst der 2. August und sie waren doch sicher gemeinsam dort; also konnte die unter dem Sand verschüttete Staffelei frühestens an diesem Tag an den Fundort gelangt sein. Stimmt diese Vermutung, dann wäre das zwei Tage vor Ronalds Verschwinden. Das spätere Geschehen ist bekannt und stützt die genannten Daten: Der Saugbagger liegt seit dem 7. August auf der Position der Strandaufspülung, also muss die von Sand bedeckte Staffelei bereits vor diesem Zeitpunkt dort zurückgelassen worden sein. Was aber in dieser Zeit geschehen ist, bleibt nach wie vor im Dunkeln. Oder ist es denkbar, dass der Gutachter einem Irrtum erlag und Ronald Bäumer erst am dritten Tag nach seinem Verschwinden gestorben ist? Der Saugbagger muss den Leichnam doch nicht sofort am ersten Tag seines Einsatzes vor Ort erfasst haben …«

Emma bewunderte ihren Kollegen im Stillen für seine Sachkenntnis; sie hatte sich die Daten notiert und musste jedes Mal nachschlagen.

Wenkes Handy klingelte: Die Stationsschwester hatte jetzt Zeit für sie.

Eine Frau in mittleren Jahren nahm sie in Empfang. Ihr Dienstzimmer, oft ein Ort von kühler Sterilität, war ausgesprochen gemütlich. Grünpflanzen standen auf einem Bord. Der Tisch hatte zwar die übliche abwischbare Glasplatte, aber darunter lag ein stimmungsvolles Strandfoto. Sie wusste sehr genau über ihre Patienten Bescheid. Es brauchte nur einen Anstoß, dann begann sie zu erzählen – natürlich gab sie keine medizinischen Details preis, die unter die ärztliche Schweigepflicht fielen. Aber darum war es ihren Besuchern auch nicht gegangen. Sie sprach nicht von Patienten, sondern von ihren »Schutzbefohlenen«. Bei dem Wort »wir« in »Wir fühlen uns heute nicht wohl« glaubte man ihr, dass sie mitlitt.

Auf die Beziehung zwischen Ronald und Erwin Almgren angesprochen, erfuhren die Beamten Folgendes: Die beiden waren sich durch ihr gemeinsames Hobby, dem Malen, näher gekommen. Herr Almgren – zwei Jahre nach Ronald hier eingezogen – war anfangs völlig isoliert, und zwar nicht nur aufgrund seiner krankheitsbedingten Kontaktscheu, sondern hinzu kam noch, dass er Schwedisch sprach. »Er versteht zwar Deutsch, aber nur, wenn er will. Und das Nichtwollen fällt ihm immer dann ein, wenn es für ihn von Vorteil ist«, sagte Schwester Anka verschmitzt und bestätigte damit, was schon von Luise Meister zu hören war: Erwin Almgren war keinesfalls der senile Patient, für den man ihn durch sein skurriles Auftreten im ersten Moment halten konnte. Die Ergotherapeutin hatte ihm eine gewisse Pfiffigkeit bescheinigt. Die Stationsschwester wurde noch deutlicher: Ihr Patient konnte andere manipulieren, das heißt, sie hatte schon manchmal eingreifen müssen, wenn er einen Mitbewohner der Station zu Dingen veranlasste, die derjenige gar nicht tun wollte. Und selbst Schwestern gegenüber hatte er manches Mal Erfolg, seine Absichten durchzusetzen: Er machte ihnen durch fragmentarisches Reden im Wechsel mit Verstummen und einem sturen Verhalten klar, was er wollte und behandelte sie dabei wie »Personal«.

Wenke blickte sie erstaunt an.

»Er war in gesunden Tagen Arzt …«, kam die Erklärung. Zu seinem familiären Umfeld erfuhren die Kriminalisten, dass Erwin Almgren eine Schwester hätte, die in Hannover lebte und sich rührend um ihn kümmerte. Sie stand in regelmäßiger Verbindung zu Dr. Sagmo und rief des Öfteren in der Station an, wenn ihr Bruder irgendetwas brauchte.

»Wann zuletzt?«, unterbrach Wenke.

Schwester Anka dachte einen Augenblick nach. »Vor etwa zwei Wochen «, sagte sie nachdenklich.

»Heute ist der 15. August, Ronald ist seit dem 4. August vermisst; das wäre also wenige Tage vor dessen Verschwinden«, warf Emma ein.

Festerling nickte ihr zustimmend zu: »Das bedeutet, nur kurz bevor der junge Mann zu Tode kam.«

Schwester Anka sah auf: »Sie glauben doch nicht …«

Der Kommissar beruhigte sie und wollte noch mehr über Ronald hören.

Es wäre schwer gewesen, zu ihm Zugang zu finden, selbst für die Schwestern und Therapeuten, die täglich mit ihm zu tun hatten, redete sie weiter. Auch sie hätte eine ganze Weile gebraucht, bis sie verstand, dass er statt zu sprechen, zeichnete. »Er drückt seine Befindlichkeit mit einem dicken Kohlestift aus. Was er aufs Papier bringt, ist aber nicht so einfach zu deuten. Eindeutig ablesbar sind an den ausdrucksstarken Zeichnungen mit Bestimmtheit Grundstimmungen wie Freude, Angst oder Verzweiflung. «

Der Kommissar holte eines der bei Mareike gefundenen Porträts aus der Tasche.

»Das ist Freude«, sagte sie zu seinem Erstaunen.

›Und Mareike hat ihn verstanden‹, dachte Emma, ›sonst hätte sie die Bilder nicht aufbewahrt; ihrer Mutter hatte das Bild Angst gemacht.‹

Wenke klärte Schwester Anka über die Herkunft der Zeichnung auf und fragte, ob Mareike jemals auf der Station gewesen sei.

Ein zweites Mal kam eine unerwartete Antwort: Das Mädchen war auf der Station bekannt. Sie hätte Ronald des Öfteren besucht; eigentlich hatten Fremde keinen Zutritt, aber in ihrem Falle hatte sich so eine Art Gewohnheitsrecht eingebürgert. Sie seien ja schließlich keine geschlossene Abteilung, auch die Patienten könnten kommen und gehen, wann sie wollten. Nur die Essenszeiten wären verbindlich.

Jensen war es, der die Frage stellte, die ihnen allen auf den Nägeln brannte: »Wann ist Mareike Brandt das letzte Mal hier gesehen worden?«

Doch da hob die Stationsschwester bedauernd die Schultern, sie hätte seit Mitte Juli drei Wochen Urlaub gehabt ...

Festerling kam auf die Steine zu sprechen, die Ronald so eifrig sammelte.

Schwester Anka zeigte auf einen Feuerstein, den sie als Briefbeschwerer auf dem Schreibtisch zu liegen hatte: »Der ist von ihm. Für ihn haben die Steine einen besonderen Wert; er nutzt sie zum Beispiel zu Tauschgeschäften. Mit Erwin Almgren hat er sich vor einiger Zeit deshalb einmal ernsthaft gestritten. Der konnte Ronald regelrecht manipulieren, wenn er es darauf anlegte. So hatte Erwin ihm offensichtlich weisgemacht, dass man sogenannte Klappersteine am besten bei Mondschein findet und ihn nachts zum Strand gelockt, nur weil er selbst bei Dunkelheit nicht allein durch den Wald zur Strandkneipe gehen wollte, um ein Bier zu trinken. Für die beiden gab es ernsten Ärger mit der Nachtschwester.«

Festerling stieß nach: »Ist es denn denkbar, dass sich jemand – also Mareike beispielsweise – in Ronalds oder Erwins Zimmer aufhielt, ohne dass dies bemerkt wurde?«

Die Gefragte lachte herzlich auf: »Dann müsste sich derjenige schon unter dem Bett verstecken …«

Ihre Pause war zu Ende und so verabschiedeten sich die Polizisten mit einem Dankeschön für ihre freimütige Offenheit.

»Was für eine liebenswerte Person«, sagte Wenke.

»Ja sehr«, meinte Emma.

Ihren Termin mit Schwester Lena mussten sie auf morgen verschieben, wenn diese wieder Dienst hatte. So war für heute Schluss.

Der Sturm hatte sich in seinen Spitzengeschwindigkeiten zum Orkan entwickelt. Emma nahm den Kommissar wieder in ihrem Wagen mit und setzte ihn bei seiner Werkstatt ab, die sich inzwischen um das Auto gekümmert hatte.

»Wie schade«, sagte er, »und ich wollte mich mit einem Glas Wein bei Ihnen bedanken.«

»Das nächste Mal«, antwortete sie, doch seine Frage »Wann?« ging schon im Geheule des Sturms unter. An diesem Abend konnte jeder froh sein, der nicht noch einmal vor die Tür musste, denn für die Küste hatte der Deutsche Wetterdienst eine Unwetterwarnung herausgegeben.

Emma stand an ihrem Küchenfenster; sie hatte das Licht ausgeschaltet und sah eine Weile dem Toben da draußen zu. ›Was, wenn Mareike die Klinik am 29. Juli gar nicht verlassen hat?‹, dachte sie. ›Aber das sind doch alles Hirngespinste. Bei diesem Weltuntergang vor den Augen, kein Wunder …‹

Mittwoch, 17. August

Wenke saß am nächsten Tag in seinem Büro und blätterte in den Unterlagen zum Fall Roland Bäumer. Das rechtsmedizinische Gutachten mit seiner Datierung der Liegezeit des Leichnams im Wasser ließ ihn den Kopf schütteln. Er strich sich mit der Linken das Kinn: ›Am 4. August ist der junge Mann das letzte Mal beim Frühstück gesehen worden. Da er möglicherweise erst einen, maximal zwei Tage später, aber auf jeden Fall vor der Anwesenheit des Saugbaggers am 7., zu Tode gekommen … mutmaßlich ertrunken ist, stellt sich nicht nur die Frage, was in der fraglichen Zeit geschah, sondern ebenso unter welchen Umständen es zum Ertrinken kam – oder sollte man vielmehr ›zum Ertränken‹ sagen?‹ Wenke starrte auf das Foto Rolands, das an der Pinnwand befestigt war, als käme von dort eine Antwort. ›Warum hat sein Mörder einen bzw. zwei Tage gewartet, ehe er zuschlug? Weil sich Roland versteckt hielt, möglicherweise im Bunker, und er ihn zunächst nicht aufspüren konnte?‹ Wieder ging der Blick zu dem Foto: Die Augen waren es, die dem Betrachter sofort auffielen. Sie sahen direkt in die Kamera, aber man wurde den Eindruck nicht los, dass der Blick vielmehr nach innen gerichtet war. ›Warum bist du getötet worden? Wem standst du im Wege oder konntest gar gefährlich werden?‹ Der Kommissar lehnte sich zurück und schloss die Ermittlungsakte. Er wusste, wenn sie das »Warum« beantworten konnten, dann kam das Motiv des Mörders ans Licht und damit geriet der Täter unweigerlich ins Visier.

Als die SOKO »Mareike« noch vor 8 Uhr im Besprechungsraum versammelt war, kam ein Anruf von Arno Leising. Der Kommissar hatte die beiden hinzugekommenen Kollegen, Steffen und Leising, beauftragt, auf dem Wasserwanderrastplatz zu recherchieren. Sie hatten die Listen der Liegeplätze überprüft und beinahe mit allen von dem fraglichen Zeitraum betroffenen Eignern gesprochen. Lediglich vier von ihnen fehlten noch und die hatten sich bereitgefunden, am heutigen Mittag in die Gaststätte des Platzes zu kommen. Diese Verabredung zustande zu bringen, war nicht weiter schwierig gewesen, denn sie kannten sich untereinander und trafen sich hier des Öfteren auf ein Bier.

Wenke informierte die Klinik, dass ihr Besuch kurzzeitig verschoben werden musste. »Die laufen uns ja nicht davon«, meinte er und registrierte einen skeptischen Blick von Emma.

Festerling blieb im Kommissariat, die anderen drei machten sich auf den Weg.

Der Sturm war jetzt auch am Wasser bis auf gelegentliche Böen abgeflaut, aber er hatte den Küstenwald streckenweise schwer getroffen. Die Straße war zwar inzwischen freigeräumt, doch links und rechts lagen Äste und zum Teil auch ganze Bäume, deren große Wurzelballen etwas von der Kraft der Elemente ahnen ließen. Auf dem Weg zum Rastplatz war man mit vereinten Kräften dabei, Ordnung in das Chaos zu bringen, denn einer der Stämme hing in unmittelbarer Nähe zur Gaststätte – abgeknickt wie Spielzeug – in Schräglage.

Vier Männer saßen dort im Schankraum um einen runden Tisch.

»Wohl eher eine Kneipe«, sagte Jensen, »aber irgendwie urgemütlich.«

Emma notierte ihre Namen und Adressen. Wenke begann die Befragung, nachdem er sie um Mithilfe bei der Bearbeitung eines ungeklärten Todesfalles gebeten hatte.

Es ging ihnen um den Zeitraum zwischen dem 4. und 6. August; von allen anderen Bootseignern, die hier angelegt hatten, lagen bereits die Angaben vor. Die Anwesenden waren die letzten von insgesamt zwölf. »Ist Ihr Boot in dieser Zeit ordnungsgemäß an seinem Platz geblieben?«, wollte Wenke wissen.

Frank Wächter, dem eine Segeljacht gehörte, nickte: »Alles in Ordnung.«

Die anderen drei schlossen sich dieser Aussage an, einer von ihnen, Peter Ahrens, gab an, dass er in dieser Zeit kurz verreist war und daher nur eingeschränkt zustimmen könne. Wenn ein Unbefugter sein Motorboot benutzt hatte, so hatte er es jedenfalls so hinterlassen, dass nichts davon zu erkennen war.

Jensen blätterte in seinem Notizblock: »Uns interessieren besonders diese Tage; in dieser Zeitspanne kam es zum Ertrinkungstod.«

Siegfried Fritz, Eigner eines mittelgroßen Segelbootes, sagte nachdenklich: »Unser Platzwart ist ein zuverlässiger Mann und kennt seine Leute, aber alles sehen kann er natürlich auch nicht; wenn sich jemand an einem der Boote nachts zu schaffen macht und das geschickt genug anstellt, muss ihm das nicht unbedingt auffallen.«

Die vier diskutierten noch eine ganze Weile über diese Möglichkeit, bis Jensen sie unterbrach: »Ist irgendetwas auf dem Gelände auffällig gewesen?«

Der Vierte im Bunde, Karl Deterich, gab dann den Anstoß zu einer Aussage, der auch Wächter und Fritz zustimmten: In diesen Tagen sei ein herrenloser Kahn, wie er zum Angeln benutzt wird, angetrieben, der dann noch einige Zeit am Außensteg vertäut lag, ehe er wieder fort war; sicher vom Besitzer abgeholt.

Die Ermittler wurden hellhörig und fragten nach dem Tag. Auf das Datum wollten sich die Männer jedoch nicht festlegen.

Wenke griff zum Handy und stand auf. Doch sein Telefonat mit der Wasserschutzpolizei ergab, dass zu dieser Zeit kein Boot als abgängig gemeldet worden war.

Emma fragte nach dem Parkplatz: »Können hier nur Bootseigner ihre Wagen abstellen oder auch Fremde?«

Frank Wächter bestellte eine nächste Runde Bier. »Der Stellplatz für das Auto ist an den Bootsliegeplatz gekoppelt, für Fremde gilt hier Parkverbot.«

»Aber da war etwas«, sagte Karl Deterich zögernd. »Es gab Ärger mit einem unbefugt abgestellten Auto. Aber wann das genau gewesen ist …«

»Was für ein Wagen war das?«, wollte Emma wissen.

»Farbe schwarz, ein Audi«, soweit er sich erinnere.

Der Kommissar bedankte sich, spendierte eine Runde und sie liefen zum Büro des Platzwartes.

Es ging um das angetriebene Boot. Der Mann las in seiner Buchführung nach und gab an, dass am 5. August gegen 20 Uhr ein kleines Ruderboot verzeichnet war. Besitzer unbekannt. Es hatte sich auch niemand bei ihm gemeldet. »Am Morgen des 6. August war es wieder verschwunden. Der Betreffende hat es sicher heimlich abgeholt, weil er keine Liegegebühr bezahlen wollte.« Das alles sei aber keiner Aufregung wert gewesen, erfuhren die Kriminalisten, denn es käme schon mal vor, dass ein zu dem relativ nahen Campingplatz gehörendes Boot bei ihnen landete, wenn es nicht richtig festgemacht war. Da es sich um einen typischen Angelkahn gehandelt hatte, sei das nicht unwahrscheinlich.

»Und der Vorfall mit dem PKW auf dem betriebseigenen Parkplatz?«, ließ Wenke nicht locker.

Der Gefragte hob seine Arme hoch: »Ja, mein Gott, der steht in keinem der Bücher.« Doch er erinnerte sich, dass es einen Audi betraf, grau oder dunkelblau, dessen Fahrer sich aber schnell einsichtig zeigte.

»Der Fahrer … also ein Mann? Wie sah er aus?«, fragte Emma nach.

Doch hier versagte die Erinnerung des Platzwartes. Er habe ein ausgezeichnetes Gedächtnis für Boote, bei manchen Typen erkenne er sie am Motorgeräusch oder bei Seglern natürlich an der Takelage, aber bei Menschen bliebe wenig haften. »Ein Mann in mittleren Jahren, vielleicht …« Nummernschild unbekannt, aber auf jeden Fall unauffällig, also möglicherweise ein Einheimischer; völlig Ortsfremde verirrten sich ohnehin nicht in diese Ecke.

Ihre Recherche in der Kurklinik sollte am Nachmittag weitergehen; Wenke hatte Festerling und Emma mit dabei, als sie vor Schwester Lena Ort standen. Sie war Anfang zwanzig, typisch für den Menschenschlag hier ein wenig mollig, aber behände und ausgesprochen einnehmend. Ronald Bäumer war bei ihr »Ronny«, »mein lieber Junge« oder einfach nur »mein Lieber«.

Wenke fragte sie prompt nach ihrem Verhältnis zu dem Patienten.

Die junge Schwester stutzte für einen kurzen Moment und ließ dann ein helles Lachen hören, das so ansteckend wirkte, dass es selbst dem Kommissar ein unwillkürliches Lächeln in die Züge trieb. Dann sagte sie ernst, für sie seien die Bewohner der Station Menschen – mit Besonderheiten, wie bei allen anderen außerhalb der Klinik auch. Zugegeben, manchmal seien diese etwas speziell, skurril oder auch Scheu einflößend. Doch wenn man sich auf sie einlasse, könne man an ihrer Welt teilhaben. Das sei sehr schön.

Die Tür ging auf und ein junges Mädchen stand vor ihnen. »Das ist Steffi«, sagte Schwester Lena, »Steffi Walter.«

Die Eingetretene sah den Kommissar durchdringend an. »Heidi«, sagte sie und gab ihm die Hand.

»Sie ist erst zehn Jahre alt«, kam die Erklärung von der Schwester, »und wartet auf ihre Großmutter, die sie gleich abholt.« Damit schob sie die Patientin zur Tür hinaus. Steffi habe eine multiple Persönlichkeitsstörung, mit dieser Information verletze sie wohl nicht die ärztliche Schweigepflicht. »Ganz allgemein gesagt, bedeutet das, dass bei solchen Menschen Denken, Handeln, Erinnerung – also die Identität – so auseinanderfallen, dass sich verschiedene Ichs bildeten, die in der Regel nichts voneinander wüssten. Mit anderen Worten, es ist wie bei einer russischen Matroschka, der Puppe, in der mehrere kleine Exemplare stecken: Steffi hat mindestens drei Persönlichkeiten. Der Wechsel von einer in die andere geht manchmal so unvermittelt vor sich, dass man achtgeben muss, wen man gerade vor sich hat. Sie kann nämlich sogar böse werden, wenn man sie mit »Heidi« anspricht, sie aber gerade in der Haut von Oma Gertrud steckt.« Der Kommissar wolle doch schließlich auch nicht als »Peter Meier« tituliert werden, wenn er Ralf Wenke heiße.

Diesem gelang es nicht ganz, ernst dreinzublicken, aber er gab sich immerhin Mühe.

»Was sind die Ursachen einer solchen Krankheit?«, gab Emma ihre Zurückhaltung auf.

Die Erläuterung der Schwester, dass es häufig Traumatisierungen im Kindesalter wären, die als Auslöser wirken können, ließ alle Anwesenden nun tatsächlich zum Ernst zurückfinden.

Festerling stand am Fenster und schaute hinaus in den Garten mit seinen Blumenrabatten, Bänken und Hecken: »Ist es denkbar, dass Betroffene mit einer Persönlichkeitsspaltung etwas Schlimmes tun, das sie als Person Nummer zwei oder drei strikt ablehnen? Überspitzt ausgedrückt, könnten sie also mit ihrem einen Ich Täter und mit dem anderen Opfer sein?«

Das könne sie nicht beantworten, darüber müsse er mit einem Arzt sprechen, war die Reaktion. Aber dass jemand aus ihrer Station Ronny oder dem vermissten Kind etwas angetan haben sollte – denn darauf liefe die Frage doch hinaus –, könne sie sich beim besten Willen nicht vorstellen.

Emma lenkte das Gespräch auf die Beziehung Ronalds zu Mareike.

»Er hatte sie lieb«, sagte Schwester Lena schlicht.

Wenke wollte es nun doch genauer wissen: »Als was, als Schwester, als Freundin – als Mutter?«

»Alles zusammen, wenn ich ihn richtig verstanden habe«, lautete die Antwort.

»Also Liebe …«, sagte Emma leise vor sich hin und erntete von der jungen Krankenschwester einen anerkennenden Blick.

Den Assistenzarzt, Dr. Peter Vanderveit, trafen sie bei seinem Nachmittagskaffee an. Über das Verhältnis zwischen Ronald Bäumer und Erwin Almgren konnte er ihnen nichts sagen, was sie nicht schon von anderer Seite erfahren hatten: Zwischen beiden gab es oft genug Streit. Es ging dabei vor allem um die Bilder.

Der Kommissar bat um eine Einschätzung der Persönlichkeit des Patienten Ronald Bäumer, und zwar im Zusammenhang mit seiner Beziehung zu dem Kind Mareike Brandt.

Der Arzt, den man wegen seiner Jugendlichkeit noch für einen Studenten halten konnte, sah nachdenklich in seine

Kaffeetasse. Einen Einblick in die Krankenakte könne er natürlich nicht geben, aber generell schon etwas zu diesem Krankheitsbild sagen; »so gelagerte Fälle sind mit Depressionen verbunden – von leichter bis mittelschwerer Art, die in Schüben auftreten. Man gibt daher in letzterem Falle Antidepressiva, sogenannte SSRI, die dafür sorgen, dass der Botenstoff Serotonin nicht so schnell abgebaut wird, sondern möglichst lange im Gehirn erhalten bleibt und damit einen Zustand des Wohlbefindens erzeugt.« Er blickte auf; aber solche

medizinischen Ausführungen würden die Polizisten sicher nicht hören wollen, es ginge ihm nur darum, klarzumachen, dass alle diese Medikamente einen Suizid nicht verhindern könnten. Alle Studien hätten nachgewiesen, dass die Selbstmordrate durch sie nicht beeinflusst wird. Mit anderen Worten, Patienten, die ein Antidepressivum nehmen und solche, denen ein Placebo – also eine wirkungslose Tablette mit Traubenzucker beispielsweise – verabreicht wird, verübten gleich viele Selbstmorde. Es sei sogar so, dass bei Betroffenen bis zum Alter von fünfundzwanzig Jahren die Suizidgefahr noch steige, wenn mit SSRI behandelt würde.

Wenke unterbrach den Arzt: »Heißt das, diese Gefährdung gilt auch für Ronald Bäumer?«

»Durchaus«, war die knappe Antwort. Dr. Sagmo, in dessen Händen ja die Behandlung des jungen Mannes läge, hätte festgestellt, dass dem Patienten viel mehr als alle Pillen der Kontakt zu dem Mädchen, zu Mareike, helfe. Deswegen durfte sie auch zu ihm auf die Station kommen. Als sie vermisst gemeldet wurde, hatte sich sein Zustand drastisch verschlechtert.

Festerling schaltete sich ein: »Welchen Stellenwert hatte in diesem Zusammenhang sein kreatives Schaffen?«

Der Mediziner zögerte einen Augenblick: »Das war wohl so etwas wie ein Ventil, wenn der Druck in einer Krankheitsphase zu groß wurde.« Er sei zwar kein Experte auf dem Gebiet der psychiatrischen Ergotherapie, Frau Meister könne ihnen mehr sagen, aber dass das Kunst sei, was da entsteht, das sehe selbst er. Im Übrigen gehe die Erkrankung in manchen Fällen durchaus mit künstlerischer Begabung einher, wie van Gogh beispielsweise zeigte …

Wieder wurde er unterbrochen, diesmal von Emma: »Ronald signiert seine Werke oft mit einem Zeichen, das wie ein großes ›M‹ aussieht. Wie ist das einzuschätzen? Ist er sich bewusst, dass da etwas Besonderes entsteht oder ist das Spielerei für ihn?«

Dr. Vanderveits Antwort gab nun doch einigen Aufschluss über Erwin Almgren: Ronalds Schaffen wurde von diesem mit Missgunst verfolgt; es sei schwer zu sagen, was da mitspiele – Neid auf jeden Fall. Das betreffe auch das Verhältnis des Toten zu Mareike, hier könne man wohl von Eifersucht sprechen.

Der Kommissar sprach aus, was allen durch den Kopf ging: »Ist Erwin Almgren als gewalttätig einzuschätzen?«

Seine Persönlichkeit habe durchaus bizarre Züge, antwortete der Arzt, wozu auch seine etwas außergewöhnliche Kleidung passe, aber ein Gewaltausbruch … höchstens im Affekt. Für ein planvolles Vorgehen fehlten ihm im allgemeinen Weitsicht und Ausdauer – aber um auf Ronalds Signatur zurückzukommen: »Naheliegend ist doch, dass er das Geschaffene als Eigenes kenntlich machen wollte – auch gegenüber Erwin Almgren. Die Signatur selbst hat offensichtlich nichts mit seinem Namen zu tun; das Pseudonym steht möglicherweise für Mareike, denn sie war Teil seiner Persönlichkeit: die helle, lebensfrohe Seite zu der anderen dunklen. Möglich also, dass er immer weniger in der Lage war, sich von ihr zu distanzieren oder gar zu trennen. Als sie nicht mehr gekommen ist, muss das für ihn ein furchtbarer Einschnitt gewesen sein. Es hat eine ganze Weile gedauert, bis er wohl begriffen hatte, dass sie vermisst wurde.«

»Bei dieser engen Beziehung«, sagte Emma, »ist da nicht davon auszugehen, dass er etwas geahnt oder gar gewusst hat, als das Mädchen verschwand?«

Dr. Vanderveit zuckte die Schultern; ein Einblick in die Gedankenwelt seiner Patienten sei selbst mit den Mitteln heutiger Psychiatrie nur begrenzt möglich. Er sah auf die Uhr und brachte die Beamten zur Tür.

Der Kommissar drehte sich noch einmal um: »Ein Selbstmord liegt also durchaus im Bereich der Möglichkeiten?«

»Er ist nicht von vornherein auszuschließen«.

Auf ihrem Weg zur Cafeteria lief ihnen Birgitta Bäumer über den Weg. Wenke begrüßte sie zuvorkommend und fand ein paar Worte des Lobes über die Werke ihres Stiefsohnes Ronald.

Sie reagierte etwas pikiert, ein Künstler sei er wohl nicht; jedenfalls wären seine Arbeiten nicht zu vergleichen mit denen Thomas Johansons, dem aufgehenden Stern am Kunsthimmel von Hamburg. Im Übrigen wolle sie sich ganz offiziell bei dem Kommissar darüber beschweren, dass die Polizei einiges aus Ronalds Zimmer mitgenommen habe, Papiere wohl vor allem.

Festerling beruhigte sie, sie werde alles schnellstmöglich zurückerhalten.

Emma erhielt den Auftrag, noch einmal kurz bei Bruno Bunke vorbeizuschauen, die anderen beiden fuhren ins Kommissariat.

Sie begrüßte Bruno, wie er von allen genannt wurde, der gerade Werkzeug in sein Regal sortierte, und fragte nach dem am 3. August abhanden gekommenen Fahrrad.

Es sei nicht wieder aufgetaucht, erfuhr sie, aber er habe die Sache inzwischen geregelt; mit einem gewissen Verschleiß im Bestand sei immer zu rechnen …

So kamen sie ins Schwatzen über dies und das. In der neuesten Variante des Buschfunks heiße es, es spuke auf dem Gelände. Bruno kicherte vor sich hin: Die Physiotherapeutinnen seien wohl von ihren Patienten angesteckt worden. Jedenfalls tauchte zunächst ein Gerede von fehlenden Dingen in den Therapieräumen auf und nun solle sich ein Fremder hier rumtreiben – natürlich nur, wenn es dunkel genug ist; womöglich mit einem Messer unter der Jacke. Es werde immer verrückter – Paranoia sagen die Ärzte wohl dazu.

Emma amüsierte sich: »Ein völlig Fremder kann es ja wohl nicht sein, sonst wüsste er nicht, wo er unbehelligt herumgeistern kann.«

Bruno nickte. »Im Vertrauen«, sagte er, »manchmal verhält sich dieser Dr. Sagmo, der Charmeur vom Dienst, – er soll aktuell übrigens ein Verhältnis mit Schwester Lena haben – äußerst seltsam. Neulich hat er seinen Wagen auf dem Klinikparkplatz drei Mal umgestellt, damit er nicht in der Sonne steht. Sorgen hat der Mann …«

»Was fährt er denn?«, fragte Emma.

»Einen dunkelgrauen Audi«, erwiderte Bruno kopfschüttelnd. »… jedenfalls nehmen einige der Frauen bei Dunkelheit nicht mehr den Hintereingang, sondern nutzen lieber den offiziellen vorderen, was einen erheblichen Umweg zur Folge hat. Erst am Montag hat sich ein Unbekannter aber auch dort gezeigt, als er nach 22 Uhr versuchte, mit einem Schlüssel die Haupttür zu öffnen. Eine der Physiotherapeutinnen erzählt das jedenfalls; und die Nachtschwester, die ja allein in ihrem Zimmer sitzt, fühlt sich schon nicht mehr sicher. Na ja, Paranoia, wie gesagt …«

Bruno schloss den Fahrradverleih ab und führte Emma zum »Garten der Sinne«, einem im hinteren Teil des Klinikgeländes angelegten Bereich, für den er ebenfalls zuständig war. Dort wuchsen Zierpflanzen der unterschiedlichsten Art, von Blumen wie Taglilien und Frauenmantel bis zu Rosen; aber ebenso Kräuter mit intensivem Duft, so Rosmarin, Fenchel, Liebstöckel und natürlich Lavendel. Sie wurden zur psychosomatischen Rehabilitation von Patienten genutzt, die unter Ängsten, Depressionen oder Burnout litten. Gleich neben den sogenannten Duftbeeten stand ein kleines Gewächshaus mit einem Geräteschuppen. Dort waren einige Patienten mit dem Ernten von Kräutern, die sie zu kleinen Sträußen banden, beschäftigt und andere kümmerten sich um das Ausputzen und Hochbinden von Stauden, die unter dem Sturm gelitten hatten.

Bruno wurde von allen mit einem »Hallo« begrüßt. Zu seinem Erstaunen kam auch Dr. Sagmo kurz vorbei und sprach mit einigen von seinen »Gartenarbeitern«, wie er sagte.

Emma ging auf ihn zu: »Ich beschäftige mich nicht mit Pflanzen, sondern wie Sie mit Menschen, auch mit toten, aber wir kennen uns ja.«

Nach einem kurzen Moment der Irritation schien Dr. Sagmo im Bilde zu sein, wen er da vor sich hatte. Er sah sie mit charmantem Lächeln an: »So jung und so hübsch und mit so grässlichen Dingen beschäftigt. Wie sieht denn der aktuelle Ermittlungsstand zu dem Verunglückten aus?«

Emma setzte ihre Schulmädchenmiene auf und verwies auf ihren Pressesprecher. »Gegenfrage«, sagte sie. »Hat Ronald Bäumer auch in diesem Garten gearbeitet?«

Der Arzt sprach davon, dass sein Patient auch Bilder mit Blumenmotiven gemalt hätte, jedenfalls soweit er wüsste. Vor allem aber habe es ihm die Küstenlandschaft angetan. Viele seiner derartigen Tuschzeichnungen seien wie Porträts, wenn man darin zu lesen verstünde.

Emma ließ sich nicht anmerken, dass Dr. Sagmo sie missverstanden hatte und ganz selbstverständlich auf die künstlerischen Arbeiten Ronalds kam, während sie die Arbeit mit den Händen in der Erde meinte. »Haben Sie eine Erklärung für den Tod des jungen Mannes?«, fragte sie.

Ihr Gegenüber fuhr sich mit der Hand ins Haar.

›Eine Verlegenheitsgeste‹, ging es ihr durch den Kopf.

Sein Patient sei zu dieser Zeit in einem instabilen psychischen Zustand gewesen – einer seiner Krankheitsschübe. Aber dass gleich so etwas passieren würde, konnte niemand voraussehen. Er hielt seine Stimme in der Schwebe und blickte Emma fragend an.

Doch die ließ sich wiederum nicht dazu verleiten, zu erklären, was die Polizei unter seinem »so etwas« verstand. Unglücksfall, Selbsttötung oder Verbrechen – das war doch die Frage. »Und das Kind, zu dem Ronald engen Kontakt hatte, das kennen Sie doch?«

»Oberflächlich«, war die Antwort. Gegen den gelegentlichen Besuch von Mareike Brandt, so hieße sie wohl, habe er nichts einzuwenden gehabt, zumal sich sein Patient danach ausgeglichener zeigte.

Das nächste, was Emma auf der Zunge lag, unterdrückte sie – die Sache mit der Bekanntschaft zwischen Ronalds Vater, Per Bäumer, und dem von Mareike, Bengt Johanson, dazu nachzufragen, war Sache ihres Chefs.

Sie verabschiedete sich und beschloss, in der kleinen Gaststätte an der Strandpromenade noch etwas zu essen, denn ehe sie zu Hause war, dauerte es für ihren Abendbrot-Hunger zu lange. So trat sie über den Hauptausgang auf die Straße und lief auf dem vertrauten Waldweg zum Strandaufgang 14. Inzwischen begann es, unter dem noch dichten Blätterdach der Buchen und Eschen zu dämmern. Als sie an dem Spielplatz ankam, war das Licht fast ganz verschwunden. Er lag verlassen da; das Klettergerüst sah wie ein bizarres Unwesen aus; ›ein Dinosaurier aus ›Jurassic Park‹‹, ging es ihr durch den Sinn. Sie setzte sich für einen Moment auf eine der Bänke und dachte an den Tag zurück, an dem sie das erste Mal hier gewesen war, sowie an den Steinfund, die eigenartige Pyramide aus Steinen, bei ihrem zweiten Besuch. Den Zopfhalter mit der roten Blüte trug sie immer noch bei sich.

Nach kurzer Zeit schlug die Feuchtigkeit der Bank durch ihre Hose. So ging sie weiter, bis sie auf dem Strandweg angekommen war. Es zog sie ans Ufer; sie schaute in die unendliche Weite der spiegelglatten See, die immer noch ein wenig Helligkeit reflektierte. Wie unbegreiflich das alles war – ein Kind kann doch nicht so einfach verschwinden … Auch hier fragte sie sich: Unglücksfall oder Verbrechen? Nur Suizid schied in diesem Fall aus. Emma knüpfte fröstelnd die Jacke zu und machte sich auf der Strandpromenade in Richtung Seebrücke auf den Weg zur Gaststätte.

Als sie davor stand, seufzte sie enttäuscht auf: Offenbar hatte sich eine ganze Busladung von Touristen gerade hier niedergelassen, bevölkerte nun die Plätze und machte auch nicht den Eindruck, als ob sie in absehbarer Zeit wieder aufbrechen würde. So blieb nichts anderes übrig, als möglichst schnell wieder über den Waldweg zurück zur Straße zu gehen und mit dem Auto zum Abendbrot nach Hause zu fahren.

Der Weg lag nun völlig im Dunkeln. Sie musste aufpassen, wohin sie trat, denn überall ragten Wurzeln aus dem Boden. An dem kleinen Graben, über den die Brücke führte, angekommen, sah Emma im schummerigen Halbdunkel eine

Gestalt in einiger Entfernung am Ufer hocken. Sie blieb stehen und lauschte – doch es war nichts zu hören. Vermutlich wohl eine Sinnestäuschung in diesem unsicheren Licht, das Büsche und entwurzelte Bäume zu lebendigen Wesen werden ließ. Sie schüttelte den Kopf über solche irrlichternden Spukgestalten ihrer Fantasie und als sie im Weitergehen ein zweites Mal hinsah, war da auch nichts mehr – also wohl ein Tier, was sonst.

Emma tauchte wieder in den dichten Baumbestand ein und tastete sich in der Finsternis vorwärts; da hörte sie hinter sich Schritte. Sie blieb unwillkürlich stehen, kein Zweifel, hinter ihr lief jemand. Die Erinnerung an ihren nächtlichen »Waldspaziergang« neben dem Campingplatz war noch lebendig. So beschloss sie, sich diesmal mutiger zu zeigen und den Dingen auf den Grund zu gehen. Sie hockte sich hinter den Stamm einer dicken Eiche und wartete. Eine Weile lang blieb alles ruhig. Sie dachte schon, sie hätte sich getäuscht. Doch dann war das Geräusch wieder da, Tritte und ein leises Klirren. Die junge Frau ging wieder in Deckung und griff nach ihrer Waffe: ›Wie albern‹, dachte sie, ›mit einer Pistole auf Fuchsjagd? Ein Wolf wird es ja wohl nicht sein …‹

Es dauerte keine zehn Minuten, dann kam jemand vorbei, der etwas schob – ein Fahrrad war es wohl. Sie wollte sich schon zu erkennen geben, da fiel ihr auf, dass die Person die Fahrradlampe nicht eingeschaltet hatte – sie hätte doch auch beim Schieben ein wenig Licht geben können. Die Gestalt hatte merkwürdig verwachsen gewirkt. Dann wurde ihr klar, was es war: Sie hatte einen großen Rucksack auf dem

Rücken. Emma erhob sich und folgte ihr in sicherem Abstand. Sie atmete doch auf, als die Straße in Sicht kam und sah gerade noch, wie das Fahrrad auf das Gelände der Kurklinik einbog. Sie rannte los. Als sie im Spurt an der Parkplatzzufahrt angelangt war, konnte sie eben noch einen dunklen Wagen ausmachen, der davonfuhr. Wer am Steuer saß, vermochte die Kommissarin nur schemenhaft wahrzunehmen, denn im entscheidenden Moment wurde sie vom Scheinwerferlicht geblendet. Sie ging hinter das Haupthaus, wo die Fahrradständer neben dem Verleih angebracht waren, aber ob das Rad des Unbekannten unter den abgestellten Rädern war, konnte sie nicht sagen.

Zu Hause angekommen, wollte ihr das Abendbrot aber nicht schmecken. ›Zu lange mit leerem Magen rumgelaufen‹, sagte Emma sich. Doch es wurde nicht besser, sie fühlte sich nicht wohl, ohne sagen zu können, wie das Unwohlsein zu erklären war. Daher schickte sie Wenke eine SMS: Am nächsten Morgen wolle sie eventuell zum Arzt gehen und sich auf jeden Fall am Vormittag melden. Nachts saß sie in ihre Decke gehüllt auf ihrem Bett – mit einer dampfenden Tasse Tee an ihrer Seite und einem Bildband »Kunst der Romantik« vor sich. Nach dem Erlebnis mit dem Unbekannten wollte sie sich noch ein wenig mit etwas Schönem ablenken.

Beim Durchblättern blieb ihr Blick auf einem Gemälde haften: ›Caspar David Friedrich. Eismeer, 1823/24‹ stand darunter. Sie hatte schon einige der Bilder des Greifswalder Malers kennengelernt: im Pommerschen Landesmuseum und in der

Hamburger Kunsthalle, aber dieses hier sah sie zum ersten Mal. ›Die gewaltigen Eisschollen, die schräg aufgetürmt liegen und mit ihren scharfen Kanten in den Himmel weisen, wirken fast wie eine Kathedrale, nur von der Natur erbaut‹, dachte sie. ›Eine arktische Landschaft in endloser Weite; fern am Horizont thront ein riesiger Eisberg: Lebensfeindlich das Ganze und doch faszinierend schön in seiner bläulich-weißen Erhabenheit.‹ Dann erst erkannte Emma, dass rechts, fast schon am Bildrand, der Mast eines Segelschiffes aus dem Eis ragte, kaum noch sichtbar – erdrückt von den Eismassen; die Mannschaft ohne jede Hoffnung, irgendwann einmal gefunden zu werden. Das Schicksal der Männer stand ihr vor Augen: ›Wie lange mögen sie gekämpft haben, ehe ihnen klar wurde, dass es kein Entrinnen gab? Das Eis zerdrückte unweigerlich den Schiffsrumpf, jeden Tag ein Stück mehr. Wann ist der Tod gekommen – als die letzten Vorräte aufgebraucht waren oder schon vorher, als die unerbittliche Kälte sie in einen Schlaf schickte, von dem es kein Erwachen gab?‹ Emma musste sich geradezu wehren, um nicht von dieser abgrundtiefen Trostlosigkeit mitgenommen zu werden. Sie ließ sich leicht von Bildern ansprechen und es hatte eine Zeit während des Studiums gegeben, in der sie sich selbst an bildlicher Darstellung versuchte: In einem Malzirkel der Fachhochschule war sie mit Eifer bei der Sache gewesen; und mit genauso großem Mangel an Talent, war sie sich sicher. Geblieben war die Bereitschaft, sich auf die Bildwelt einzulassen. Bilder erzählen Geschichten, wusste sie, und wenn es so grauenhafte sind wie diese hier, ließen sie den Betrachter so schnell nicht los.

Sie versuchte weiterzublättern und kehrte doch wieder zu dieser Seite des Bandes zurück. ›Die Unglücklichen sind nicht einfach mit ihrem Schiff gesunken und in der unermesslichen Tiefe geblieben, sondern ihre Körper wurden vom Frost gewissermaßen konserviert – das bedeutet, sie konnten nicht mehr zurückfinden in den ewigen Kreislauf des Lebens. ›Nicht zurück zu Gott‹, hätte Caspar David Friedrich vielleicht zu seiner Zeit gesagt. Oder doch? War der aus den Eismassen ragende Mast ein Kreuz als Zeichen göttlicher Gnade?‹ Emma war nicht gläubig und solche Gedanken kamen ihr selten; sie passten nicht zu ihrer lebensfrohen Natur.

Sie trank einen Schluck heißen Tee, um die in ihrer Fantasie festsitzende Kälte loszuwerden. Aber das Gefühl blieb; da merkte sie, dass sie Schüttelfrost hatte.

Nachts wachte sie schweißgebadet von einem scheußlichen Traum auf: Sie hatte jemanden zur Boje Rote Anna schwimmen sehen. Plötzlich war die Person untergegangen und sie sah ihn immer tiefer sinken. Tief unten, wo es schon dämmrig war, wandte sie ihr das Gesicht zu; es war die kleine Mareike. Emma versuchte, laut um Hilfe zu rufen, aber es ging einfach nicht – der Schrei blieb in der Kehle stecken. Und dann wusste sie auch, warum: Sie war selbst unter Wasser geraten.

Donnerstag, 18. August

Am Vormittag saß die SOKO »Mareike« zur Besprechung in Wenkes Büro beisammen. Nur Emma fehlte. Wenke hielt das Gutachten der KTU zum Betonklotz in den Händen und brachte die wichtigsten Passagen zu Gehör: »›Bei dem im Einsatzgebiet des Saugbaggers gehobenem Teil handelt es sich‹, wie vermutet, ›um den Fuß eines Sonnenschirms handelsüblicher Bauart‹, und zwar für einen ziemlich großen Schirm, wie der Metallstutzen erkennen lässt. Er kann also von der Terrasse einer Gaststätte stammen, aber auch Privatleute haben solche Schirme in Besitz. Die um das Teil geschlungene Metallkette ist an dem Metallstutzen mit einem kräftigen Schloss zusammengehalten und ein paar Kettenglieder hängen daran. ›Es ist mit an Sicherheit grenzender Wahrscheinlichkeit davon auszugehen, dass die Schürfwunden am Bein des Torsos von der Kette herrühren‹, haben die Rechtsmediziner bestätigt. Somit ist hinreichend belegt, dass der Leichnam mit Hilfe dieses Betonteils auf dem Meeresboden festgehalten worden war. Warum die Kette gerissen ist, kann im Nachhinein nicht mehr eindeutig festgestellt werden; möglicherweise ist dies durch die starke Saugwirkung verursacht worden, aber auch anderes ist denkbar, wie zum Beispiel ein schadhaftes Kettenglied.

Zur Herkunft: Solche Metallketten werden zum Festmachen von größeren Booten, aber auch allgemein in Lagerhallen diverser Betriebe benutzt.« Wenke nahm den Schlussabsatz in den Blick: »Ohne den Baggereinsatz wäre die Extremität des toten Körpers mit hoher Wahrscheinlichkeit nie wieder ans Tageslicht gekommen.«

Der Kommissar wurde durch das Telefon unterbrochen. »Danke«, sagte er. »Das waren die Kollegen von der Küstenwache. Der Fischer Kai-Uwe Frenks hat den Verlust eines Ruderkahns gemeldet. Wir werden ihn umgehend aufsuchen.«

Jensen kommentierte das Gutachten: »Der Arzt, dieser Dr. Vanderveit, hat zwar davon gesprochen, dass Ronald Bäumer suizidgefährdet war. Die Rechtsmedizin geht davon aus, dass der Tod bei der Versenkungsaktion eingetreten ist, aber das sagt natürlich noch nichts über den Hergang aus. Aber egal, ob Selbstmord oder ob eine Fremdeinwirkung vorliegt, wir haben mit dem Sonnenschirmfuß und der Kette nun möglicherweise auch das Boot als Transportmittel.«

Eine Weile herrschte Schweigen in der Runde; unter den dreien hatte jeder so seine eigene Version des Tathergangs.

Wenke hatte schließlich das Schlusswort: »Wir sollten noch in eine ganz andere Richtung ermitteln, die wir bisher strikt ausgeklammert haben. Was ist mit Bengt Johanson beziehungsweise mit der Verbindung zwischen ihm und Per Bäumer, Ronalds Vater?«

Festerling nickte – ein deutliches Zeichen seiner unbedingten Zustimmung.

Als die drei in Graal-Müritz vor dem Haus des Fischers anhielten, goss es wieder einmal in Strömen. Der kleine

Gastraum des Fischrestaurants Zur Boje verströmte eine behagliche Atmosphäre, und so konnten ihre nassen Mäntel etwas abtrocknen. Torben Frenks sowie sein Vater gesellten sich dazu. Wenke fragte nach dem Boot.

Der junge Mann kam sofort auf den Punkt: »Der Liegeplatz des Ruderkahns war an einer Steganlage, die zum Campingplatz gehört. Wir verleihen ihn manchmal an Angeltouristen; ein Entgegenkommen des Platzwartes – man kennt sich eben. Dass der Kahn nicht an seinem Platz lag, hat dort niemanden verwundert. Man ist davon ausgegangen, dass ein paar Angler damit unterwegs sind. Uns selbst ist der Verlust erst aufgefallen, als das Boot mit dem Fischkutter abgeholt werden sollte, um im Bootsschuppen untergestellt zu werden, denn wir hatten vor, es durch ein neues zu ersetzen.«

Der alte Frenks erkundigte sich nach Mareike und war sichtlich berührt, dass die Kriminalisten bisher mit keinem handfesten Ergebnis aufwarten konnten. Das Schicksal von Ronald Bäumer dagegen schien ihn kalt zu lassen. »Dieser Verrückte«, sagte er, »was hatte der denn mit dem Mädchen zu schaffen?«

»Wo befinden sich die Schlüssel?«, wollte Jensen wissen.

»Die hängen normalerweise an einem Haken am Tresen«, war die Antwort. Frenks zeigte in Richtung des Ausschanks.

Der Kommissar bat Torben Frenks in der kommenden Woche ins Kommissariat; er solle sich die sichergestellten Kettenrelikte ansehen.

Doch dieser willigte ein, noch am selben Tag mitzukommen, da er nach den stürmischen Tagen nun endlich wieder »auf der Ostsee Geld verdienen« müsse.

Wenke war einverstanden. Sie fuhren ins Rostocker Kommissariat und gingen gemeinsam zur Asservatenkammer, in der das Fundstück lagerte. Der Fischer sah sich den Fuß des Schirmes an und ließ die Kette durch die Hand gleiten. Dann griff er in seine Tasche und holte einen Schlüssel heraus. »Passt«, sagte er, als er das daran befestigte Schloss öffnete, »die Kette gehört zu unserem Kahn.«

Der Kommissar wollte wissen, warum ihnen der fehlende Schlüssel nicht schon längst aufgefallen war.

»Viel zu tun, bisher war alles ohne Probleme gelaufen.« Außerdem sei das Boot schon ziemlich alt und schließlich kein Wertobjekt.

Festerling kam dazu, mit einer Seekarte in der Hand. Er zeigte auf die Steganlage des Campingplatzes. »Ist es denkbar, dass das Boot von hier zum Wasserwanderrastplatz abgetrieben ist?«

Der Fischer blickte skeptisch: »Bei entsprechenden Windverhältnissen möglich, aber nicht wahrscheinlich. Die Strömung verläuft nicht in diese Richtung.«

Festerlings Zeigefinger fuhr auf der Karte zum Strandabschnitt der Aufspülung und machte ungefähr auf der Position des Saugbaggers Halt: »Und von hier zum Wasserwanderrastplatz?«

»Das Boot wäre dann mit der Strömung getrieben.« Und nach einigem Nachdenken ergänzte er: »Käme noch der Wind aus dieser Richtung zu Hilfe, muss das nicht einmal lange gedauert haben, drei oder vier Tage vielleicht.« Torben Frenks unterschrieb das Protokoll und ging.

Jensen nahm ein Blatt Papier: »Das Boot befand sich also zunächst am Steg des Campingplatzes. Von dort ist es in die Nähe des späteren Standortes des Saugbaggers gerudert worden, um von da bis zum Wasserwanderrastplatz abzutreiben. Der es verwendet hat, besaß den Schlüssel.«

»Oder auch nicht«, widersprach Wenke. »Solche simplen Schlösser aus dem Supermarkt sind keineswegs sicher, sondern mit ein wenig Herumprobieren auch ohne den passenden Schlüssel zu öffnen. Das offene Schloss muss man dann einfach wieder zusammendrücken, damit es schließt.«

»Wohl einschlägige Erfahrungen, womöglich als Wiederholungstäter?«, grinste Festerling.

Gegen Mittag fühlte sich Emma wieder im Stande, zu arbeiten. Als sie ihren vor dem Haus parkenden Wagen starten wollte, fand sie unter den Scheibenwischer geklemmt eine blaue Aster, die durch einen Zettel gesteckt war: ›Gute Besserung. R. W.‹, mit dem Datum von gestern. Sie musste lächeln: ›Warum hat er denn nach Dienstschluss nicht einfach geklingelt?‹, dachte sie.

Die Ermittler setzten sich in Wenkes Büro, der die Runde mit der Mitteilung eröffnete, dass Anna Hegebrecht sich gemeldet hätte. Auf ihr Drängen hin sei Wiebke Brandt wieder in der gemeinsamen Wohnung, vorläufig wenigstens. Die Polizei solle sich um Jürgen Brandt kümmern, der ihr ständig auflauere. Festerling, Emma und er selbst wohnten ja in der Hansestadt Rostock, daher wollten sie noch heute der Sache vor Ort nachgehen. Jensen sollte im Kommissariat die Stellung halten.

Die beiden der SOKO zugeordneten Kollegen waren überraschend wegen eines schwierigen Falles in ihrem Dezernat wieder abgezogen worden, sodass sie nicht mehr zu Jürgen Brandt recherchieren konnten, dessen Lebensgewohnheiten sie stichprobenweise überprüfen sollten. Es war keine Zeit zu verlieren. Der Kommissar fasste die bisherigen Ermittlungsergebnisse kurz zusammen: »Die beiden Fälle verbinden auffällige Gemeinsamkeiten; das waren zum einen die ungewöhnliche Freundschaft zwischen den beiden Opfern und zum anderen die Bekanntschaft ihrer beider Väter. Auch wenn davon auszugehen ist, dass Bengt Johanson seine Tochter niemals kennengelernt hatte und Per Bäumer als Kapitän wenig Möglichkeiten besaß, sich um seinen Sohn persönlich zu kümmern, so kann man diese Beziehungen doch nicht völlig vernachlässigen. Bisher sind wir zwar von zwei Fällen ausgegangen, doch die Zeichen mehren sich, dass die beiden zusammenhängen.«

Festerling ließ sich hören. »Vielleicht ist das aber auch nur Wunschdenken«, meinte er, »denn in den Recherchen zu dem vermissten Kind haben wir nach wie vor wenig Konkretes vorzuweisen.«

Emma gab ihm im Stillen recht, allerdings nur vom Kopf her, ihr Bauchgefühl sagte ihr etwas Anderes.

Jensen ging es offenbar ähnlich wie Festerling, denn er sprach seine »Bauchschmerzen« aus: »Die Tatsache, dass das Kind jetzt beinahe drei Wochen spurlos verschwunden ist, spricht dafür, dass es nicht mehr am Leben ist – nach der Statistik der Vermisstenfälle von Kindern jedenfalls. Sollte dies anders sein, so käme nur noch eine Entführung in Betracht.«

»Und wenn es demjenigen nicht um Erpressung geht, sondern darum, das Mädchen bei sich zu haben, dann hätte er allen Grund, nichts von sich hören zu lassen«, warf Emma ein. »Um eine Geldforderung kann es bei den Verhältnissen der Mutter ohnehin nicht gehen.« Ihr ging Jürgen Brandt durch den Kopf, der wollte, dass Wiebke zu ihm zurückkehrte; aber soweit hatten sie schon einmal gedacht und diese Möglichkeit schließlich verworfen.

Die drei hatten sich zu 15 Uhr angekündigt und standen pünktlich vor der Tür. Wiebke Brandt öffnete und führte sie in das gemeinsame Wohnzimmer. Anna Hegebrecht kam mit Kaffeetassen aus der Küche und setzte sich zu ihnen.

Der Kommissar sah die Mutter Mareikes an, die sichtlich abgemagert war. »Erzählen Sie!«, forderte er sie auf.

Sie begann mit leiser, unsicherer Stimme: Ihr geschiedener Mann versuche, sie ständig zu treffen. Wohin sie auch ginge, ständig laufe er ihr über den Weg; ob im Supermarkt oder auf dem Weg zum Friseur. Er hatte sich sogar ins Sprechzimmer gesetzt, als sie neulich beim Arzt war. Doch darum ginge es nicht, das seien Belästigungen, nichts mehr. Doch als sie vor ein paar Tagen nach Hause kam, hätte sie den Eindruck gehabt, dass jemand in ihrem und Mareikes Zimmer gewesen wäre. In der Annahme, das sei Anna gewesen – obwohl das unter ihnen nicht üblich war – hätte sie der Sache keine große Bedeutung beigemessen. Als das aber wieder passiert sei, habe sie etwas zu ihrer Freundin gesagt. Dabei stellte sich heraus, dass sie in ihrer Abwesenheit die Zimmer nicht betreten hatte. Nun aufmerksam geworden, wurde auch Anna das Gefühl nicht los, dass sie ebenfalls Besuch bekommen hatte.

»Worauf gründet sich denn der Verdacht?«, schaltete sich Wenke ein.

»Meine Schranktür stand einen Spalt breit offen, zwei Bücher lagen in falschen Regalen und eine Vase war verstellt worden.«

Wiebke Brandt ergänzte: »Bei mir hat sich derjenige sogar für mein Bett interessiert.« Sie hinterlasse es immer aufgeschlagen, doch als sie in die Wohnung zurückkam, war es gemacht! Besonders aber in Mareikes Zimmer war einiges verändert worden. Der große Teddy saß am Bettende statt auf dem Kopfkissen, Schreibzeug war aus der Schublade genommen und auf den Schreibtisch gelegt worden und im Regal waren die Bücher auf seltsame Weise gewandert.

Sie gingen in das Zimmer des Mädchens. »Fehlt etwas?«, fragte Festerling.

Brandt schüttelte den Kopf. Bei ihren eigenen Sachen war sie zunächst davon ausgegangen, dass sie sich auch täuschen könne, denn sie sei in ärztlicher Behandlung wegen ihres schlechten nervlichen Zustands. Aber was Mareikes Zimmer anginge, so hätte sie darin nichts mehr verändert seit deren Verschwinden – und die Tränen traten ihr in die Augen.

Emma war an das Regal herangetreten und blickte von der Seite auf die Bücherreihe. Die Bände standen nicht ganz in einer Linie und an einer Stelle war ein Buch schräg gekippt. »Gab es die Lücke schon immer?«, fragte sie.

Frau Brandt sah überrascht auf und griff in die Stelle. »Hier hat ein großer Bildband gestanden«, sagte sie tonlos. »Und das ist mir gar nicht aufgefallen, oh mein Gott …«

»Und der Titel?«, riss Emma Wiebke Brandt aus ihrer Versunkenheit.

»Irgendetwas über Steine …« Genau könne sie sich nicht erinnern, Abbildungen von Versteinerungen und Ähnliches, Fotos vom Strand. Das Buch hätte Mareike für ihr gutes Zeugnis am Ende des ersten Schuljahres bekommen.

»Das Geschenk ihres geschiedenen Mannes?«, vermutete Festerling.

Doch Emma schüttelte den Kopf: »Das Geburtstagsgeschenk Jürgen Brandts ist in Mareikes Graal-Müritzer Zimmer aufgefunden worden.«

Der Kommissar wollte die Größe des Bandes erfahren. Wiebke Brandt zeigte auf ein DIN-A4-Blatt. »Ein bisschen breiter«, sagte sie. »Warum nur hat er dieses Buch mitgenommen?« Sie sah die Polizisten hilflos an.

»Wegen seines Inhalts«, erwiderte Festerling trocken.

Auf einen Wink von Anna Hegebrecht hin nahmen sie wieder im Wohnzimmer Platz – das Kinderzimmer des vermissten Mädchens war für die Mutter schwer zu ertragen. Die Aufmerksamkeit richtete sich wieder auf den geschiedenen Ehemann. Außer den Nachstellungen gab es keine

Annäherungsversuche, keine verbalen, auch keine Briefe. Einen Wohnungsschlüssel hatte er auch nicht im Besitz.

Da fiel dem Kommissar etwas ein: Er bat Frau Brandt, im Kleiderschrank Mareikes nachzusehen, ob das eigenartige Porträt noch unter ihren Sachen lag.

Sie erhob sich schwerfällig und kam kurz darauf aschfahl zurück: »Da ist nichts.«

»Wir arbeiten mit Hochdruck«, versicherte ihr Hauptkommissar Wenke. Sie verabschiedeten sich an der Wohnungstür, nachdem sie angekündigt hatten, dass die Spurensicherung morgen kommen und das Schloss untersuchen werde; das Gleiche galt für das Kinderzimmer, das Wenke provisorisch versiegelt hatte.

Jürgen Brandt trafen sie zu Hause beim Aufräumen an. Er war offensichtlich noch nicht ganz fertig geworden, denn er stellte den Staubsauger ab, als sie in der Tür standen. Es war eine Zweiraumwohnung, deren Wohnzimmer von einer voluminösen Sitzecke und einer ramponierten Schrankwand beherrscht wurde. Alle freien Wandflächen waren mit Bildern vollgepflastert. In unterschiedlichen Formaten zeigten sie Landschaften, von schneebedeckten Alpen bis zu Strandmotiven.

»Sie sind Naturfreund?«, ließ sich Wenke hören, »und Kunstliebhaber dazu.« Er zeigte auf ein Aquarell, auf dem ein Sandstrand zu sehen war.

»Das habe ich von Mareike bekommen. Sie hat es mir mitgegeben, als ich am 24. Juli in Graal-Müritz war. Nachdem ich ihr das Buch über die Steine in die Hand gedrückt hatte, ist sie schnell auf ihr Zimmer gelaufen und hat es rausgeholt.«

Es war nicht schwer, unter all diesem Tand das Ronalds Bild zu entdecken. Brandt zog seinen Pullover zurecht, der trotz seiner Weite nicht den Bierbauch verbergen konnte. »Ist Mareike wieder zu Hause?«, fragte er.

Der Kommissar sah ihn unbewegt an. »Warum stellen Sie Wiebke Brandt nach?«

»Weil ich wissen will, was los ist, aber sie redet ja nicht mit mir. Und der Polizei kann ich ja wohl als geschiedener Ehemann und ›Nicht-Vater‹ damit nicht kommen.« Ein gewisser Trotz machte sich in seinen Zügen breit und gab dem Gesicht etwas Infantiles.

»Waren Sie in Frau Brandts Wohnung, haben Sie diese in ihrer Abwesenheit betreten?« Festerling hielt ihm seine rechte Hand entgegen: »Fingerabdrücke sprechen eine deutliche Sprache.«

Jetzt richtete sich der Befragte steif auf; er ging sichtlich in eine Verteidigungshaltung über. Sie könnten suchen, so viel sie wollten, sie würden keine finden. Um zu erfahren, ob Mareike in der Wohnung wäre, hätte er sie nur morgens auf dem Weg zur Schule abpassen müssen. Aber von dem Mädchen war nichts zu sehen. Da müssten sie schon bei diesem Tom nachschauen.

Die Ermittler blickten sich erstaunt an.

»Na, Wiebkes Neuer, den Mareike schon Onkel nennt …«

Wenke fragte nach dessen Adresse, doch Jürgen Brandt hob die Schultern und sackte wieder in sich zusammen. Er habe ihn noch nie zu Gesicht bekommen und wisse auch sonst nichts weiter.

Emma kam auf die Steine zu sprechen, und zwar die zu einer Pyramide aufgeschichteten.

Dazu wusste der Stiefvater etwas zu sagen: Mareike habe ihm einmal erzählt, das sei ein Haus. Es habe keine Fenster, damit es drinnen immer warm bliebe, warm und dunkel wie bei ihrer Oma in Graal-Müritz, wenn sie die Rollos an den Fenstern herunterlässt. Nur sie und dieser junge Mann aus der Kurklinik wohnten darin. Das sei ihm etwas sehr fantasievoll vorgekommen und er habe Mareike widersprochen. Das Haus sei doch viel zu klein – oder aber sie beide viel zu groß. »Doch da hat sie davon erzählt, dass dieser Ronni auch ein richtiges Haus hat, ein sehr großes sogar.« Weil es so schwer gewesen wäre, das Kind aus seiner Fantasiewelt herauszuholen, hatte er ihr eben das Buch über die Versteinerungen geschenkt – in der Hoffnung, dieses wissenschaftliche Gegenstück würde sie akzeptieren.

Emma trat an das Aquarell, sah Wenke an und bat darum, es sich kurzzeitig ausleihen zu dürfen.

Der Kommissar ermahnte Jürgen Brandt noch einmal eindringlich, seiner geschiedenen Frau künftig nicht mehr lästig zu werden. Stalken sei ein ernst zu nehmendes Delikt und werde entsprechend geahndet.

Als sich die Tür hinter den Polizisten geschlossen hatte, ließ sich der Mann erleichtert auf die Couch fallen: »Gut gemacht, Jürgen!«, sagte er laut.

Ins Kommissariat zurückgekehrt, nahm Emma das Bild vorsichtig aus dem Rahmen. Das Aquarell zeigte einen Strand mit einer Buhnenreihe. Das Licht kam schräg von der Seite und ein großer Findling im Spülsaum warf einen dunklen Schatten. Wo mochte das sein? Sie legte das Blatt auf den Tisch, ging in die kleine Küche und kam mit einem Pott Tee zurück. Sie blickte jetzt von einer anderen Seite auf das Bild. Plötzlich sah sie, dass es – auf den Kopf gestellt – etwas ganz anderes zu erkennen gab: Der graugrüne Schatten des Steins sah aus wie ein Eingang, die Buhnenreihe war eine Begrenzung – ein Zaun; und der gelbe Sand mit seinen Linien zeigte sich aus dieser Perspektive als Mauerwerk mit Rissen, über dem ein Stück blauer Himmel zu sehen war. Auf diese Weise konnte das Blau Wasser oder Himmel sein; sie war sich unschlüssig, was wohl gemeint war. Emma hielt das Aquarell unter die Schreibtischlampe. Und nun erkannte sie es: Auf der gelblichen Mauer befand sich rechts neben dem Eingang ein Zeichen: eine auf der Seite liegende Acht! Sie musste an ihr eigenmächtiges Eindringen bei ihrem Bunkerabenteuer denken. Und unwillkürlich überkam sie ein Frösteln.

Freitag, 19. August –
Drei Wochen nach Mareikes Verschwinden

Im Kommissariat erregte ihre Entdeckung am nächsten Tag Aufsehen. »Man sieht eben nur, was man kennt«, kommentierte Jensen die Sachlage. Er ging zum Aktenschrank in Wenkes Dienstzimmer und holte das von Luise Meister so bezeichnete Linienbild herbei. Die Ermittler drehten und wendeten die Zeichnung in alle Richtungen, aber nichts passierte. Es blieben kreuz und quer verlaufende Striche.

Ein Kollege von der KTU kam ins Zimmer, um die Untersuchungsergebnisse aus Wiebke Brandts Wohnung auszuhändigen.

»Was, glauben Sie, ist das?«, fragte ihn Wenke.

Der bei seiner Arbeit häufig mit Deutungen von polizeilichen Fotografien sowie der Identifizierung unbekannter Objekte und Ähnlichem beschäftigte Beamte warf einen kurzen Blick auf das Gewirr der Striche und sagte: »Eine Wegbeschreibung.«

Alle sahen ihn sprachlos an. Völlig perplex sagte Wenke: »Wie das?«

Der Finger des Kollegen wies auf einen dicken schwarzen Punkt: »Wenn man das hier als Ausgangsort versteht, dann geben die Linien einen Weg an, der ein Stück geradeaus geht, dann nach rechts abbiegt, hier nach links und so fort, bis er schließlich rechts oben ankommt, wo sich zwei kurze Striche kreuzen; als Markierung des Zielortes. Diese Deutung setzt voraus, dass derjenige sich wie beim ›Mensch ärgere dich nicht!‹ auf dem Weg voran bewegt und seine Blickrichtung also stets nach vorn gerichtet ist. Dann ist das Rechts und Links eindeutig; vielleicht kann er nicht lesen, sodass Straßenschilder funktionslos für die Orientierung sind. – Als unsere Tochter in die Schule kam, haben wir ihr auf diese Art und Weise den Schulweg aufgemalt«, fügte er einen Augenblick später hinzu – in die schweigende Runde der Ermittler.

Festerling hatte als erster seine Sprache wiedergefunden: »Ich drucke den Plan mit dem Straßenverzeichnis von Graal-Müritz aus«, sagte er vor seinen Computer gebeugt. Er legte ihn auf den Tisch, nahm den Punkt als Klinik an und fuhr mit dem Stift die Straßen nach. Zu ihrer aller Erstaunen führte die Wegbeschreibung nur ein paar Straßen weiter. Das Kreuz befand sich ungefähr vor einem Haus in der Schillerstraße 4. Dann machte Festerling die Gegenprobe und ging von dort mit dem Finger zur Klinik; und auch in umgekehrter Richtung ergab das Ganze einen Sinn, es ließ sich mit der Straßenführung in Übereinstimmung bringen.

Sie stiegen zu viert in ihren Dienstwagen und waren in gut einer halben Stunde, aufgehalten von zahlreichen Erntefahrzeugen, in Graal-Müritz an der Klinik. Wenke hielt den Ortsplan auf den Knien und dirigierte Festerling am Steuer, bis sie in der Schillerstraße angekommen waren. Sie stiegen aus und liefen zum Haus mit der Nummer 4. Es war ein zweistöckiges Gebäude, das in einer ruhigen Gegend stand. Ein Schild neben der Gartentür mit der Aufschrift ›Physiotherapie Walter. Eingang über den Hof‹ fiel ins Auge. Sie stiegen aus und liefen über eine Einfahrt, die zu einem kleinen

Parkplatz vor dem Gebäude führte. Einige wenige Fahrzeuge waren dort abgestellt. Sie standen vor der Eingangstür und wollten klingeln, da sahen sie es: Rechts daneben war eine Reihe Fahrradständer angebracht, an denen ein einzelnes Trekkingbike angeschlossen war. Jensen drückte entschlossen auf den Knopf, die Tür summte und die Treppe in den ersten Stock führte in die Praxis von Harry Walter.

Wenke erkundigte sich nach einem Patienten namens Ronald Bäumer, doch er erntete Kopfschütteln. Ein Irrtum war ausgeschlossen, wie sich aus den Unterlagen im Computer erkennen ließ; ein Ronald Bäumer war noch nie hier in Behandlung gewesen.

Festerling holte das Foto von Mareike hervor: »Und dieses Mädchen?«, fragte er.

In Harry Walters Stimme lag ein wenig Entrüstung, als er antwortete: »Dann hätte ich mich doch längst gemeldet, ich weiß doch von der Suche nach der Vermissten. Ihr Bild hängt ja an mehreren Geschäften und der Post im Zentrum aus.«

»Das Herrenfahrrad in den Ständern der Praxis, zu welchem Patienten gehört es?«, zeigte der Kommissar aus dem Fenster.

Die Antwort war nicht wirklich eine Überraschung: »Das ist eine merkwürdige Sache; es steht schon seit Ende Juli dort und bisher scheint es von niemandem vermisst worden zu sein.«

Wenke telefonierte mit der Bereitschaftspolizei und ordnete dessen Abholung an. »Das Rad ist beschlagnahmt«, sagte er zu Walter, »rühren Sie es nicht an und verändern Sie auch nichts an den Fahrradständern.«

Sie verabschiedeten sich, nachdem geklärt war, dass der Physiotherapeut den Fahrer des Rades nie gesehen hatte.

In der kurzen Mittagspause an einer Imbissbude direkt an der Promenade hatte Wenke ein paar Minuten, setzte sich auf eine Bank, während die Kollegen Fischbrötchen und Getränke orderten und ließ seinen Blick von dieser Position über die Küstenlinie gleiten. Die Sonne stand am wolkenlosen Himmel, aber es war zu kühl für einen Hochsommertag, sodass man den Eindruck gewinnen konnte, bereits den herannahenden Herbst zu spüren: Es schien, als fehlte es ihr an Leben spendender Kraft. Wenke ließ seine Gedanken zu Ronald Bäumer wandern: ›Auch er hatte keine Lebenskraft und war allem schutzlos ausgeliefert. Diesem Erwin Almgren, der ihn mit seinen Eifersüchteleien als Künstler bedrängte und zu manipulieren suchte, den Ärzten, Schwestern, Therapeuten, seinem Vater und vor allem dessen zweiter Frau. Aber dann steht da eines Tages dieses Mädchen vor ihm, noch völlig Kind, und nimmt ihn wie selbstverständlich ernst. Er fühlt sich angenommen – vielleicht zum ersten Mal in seinem Leben.‹ Wenke fuhr sich mit der Linken über das Kinn: ›Nein, nicht zum ersten Mal; da gibt es diese Luise Meister, eine lebenserfahrene Frau, bei der er Bestätigung als Künstler gefunden hatte. War von ihrer Seite da mehr im Spiel als die Verbundenheit mit einem Gleichgesinnten? Stand Mareike im Wege? Die Therapeutin hat die Strichzeichnung als sogenanntes Linienbild gedeutet – konnte sie es nicht besser wissen bei der engen Beziehung zu dem jungen Mann und der intimen Kenntnis seines künstlerischen Schaffens?‹ Der Kommissar wischte sich über die Augen, als müsse er einen hartnäckigen Gedanken bannen. ›Und dann ist da noch Schwester Lena; in ihr hatte Ronald eine Verbündete, weil sie ihn nahm, wie er war und damit Mareike glich in ihrer ungekünstelten Anteilnahme.‹ Plötzlich stieß ihn Festerling, zwei Pappteller balancierend, leicht an der Schulter an und holte ihn so aus seiner Gedankenwelt.

Am frühen Nachmittag war das Fahrrad in die Kurklinik gebracht worden und Bruno Bunke bestätigte, dass es das vermisste aus seinem Bestand war; die Spurensicherung hatte außerdem Fingerabdrücke von Ronald nachweisen können. Wenke und seine Leute besprachen das weitere Vorgehen: Die Spur des Toten gab sich ein Stück weit zu erkennen; er hatte sich am 30. Juli das Rad ohne Brunos Wissen aus dem Verleih geholt, um damit vermutlich auf die Suche nach Mareike zu gehen. Da er es auf dem Gelände der Kurklinik nicht lassen konnte, hatte er es im Hof von Harry Walter abgestellt und war wahrscheinlich zu Fuß zurückgekehrt. Das letzte Mal war er am 4. beim Frühstück gesehen worden. Möglich also, dass er an diesem Vormittag zur Physiotherapie gelaufen war und von dort damit losradelte. Auf diese Weise lag es jedenfalls im Bereich der Möglichkeiten, zum Campingplatz – den Fahrradverleih eingeschlossen –, dem Wasserwanderrastplatz und dem Strand der Aufspülung zu kommen, wo die Staffelei gefunden worden war.

»Und zum Bunker«, ergänzte Emma.

»Und zum Bunker«, wiederholte Festerling nickend.

Etwas anderes gab aber Rätsel auf: Im Gutachten der KTU stand, dass Wiebke Brandts Wohnungstür mit einem Dietrich geöffnet worden war. Die beiden Frauen hatten sich also nicht getäuscht. Doch wer sollte ein Interesse haben, dort einzusteigen; und dann nur den Bildband mitnehmen. Das abhanden gekommene Porträt hatte sich ja wieder angefunden.

»Jürgen Brandt«, mutmaßte Jensen. Doch warum er das hätte tun sollen, blieb im Dunkeln.

Bengt Johanson, der seit einem Jahr bei AIDA-Cruises beschäftigt war, hatte die Nachricht, dass ihn die Polizei sprechen wolle, im Hafen von Stockholm erreicht. Da er seinen Urlaub ohnehin in Deutschland verbringen wollte, war das kein Problem. Sein Flugzeug landete in Berlin, von dort ging es per Leihwagen nach Hamburg – mit einem Zwischenstopp in Rostock. Er meldete sich wie verabredet im Kommissariat. Natürlich hatte man ihm amtlicherseits den Grund für die Aufforderung mitgeteilt.

Er machte keinen Hehl daraus, dass ihm das Schicksal seiner unehelichen Tochter nicht sonderlich naheging. Jedenfalls nur soweit, wie ihn als Arzt das Leiden eines jeden Menschen berührte. Dr. Johanson war ein angenehmer Gesprächspartner; seine Kleidung war von lässiger Eleganz und passte zu seinem jugendlich wirkenden Aussehen.

›Ausgesprochen kultiviert‹, ging es Emma Baader durch den Kopf.

Er bestätigte zunächst die Angaben Wiebke Brandts: Er habe eine kurzzeitige Affäre mit Wiebke, damals Vesper, gehabt. Als sie schwanger geworden war, habe er ihr zunächst angeboten, sich als Arzt darum »zu kümmern« und ihr einen Kollegen, einen Gynäkologen, zu vermitteln … Doch darauf wollte sie sich nicht einlassen. So hatten sie sich schließlich darauf verständigt, dass er ihr eine einmalige angemessene Summe zahle und damit alle Unterhaltsansprüche an ihn abgegolten wären.

»Wie hoch?« fragte der Kommissar.

»Fünfundzwanzigtausend« war die Antwort. »Dollar«, fügte er hinzu. Er wollte seine Ehe nicht gefährden, denn er war glücklich mit seiner Frau. Und das sei er auch heute noch. Deswegen würde er um Stillschweigen bitten, auch die Kommissarin; eine Solidarität unter Frauen sei hier nicht angebracht. Er sah Emma dabei an.

Sie holte gerade zu einer Entgegnung Luft, doch Wenke schnitt ihr das Wort ab: »Es gibt also seitdem keinen Kontakt zu Frau Brandt?«

»Keinen«, antwortete Dr. Johanson.

»Aber ein Per Bäumer ist Ihnen bekannt?«, lautete die nächste Frage.

»Natürlich«, war die knappe Antwort. Der Schiffsarzt bestätigte, was sie bereits von Birgitta Bäumer erfahren hatten: Dieser war einige Jahre Kapitän des Schiffes, auf dem er die Station für die medizinische Versorgung der Patienten leitete – ein Luxusliner, der sowohl im Mittelmeer als auch in der Karibik kreuzte. Sie träfen sich hin und wieder, wenn er zu Hause in Hamburg wäre.

»Ist das begrenzt auf eine Männerfreundschaft oder wird die traute Zweisamkeit auch erweitert? Sind die Ehefrauen einbezogen?« Die Frage kam von Festerling.

Der Arzt erzählte vom gesellschaftlichen Leben in Hamburg, zu dem auch sein Freundeskreis gehöre – also Kapitän Bäumer, dessen Frau Birgitta, seine eigene Frau Karen – und noch ein paar andere Leute, aus der Kunstszene.

»Zu welcher Art von Kunst?«, stieß Wenke nach.

»Es geht vor allem um Bildende Kunst, die Hamburger Kunsthalle hat eine bedeutende Sammlung der Klassischen Moderne, zu der bekanntlich Werke von Henri Matisse oder Pablo Picasso gehören. Zurzeit ist dort eine Ausstellung von Gemälden Max Beckmanns zu sehen. Dessen bekanntes Stillleben ›Frau mit Orchidee‹ von 1940 wird gerade gezeigt.«

Man hörte ihm gerne zu und glaubte ihm aufs Wort, dass unter den Beteiligten keine hanseatische Zurückhaltung, »Zugeknöpftheit« hieß das bei ihm, herrschte. Zwei junge Künstler, ein Fotograf und ein Maler, die natürlich noch nicht in der Kunsthalle ausgestellt hätten, würden zu ihrem Kreis gehören; der Maler sei übrigens sein jüngerer Bruder, Thomas Johanson. »Ein talentierter junger Mann in den Dreißigern, dessen Arbeiten schon in etlichen Galerien gezeigt worden sind und der in den letzten Jahren viel Lob von der Kritik geerntet hat, von der sein Gesamtwerk der Postmoderne zugeordnet wird. Aber auch ein Kunsthistoriker der Universität ...«

Wenke unterbrach ihn, sich entschuldigend: »Ihr Bruder ist also Künstler, bemerkenswert ... Sagen Sie bitte noch Näheres zu seinem Schaffen; welchen Platz hat er in der Hamburger Künstlerwelt?« Der Kommissar war bemüht, sein Interesse für die zeitgenössische Malerei kundzutun und hörte daher aufmerksam zu, als Dr. Johanson fortfuhr.

Er selbst, so sprach er weiter, gehöre zu den Förderern von Thomas – und keineswegs wegen seiner Verwandtschaft, sondern aus Überzeugung, dass ihm eine große Zukunft bevorstünde. Außerdem sei zunächst Pers Frau, Birgitta, auf ihn aufmerksam geworden. Sie habe schon ein Jahr vorher den Kunstfotografen, Simon Kruschat heiße er übrigens, in den Freundeskreis eingeführt. Dessen Spezialgebiet …

Hier griff Wenke ein, er bedankte sich für die Aufgeschlossenheit seines Gastes, ließ die besten Grüße an die gnädige Frau ausrichten und verabschiedete ihn.

Emma sah ihn an: Er hatte tatsächlich »gnädige Frau« gesagt.

Eine Treppe tiefer lief sie Dr. Johanson bei seiner Suche nach der Cafeteria des Polizeigebäudes in die Arme. Sie erklärte ihm den Weg und er nutzte die Gelegenheit, sie zu einer Tasse Tee einzuladen.

»Auf die Schnelle«, sagte sie, um nicht unhöflich zu sein.

Sie setzten sich in eine Ecke und plauderten, was sehr schnell auf die Frage hinauslief, wie eine so jugendliche schöne Frau zu solch einem Beruf komme.

Sie entgegnete: Und wie komme er als Seebär zu seinem Kunstinteresse?

So unterhielten sie sich mit amüsantem Geplänkel, bis Emma das Gespräch wieder auf Thomas Johanson lenkte: »Welche seiner Werke sind Ihnen die liebsten?«

»Die dem Expressionismus nahestehenden, aber auch impressionistisch beeinflusste Bilder. Ich werde Ihnen Fotos von einigen seiner Werke in den nächsten Tagen per E-Mail schicken.«

Sie gab ihm nach kurzem Zögern ihre private E-Mail-Adresse. ›Nett eingefädelt, wenn das sein Ziel gewesen ist‹, dachte sie, über sich selbst verwundert, ›so hatte er es erreicht.‹

Ralf Wenke sah sie beim Zigarettenholen beide sitzen, kam an den Tisch und sagte: »Die Arbeit ruft.« Er ging durch den Flur voran, drehte sich auf der Treppe um und erkundigte sich: »Nettes Gespräch?«

»Ein charmanter Mann«, antwortete sie und fügte mit ernstem Gesicht hinzu, dass sie seine Trennung von Wiebke durchaus nachvollziehen könne. Eine Küchenmamsell und ein Mann aus seinen Kreisen … gebildet und mit Kunstverstand.

Wenke blieb stehen und sah sie an, er kannte sie wohl doch ein bisschen.

Aber Emma verzog keine Miene.

Festerling und Jensen waren mit dem in Mareikes Stofftier gefundenen Zettel bei Schwester Lena. Diesmal interessierte nicht dessen Linienbild, sondern die andere Seite des Blattes, die Zeile ›warte R‹. Es war viel zu tun an diesem Montagvormittag auf der Station 3 der Klinik. Etwas abgehetzt erschien sie schließlich im Schwesternzimmer. Die beiden zeigten ihr die Mitteilung. Jensen hielt sich nicht lange mit der Vorrede auf: »Wo haben sich Ronald und Mareike getroffen? Sie waren doch die Vertraute des jungen Mannes, Sie müssten doch dazu etwas sagen können!«

Die junge Schwester sah an den Polizisten vorbei und antwortete zögerlich; so als fiele es ihr schwer, Intimitäten ihres Patienten preiszugeben. »Im Gemeinschaftsraum der Station. Manchmal auch in Ronalds Zimmer, obwohl das nicht erwünscht war.« Sie stand auf und ging ans Fenster; den Polizisten den Rücken zugekehrt, sprach sie weiter: »Ein paar Mal habe ich ihn zum Gewächshaus im Patientengarten gehen sehen und kurze Zeit später kam mir das Mädchen auf dem Weg dorthin entgegen. Möglich, dass der Brief diesen Platz meint.« Sie sagte ganz selbstverständlich »Brief«.

»Und außerhalb der Klinik?«, fragte Festerling.

Dazu könne sie nichts sagen, sie wohne nicht im Ort. Sie dachte kurz nach und meinte dann, sie glaube, ihm einmal

begegnet zu sein, als sie mit dem Bus aus Graal-Müritz hinausfuhr; er war allein, aber sicher, dass er es wirklich gewesen ist, sei sie nicht.

Sie wurden unterbrochen. Erwin Almgren stand in der Tür, wie immer farbenfroh gekleidet. Offensichtlich hatte er mitbekommen, wovon die Rede war: »Ich bin ihm einmal nachgegangen.« Seine krächzende Stimme wurde etwas leiser: »Auf dem Parkplatz der Klinik. Das Mädchen hockte zwischen den Tonnen für Papier und Glas.«

Schwester Lena sah ihn leicht angewidert an. ›Was hatte dieser Kerl ihm nachzusteigen‹, dachte sie. ›Eifersucht war es. Natürlich!‹

Die beiden Ermittler gingen mit Almgren zu der Stelle. Sie war von außen durch die dichte Hecke nicht einsehbar. Wenn dies der übliche Platz ihres Stelldicheins gewesen war, so war er gut gewählt.

Luise Meister sah die beiden Polizisten, als sie das Fenster des Therapieraumes öffnete. Sie zuckte nervös zusammen; von ihrem nächtlichen Abenteuer vor ein paar Tagen hatte sie nur gegenüber Schwester Anka eine Andeutung gemacht. Und außerdem konnte die Nachtschwester, bei der sie noch reichlich aufgelöst erschienen war, etwas ahnen; jedoch nur, wenn die beiden miteinander gesprochen hatten und eins und eins zusammenzählten. Die Gerüchteküche kochte jedenfalls: Einer der Patienten solle – von debiler Bettflucht gepackt – nachts sein Unwesen treiben.

Die Ergotherapeutin beschloss, sich selbst zu helfen und den Dingen auf den Grund zu gehen. Nur wie das zu bewerkstelligen war, davon hatte sie keine Vorstellung.

Spätabends telefonierte Emma wieder mit ihrer besten Freundin Silke. Über die Ermittlungen durfte die Kommissarin natürlich nicht sprechen. Aber die Suche nach dem Kind und der Leichenfund waren ja durch die Presse gegangen. So kamen sie ganz allgemein auf das Verschwinden von Kindern in Deutschland zu sprechen; dann erinnerte sich Silke an einen Fall in England: Ein Ehepaar, deren kleine Tochter vermisst blieb, seit sie aus der Ferienunterkunft in Portugal verschwunden war, ohne dass die Polizei bisher einer Klärung des Falles nähergekommen wäre.

»Unbegreiflich«, sagte die junge Polizistin. Vor allem wenn nicht nur eine Spur, sondern auch ein Motiv fehle, hätten die Kriminalisten kaum eine Chance.

Die Freundin spann den Faden weiter: Da keine Forderung nach Lösegeld eingegangen war – soweit sie wisse –, käme eine Entführung jedenfalls nicht in Betracht.

Emma blickte von ihrem Glas Rotwein hoch, das sie sich als Schlummertrunk genehmigt hatte: »Jedenfalls keine, bei der es um Geld ging.«

Silke fragte erschrocken: »Ein Kinderschänder? Ein zweiter Fall Natascha Kampusch? Der Österreicherin, die als Schulmädchen gekidnappt worden war und sich erst als Erwachsene befreien konnte?«

Emma antwortete leise: »Ja, das meine ich.« ›Jürgen Brandt‹, dachte sie, ›oder dieser Onkel Tom oder Bengt Johanson?‹ Die Lebensverhältnisse des Stiefvaters waren zu leicht überprüfbar, als dass er etwas verbergen konnte. Aber Bengt Johanson, dem standen ganz andere Möglichkeiten offen; Vermögen, Kontakte … Was wussten sie eigentlich über dessen Frau? Doch nur, dass sie Frühling und Sommer auf Ibiza verbrachte.

Der gute Wein verscheuchte die trüben Gedanken und so kamen sie auf das Naheliegende, ihre »Männerangelegenheiten«, wie die Freundin das nannte.

»Und du?«, fragte Silke, nachdem sie ihren Teil dazu beigetragen hatte.

»Ich weiß nicht«, kam die Antwort.

»Oh doch, du weißt … Man hört es dir an.«

Emma wurde rot. Sie fühlte sich ertappt und doch irgendwie beschwingt. ›Vom Wein‹, dachte sie.

Nachdem sie sich verabschiedet hatten, fuhr Emma noch einmal gewohnheitsmäßig den Computer hoch. Eine E-Mail von Bengt Johanson war eingegangen:

›Verehrte Frau Baader, ich hoffe, Sie einmal in Hamburg begrüßen zu können, um Sie in die Kunsthalle zu entführen. Wie wäre es am kommenden Wochenende? Ich würde Sie am Bahnhof erwarten und in dem netten Excelsior unterbringen.

Bis dahin sende ich Ihnen ein paar Aufnahmen von Arbeiten meines Bruders, über die wir uns ja unterhalten haben.

Mit bestem Gruß und in guter Hoffnung

Ihr Bengt Johanson«

Emma lehnte sich zurück. Für jemanden, der nicht Bescheid wusste, klang das nach einer Intimität, die es zwischen ihnen nun wirklich nicht gegeben hatte; so, als wäre diese Einladung zu erwarten gewesen. Dann klickte sie die Anlage an. Vor ihr erschienen sechs Bilder, Zeichnungen und Gemälde. Sie starrte verwirrt auf eine der Zeichnungen. Spontan griff sie zum Telefon und wollte Ralf Wenkes Nummer wählen. Doch dann ließ sie die Hand sinken. So spät noch? Sie machte sich doch lächerlich … besser morgen früh im Kommissariat.

Dienstag, 23. August

Emma kam eine halbe Stunde zu spät zu der um 8 Uhr angesetzten Zusammenkunft der SOKO »Mareike« – auf dem Rostocker Petridamm hatte es einen Unfall gegeben.

Wenke war gerade dabei, die Ergebnisse zum Kontakt zwischen den beiden Vätern zusammenzufassen und sah sie strafend an.

Doch Emma meldete sich zu Wort, kaum dass sie an ihrem Platz saß: »Per Bäumer und Bengt Johanson waren ein paar Jahre Arbeitskollegen. Das wissen wir. Ich habe mich gefragt, was mit ihrem gemeinsamen Freundeskreis ist, von dem Dr. Johanson so lebendig erzählt hat. Um genau zu sein, was ist mit Thomas Johanson?« Sie holte Ausdrucke der E-Mail und der Fotos aus der Tasche. »Gestern habe ich das hier erhalten«, und damit schob sie alles in die Mitte des Tisches.

Wenke las den Text und sagte missbilligend: »Ein privater Kontakt zu Betroffenen eines Falles ist nicht nur unprofessionell, sondern geradezu untersagt.«

Der erste, der begriffen hatte, war Festerling; ehe er noch den Mund auftun konnte, sprach Emma aus, worum es ging: Eine der Abbildungen zeigte ein ausdrucksstarkes Porträt mit groben schwarzen Strichen auf weißem Grund. »Die sehen aus wie die zwei Porträts aus dem Besitz von Mareike Brandt. Und wenn mich nicht alles täuscht, sind sie aus der Feder von Ronald Bäumer!«

Jetzt sahen es auch Jensen und Wenke.

Emma legte wie beim Kartenspiel Foto Nummer sechs daneben: »Und das hier ist ein Strandbild – ganz ähnlich dem bei Jürgen Brandt gefundenen!«

Es bestand kein Zweifel. Es bewies, dass Ronald Bäumer in Verbindung mit Thomas Johanson gestanden hatte. Offensichtlich hatte ihm dieser geholfen, seine Bilder einem größeren Publikum bekannt zu machen.

»Künstler unter sich«, meinte Jensen. »Sicherlich vermittelt durch den großen Bruder Bengt.«

Emma griff zu dem Ausdruck der E-Mail und las ihn vor: »›… Aufnahmen von Arbeiten meines Bruders‹. – Oder es ist alles ganz anders?«, mutmaßte sie.

Ihren drei Kollegen hatte es einen Moment lang die Sprache verschlagen. Dann räusperte sich Wenke: »… Ronalds Arbeiten als solche von Thomas Johanson der Öffentlichkeit präsentiert? Das wäre so, als würde ein Literat einen Ghostwriter beschäftigen, der für ihn die Bücher schreibt, und zwar ohne dass er im Buch genannt wird, das heißt, ohne dass ein entsprechender Vertrag mit ihm besteht, der ihn rechtmäßig als Verfasser einsetzt. Urheberrechtsverletzung … strafbar.«

Festerling nickte Emma zu, ein Zeichen großer Anerkennung, wie sie inzwischen wusste. »Das Entscheidende ist, wie die Arbeiten signiert sind, wenn mit ›Johanson‹, dann sind es Fälschungen«, sagte er in seiner unaufgeregten Art. »Ein Fall für den Staatsanwalt.«

Nun sahen sich die vier die Bilder genauer an, aber die Fotos waren von schlechter Qualität, und so ließ sich für den Laien keine Signatur erkennen – falls überhaupt eine vorhanden war. »Wie dem auch sei«, schloss der Kommissar die Bildbetrachtung ab, »fest steht wohl, dass Bengt Johanson nicht eingeweiht ist, sonst hätte er die Abbildungen sicherlich nicht an eine Polizeibeamtin geschickt. – Und sei sie auch noch so schön.«

Emma wurde rot – wieder einmal – und ärgerte sich darüber – wieder einmal.

Festerling stand auf und holte das Bild aus der Wohnung Jürgen Brandts herbei; ob nun Strand oder Bunker, vielleicht trug es eine Signatur. Er hatte eine Lupe in der Hand, drehte und wendete das Gemälde und wies mit dem Stift schließlich neben die liegende Acht: Hier ist ein Geflecht von Rissen in der Bunkermauer. Das könnte etwas sein.«

»Wie ein großes ›M‹?«, fragte Emma.

»Der Großbuchstabe ›M‹«, bestätigte Festerling.

Bei der Diskussion, wie nun weiter vorzugehen war, machte Jensen den Vorschlag, Luise Meister um Rat zu bitten, sie hatte einen fachmännischen Blick.

»Nein«, sagte Wenke nachdenklich, »wir müssten eines der Thomas Johanson zugeschriebenen Bilder in die Hand bekommen, dann kann ein Experte durch einen Vergleich feststellen, ob Ronald der Maler war. Angebracht wäre auch, nach weiteren Bildern in der Klinik zu fahnden.« Er beantragte zu diesem Zweck einen Durchsuchungsbeschluss für alle ihre Räumlichkeiten.

Am späten Nachmittag war es soweit, die SOKO rückte an. Da das Ganze möglichst geräuschlos vor sich gehen sollte, denn öffentliche Aufmerksamkeit konnten sie nicht gebrauchen, war nicht die KTU mit der Suche beauftragt, sondern sie wollten selbst zu Werke gehen. Dr. Armin Rohde, den Direktor der Klinik, hatte der Staatsanwalt verständigt und zur Verschwiegenheit über den engsten Kreis hinaus verpflichtet. Wenke setzte ihn über ihr konkretes Vorgehen in Kenntnis. Mit der Erklärung, Kleidungsstücke des Toten sowie Mareikes aufspüren zu wollen, konnten sie einige der infrage kommenden Räume in Augenschein nehmen, Schränke und Schubläden etc. durchsuchen, ohne dass dies Verwunderung auslösen würde.

Sie hatten sich aufgeteilt und gingen immer zu zweit vor: Festerling und Jensen, Wenke und Emma – die ersten beiden auf der dritten Etage, die anderen in den Therapieräumen.

Festerling und Jensen steuerten als erstes auf das Arztzimmer von Dr. Sagmo zu. Sie erinnerten sich, dort ein Bild von Ronald an der Wand gesehen zu haben. Der Arzt wusste Bescheid und ließ sie bereitwillig gewähren, während er zur Visite ging – nur die Patientenunterlagen waren natürlich tabu. Eine Schwester, die sie auch in die verschlossenen Medikamentenschränke schauen ließ, beobachtete das Treiben. Das Porträt lösten sie vorsichtig von der Wand, ansonsten fanden sie erwartungsgemäß nichts von Interesse. Ähnlich war die Lage im Schwesternzimmer, in dem Jensen erstaunte Blicke erntete, als er den Schubkasten mit Schreibutensilien aufzog und den Stationskalender durchblätterte.

Anka Riechert, die Stationsschwester, kam hinzu und meinte missbilligend, wenn sie Kleidung suchten, so sollten sie doch in der Wäscheabteilung nachsehen. »Die Laken und Klamotten werden dort gesammelt, ehe sie die Wäscherei, ein Betrieb aus dem Nachbarort, abholt.«

Festerling machte unbeeindruckt weiter. Als sein Blick auf die Ansammlung der Medikamente für die morgendliche Versorgung fiel, fragte er interessiert nach, welche der bunten Pillen in den handlichen Plastikschachteln denn für Erwin Almgren wären.

Schwester Anka zeigte mit dem Finger darauf, ging aber sofort in Abwehrstellung: »Nachfrage, was das für Medikamente sind – sinnlos.«

Als sie wieder auf dem Flur standen, sah Jensen ihn fragend an.

»Ablenkungsmanöver«, sagte Festerling lakonisch.

Als nächstes war die Stationsküche dran. Jensen sah sich im Geschirrschrank um, Festerling klapperte mit dem Besteck – und beide warfen sich einen amüsierten Blick zu.

Sie verließen die Küche nach einer angemessenen Zeit und schritten mit bedeutungsschweren Mienen an der Reihe Schwestern vorbei, die auf dem Gang standen und auf Dr. Sagmo warteten. Endlich waren sie im Zimmer von Ronald Bäumer angekommen.

Es wäre nach dem Besuch von Birgitta Bäumer alles so gelassen worden, versicherte Schwester Lena; solange das Geld der Bäumers eingehe, werde das Zimmer nicht geräumt, hatte sie die Verwaltungschefin wissen lassen.

Jensen schloss die Tür. Nun begannen sie ernsthaft zu suchen. Der Inhalt der Schubläden wurde auf der Bettdecke entleert und jedes einzelne Stück Papier in die Hand genommen. Festerling durchblätterte die Bücher, Jensen hob sogar die blühende Azalee aus ihrem Übertopf – nichts.

»Wenn hier Bilder waren, so hat sie die Stiefmutter des Toten vermutlich mitgenommen, legitimerweise«, sagte er. Lustlos öffnete er den Kleiderschrank: Hosen, Oberteile und Unterwäsche lagen in ordentlichen Stapeln, auf den Bügeln hingen Jacken.

Er wollte die Türen wieder zuschieben, doch Festerling in seiner korrekten Art hinderte ihn daran und nahm stattdessen Stück für Stück in die Hand. Die T-Shirts hing er ausgebreitet über den Stuhl.

Jensen hatte sich auf dem Bett niedergelassen und sah seinem Kollegen ergeben zu, wie der sich mechanisch durch die Kleidung durcharbeitete.

Doch plötzlich stutzte Festerling. Er faltete ein hellblaues T-Shirt auseinander; mit dem Aufdruck einer Sonnenblume. »Ja wohl kaum Ronalds«, meinte er trocken. Er griff wieder zu und hielt eine buntgestreifte Sommerhose in die Höhe: »Das auch nicht«, sagte er nur.

Jensen blieb buchstäblich der Mund offen stehen – beides war in Kindergröße. Der Kleiderschrank Ronalds hatte dessen Stiefmutter offensichtlich nicht interessiert und auch sonst niemanden.

»Korrektheit zahlt sich aus«, ließ sich Festerling hören.

»Besonders korrekte Sturheit«, antwortete Jensen und beteiligte sich nun an der Aktion; alle stoische Gleichmut war wie weggeblasen. Er zog die Schublade mit den Socken auf, wickelte die zusammengerollten Paare auseinander und legte sie auf den Tisch.

»Wie eine deutsche Hausfrau«, grinste Festerling ihn an, »die Fersen alle in einer Richtung.«

Doch nun ließ sich Jensen nicht beirren. Als die Schublade leer war, nahm er sie heraus und drehte sie um. »Nein«, sagte er perplex. Auf der Unterseite war ein Linienbild mit Heftpflaster befestigt, ein Blatt aus einem karierten Block herausgeschnitten.

Nachdem sie die Spurensicherung angerufen hatten, nahmen sie sich den Rest der Sachen vor, aber es war weiter nichts mehr zu finden. Das Zimmer wurde versiegelt.

Die nächsten drei Patientenzimmer lieferten keinerlei Hinweise auf die Beteiligung ihrer Bewohner am Fall Bäumer bzw. Mareike, womit natürlich auch zu rechnen gewesen war. Dann kam Erwin Almgrens Unterkunft an die Reihe. Die Wohnfläche war nicht nur größer, sondern auch im Winkel angelegt, sodass es im Grunde zwei Räume waren, ein Wohnzimmer und ein separater Teil für das Bett. Almgren blieb wie festgewurzelt im Sessel sitzen und war nicht zu bewegen, das Zimmer zu verlassen. Aber die Kriminalbeamten ließen sich nicht stören und gingen auch hier systematisch vor.

Der Bewohner quittierte ihr Hantieren mit ungeduldigem Seufzen.

Als Jensen seinen Kleiderschrank öffnete, sagte er zu dem Sitzenden gewandt: »Jetzt geht es Ihnen an die Wäsche.« Doch es gelang nicht, die angespannte Stimmung zu lockern.

»Idiotisk«, kam es aus dem Sessel und rief den beiden in Erinnerung, dass der Patient Schwedisch sprach.

Auch hier galt das Interesse Papierstapeln und Büchern, in denen Bilder Ronalds auftauchen konnten. Festerling fragte mehrmals nach Dingen, die er von seinem Freund geschenkt bekommen oder geliehen hatte.

Aber der Angesprochene verstand ihn nicht oder vielmehr, er wollte ihn nicht verstehen.

Schließlich war alles durchgesehen. Jensen winkte Wenke und Emma unten auf dem breiten Weg aus dem offenen Fenster zu, dann wandte er sich um: »Erheben Sie sich bitte! Stehen Sie auf!«

Aber Erwin reagierte weder auf die eine Version noch auf die andere. Da traten die beiden Polizisten zu ihm heran, griffen ihm unter die Arme und Beine und setzten ihn auf dem Bett wieder ab. Begleitet wurde die Aktion von so lautem Gezeter, dass Schwester Lena zur Tür hineinschaute.

Festerling winkte ab; dann zog er das Rückenkissen des Sessels leicht nach vorn und fasste in den Spalt zwischen Holzrahmen und Bezug: Zum Vorschein kam etwas in Packpapier Eingeschlagenes – ein Bild Ronalds, eines seiner Strandbilder. »Und das?«, fragte er den protestierenden Almgren.

»Meins«, sagte dieser; unter ständiger Wiederholung des Wortes im Wechsel mit »det är mitt« lief er den Ermittlern noch auf dem Flur nach.

Als alle vier sich wenig später das Bild in der Cafeteria ansahen, sagte Emma: »Ich weiß, wo das ist. Der Strand der Aufspülung.«

›Sie könnte recht haben‹, dachte Wenke. Im Vordergrund türmte sich ein Haufen Sand und gleich dahinter noch ein zweiter. Rechts war der Blick frei auf eine geschwungene Küstenlinie, die bis zu einem ins Wasser ragenden Stück Land führte.

»Die Landzunge des Wasserwanderrastplatzes«, stimmte ihr Festerling zu und nickte.

Wenkes und Emmas Durchsuchung der Physiotherapieräume hatte nichts erbracht und war auch relativ schnell vonstatten gegangen: Bälle in verschiedenen Größen, Stapel mit Bodenmatten, Fahrradergometer und weitere Sportgerätschaften, alles sehr überschaubar; ordentliche, helle Räume ohne unaufgeräumte Ecken. Jetzt stand noch die Ergotherapie Luise Meisters bevor.

Der Kommissar zeigte der völlig überraschten Therapeutin den Durchsuchungsbeschluss. Ihre Arbeitszeit hatte erst mittags begonnen. So hatte sich die Aktion noch nicht bis zu ihr herumgesprochen. Sie zeigte Verständnis für die Suche nach Kleidungsstücken – aber bei ihr? Im vorderen Werkstattraum befanden sich Haken, an denen Arbeitsschürzen für die Patienten aus durchsichtiger Kunststofffolie hingen. Sie waren vollzählig und für die Kriminalisten uninteressant, was sie sich aber nicht anmerken ließen.

Luise Meister öffnete die Schränke mit Arbeitsmaterial – Glasperlen oder Bernstein für Ketten und Armbänder, helle Tücher für die Seidenmalerei und ähnliches, das die Klinik anschaffte, aber von den Patienten bezahlt werden musste; daher wurde Buch darüber geführt.

Festerling ließ sich die Eintragungen vom Juli und August zeigen, fand aber unter dem Namen ›Bäumer‹ nur das Material für die Terrakottafigur sowie die Staffelei verzeichnet, von der sie bereits wussten. »Und Papier, Farben und Pinsel?«, fragte er und erfuhr, dass das alles kostenlos zur Verfügung stand. Diese Information war für ihre Interessenlage natürlich wenig hilfreich.

Emma hatte sich einem Stoß von Bildern zugewandt, die in einer überdimensionierten Mappe auf dem Arbeitstisch lagen. »Meine Freundin malt selbst«, sagte sie, blätterte in den Arbeiten der Patienten und sah, dass hier nichts von Ronald zu finden war. Sie schaute Luise Meister über die Schulter an und fragte beiläufig nach Gemälden von Bäumer. Doch sie hatte deutlich den Eindruck, dass es ihr nicht besonders gut gelungen war, ihr Interesse zu verhehlen und schob daher sofort eine Frage nach Erwin Almgrens Arbeiten hinterher.

Die Therapeutin nahm einige Blätter aus dem Regal. »Von Herrn Almgren. Ronald hat seine fertigen Werke stets auf seinem Zimmer aufbewahrt.« Angefangene Arbeiten habe sie nicht.

»Merkwürdig«, warf Wenke ein, »das ist ja so, als hätte er im August bewusst aufgehört zu malen.«

Luise zuckte bedauernd die Schultern.

Im Atelier ließen sie sich den Schrank mit ihren persönlichen Dingen aufschließen; er enthielt Arbeitskleidung und belanglose Utensilien sowie das Frühstück nebst Kaffeedose und Tassen.

Emma hatte sich mit den Arbeiten Erwins ans Fenster gestellt. »Dürfen wir uns die kurzzeitig ausleihen?«

Luise Meister nickte stumm. »Wertloses Geschmiere«, sagte sie dann.

Emma war sich aber da nicht so sicher.

»Sie wirkte heute irgendwie gedämpft«, meinte die Kommissarin draußen, »als wären ihr die Hingabe an ihre Therapiearbeit oder die Leidenschaft für Kunst abhandengekommen. Vielleicht beides.«

Sie waren vor dem Fahrradverleih angekommen, doch es war abgeschlossen. »Er ist hinten«, rief ihnen eine Physiotherapeutin zu. Sie liefen zum »Garten der Sinne«, in dem sie Bruno Bunke bei den Beeten trafen.

»Viel Arbeit jedes Jahr«, meinte der, als er sie bemerkte. »Wenn man sich nicht ständig um die Rabatten und Beete kümmert, wuchert alles zu.« Er kannte sich offensichtlich nicht nur mit Fahrrädern aus, sondern lief mit den Kripobeamten zu einigen der prächtigsten Stauden und stellte die Blumen einzeln vor.

›Er geht mit ihnen wie mit Personen um‹, dachte Emma.

Wenke erklärte ihr Anliegen und Bruno sagte mit Überzeugung: »Irgendwelche Hinterlassenschaften von Ronald und Mareike sind bei den Fahrrädern nicht zu finden.« Er führte sie in dem kleinen Gewächshaus umher, wo schon die Anzuchttöpfe für die nächste Saison bereitstanden.

Emma sah interessiert zu, was diesmal nicht gespielt war. Sie hatte etwas übrig für Pflanzen, denn sie hatte ihre Kindheit im elterlichen Garten verbracht – in einer Kleingartenanlage der Hansestadt, wo jeder jeden kannte.

Bruno war ein feines Gespür für seine »Kunden« eigen, wie er seine Pflanzen auch nannte; und so führte er sie an die Rückfront des Geräteschuppens, der an das Gewächshaus angebaut war. »Das ist mein Liebling, meine Schöne.« Sie standen vor einem blühenden Rosenstrauch. »Eine alte englische Sorte, die duftet«, sagte er in das Klingeln seines Handys hinein.

Er wurde zum Verleih gerufen und schloss den beiden noch schnell den Schuppen auf.

Sie sahen sich in dem länglichen Raum um: In einer Ecke standen Harken, Spaten und Hacken; Schläuche hingen aufgerollt an den Wänden und Gartenscheren fanden sich gleich daneben. In einem Regal war Dünger gelagert. Wenke stieg auf einen Schemel, um in das oberste Fach sehen zu können. Er schob eine Rolle Teerpappe zur Seite, die hier aus unerfindlichen Gründen abgelegt worden war. »Hier ist ein Metallkasten«, sagte er und wollte ihn mit Emmas Hilfe herunternehmen.

Sie fasste etwas ungeschickt zu, denn das Regal war mit Spinnennetzen übersät.

Wenke sah sie schmunzelnd an. »Es wäre gut, auch den Schlüssel zu finden«, meinte er.

Emma griff sich in die Haare und hatte eine Klemme in der Hand. Sie ging vorsichtig zu Werke, doch ohne Erfolg, denn die war zu biegsam. Da förderte sie aus ihrer Tasche eine Nagelschere zutage und versuchte es noch einmal. Der Deckel sprang auf: »Grundausbildung, Herr Hauptkommissar!«

»Und Talent, Frau Kollegin«, antwortete dieser, griff hinein und schaute sie stumm an. In der Kiste lagen fünf Bilder Ronalds: Stranddarstellungen und eine Zeichnung, die einen Mädchenkopf im Profil zeigte. Wenke zückte sein Smartphone und fotografierte jedes einzelne Blatt sowie das Regal.

Emma blickte ihn fragend an: »Die Spurensicherung?«

»Nein«, sagte er, »alles zurück; die Bilder in den Kasten und zurück in das Regal damit.«

Der Fund kam wieder an seinen Platz hinter die Teerpappe und der Schemel wieder vor den Pflanztisch. »Ab sofort wird eine Rundumbewachung eingerichtet«, erklärte er, »mal sehen, ob sich jemand für die Werke des Toten interessiert.«

Sie schlossen die Tür wieder zu und verließen das Gewächshaus. Um sicherzustellen, dass es nicht noch einen zweiten Eingang gab, gingen sie noch einmal um das Gebäude herum. An der Rückfront des Schuppens bückte sich Wenke, brach eine Rosenblüte ab und gab sie Emma.

Sie sah ihn an und wurde rot – wie immer, doch diesmal ärgerte sie das nicht.

Bis zum Abend hatte der Kommissar die Beobachtung organisiert; als erster bezog Jensen seinen Posten im gegenüberliegenden Wirtschaftsgebäude, das Dr. Rohde ihnen zur Verfügung gestellt hatte. Wenke hatte ihn als Direktor darüber in Kenntnis gesetzt, dass dort immer ein Polizist anwesend sein würde und ihn zu äußerster Diskretion gegenüber jedermann verpflichtet. Das Fenster des sonst als Abstellraum für allerlei Gerätschaften genutzten Zimmers war das einzige, von dem man einen Blick auf den seitlichen und teilweise auch hinteren Teil des Gewächshauses hatte. Wenke war darauf bedacht gewesen, einen ebenerdigen Raum zu erhalten, denn eine Sicht von oben nutzte wenig: der Schuppen hatte ein festes Dach.

Emma trug die Rose in ihrer Tasche, die Frotzeleien der beiden Kollegen wollte sie sich ersparen. Sie gingen alle gemeinsam an der Rezeption vorbei zum Haupteingang hinaus.

Auf der Straße verabschiedete sich Jensen, um durch den hinteren Zugang zum Gelände sein neues »Büro«, wie er sagte, zu beziehen. »Ich rufe an, sollte sich etwas tun.«

Und Wenke erwiderte: »Ich melde mich dann auch per Handy« und sah Emma dabei an.

Sie saßen, ohne Festerling, der Jensen abgelöst hatte, zur Auswertung der gestrigen Aktion in der Dienststelle zusammen. Der Kommissar hatte darauf gedrungen, wieder zwei Kollegen aus einem anderen Dezernat zugeordnet zu bekommen, denn zu viert konnten sie eine lückenlose Überwachung nicht bewerkstelligen. Mit dabei waren daher wieder – wie vor einigen Wochen – Frank Steffen und Arno Leising. Wenke fasste die Ergebnisse ihres Besuches der Behindertenstation zusammenfassen: »Kurz auf den Punkt gebracht«, sagte er, »wir haben etwas gefunden, wonach wir gar nicht gesucht hatten, nämlich die Kleidung Mareikes im Zimmer Ronalds; die KTU ist heute damit beschäftigt. Im Dienstraum von Dr. Sagmo sowie bei Erwin Almgren ist je ein Bild aufgetaucht – im ersten Fall, wie erwartet, im zweiten wie vermutet.« Der Bericht Wenkes, der sich nicht auf solch eine knappe Formel bringen ließ, lief auf die Frage hinaus, wer die Bilder des Toten im Schuppen deponiert hatte: Die Gelegenheit dazu hatten Ronald selbst bei seiner Tätigkeit im Patienten-Garten und Bruno Bunke, der den Schlüssel besaß. Aber es konnte sich auch jeder andere Zutritt verschafft haben, dem ein Zweitschlüssel – ein legitimer oder ein nachgemachter – zur Verfügung stand. Damit aber würde sich natürlich der Personenkreis auf eine Weise ausweiten, die für sie nicht mehr überschaubar war.

Unter allgemeiner Zustimmung wurde beschlossen, auf die Überwachung des Gewächshauses tagsüber zu verzichten: Es war nicht davon auszugehen, dass jemand, der nicht dort arbeitete, einfach in den Schuppen spazierte und den Behälter mitnahm; auch Bunke selbst nicht, falls er überhaupt von der Existenz der Bilder wusste. Dass er zufällig darauf stieß, war wenig wahrscheinlich, denn warum sollte er sich um das obere Regalfach kümmern, in dem von unten nur die Rolle Teerpappe zu sehen war, die vor Jahren zur Abdichtung des Schuppendaches gedient haben mochte.

Emma rief Festerling an, der sich hörbar über seine »Entlassung« vom Beobachterposten freute.

»Vielleicht sollten wir die Frage anders stellen: Warum sind die Bilder dort platziert worden?«, fragte Wenke. Die erste Möglichkeit war, dass Ronald sie selbst dorthin gebracht hatte, um sie vor dem Zugriff von Erwin Almgren zu schützen, der ja offensichtlich an ihnen interessiert war, wie sein Verhalten bei der Durchsuchung gezeigt hatte. Und eine zweite Möglichkeit – Bruno? Aus welchem Grund hätte er dies tun sollen? Ihn darüber zu befragen, schien momentan nicht angebracht, denn damit wäre ihr Plan, denjenigen zu ertappen, in Gefahr geraten. Auch die Überlegung, dass Mareike irgendwie beteiligt war, wurde mit allgemeinem Kopfschütteln quittiert; schon, dass sie sich überhaupt in dem Gewächshaus aufgehalten hatte, war durch niemanden bezeugt worden.

»Oder anders«, mischte sich Emma ein, »vielleicht wollte Ronald seine Werke in den Bunker bringen und hatte sie nur kurzzeitig dort abgelegt – das würde den Metallkasten erklären; als Schutz in einer feuchten Umgebung unter mehr oder weniger offenem Himmel in der Ruine.«

Wenke wurde es zu viel: »Alles Spekulation. Wir müssen abwarten, ob uns die nächtliche Überwachung einen Schritt weiter bringt.«

»In der letzten Nacht jedenfalls nicht«, bemerkte Jensen.

Zu den beiden Bildern war nicht mehr viel zu sagen: Das bei dem Arzt gefundene Aquarell kannten sie ja bereits. Hier hatte es auch nie den Anschein gehabt, als sollte aus seiner Existenz ein Geheimnis gemacht werden. Erwin Almgren hatte zwar versucht, den Besitz des seinen zu verheimlichen, aber das war vermutlich mit seiner Eifersüchtelei in Sachen Kunst zu erklären. Wer wollte das schon bei solchen Patienten wissen. Bemerkenswert dabei war allerdings, dass es sich mit ziemlicher Sicherheit um den Strandabschnitt der Aufspülung handelte, den Ronald hier dargestellt hatte; was zu dem Auffinden der Staffelei dort passte. Das bedeutete, es musste eines seiner letzten Bilder gewesen sein.

An dieser Stelle der Überlegungen griff Wenke erneut ein: »Dass es sich wirklich um diesen Strand handelt, ist schlechterdings nicht möglich. Aufgrund des rechtsmedizinischen Gutachtens ist das Opfer vor der Arbeit des Saugbaggers an seinen Fundort gelangt; es gab also noch keine Aufschüttungen.«

Emma sah ihren Irrtum sofort ein, aber die Sandhügel waren doch auf den ersten Blick überzeugend gewesen.

»Das Linienbild aus Ronalds Kleiderschrank soll in den kommenden Tagen Gegenstand unseres Interesses sein, ebenso wie die Kleidung, zu der dann sicher auch die Untersuchungsergebnisse vorliegen«, legte Wenke fest. Frank

Steffen hatte die nächste Nacht im »Büro« zu übernehmen und sich dann in den folgenden Tagen mit Arno Leising abzuwechseln. Damit ging man für diesmal auseinander.

Emma setzte sich vor ihren Computer, aber ihre Augen sahen nicht, was er angab, als sie nach aktuellen Fällen von vermissten Kindern suchte. Sie dachte an ihre eigene Kindheit zurück und dabei fiel ihr das Lieblingsmärchen der Kindheitstage ein: »Die Geschichte von dem kleinen Muck«. Sie blickte versonnen vor sich hin und hatte die Illustration vor Augen: Ein verkrüppeltes Kind, von allen verlacht, das seinen Vater verloren hat und von den Verwandten verstoßen, abgeschoben wird. So zieht es in die Welt, um sein Glück zu finden, doch die Suche danach bleibt vergeblich. Für den Ausgestoßenen gibt es keine Heimstatt – weder Freundschaft noch Liebe. Das ändert sich erst nach seiner Rückkehr in die Stadt. Als ein Junge des Ortes, der Erzähler der Geschichte, seinen Spielgefährten vom Schicksal Mucks berichtet, sorgt er dafür, dass dieser bis ans Ende seiner Tage in die Gemeinschaft aufgenommen wird. ›Und wenn er nicht gestorben ist …‹ ›Aber wenn man die Geschichte nur ein wenig umschreibt, gibt es ihn noch heute‹, dachte Emma weiter. ›Ein behinderter Junge, der nach dem Tod der Mutter in eine Klinik abgeschoben wird. Durch Medikamente ruhig gestellt, lebt er dort in einem Gefängnis, das zwar keine äußeren Mauern besitzt, denn er kann sich ja frei bewegen. Die aber sind auch nicht nötig, er ist durch seine eigenen Gitterstäbe gefangen und weder Ärzte noch Schwestern oder Therapeuten können zu ihm vordringen, denn seine Sprache, die in der Kunst Ausdruck findet, ist ihnen fremd – er bleibt der Ausgeschlossene. Aber eines Tages kommt ein Mädchen zu ihm und plötzlich merkt er, wie sich die Tür seines Gefängnisses zu öffnen beginnt. ›Und wenn er nicht gestorben ist …‹, passt nicht mehr; er ist gestorben. Aber vielleicht hat er vorher noch so etwas wie ›sein Glück‹ gefunden. Und wenn jemand ihn um dieses Glück beneidete oder verhindern wollte, dass er kein Gefangener mehr war?‹ Emma ging Erwin Almgren durch den

Sinn: ›Neid auf das Schaffen Ronalds, Eifersucht auf Mareike. Oder gab es noch jemanden, der den Ausbruch verhindern wollte; seine Stiefmutter, Birgitta Almgren? Oder aber Thomas Johanson?‹ Sie zuckte zusammen.

»Ein Leichenfund«, Wenke stand in der Tür zu ihrem kleinen Dienstzimmer, in dem noch drei weitere Schreibtische standen, »nahe des Wasserwanderrastplatzes. Wir fahren hin. Ich komme mit Festerling in ein paar Minuten.« Im Auto erfuhr sie, dass noch keine Angaben zur Identität vorlagen: Die Kollegen von der Wasserschutzpolizei hielten sich da verständlicherweise zurück.

Die drei saßen schweigend im Auto, bis es Emma nicht mehr aushielt: »Mein Gott, das Kind …« Der schwarze Passat mit aufgesetztem Blaulicht schoss in Richtung Röversahagen und dann auf die Landstraße nach Graal-Müritz. Auch bei Wenke zerrte die Vorstellung des toten Mädchens an den Nerven. Vor dem Seebad ließen sie Torfbrücke hinter sich und hielten auf das Parkgelände des Rastplatzes zu.

Wenke stellte die Sirene ab: »Die Rehe müssen wir ja nicht erschrecken«, meinte er.

Er wollte aussteigen, da kam ein Kollege von der Bereitschaftspolizei auf ihn zu: »Den Waldweg dort hinten weiter.«

Sie folgten einem schmalen Weg, das Auto holperte über Wurzeln und schließlich sahen sie das Einsatzfahrzeug auf einer Lichtung stehen. Sie parkten daneben und liefen zum Wasser.

Emma blickte vor sich auf den Boden und folgte Wenke. Als er stehenblieb, hatte sie ihre Erregung im Griff. Sie traten an das Bündel heran, das die Polizisten aus dem Spülsaum gefischt und auf den Sand gezogen hatten.

»Wie ich dachte«, sagte der Kommissar zu einem der Kollegen. Mit einem kurzen Blick hatte Emma erfasst, dass es sich um die sterblichen Überreste von Ronald Bäumer handelte. Direkt nach ihnen kam der Tatortfotograf und wenige Minuten danach war der Tross der KTU-Kollegen mit dem Rechtsmediziner auf dem Weg zum Strand sichtbar.

Über den Leichnam gebückt, sagte der Arzt: »Also, dem Toten fehlen ein Arm und ein Bein. Dem ersten Eindruck zufolge liegt er schon wochenlang im Wasser. Der Kopf weist Verletzungsspuren auf, eine breite Schnittwunde auf der linken Gesichtshälfte. Ob sie ihm vor dem Tod beigebracht wurde oder erst post mortem, wird die Obduktion klären. Das Gleiche gilt für die Todesursache.«

Wenke nickte mechanisch, er war mit seinen Gedanken weit weg – bei den zerstörten Gesichtern auf den Porträts des Toten.

Die KTU-Vertreter hatten den Fundort mit ihrem rot-weißen Flatterband abgesperrt und begannen mit der Sicherung möglicher Spuren. Das heißt, sie mussten dabei auch die Hinterlassenschaften der Leute von der Wasserschutzpolizei berücksichtigen, um sie auszuschließen und nahmen daher als erstes deren Schuhabdrücke.

»Hier können wir nichts mehr tun«, sagte Wenke, »suchen wir lieber den Strand in Richtung Aufspülung ab, denn von dort ist der Tote gekommen – gekommen, nun ja, wie sagt man sonst?«

Festerling blieb bei dem Torso des Leichnams, die beiden anderen zogen los.

Es war nahezu windstill, sodass das Meer wie ein glatter Spiegel dalag. Wenke zeigte in Richtung Nordosten: »Seenebel«. Ein graues Band lagerte vor der Küste und verschluckte alles; selbst die große Boje, die Rote Anna, deren Position östlich von ihnen vor dem Campingplatz liegen musste. Der Strand war hier ein schmales Sandband, von Findlingen gesäumt, darunter einige große Brocken, die halb im Wasser lagen. Vom letzten Sturm war eine Menge Seegras angeschwemmt worden, das inzwischen vor sich hin rottete.

»Nicht sehr attraktiv für Urlauber«, meinte Emma, »aber was heißt schon attraktiv …«

Wenke sah sie an: »Das liegt wohl im Auge des Betrachters, für Naturliebhaber sicher.« Er hob ein Stück Wurzel auf, die ihre knorrigen Teile von sich streckte, keine Rinde mehr hatte und von dem salzigen Wasser inzwischen hell und sauber gewaschen war. »Wie Ronalds Porträts«, sagte er, »geprägt vom Leben und sicher nicht ansehnlich.«

»Doch«, widersprach Emma, »eben deshalb. Man muss nur darin zu lesen verstehen.«

»In den Bildern, Emma.«

»In denen auch«, erwiderte sie, nahm einen flachen Stein und ließ ihn über die Wasseroberfläche springen.

Wenke beteiligte sich an dieser »Kunst aus seiner Jugend«, wie er es nannte; und für eine Weile hatten beide vergessen, warum sie eigentlich hier waren.

Am Strandabschnitt der Aufspülung angekommen, war nichts mehr von der ganzen Aktion zu sehen. Die Sandberge waren glatt geschoben worden, das dicke Rohr entfernt und der Saugbagger war längst fort, wie sie wussten. Emma blickte auf die östliche Strandlinie, sie hatte tatsächlich Ähnlichkeit mit Ronalds bei Erwin Almgren gefundenem Bild.

Wenke nahm sie am Arm und führte sie in die Dünen: Und tatsächlich, an diesem Standort konnte der nun tote Künstler gemalt haben, ein Sandhügel schob sich in den Blick. Sie sahen sich die Stelle genauer an, aber nichts deutete auf seine Anwesenheit hin. Der Kommissar blickte auf seine Landkarte: »Die Saugstelle des Baggers liegt noch etwas westlich, gehen wir ein Stück in diese Richtung.«

Sie liefen im Abstand von einigen Metern parallel zueinander weiter und suchten konzentriert den Strand ab. Dann blieb Emma plötzlich stehen, sie hatte es zuerst gesehen: Im Sand steckte ein dunkler eckiger Gegenstand.

Wenke streifte seine Handschuhe über und zog ihn heraus. Es war ein Metallbehälter in den Abmessungen eines mittelgroßen Paketes. Beide wussten sofort, was sie da in den Händen hielten: Es war der gleiche Behälter wie der Metallkasten aus dem Schuppen. Der Kommissar verstaute ihn in einer Plastiktüte. »Der geht sofort in die KTU.«

Die Spekulation sei doch sicher nicht verfrüht, dass Ronald das Stück benutzt bzw. besessen habe – Emma wusste inzwischen, wie wenig ihr Chef von voreiligen Schlüssen hielt. Aber hier lagen die Dinge auf der Hand. Doch wenn der Metallkasten im Schuppen ihm gehörte, dann hat er womöglich selbst die Bilder dort versteckt und dann wurden sie auch von niemandem abgeholt. Ihr Beobachtungsposten wäre also überflüssig …

Inzwischen hatte die Nebelbank das Land erreicht. Grau in Grau war alles eingehüllt, die Sicht reichte nicht viel weiter als zehn Meter und der Wasserspiegel hatte eine bleierne Farbe. Sie schritten schweigend nebeneinander her, als hätten sie eine Abmachung getroffen, nicht an Dingen zu rühren, die sehr verletzlich waren – so wie das, was Ronald zu Mareike hingezogen hatte.

Als sie die Absperrung um den Leichnam wieder erreicht hatten, händigte der Kommissar ihren Fund einem KTU-Mitarbeiter aus: »Der Kasten stammt möglicherweise aus dem Angelkahn, der am Wasserwanderrastplatz angetrieben war und als dessen Besitzer sich der Fischer Kai-Uwe Frenks gemeldet hat. Indizien weisen darauf hin, dass er mit dem Toten in Verbindung gebracht werden kann.«

Sie liefen zu dritt zu Wenkes Wagen. Wieder in Rostock angekommen, setzte er erst Emma vor ihrem Haus ab, denn Festerlings Wohnung lag beinahe in Sichtweite zu der seinen; jedenfalls, wenn man zur richtigen Seite der Fenster hinaussah. Er wollte seinen beiden Mitarbeitern endlich einmal einen pünktlichen Feierabend gönnen – und sich selbst Zeit zum Nachdenken, wie er sich eingestand.

Nach dem Abendbrot nur einfach vor die Tür zu gehen und durch sein Viertel zu laufen, war wenig geeignet, um den Kopf frei zu bekommen: Der Alltag war hier allgegenwärtig – er hatte sich geradezu in den Betonfugen der Plattenbauten eingenistet und »klebte« an den Reihen der Einkaufskörbe vor dem Supermarkt auf dem Lindenplatz. ›Lindenplatz‹, dachte er und schüttelte den Kopf über diesen völlig sinnlosen Versuch der Stadtplaner, so etwas wie Romantik und Heimeligkeit in die Tristesse der einförmigen Straßenzüge zu bringen, die nach dem Schachbrettmuster angelegt waren. So stieg Wenke nochmals in seinen Wagen und fuhr los, ohne zu wissen, wohin es gehen sollte.

Er hatte nicht sonderlich auf die Straßenführung geachtet und war selbst überrascht, als er sich in Warnemünde wiederfand. Der Stadtteil war Ende August noch voll von Touristen und ein Parkplatz in Strandnähe so etwas wie ein Glückstreffer im Lotto. Da tauchte das Parkhaus am Kurhaus vor ihm auf, er fuhr kurz entschlossen hinein und hatte Erfolg. ›Die hohe Parkgebühr‹, dachte er, ›ist bei den Einheimischen als Abzocke verschrien und selbst unter den Urlaubern scheint sich das schon herumgesprochen zu haben.‹

Wenke lief in Richtung Ufer, ließ das Hotel Neptun links liegen und setzte sich an der Strandpromenade auf eine Bank. Flanierende Urlauber zogen in endloser Kette an ihm vorbei, darunter – aufgrund der späten Stunde – auch solche mit quengelnden kleinen Kindern, die offenbar selbst durch ein Eis nicht mehr zu besänftigen waren. Er sah ihnen hinterher und dabei ging sein Blick nach links, zum Leuchtturm am Ende der Promenade. Er erhob sich und versuchte, sich in die Schlendernden einzureihen, merkte aber schnell, dass ihm dies nicht so recht gelingen wollte: Mit der selbst verordneten Entschleunigung wollte es nicht klappen. Viel zu schnell war er am Leuchtturm angekommen, so ging noch ein Stück weiter, bis er schließlich am Ende der Mole stehenblieb. Eine der imposanten Fähren, die auf ihrem Weg nach Gedser oder Trelleborg war, schob sich auf der Warnow vorbei.

Gedankenverloren schaute er dem Schiff nach. ›TT-Line … der Arbeitsplatz von Wiebke Brandt‹, dachte Wenke und sah sie vor sich: ›Heute noch attraktiv, hat sie als junges Mädchen sicher die Blicke der Männer auf sich gezogen mit ihrem blonden Haar und ihrem selbstsicheren Auftreten. Auf einer ihrer ersten Fahrten muss sie Bengt Johanson begegnet sein, die Köchin dem Arzt. Und als sie merkte, dass sie schwanger war … Warum hat sie sich nicht gegen das Kind entschieden? Hoffte sie, den Mann auf diese Weise an sich zu binden?‹ Wenke fuhr sich mit der Linken über das Kinn. ›Und als er ihr eine große Summe als einmalige Abfindung zahlte, wie mochte sich das angefühlt haben? Und die bis dahin so begehrte und stolze Frau hatte das Geld akzeptiert! Dann war sie zurück nach Graal-Müritz gekommen, mit dickem Bauch … Die Häme der Leute war ihr sicher. Wenn sich später auch ihre Eltern zu dem unehelichen Kind der Tochter bekannten und beide zu Hause aufnahmen, die Tage der so lebensfrohen und unbekümmerten Wiebke Vesper waren vorbei: Sie arbeitete weiter als Köchin auf den Fähren, denn sie musste für den Lebensunterhalt sorgen – eine alleinerziehende Mutter, die ihr kleines Mädchen während der Arbeitszeit bei der Oma ließ – jedenfalls bis zur Heirat mit Jürgen Brandt. Und der Kindsvater, Bengt Johanson, der seine Ehe nicht hatte aufs Spiel setzen wollen? Was wissen wir eigentlich über dessen Frau, diese Karen Johanson? Außer dem offenbar gemeinsamen Kunstinteresse der Eheleute und dass sie kinderlos geblieben waren, nichts … Die Frau ist bisher bei unseren Ermittlungen nicht in Erscheinung getreten‹, dachte der Hauptkommissar irritiert und wurde sich bewusst, dass er sich im wahrsten Sinne des Wortes kein Bild von ihr machen konnte. Er sann darüber nach, dass dieser gewissermaßen »weiße Fleck« auf ihrer Karte der Personen aus dem Umfeld Mareikes und Ronalds bislang niemandem aufgefallen war. ›Was wäre, wenn Karen Johanson jetzt erst – nach der Scheidung Wiebke Brandts von ihrem Mann Jürgen – von der Existenz des Kindes erfahren hat?‹ Wenke rief sich zur Ordnung: Dieses imaginäre Eifersuchtsdrama, Kindsentführung oder gar -tötung eingeschlossen, gehörte wohl doch in das Vorabendprogramm des Fernsehens.

Er machte kehrt und lief den Alten Strom an den Geschäften hinunter, jetzt in zügigem Tempo. Er fröstelte etwas. Gegen Ende August waren lauschige Sommerabende an der Küste rar.

Auf dem Rückweg zum Parkhaus kam er an der Eisdiele am Hotel Hübner vorbei, konnte der »süßen Versuchung« nicht widerstehen und ließ sich einen kleinen Eisbecher bringen. Nach einem Blick auf die Uhr brach er aber bald wieder auf und stand in Kürze vor seinem Auto in der Parkgarage. Erst hier bemerkte er, dass er die kleine Tasche mit Papieren und dem Autoschlüssel nicht bei sich hatte. Nach einer Schrecksekunde wusste er auch, wo sie geblieben war und hetzte zurück in das Eiscafé. Doch auf seinem Tisch lag nichts.

Stattdessen kam ihm die Bedienung, eine junge Frau mit auffallenden Tattoos auf Schultern und Oberarmen, entgegen. »Suchen Sie das hier?«, fragte sie.

Er schaute die Frau erleichtert an, öffnete sein Portemonnaie und drückte ihr einen mittelgroßen dunklen Bernstein in die Hand, den er seit ein paar Monaten als Talisman bei sich trug.

Als er zu Hause endlich ins Bett sank, war es längst weit über seiner üblichen Schlafenszeit. ›Doch dafür bin ich wenigstens für ein paar Stunden nicht der Hauptkommissar, sondern einfach nur Ralf Wenke gewesen‹, sagte er sich. Dann wurde ihm bewusst, dass dies nur annähernd geglückt war.

Donnerstag, 25. August

Am nächsten Tag lagen gegen Mittag die Untersuchungsprotokolle zu der Kleidung Mareikes vor; die DNA Ronalds und einer weiteren Person konnten darauf nachgewiesen werden.

Der Kommissar und Festerling klingelten bei den Großeltern: Sie zeigten Getrud Vesper die Hose und das Oberteil.

Manfred Vesper stand daneben. »Mareike«, sagte er leise.

Seine Frau nickte nur, ihr saß ein Kloß im Hals. »Sie haben sie gefunden?«, fragte sie schließlich.

Wenke bat noch um etwas Geduld, es werde nicht mehr lange dauern und erklärte ihr das Ergebnis, zu dem die Kollegen von der KTU gekommen waren: Die Sachen waren frisch gewaschen und danach mit zwei Personen in Kontakt gekommen, eine war Herr Bäumer.

Mareikes Oma schluchzte auf: Die Sachen hingen bei ihr hinter dem Haus auf der Wäscheleine, zusammen mit anderen Stücken. Erst ihrer Tochter sei aufgefallen, dass sie fehlten, als sie Mareikes Kleidung und Spielzeug zusammenpackte, um sie mit in ihre Wohnung zu nehmen.

Als Festerling wissen wollte, warum sie das nicht der Polizei gemeldet hätten, sagte Gertrud Vesper nur: »Das Kind ist nicht mehr da …«, und aus ihren Worten klang eine ungeheure Trostlosigkeit.

Wenke bat sie um eine Haarsträhne zum DNA-Abgleich.

Auf der Straße angekommen, schaute Festerling auf die regungslos in der Tür Stehende zurück: »Wie unbegreiflich das alles ist, wie abgrundtief die Hoffnungslosigkeit. Aber Hoffnung zu wecken bei dem derzeitigen Ermittlungsstand, das wäre verantwortungslos.«

Sein Chef seufzte nur.

Die SOKO »Mareike« saß in den beengten Verhältnissen ihrer Graal-Müritzer Räumlichkeiten zusammen: Frank Steffen machte sich gerade für den Nachteinsatz im »Büro« bereit.

Arno Leising meinte: »Vielleicht sollten wir der verdächtigten Person ein Signal geben.«

»Wenn diese pure Vermutung denn zutrifft«, Festerling verhehlte seine Zweifel nicht. Inzwischen verdichteten sich die Hinweise, dass der Schuppen das Versteck Ronalds war und keinesfalls ein für jemand anderen bestimmtes Depot.

»Das zu klären, könnte beschleunigt werden«, und Leising machte den Vorschlag, dass einer von ihnen beiden sich bei Thomas Johanson telefonisch meldete und sein Kaufinteresse an Porträts – möglichst an mehreren – bekundete, und zwar an solchen in der Art Ronald Bäumers.

Festerling nickte und Jensen kommentierte: »Hat was für sich.«

Sie beratschlagten darüber noch eine Weile und entschieden, dass die Aktion am Freitag starten sollte, um dem Künstler über das Wochenende Gelegenheit zum Handeln zu geben. Es war schwer abzusehen, wie er darauf reagieren würde.

Das Telefon klingelte, Wenke sagte nur: »Wie erwartet« und informierte die Kollegen, dass der Befund der Rechtsmedizin zu den sterblichen Überresten Ronald Bäumers eingetroffen war, den er zur Kenntnisnahme in die Ablage legen werde.

»Ronalds Bild im Besitz Erwin Almgrens«, nahm Emma den Faden wieder auf, »wie ist dieser dazu gekommen? Ein Geschenk? Oder hat er es entwendet? Es muss vermutlich eines der letzten sein, vielleicht das letzte überhaupt«; und Emma informierte die Kollegen, dass es tatsächlich den Strand der Aufspülung zeigte, wo ja auch die Staffelei gefunden worden war, wenn auch vor der Aktion des Saugbaggers. Die für aufgeschüttete Sandhügel gehaltenen Haufen hatten sich als Dünen erwiesen. Ronald musste also unmittelbar vor seinem Verschwinden dort gewesen sein und das hieß, in der Nähe zu der Stelle, an der er im Wasser umgekommen war. Vielleicht war er mit Erwin Almgren gemeinsam dort und dieser hielt das Bild unter Verschluss, weil er verhindern wollte, dass seine Anwesenheit am Ort des Geschehens der Polizei bekannt wurde.

Jensen ergänzte: »Das Szenario könnte dann folgendermaßen aussehen: Beide befinden sich mit ihren Staffeleien am Strand. Ronald kommt zu Tode – wie auch immer – und Herr Almgren nimmt dessen Bild an sich und verschwindet; die Staffelei des Toten lässt er zurück, denn er konnte ja nicht mit zwei Staffeleien in die Klinik zurückkommen. Die Frage ist: Könnte er über den – in diesem Falle Diebstahl – hinaus schuldig sein, war er an dem Ertrinkungstod beteiligt?«

»Könnte«, sagte der Kommissar, »ein bisschen zu viel ›könnte‹.«

Auf dem Weg zurück nach Rostock hatte Wenke Festerling mit im Wagen. Sie waren schon bei Rövershagen auf die B 105 aufgefahren, als der Verkehr stockte.

»Ein Stau, mal wieder«, meinte Festerling, denn die Bundesstraße war berüchtigt dafür und auch der Bau der A 20 hatte nur geringfügig Entlastung für diese zu den Urlauberhochburgen auf dem Darß führende Strecke schaffen können. Doch dann ertönte das Martinshorn und Wenke sah im Rückspiegel ein Fahrzeug mit Blaulicht herannahen. Die Autoschlange quetschte sich so gut es ging an den Straßenrand und ließ mehrere Einsatzfahrzeuge, gefolgt von einem Rettungswagen, herannahen. Dann kam auch schon die Meldung im Verkehrsfunk des NDR mit der Aufforderung, die Unfallstelle weiträumig zu umfahren.

»Das kann dauern«, sagte Wenke, griff zum Telefon und rief die Leitstelle an. »Auch der Gegenverkehr steht wohl. Es kommen gar keine Autos mehr entgegen – Vollsperrung«, teilte er seinem Kollegen mit.

Nach gut dreißig Minuten begannen die ersten Wagen hinter ihnen aus der Autoschlange in umständlichen Manövern auszuscheren und zu wenden. »Ehe wir jetzt zurück nach Rövershagen fahren und den Umweg über Markgrafenheide nehmen – von hinten kommt ein langsamer Polizeiwagen. Offenbar will er sich ein Bild von der Verkehrssituation im Stau machen«, und Wenke griff zu ihrem Blaulicht und setzte es aufs Dach.

Der Wagen hielt neben ihnen, der Hauptkommissar wies sich aus und fragte nach Möglichkeiten, an der Unfallstelle vorbeizukommen. »Sind Sie im Einsatz?«, lautete die Frage der Verkehrspolizisten.

»Wir arbeiten an dem Fall des vermissten Graal-Müritzer Mädchens«, antwortete Wenke.

Die Kollegen nickten nur – weitere Fragen erübrigten sich, nahmen sie in Schlepp und nach zwanzig Minuten lag die Unfallstelle vor ihnen. Als sie im Schritttempo daran vorbeigelotst wurden, sahen sie, was geschehen war: Auf der Gegenfahrbahn stand ein schwarzer Ford, dem ein Straßenbaum zum Verhängnis geworden war. Der Aufprall musste mit großer Wucht erfolgt sein, das Vorderteil war so zertrümmert, dass selbst der Motorblock herausgerissen worden war. Die beiden Kripobeamten schauten sich an. Als die Einsatzkräfte vor ihnen für einen Moment die Sicht freigaben, sahen sie einen Mann auf der Straße liegen, der offenbar gerade aus dem Wrack befreit worden war. Festerling nahm instinktiv die Hand vor die Augen und Wenke blickte angestrengt aufs Steuer. Selbst für sie, die sie doch öfter mit Toten konfrontiert wurden, war der Anblick kaum auszuhalten.

»Beim Sterben zusehen, ist nicht zu ertragen«, sagte Wenke mit belegter Stimme, als er das Auto um die Stelle herummanövriert hatte. »Unsere Opfer sind schon tot – das ist doch etwas ganz anderes.« Er stockte und auch Festerling blieb stumm: Beiden stand Mareike vor Augen. Der Hauptkommissar hatte etwas ausgesprochen, was keiner von ihnen denken wollte …

Sie erreichten ihre Wohnungen fast zwei Stunden später als vorgesehen.

Emma war gerade dabei, ihr Abendbrot in der Küche auf das Tablett zu räumen, da klingelte das Telefon im Wohnzimmer. »Ja, Wenke hier. Ich wollte nur sagen … Ich meine … ich habe noch einmal darüber nachgedacht: Wir sollten die Beobachtung des Gewächshauses auf jeden Fall aufrechterhalten. Selbst wenn sich niemand für den Kasten interessiert, wäre das auch ein Ergebnis – ein Nullergebnis sozusagen.«

»Ja, sicher«, konnte Emma nur einwerfen, dann redete

Wenke schon weiter.

»Was ich noch hören wollte: Hat sich Bengt Johanson eigentlich noch einmal gemeldet?«

»Nein«, antwortete Emma, »ich hatte ihn doch auf ein unbestimmtes ›vielleicht später‹ vertröstet und von zu viel Arbeit gesprochen.«

»Und damit hat er sich abgefunden?«, fragte Wenke hartnäckig nach.

»Was bleibt ihm übrig – es gehören wohl immer zwei dazu.«

»Es wäre auch dienstlich nicht korrekt …«, kam es hastig hinterher.

»Ich wollte auch noch etwas sagen«, nutzte Emma das Verstummen des Anrufers. »Das ist bestimmt auch nicht korrekt. Aber ich war schon fast erleichtert, dass es nicht das Kind war, das da angeschwemmt worden ist – und ich habe schon beinahe ein schlechtes Gewissen, dies einzugestehen.«

»Dazu gibt es keinen Grund. Es ist normal, dass uns nicht jeder Todesfall in gleicher Weise nahegeht – obwohl das in offizieller Lesart natürlich anders klingt. Es gibt doch immer Menschen, die uns näher sind, während das bei anderen nicht klappt, da kann man sich Mühe geben, wie man will. Es ist eben keine Sache des Verstandes. Und über den anderen Teil von uns haben wir offenbar keine Macht.«

»Ja, offenbar nicht«, antwortete Emma. »Es hilft nichts, da muss man sich eben fügen.« Es war einen Moment lang still. Beide lächelten vor sich hin – und das war durchaus zu hören, als der Kommissar dann »Gute Nacht, Emma« sagte.

Freitag, 26. August

Am Freitagmorgen las Emma den ausführlichen Bericht der Rechtsmedizin:

›Die zur Begutachtung vorliegenden sterblichen Überreste, die zweifelsfrei Ronald Bäumer zugeordnet werden können, lassen den Schluss zu, dass der Tod durch Ertrinken eingetreten ist (überblähte Lunge).

Dabei handelt es sich um sogenanntes atypisches Ertrinken, bei dem die aspiratorische Phase weitgehend fehlt. Es ist also von einem gewaltsamen Untertauchen auszugehen, das heißt, dass der zu Tode Gekommene sofort untergegangen ist und nicht – wie typischerweise – erst nach mehrmaligem Luftholen an der Oberfläche. Als Ursache kann eine Fesselung an das Betonteil angenommen werden.

Die Ausbildung von Waschhaut sowie vor allem die Besiedelung der Körperoberfläche (besonders Handinnenflächen) mit Algenrasen lassen auf eine Liegezeit im Wasser von weniger als vier Wochen schließen.

Die fehlende Unterblutung der Wundränder belegt, dass alle Verletzungen post mortem zugefügt worden sind; ursächlich käme beispielsweise eine Schiffsschraube infrage, die auch die Arm- und Beinabtrennung – wie bereits diagnostiziert – verursacht haben könnte.

Die vorhandenen Extremitäten des Leichnams weisen zudem die typischen Schleifspuren auf, wie sie durch Grundberührung entstehen.

Fazit: Es liegt zwar ein gewaltsames Untertauchen vor, dass es sich aber um ein Fremdverschulden handelt, kann nicht mit Sicherheit geschlussfolgert werden.‹

»Ist Erwin Almgren vielleicht der Ronalds Mörder?«

Als Emma in den Beratungsraum trat, herrschte beklommenes Schweigen in der Runde, in das hinein Jensen mit gesenktem Kopf etwas aussprach, das die anderen fassungslos aufblicken ließ: »Und wenn es Selbstmord war und Ronald Mareike mit in den Tod genommen hat?«

»Aber die Rechtsmedizin hätte doch …«, wollte Emma Widerspruch anmelden.

»Nein«, ließ sich Wenke hören, »solange das Meer die Kinderleiche nicht freigibt, haben auch die findigsten Wissenschaftler verlorenes Spiel.«

Nach einem Räuspern meldete sich Festerling und brach damit den Bann: »Aber eins steht fest, die Bilder spielen eine zentrale Rolle: die Porträts bei Mareike, die Strandbilder bei Jürgen Brandt, Dr. Sagmo und Erwin Almgren sowie in dem Metallkasten und schließlich bei Thomas Johanson – wobei hier die Urheberschaft Ronalds noch zu prüfen wäre.«

»Zwei fehlen noch«, sagte Jensen, »die beiden Linienbilder, die wir in Mareikes Stofftier und in Ronalds Zimmer im Schrank vorgefunden haben.« Damit waren sie an einem wichtigen Punkt angelangt: Die Bedeutung der unter dem Schubfach versteckten Zeichnung war noch völlig offen.

Jensen und Emma waren wenig später in der Klinik unterwegs. Der Kurbetrieb machte einen friedvollen Eindruck: Einige Patienten spazierten auf den Wegen des parkähnlichen Geländes zu ihren Therapiestunden, andere standen in Gruppen vor den Häusern, warteten auf ihre Behandlung, schwatzten und lachten. Man hätte glauben können, in einem Hotel mit lauter fröhlichen Leuten zu sein; in einem Internat von Sportlern etwa, in dem ein lockerer Ton herrschte und das Du üblich war. Viele Patienten und Besucher, die die Suche

nach Ronald Bäumer oder den grausigen Fund von Extremitäten am Aufspülungsstrand mitbekommen hatten, waren längst abgereist. Die gegenwärtigen Patienten brachten den angeschwemmten Leichnam in keinerlei Verbindung zu ihrer Kurklinik. »Niemand ahnt hier etwas von unserer Arbeit«, sagte Emma. »Es ist, als führt das Haus ein Doppelleben; als hätte es ein zweites Gesicht. Ein bisschen so wie in Ronalds bei Jürgen Brandt hängendem Bild: Sieht man es von vorn an, so ist es ein idyllischer Strand, auf den Kopf gestellt aber zeigt es den monströsen Bunker.«

Jensen blickte sie an: »Ganz nüchtern betrachtet, gibt es hier ja auch tatsächlich eine zweigeteilte Welt, die der Kurgäste und die der Behinderten. Eigentlich nichts Besonderes, sondern eher wie im wirklichen Leben vor der Tür. Das ganze Gerede von ›Integration‹ und ›mitten in der Gesellschaft‹ derjenigen mit Handicap ist doch bloß ein Getue der offiziellen Seite, die Leute auf der Straße sehen das anders. Oder glauben Sie, dass ein Ronald von Mareikes Oma zum Sonntagskaffee eingeladen worden wäre?«

Emma begann zu widersprechen, aber es blieb ein schwacher Versuch: Gertrud Vesper hätte tagtäglich ihren dementen Mann um sich und wäre damit schon an den Rand ihrer Möglichkeiten gebracht …

»Sie schließt ihn ja regelrecht weg, Jalousien runter und Türen zu«, ergänzte ihr Kollege.

Jensen sah Dr. Sagmo auf dem Flur stehen und mit Dr. Vanderveit sprechen, während sie auf der Station 3 auf die Stationsschwester warteten. Vielleicht hatte Schwester Anka eine Erklärung für Mareikes Kleidung in Ronalds Zimmer. Sie war wie immer in Eile, warf einen kurzen Blick auf die Kleidungsstücke und schüttelte den Kopf: »Keine Ahnung, wie die Hose und das T-Shirt in das Patientenzimmer kommen.«

Jensen ließ nicht locker und wollte wissen, ob es denkbar sei, dass das Mädchen sich bei Herrn Bäumer umgezogen habe.

Wieder Kopfschütteln: »Kann ich mir nicht vorstellen; warum sollte sie das tun?«

›Ja, warum‹, dachte Emma.

Die beiden Ermittler klopften am anderen Ende des Ganges an Dr. Sagmos Tür und stellten ihm dieselben Fragen. Der Arzt konnte zwar keine stichhaltige Antwort geben, ließ sich aber auf eine Vermutung ein: Bei einer solchen Persönlichkeitsstörung könne es in Phasen eines Krankheitsschubes im Extremfall auch zu Fetischismus kommen, obwohl ihn das bei Ronald überrascht hätte. Auf die etwas hilflosen Blicke der Polizisten hin, folgte die Erläuterung: »Eine sexuelle Abartigkeit, bei der sich die Betroffenen Befriedigung durch Gegenstände aus dem Besitz der geliebten Person verschaffen, häufig Wäsche, manchmal sogar Schuhe.«

Emma blickte Dr. Sagmo irritiert an; in diese Richtung hätten sie noch gar nicht gedacht.

Dieser räumte ein, dass auch ihm ein solcher Gedanke bisher nicht gekommen sei, denn der junge Mann hätte seine Kunst als Ventil für seine Ängste und Sehnsüchte gehabt.

Jensen lenkte das Gespräch auf die Linienbilder und zeigte dem Arzt ein Foto.

Er sei natürlich kein Kunstsachverständiger, aber möglich, dass auch das heute als Kunstwerk gelte – schwarze Flecken auf einer roten Leinwand ja auch.

Wiedrum Jensen konfrontierte ihn mit der Deutung einer Wegbeschreibung.

Dr. Sagmo nahm den Hefter mit dem Bild in die Hand und drehte es ein paar Mal. »Auf die Idee muss man erst einmal kommen«, er sah konzentriert auf das Muster. »Die Krankheit kann – muss aber nicht – mit einer zumindest zeitweisen Einschränkung der räumlichen Orientierung einhergehen. Etwa so, als ob jemandem das räumliche Sehvermögen abhandenkomme. Die Umwelt ist nach wie vor wahrnehmbar, aber Personen und Dinge sind quasi wie von ihrem Ort gerückt; sie stehen frei im Raum, ohne Beziehung zueinander.«

»Und die Straßenschilder?«, warf Emma ein.

»Ronald konnte lesen.« Auch die würden zwar verstanden, aber nur andeutungsweise in die Vorstellung im Kopf, in das geistige Raumbild, eingeordnet werden können, erfuhren sie. In dieser Lage helfe es durchaus, die Bewegungen des Körpers aufzuzeichnen: eine Fortbewegung von geradeaus, links oder rechts herum. »Aber dass Herr Bäumer von dieser Störung betroffen war, das hatte er jedenfalls gut verborgen.«

Mittags klingelte das Telefon in Thomas Johansons Atelier. Es meldete sich ein Herr Hendryk Wesemeyer, »mit zwei Y«, und zeigte sich am Erwerb einiger Arbeiten interessiert. Und zwar ausschließlich an den eigenwilligen Porträts in schwarz-weiß, von denen er gleich mehrere kaufen wollte. Sein Interesse erklärte er mit einer Geschenkidee für eine junge Dame, die sich zwei aus der Reihe der Bilder aussuchen sollte. Es müssten also mindestens vier Werke zur Auswahl vorliegen.

Der Künstler antwortete etwas spöttisch, er hätte zwar keine Serienfertigung, aber er wolle sehen, ob er etwas vorlegen könne.

Auf die Aufforderung, in das Hamburger Atelier zu kommen, entgegnete der Anrufer, das ginge leider aus Zeitgründen nicht und schlug ein Treffen in Rostock vor; auf Ort und Zeit könne man sich später noch einigen.

Als Emma und Jensen die Klinik verließen, war es schon später Nachmittag. Auf der Straße kam ihnen Frank Steffen entgegen, der in dieser Nacht von der Observation des Schuppens in Anspruch genommen werden würde. Er war auf dem Weg in sein »Büro«. Es blieb aber noch etwas Zeit und so setzten sie sich zu einem Kaffee in die dicht neben dem vertrauten Waldweg liegende kleine Gaststätte, die eher einem Bistro glich. Frank Steffen erzählte von seinen nächtlichen »Abenteuern«. Gestern wäre er auf ein seltsames Schnaufen unter seinem Fenster aufmerksam geworden. Als er sich unter Ausnutzung der Büsche als Deckung diesem auf allen Vieren näherte, war es ein Igel … Etwas später sei ein unsicher gehender Patient aufgetaucht, der vergeblich versuchte, mit seinem Schlüssel den hinteren Hauseingang zu öffnen, bis ihn schließlich die Nachtschwester hineinließ – der Ärger war ihm sicher. In den wenigen Nächten hatte Steffen festgestellt, dass diese Kurklinik ein kurioses Eigenleben zu führen schien. »Eine der jungen Schwestern holt sich ein Rad, das Bruno hinter dem Fahrradverleih deponiert haben muss; eine Physiotherapeutin stellt eine Tasche in dessen Blumenrabatte ab und eine dritte – es kann aber auch ein Mann gewesen sein – sucht den breiten Weg mit der Taschenlampe ab, nach irgendetwas Verlorenem vermutlich.« Ein Highlight des nächtlichen Treibens sei aber die Aktion dreier Kurgäste gewesen: Die Männer hatten in unverkennbarer Schnapslaune die Leiter aus dem Patientengarten geholt und mit deren Hilfe den Apfelbaum, offenbar einer geradezu unwiderstehlichen Versuchung reifer Früchte erlegen, geplündert. Bruno wird am nächsten Tag nicht schlecht gestaunt haben.

»Und etwas Ernstzunehmendes?«, unterbrach Emma die launige Erzählung.

Frank Steffen zögerte: »Ja, ich weiß nicht recht. Vorgestern Nacht lief eine dunkel gekleidete Person zu den Therapieräumen. Da deren Eingänge aber um die Ecke liegen, war nicht auszumachen, welche der beiden Türen derjenige benutzte. Nach kurzer Zeit war er oder sie aber wieder herausgekommen und in Richtung der Zaunlücke an der Rückseite des Geländes verschwunden.«

»Trug die Person etwas bei sich?«, wollte Emma wissen.

»Nicht genau zu sagen; als sie im Schein der Lampe an der Ecke des Fahrradverleihs auftauchte, schon – später nicht. Aber das ist nur ein Eindruck.«

Die drei hatten unterschiedliche Erklärungen parat: Jensen meinte, derjenige hätte etwas hingebracht.

Emma hielt es eher für möglich, dass er sich mit jemandem getroffen hatte und Frank Steffen hielt den Unbekannten für eine der Therapeutinnen, die etwas in ihrem Raum vergessen hatte.

Jensen fiel der ungeklärte Einbruch bei Wiebke Brandt und Anna Hegebrecht ein, bei dem seltsamerweise nur ein Bildband abhanden gekommen war, das Porträt war ja später wieder aufgetaucht.

»Ein Einbruch ist nicht gemeldet worden?«

Frank Steffen schüttelte den Kopf, blickte auf seine Uhr und machte sich auf den Weg in sein »Büro«.

Jensen sah erschöpft aus: »Es ist so mühsam. Immer dann, wenn wir etwas klären können, tut sich ein ganzes Dutzend neuer Fragen auf.« Dann lächelte er Emma an: »Das Einzige, was mich aufbaut, ist meine Kleine, drei Monate alt. Obwohl sie mich nachts aus dem Bett holt. Wie furchtbar muss es dann sein, ein Kind zu verlieren«, sagte er leise, als sie aufbrachen.

Im Kommissariat nahm Wenke zwei Gutachten aus der Ablage; als erstes interessierte ihn das zu Mareikes Kleidung: die zweite DNA war als die der Oma, Gertrud Vesper, identifiziert worden. Womit sich bestätigte, was sie vermutet hatten. Das bedeutet aber eben auch, es gab keine neuen Erkenntnisse.

Etwas anders sah das bei dem Behälter vom Strand aus: Die Kollegen konnten nachweisen, dass er mit Fischen in Berührung gekommen war, also wahrscheinlich zum Aufbewahren von Angelutensilien gedient hatte; im Übrigen war er leer und hatte – nach seinem Zustand zu urteilen – schon längere Zeit im Wasser gelegen. Die SOKO zog daraus den naheliegenden Schluss, dass er aus dem Kahn von Kai-Uwe Frenks stammte, der am Wasserwanderrastplatz angespült worden war. Das konnte bedeuten, dass er gar nichts mit ihrem Fall zu tun haben musste – wäre da nicht der Umstand gewesen, dass sich im Schuppen der Klinik ein Metallkasten gleicher Bauart befand.

Festerling schaute währenddessen noch einmal im Restaurant von Frenks vorbei. Der alte Fischer bestätigte, dass der Behälter in den Angelkahn gehört hatte, aber bisher nicht wieder aufgetaucht war.

Der Kriminalist griff zum Schlüsselbord an der Wand. »Hätte jemand unbemerkt das Lokal betreten und an den Bootsschlüssel oder an den Metallbehälter kommen können?«

Frenks rief, statt eine Antwort zu geben, seinen Sohn Torben. »Dass irgendein Unbefugter sich hier rumtreibt, ist ausgeschlossen.«

»Und der Kasten?«, fragte der Kriminalist hartnäckig.

Der junge Mann zögerte etwas, gab dann aber an, einen solchen Angelkasten Mareike einmal zum Aufbewahren ihrer Steine geschenkt zu haben.

»Wann?« Festerling sah ihn gespannt an.

Doch da wollte sich der Fischer nicht festlegen, vor mehr als zwei, vielleicht vor drei Jahren müsse das gewesen sein,
genauer erinnern könne er sich nicht mehr. Er hatte das Kind am Strand getroffen, als er den Kahn im Frühjahr zum Campingplatz bringen wollte. Seitdem sei ihm Mareike zwar hin und wieder über den Weg gelaufen – beim Bäcker Rolfsen zum Beispiel –, aber Kontakt habe er zu ihr nicht mehr gehabt.

Damit war plausibel erklärt, wie Ronald Bäumer in den Besitz des Behältnisses im Schuppen gekommen war; auf harmlose Weise offenbar, die nichts mit seinem Tod zu tun hatte.

»… und mit dem Verschwinden Mareikes auch nicht«, warf Emma ein, als die SOKO gegen Dienstschluss wieder im Kommissariat zusammensaß, um der Deutung des Linienbildes näherzukommen.

Jensen gab ihr recht: »Das gilt freilich nicht für den abhanden gekommenen Kahn.«

Festerling nickte vor sich hin. Alle vier standen über das Linienmuster gebeugt, Wenke hatte den Straßenplan von

Graal-Müritz daneben gelegt. Aber wie sie sich auch mühten, diesmal wollte sich keine Lösung ergeben.

Wenke gab schließlich zu bedenken: »Wenn das auch eine Wegbeschreibung ist, dann keine von der Klinik ausgehende.« Dann müssten sie ganz woanders suchen; wo aber, das war die Frage. Und dazu kam natürlich auch die Ungewissheit, was sie am Zielpunkt erwartete, ob sich der Aufwand überhaupt lohne.

»Vielleicht ist es nur einer seiner Steinhaufen«, meinte Emma und behielt damit unbeabsichtigt das letzte Wort, denn für heute machte Wenke Schluss und entließ alle Anwesenden in den wohlverdienten Feierabend.

Sie lief zu ihrem kleinen Nissan und beim Anlassen des Motors stand ihr unwillkürlich Jensen wieder vor Augen: Dieser jungenhaft wirkende Mann war also Vater. ›Ja‹, dachte sie auf ihrem Nachhauseweg im Auto, ›und wie schön muss es sein, ein Kind zu bekommen.‹ Sie lächelte versonnen vor sich hin und schaute links aus dem Fenster, als sie an einer Ampel hielt; der Fahrer auf der Spur neben ihr lachte sie an: ein junger Mann in einem schnittigen BMW. ›Du bist nicht gemeint‹, dachte sie. Er kam auf seiner Spur schneller voran und so konnte sie sein Autokennzeichen erkennen: ›Ein ›M‹ natürlich – was sonst‹, war ihr stiller Kommentar. Wenig später bog er nach links ab und winkte ihr aus dem Rückspiegel zu. ›Na, kommunikationsfreudig sind sie jedenfalls, diese Leute aus dem Süden der Republik. Und weil sie wissen, dass ihre Sprache hier kaum zu verstehen ist, haben sie sich nun auf Handzeichen verlegt.‹

Dann fanden ihre Gedanken zu dem Baby zurück: Keine ihrer Freundinnen hatte sich bisher zu einem Kind entschlossen und ob sie es selbst je soweit bringen würde … ›Bei dem Beruf, wie sollte das wohl gehen?‹

Kurz vor acht war Wenke mit dem Einkauf im Supermarkt beschäftigt. Er blickte auf seinen Zettel und schob den Wagen zielgerichtet durch die Gänge – die Werbestrategen hatten bei ihm keinen Erfolg, weil er wusste, was er brauchte und nicht nach rechts und links schaute. Sein Einkaufswagen hatte sich schon beträchtlich gefüllt, denn die Kühlschrankbestände waren bis auf klägliche Reste zusammengeschmolzen. Er griff zu einer Packung Räucherfisch mit der Aufschrift ›Aus der Heimat‹ und wendete sie, um das Haltbarkeitsdatum zu finden. Da fiel sein Blick auf den Strichcode und ihm kam wieder das Linienmuster der Zeichnung in den Sinn. Etwas geistesabwesend reihte er sich in die Schlange an der Kasse ein und beim Bezahlen ließ er das Wechselgeld liegen, sodass ihm die Kassiererin nachrief: »Ihre zehn Euro, mein Herr!«

Am Schreibtisch zog er die Kopie des Musters hervor, die er versehentlich eingesteckt hatte. ›Oder war es kein Versehen? Wer weiß schon, wie unser Unterbewusstsein arbeitet‹, dachte er. Aber so sehr er auch alle Möglichkeiten durchspielte, ein plausibel erscheinender Anfangspunkt gab sich nicht zu erkennen.

Er rief Festerling an, um sich mit ihm auf ein Glas Bier zu verabreden. Doch der hatte seinen Enkel Benni zu Besuch. So blieb es bei dem Gespräch am Telefon.

Sie diskutierten den vertrackten Fall von allen Seiten, bis Festerling meinte: »Und wenn die Zeichnung gar nichts mit unseren beiden Fällen zu tun hat? Luise Meister hat von sogenannten Linienbildern gesprochen. Was, wenn hier der Künstler Ronald Bäumer am Werke war? Kunst verlangt zwar auch Deutung, aber doch eine ganz andere als unsere. Dann wäre es kein Wunder, dass wir hier nicht weiterkommen. Vielleicht sollten wir das Bild Experten vorlegen; aus der Hamburger Kunsthalle zum Beispiel, die hat bekanntlich eine bedeutende Sammlung von Malern der Moderne.«

»Vielleicht«, sagte Wenke und damit war das Telefonat nach einer halben Stunde beendet.

Er ging frustriert ins Bett und drehte sich noch eine ganze Zeit lang von einer Seite auf die andere, ehe er Ruhe fand.

Schwester Lena Ort war an diesem Freitag zum Nachtdienst eingesetzt. Sie hatte die Patienten mit ihren Medikamenten versorgt und war mit Schreibarbeiten beschäftigt. Die Fenster hatte sie angekippt. Die Stunden vor Mitternacht gingen immer noch, aber danach wurde es schwer, sich wachzuhalten; sie konnte sich natürlich bequem hinsetzen, die Füße hochlegen und ruhen, doch einschlafen durfte sie dabei nicht. Ihr ging der Tote durch den Sinn. Ansprechbar in seinen guten Zeiten hatte er feinfühlig auf sie reagiert und sofort gemerkt, wenn sie sich gestresst fühlte. Er war es, der sie getröstet hatte, nicht umgekehrt. Danach zu urteilen, was sie im Laufe der Zeit zufällig beobachtet hatte, war er auch mit dem Mädchen so umgegangen. Die Polizei ging offensichtlich von einem Zusammenhang der beiden Fälle aus; das glaubte sie auch, nur auf ihre Weise: Ronald hatte sie nicht etwa verschleppt und ihr etwas angetan, sondern er war getötet worden, weil er sie gesucht hatte. Es war also ein und derselbe Täter, der Entführer Mareikes und der Mörder Ronalds. Ihr Patient wohnte auf der Station 3. Mareike besuchte ihn hier, also musste der Unhold auch … Dieser Gedanke ließ sie frösteln und sie schloss die Fenster.

Als sie zu später Stunde ihren nächtlichen Rundgang machte, glaubte sie, im Arztzimmer etwas zu hören. Auf dem Gang war nur die Notbeleuchtung eingeschaltet. Das machte sie nicht gerade mutiger. So stand sie eine Weile regungslos vor Dr. Sagmos Zimmer. Schließlich klopfte sie und fasste auf die Klinke. Doch hinter der verschlossenen Tür blieb alles still. Sie setzte ihre Arbeit fort und war gerade mit dem letzten Patientenzimmer fertig, als ihr einfiel, dass man vom anderen Ende des im Winkel verlaufenden Ganges vielleicht zu den Fenstern des Arztzimmers sehen konnte. Ganz hinten war die Patientenbibliothek untergebracht. Schwester Lena nahm den Schlüssel vom Haken und ging entschlossenen Schrittes dorthin. Sie öffnete das rechte Fenster und lehnte sich hinaus. Um keine Aufmerksamkeit zu erregen, hatte sie kein Licht eingeschaltet, sodass der Raum hinter ihr im Dunkeln lag. Die zwei Fenster Dr. Sagmos hatte sie nicht von vorn, sondern nur seitlich im Blick, das linke mehr als das rechte; doch es war weder etwas zu erkennen noch etwas zu hören – offenbar sah sie schon Gespenster.

Da war ihr, als ginge eine Tür auf dem Gang. Sie tastete sich an den Bücherwänden zurück zur Zimmertür und öffnete diese einen Spalt breit. Der Eingangsbereich der Station 3 war nur spärlich beleuchtet, sodass sie nur wahrnahm, wie eine Gestalt hinaushuschte und nach draußen verschwand. Das war sehr schnell gegangen, daher war sie sich nicht einmal sicher, ob es sich um einen Mann oder eine Frau gehandelt hatte. Außerdem war die Person nur von der Seite und von hinten in ihr Blickfeld geraten: groß und dunkel gekleidet, mit behänden Bewegungen, also jedenfalls nicht schwerfällig – das wusste sie mit Bestimmtheit.

Sie ging zum Fenster zurück, um es zu schließen. Dabei blickte sie auf den hinter dem Haupthaus gelegenen Gartenteil und bemerkte gerade noch, wie der- oder diejenige zur Hintertür des Gebäudes heraustrat und in der Dunkelheit verschwand. Es war zwar kaum etwas zu erkennen gewesen. Und doch kam sie zu der Überzeugung, dass sich der Unbekannte in Richtung der Wirtschaftsgebäude davonbewegte.

Zurück im Schwesternzimmer beschloss sie, niemandem von dem nächtlichen Besucher zu erzählen – was auch: Nach Mitternacht hätte irgendjemand sein Unwesen auf der Station getrieben. Angst würde sie bei Tageslicht keine mehr haben und sich vor den Kollegen lächerlich machen. Doch das wollte sie auf keinen Fall.

Samstag, 27. August –
Vier Wochen nach Mareikes Verschwinden

Es war schon später Samstagnachmittag; Luise Meister hatte gerade eine ihrer nur alle vierzehn Tage samstags stattfindenden Therapiestunden beendet und noch eine Gruppe von Patienten mit Störungen der Feinmotorik vor sich, die mit Terrakottaarbeiten beschäftigt war. Sie griff ins Regal des Ateliers und nahm die Figur Ronalds in die Hand. Mit dem linken Zeigefinger strich sie ihr beinahe zärtlich über den unförmigen Kopf mit dem großen ›M‹ auf dem Scheitel. Sie lächelte vor sich hin: Keiner dieser stumpfen Menschen da draußen wäre auf die Idee gekommen, dass zwischen ihnen ein anderes Verhältnis als das einer Therapeutin zu ihrem Patienten bestand; »tumbe Toren« hätte man sie in mittelalterlicher Zeit genannt, alles »tumbe Toren«; begabt mit einem Hirn zum Zählen und Messen, zum Klicken auf dem Computer und Trainieren ihrer Muskeln, aber überfordert mit allem, was außerhalb dieses stupiden Lifestyles lag. Ronald war Künstler wie sie, was machte da der Altersunterschied – ganz zu schweigen von seinem kleinen Handicap, das ihn manchmal verstummen und in seine innere Welt versinken ließ. Das war ihr nur allzu vertraut, wenn sie spätestens im November gegen ihre alljährliche Herbstdepression kämpfte. Die war natürlich mit seinem Zustand nicht zu vergleichen, sondern verlief in solchen Bahnen, dass sie sie bisher gegenüber ihrer Umwelt unter der Decke halten konnte. ›Unter der Decke halten‹, dachte sie, ›was für ein Bild.‹

Es war tatsächlich so, als würde man sich in die Couchecke setzen und die Decke über den Kopf ziehen; keine Außenwelt mehr, allein mit dem eigenen Atemgeräusch. Seit Ronald nicht mehr da war, rückte der Griff zur Decke immer näher, denn sie lag längst bereit …

Ein Klopfen an der Tür riss sie aus den Gedanken: Wenke und Jensen standen vor ihr, mit dem Linienbild aus Ronald Bäumers Schrank in der Tasche. Der Kommissar bat sie um eine Deutung des Musters.

»Nun, eben ein Linienbild, wie ich schon sagte«, kam die Antwort.

»Oder eben auch nicht«, entgegnete Jensen.

Luise Meister sah ihn pikiert an und spielte gelangweilt mit ihrem Kugelschreiber.

Wenke veranlasste sie, sich das Muster zwei Minuten lang einzuprägen; dann forderte er sie auf, es aus dem Kopf nachzuzeichnen.

Sie griff zu einem Blatt Papier und war in wenigen Augenblicken damit fertig.

Wenke legte die beiden Muster nebeneinander und sagte fassungslos: »Sie sind identisch.«

Die Therapeutin lehnte sich amüsiert zurück: »Ich habe ein fotografisches Gedächtnis.«

»Sie kennen das Muster also nicht?«, wollte er noch einmal wissen.

»Woher sollte ich?«, war die Gegenfrage.

»Autisten haben häufig diese außergewöhnliche Fähigkeit«, warf Jensen ein. »Hatte sie Ronald auch?«

»Ja, sicher«, antwortete Luise Meister gleichmütig.

Schließlich blieb dem Kommissar nichts anderes übrig, als aus der Deckung zu kommen: »Könnte das auch die Beschreibung eines Weges sein, ein Fortbewegungsmuster gewissermaßen?«

Für einen kurzen Moment reagierte die Befragte irritiert.

›Mit Bestürzung‹, ging es Wenke durch den Kopf.

Dann wiederholte sie die Frage, als hätte sie nicht ganz verstanden und flüchtete sich zum zweiten Mal in eine Gegenfrage: »Und wo soll bitte schön der Anfang, wo der Endpunkt des Weges sein?« Sie nahm das Stück Papier und drehte es ein paar Mal. »Ohne dieses Wissen wäre die Beschreibung sinnlos, pure Kritzelei ohne irgendeinen Nutzen.«

»Aber für denjenigen, der sie zu lesen versteht, natürlich nicht«, schloss der Kommissar die Unterhaltung und bemerkte, wie sein Gegenüber unbehaglich auf der Stelle hin- und herrutschte.

Wieder allein, saß Luise eine Weile in sich gekehrt neben dem Fenster. Sie nahm mechanisch Ronalds Figur und schaute den beiden Polizisten nach, wie sie auf dem breiten Weg in Richtung Fahrradverleih gingen. Dann griff sie zu einem Block Karopapier und zeichnete das Muster noch einmal nach. ›Man müsste nur den Ausgangspunkt ausfindig machen‹, ging es ihr durch den Sinn.

Schließlich fasste sie einen Entschluss: Nach ihrer letzten Therapiestunde wollte sie sich mit ihrem Fahrrad auf den

Weg machen; natürlich war das Ganze ein Ratespiel, aber einen Versuch war es wert.

Sie fuhr gegen 19.30 Uhr von der Klinik los und bog auf den Hof der Physiotherapie von Harry Walter, wendete das Fahrrad und begann, den Richtungspfeilen folgend, zu schieben. Nach kurzer Zeit hatte sie das Ortsausgangsschild hinter sich gelassen und folgte der Landstraße einige hundert Meter, dann führte von ihr ein rechter Weg ab. Die Pfeilangaben stimmten. Sie lief in den Wald. Es gab allerdings ein Problem, das sie in der Hektik des Aufbruchs nicht bedacht hatte: Sie konnte ja nicht wissen, wie lange sie unterwegs sein würde, das heißt, ob das alles noch bei Tageslicht zu schaffen war – und ihre Taschenlampe hatte sie im Schrank des Therapieraums liegen gelassen. Hinzu kam: Wenn der Weg sich am Zielpunkt in dichtem Unterholz verlieren sollte, wäre mit ihrem Rad kein Durchkommen mehr möglich. Doch bisher ging alles gut. Wie angegeben, nahm sie einen linker Hand abbiegenden Seitenweg. Doch dann schien sich ihre Befürchtung zu bewahrheiten, denn dieser verengte sich zusehends, sodass er mehr einem Pfad glich. Es war schon etwas dämmrig unter dem dichten Blätterdach, als sie vor einer Weggabelung stand. Der Pfeil wies wiederum nach links, das hieß in den Küstenwald hinein, denn der Strand musste auf der rechten Seite liegen. Sie dachte einen Moment daran, besser umzukehren. Doch bei Tage hätte sie bei ihrer Suche die Aufmerksamkeit der Polizei erregen können. Das wollte sie auf jeden Fall verhindern. Nach etwa zwanzig Minuten mündete der Weg wiederum auf einen breiteren, der vermutlich vom Wasser kam. Obwohl jetzt mehr Platz war, fühlte sie sich in der einsetzenden Dunkelheit doch zunehmend unwohl; aber Gespenster gab es nicht, wenigstens spukten sie nicht in einem Streifen Küstenwald, sondern bevorzugten eher die Hirne einiger unbedarfter Menschen. So lief sie unbeirrt weiter. Die Zeichnung hatte zwar längere und kürzere Striche, aber wie lang genau die einzelne Angabe gemeint war, ließ sie natürlich offen. Sie blieb daher alle zehn Meter stehen, um mit ihrer batteriebetriebenen Fahrradlampe intensiv die jeweilige Seite abzuleuchten, auf der eine nächste Abbiegung zu erwarten war. Dennoch hätte sie die Stelle fast verpasst, an der zu ihrer Rechten die Büsche zurücktraten und einen Zugang freigaben.

Sie schaute auf die Uhr; es war etwa eine Stunde vergangen, seitdem sie im Wald unterwegs war. Ihren Überlegungen zufolge bewegte sie sich auf den Campingplatz zu, aber das konnte natürlich auch täuschen. Ein Blick auf das Linienmuster zeigte ihr, dass sie schon weit vorgedrungen war. Es konnte nicht mehr lange dauern.

Sie kämpfte ihren Drang zur Umkehr nieder und schritt weiter vorwärts. Vor ihr lagen noch drei Richtungsänderungen. Die erste war schnell erreicht, bei der zweiten zögerte sie etwas, denn sie war sich nicht sicher, ob diese Angabe richtig sein konnte und bei der dritten blieb sie unschlüssig stehen: Nicht nur, dass der Pfad fast zugewachsen war, der Boden gab auch nach: Es wurde zunehmend sumpfig. Sie konnte ihr Rad nicht an einen Baum lehnen und weiterlaufen, denn dann hätte sie kein Licht mehr gehabt. So schob sie es durch Brennnesseln und andere Pflanzen, deren Ranken – vermutlich von Brombeeren – sich in ihrem Vorderrad verfingen, weiter.

Nach zehn Minuten hielt sie erschöpft inne und sah sich um. Wenn sie nicht völlig fehl gegangen war, hatte sie das Ende des Musters erreicht – mitten im Wald, am Rande eines Sumpfes. Sie schwenkte den Lenker von links nach rechts. Dann sah sie es: Der Lichtkegel hatte einen Steinhaufen erfasst, der zu einer Pyramide aufgeschichtet war. Sie schaute enttäuscht darauf herab: »Das war alles?«

Luise Meister zuckte ratlos die Schultern, wendete ihr Fahrrad und trat den Rückweg an. ›Was mochte in der Gedankenwelt Ronalds vorgegangen sein?‹, grübelte sie. Den Wert, den Steine für ihn hatten, kannte sie. Besonders die Feuersteine mit einem Loch hatten es ihm angetan. Er sah darin eine Art Wohnstätte der Seele. Als Pyramide aufgeschichtet, hatte er ihr einmal erklärt, ergeben sie ein stattliches Haus.

Der Rückweg war dadurch erschwert, dass sie das Strichmuster nun umgekehrt lesen musste. An der Weggabelung verwechselte sie die Seiten und ging ein Stück falsch weiter, ehe sie ihren Irrtum bemerkte. So kam es, dass ihre Uhr halb zehn zeigte, als sie erleichtert die Landstraße vor sich sah.

Sie wollte gerade aufsteigen, als jemand sie ansprach: »Frau Meister, so spät …?« Weiter kam Wenke nicht. Die SOKO stand vollzählig vor ihr.

Festerling nahm ihr das Strichmuster aus der Hand: »Sie bleiben heute Nacht unser Gast – Verdunkelungsgefahr«, erklärte er ihr in sachlichem Ton.

Noch am Abend unterschrieb Luise das Protokoll: Sie hatte den Ausgangspunkt bei der Physiotherapie Walter vermutet, weil sie von dem dort deponierten Fahrrad Ronalds wusste. Nur damit konnte er entfernter gelegene Strandabschnitte erreichen. Es diente auch als Transportmittel für seine Malutensilien. Dann hatte sie die Neugier so geplagt, dass sie ihre Vermutung überprüfen wollte. Der Polizei gegenüber hätte sie nichts von ihrem Vorhaben verlauten lassen, aus der Befürchtung, sich zu blamieren.

Wenke sah sie zweifelnd an und hieß sie, draußen zu warten. Die Kollegen hatten ihn zu seiner Spürnase beglückwünscht, Luise Meister zu folgen. Es hatte völlig ausgereicht, sie auf der Einmündung des Waldweges auf die Landstraße abzupassen, denn einen anderen Weg konnte sie nicht nehmen.

Sonntag, 28. August – Die Steinpyramide

Heute Morgen wollte die SOKO mit einem Kollegen der Hundestaffel und dessen vierbeinigem Mitarbeiter dem Gang Luise Meisters folgen. Sie selbst lief in Begleitung Festerlings und Jensens am Schluss des Trupps. Es hatte in der Zwischenzeit nicht geregnet, sodass das Tier keine Probleme hatte, der Spur zu folgen. Es stürmte geradezu vorwärts, der Hundeführer folgte im Laufschritt und war ihnen auf diese

Weise ein Stück voraus.

»Waldlauf«, sagte Wenke zu Emma, »sehr gesund.«

Da hörten sie, wie der Hund anschlug. Es musste unmittelbar vor ihnen, jedoch rechts im Gebüsch sein. Emma trat vorsichtig von einem Büschel Riedgras, unter dem Wasser hervorquoll, zum anderen. Sie dachte an die Nacht ihres Umherirrens neben dem Campingplatzgelände.

Wenke blickte sich nach ihr um: »Erkennen Sie es wieder? Direkt vor uns liegt der sumpfige Tümpel, an dem wir einmal langgelaufen sind, damals waren wir hier auf der Suche nach dem Kinderfahrrad unterwegs, das Sie zu nächtlicher Stunde entdeckt hatten.« Er hatte recht, vor ihnen blinkte der Wasserspiegel – diesmal aber nicht sommerlich heiter, sondern herbstlich verhangen von Dunst im ohnehin grauen Licht. Vor vier Wochen waren sie nicht bis hierhergekommen, sondern vorher zum Bunker abgebogen.

Der Hundeführer hatte sein Tier zur Seite genommen und strich ihm sichtlich stolz über das Fell.

Vor ihnen, zwischen Teichrand und Gebüsch, war eine etwa vierzig Zentimeter hohe Steinpyramide errichtet. Der Kommissar und Festerling streiften ihre Schutzhandschuhe über, gingen in die Hocke und begannen behutsam, Stein für Stein abzubauen, bis schließlich der ganze Haufen hinter ihnen lag. Einer der Bereitschaftspolizisten holte kleine Schaufeln und so schoben die zwei Männer die Erde beiseite. Festerling erhob sich plötzlich und Wenke hielt wie erstarrt in der Bewegung inne: Eine Kinderhand lag vor ihnen in der dunklen Erde, die Finger leicht gekrümmt, als hatte sie etwas festhalten wollen.

Emma hatte sich instinktiv zur Seite gedreht, schämte sich im gleichen Moment für ihr unprofessionelles Verhalten und zwang sich, hinzusehen; der Anblick hatte etwas Surrealistisches: eine helle, saubere kleine Hand in dem klebrig-schwarzen Morast, im fahlen Nebelgrau der letzten Augusttage.

Die Polizisten traten vorsichtig zurück, um mögliche Spuren nicht zu zerstören. Die Art, wie sie es taten, wirkte wie ein letztes Abschiednehmen von dem toten Kind. Der Fundort wurde weiträumig abgesperrt. Die vier Ermittler blieben noch, bis der Polizeifotograf, die KTU-Kollegen und der Rechtsmediziner eingetroffen waren. Der Arzt blieb ein paar Augenblicke, über den kleinen Leichnam gebückt, neben der aufgewühlten Erde hocken; als er sich erhob, blickte er die Umstehenden stumm an: Sein stereotyper Hinweis »alles Weitere nach der Obduktion« schien ihm in der Kehle steckengeblieben zu sein.

Luise Meister stand an einen Baumstamm gelehnt: »Haben Sie etwas dazu zu sagen?«, wurde sie von Jensen gefragt.

Er erhielt keine Antwort und führte die Therapeutin zum Polizeiauto, das mit ihr zurück ins Kommissariat fuhr.

Wenke verhängte für die nächsten 24 Stunden eine Nachrichtensperre, um nicht ungewollt Täterwissen preiszugeben; und Luise Meister musste im Vernehmungsraum Platz nehmen.

Jensen und Festerling wechselten sich bei der Befragung mit Emma und dem Kommissar ab. Es ging um die Feststellung eines hinreichenden Tatverdachts bzw. einer Tatbeteiligung, denn sonst mussten sie die Frau, die seit gestern Abend festgehalten wurde, wieder nach Hause entlassen.

»Hat Ronald Bäumer Ihnen gegenüber auf irgendeine Weise zu verstehen gegeben, dass er Mareike Brandt getötet hat?«, begann Wenke das Gespräch und machte sie darauf aufmerksam, dass sie hier als Zeugin vor ihnen saß – vorläufig jedenfalls.

Statt mit einer Antwort reagierte Luise Meister auf das »vorläufig jedenfalls« mit einer solchen Empörung, dass ihre Stimme sich im Kreischen überschlug.

Das half nicht weiter und so formulierte er die Frage anders: »Hat sich Herr Bäumer nach dem 29. Juli bis zu seinem Verschwinden am 4. August irgendwie auffällig verhalten?«

Luise blickte verstört auf: »Nein. Doch. Ich weiß nicht.«

Auch damit war nichts anzufangen. Emma griff über den Tisch und nahm die Hand der hilflosen Frau: »Frau Meister, bei dem vertrauten Verhältnis, das Sie zu dem Kranken hatten – was war es, das anders war als sonst?«

Die junge Ermittlerin hatte offenkundig den richtigen Ton getroffen, als sie nicht vom »Täter«, sondern vom »Kranken« sprach.

Die Ergotherapeutin sagte leise: »Er war so traurig. Die Ärzte sahen darin den Beginn einer depressiven Phase und verabreichten ihm Medikamente. Als ich seine Tasche mit den Malutensilien in die Ablage gestellt habe, weil sie im Wege stand, habe ich zufällig die Tabletten bemerkt, die sich in einer Plastikschachtel mit datierter Dosierung befanden. Ronald hatte sie seit Tagen nicht mehr genommen. Da wusste ich, dass es kein Krankheitsschub war.«

»Und weiter?«, holte Emma sie aus ihrem Verstummen. »Und weiter, Luise?«

»Das hat schon lange niemand mehr zu mir gesagt«, antwortete sie mit einem leisen Lächeln. »Ronald malte in der letzten Zeit das Meer anders, aber das konnte nur jemandem wie mir auffallen, der mit ihm vertraut war, wie Sie sagen. Davor war es eine helle, transparente Oberfläche, vom Wind bewegt, mit Schaum auf den Wellen. Jetzt wurde sie nicht nur dunkel, sondern spiegelglatt, von bleierner Bewegungslosigkeit, wie man das Meer bei Windstille an Nebeltagen findet.«

Emma sah sie nachdenklich an: »An Nebeltagen – die gab es ja wirklich.«

Frau Meister schüttelte den Kopf: »Das ist eine innere, seine Seelenlandschaft, die er hier aufs Papier gebracht hat.«

Man gönnte der Therapeutin eine Pause, dann lenkte Festerling das Gespräch auf Mareike. Doch dazu hatte Luise

Meister wenig zu sagen, denn das Mädchen hatte in den Therapieräumen nichts zu suchen. Sie wiederholte, was sie bereits schon früher angegeben hatte: die Tote in den Tagen vor dem 29. Juli auf dem Gelände gesehen zu haben – wie immer, in der Nähe des Parkplatzes –, aber an welchem Tag zuletzt, daran könne sie sich nicht mehr erinnern.

Ihr wurde Stillschweigen auferlegt und die Polizisten verabschiedeten sie mit dem Hinweis, dass sie Graal-Müritz vorerst nicht verlassen dürfe und sich zu weiterer Befragung bereithalten müsse. »Als Zeugin«, sagte der Kommissar.

»Als Zeugin«, wiederholte Luise Meister.

Am Abend stand den Beamten ein schlimmer Gang zu Wiebke Brandt bevor: die Nachricht vom Tod ihrer Tochter …

Als Wenke sich nach diesem furchtbaren Tag abends in seinen geliebten Wohnzimmersessel fallen ließ, klingelte das Telefon. Er erhob sich seufzend und nahm den Hörer ab.

»Ich kann das nicht«, vernahm der Kommissar, dann verstummte der Anrufer. Nur das Geräusch eines auf Holz fallenden Gegenstandes war zu hören, vermutlich ein Stift oder Kugelschreiber.

Dann folgte nach hörbarem Atmen die Erklärung des sonderbaren Anrufs: Gert Jensen wiederholte mit belegter Stimme den Satz und nun begriff Wenke: Er hatte den jungen Kollegen mitgenommen, als sie Wiebke Brandt die Todesnachricht ihrer Tochter überbringen mussten. Sie hatte die Wohnungstür nach ihrem Klingeln geöffnet, denn Anna Hegebrecht war außer Haus. Mit der linken Hand hielt sie die

Türklinke umklammert, schaute sie beide an und sprach kein Wort – dieses stumme Entsetzen brauchte keine Sprache. Wenke sah die Szene noch vor sich: Nachdem er die junge Frau behutsam in das gemeinsame große Zimmer geführt und auf einen Stuhl gesetzt hatte, blieb sie regungslos sitzen, weiß im Gesicht und wie erloschen. Wenke wusste, dass sie das Sterben einer Mutter mit ansahen, die sie mit dem Tod ihres Kindes konfrontiert hatten. Vielleicht würde sie eines Tages wieder ins Leben zurückfinden, aber nicht mehr als die lebensfrohe Wiebke Brandt, der die Männer hinterhersahen, sondern als eine andere, der etwas fehlte, was zu ihr gehörte wie ihr eigener Schatten. Sie hatten den Notarzt gerufen und den Polizeiseelsorger verständigt.

Wenke war klar, dass er Gert Jensen zum Reden bringen musste, damit der Satz »Ich kann das nicht.« keine endgültige Bedeutung erhielt. Das gelang ihm schließlich mit der Frage nach seiner kleinen Tochter, die inzwischen etwa vier Monate alt war, und seiner Frau Angela.

»Wir haben sie Angelina genannt, ›kleiner Engel‹«, sagte er und war wieder still. Dann begann er zu sprechen, so hastig, dass ihm manchmal der Zusammenhang abhanden kam. Offenbar waren die Gedanken schneller als die Worte und er konnte nicht alle laut werden lassen. Wenke hörte einfach nur zu, räusperte sich ein paar Mal, um ein verständnisvolles Murmeln hören zu lassen – und als er den Hörer am späten Abend auflegte, war er sich sicher, dass er seinen jungen Mitarbeiter, der da aus dem anmutigen Thüringen zu ihnen gestoßen war, behalten würde.

Mittwoch, 31. August

Die Gutachten der KTU und der Rechtsmedizin lagen vor. Der Kommissar begann mit dem der Mediziner: »›Todesursache war inneres Verbluten durch massive Verletzungen in der Bauchregion …‹« Wenke übersprang die medizinischen Details und las weiter. »›In der Folge war es zu einem hypovolämischen Schock, also zu einem Volumenmangelschock gekommen. Bei dem hohen Blutverlust war der Tod nach Durchlaufen aller Schockstadien etwa eine Stunde nach der Verletzung eingetreten. Außerdem weist das Opfer noch zwei Rippenbrüche sowie Prellungen am Hinterkopf auf, die aber nicht todesursächlich gewesen sind. Als bizarre Besonderheit ist zu werten, dass die Mundhöhle der Toten mit Steinen in der Größe von mittleren Kieseln gefüllt war. Es kann nicht mit Sicherheit ausgeschlossen werden, dass sie bei Lebzeiten dort platziert wurden.

Der Todeszeitpunkt kann aufgrund der Liegezeit und unter Berücksichtigung der Umgebung des Fundortes auf die Tage vom 29. bis zum 30. Juli eingegrenzt werden.

Als Ursache der massiven Verletzungen kommt stumpfe Gewalteinwirkung durch einen schweren Gegenstand infrage; vorstellbar ist auch deren Beibringung – insbesondere der Bauchverletzungen – im Zusammenhang mit einem Unfallgeschehen, so durch ein Überrollen des Körpers.‹«

Eine Weile herrschte Schweigen; »möglicherweise ist sie also überfahren worden«, sagte Festerling. »Unglück oder Absicht?«

Wieder schwiegen alle, bis der Kommissar zum letzten Absatz kam, der mit dem Satz endete: »›Es ist davon auszugehen, dass das Kind bei sofortiger ärztlicher Versorgung, einer Notoperation mit Bluttransfusion, noch zu retten gewesen wäre.‹«

»Grauenhaft«, sagte Emma in die beklommene Stille.

Festerling räusperte sich und las auf Wenkes Bitte hin wichtige Passagen des Gutachtens der KTU vor: »›Das Kind ist mit einem blauen Rock und weißem T-Shirt bekleidet. DNA-Spuren konnten sichergestellt werden, die Ergebnisse sind in zwei Tagen zu erwarten. Am linken Schuh sowie auf dem Glas der Armbanduhr sind Fingerabdrücke des Daumens sowie des Ringfingers der linken Hand gefunden worden; sie stammen von Ronald Bäumer. Auffällig ist, dass das Opfer einen Tonklumpen in der rechten Hand gehalten haben musste, in der Größe einer Kinderfaust. Es ist allerdings nicht mehr zweifelsfrei festzustellen, ob das Opfer ihn bei Lebzeiten bei sich getragen hat oder ob er der Toten in die Hand gelegt worden war. Die Körperhaltung des Mädchens wirkt so, als läge sie im Schlaf – was darauf hindeutet, dass sie bewusst so hingelegt wurde, denn es ist auszuschließen, dass das Kind in dieser Haltung zu Tode gekommen ist. In Taillenhöhe konnten auf der Kleidung Verschmutzungen nachgewiesen werden – besonders deutlich auf dem weißen Oberteil – die nicht durch die Erde des Fundortes verursacht worden sind. In der rechten Rocktasche des Leichnams steckte ein aus bunten Gummibändern geflochtenes Armband, ein sogenanntes Loom-Band, auf dem die DNA einer unbekannten Person gefunden wurde. Die Steine der Pyramide sind mit Fingerspuren übersät, die alle von einer Person herrühren: von Ronald Bäumer.‹«

Jensen wiederholte, was von Festerling im Schlusssatz zu hören gewesen war: »Der Fundort ist nicht der Tatort. Das heißt, Mareike Brandt ist an einem unbekannten Ort gestorben, mutmaßlich überfahren und dann am Ufer des Tümpels vergraben worden.«

»Der Täter wollte verhindern, dass ihr Verschwinden aufgeklärt wird. Und das ist ihm ja auch fast fünf Wochen lang gelungen«, kommentierte Festerling das Gutachten.

»Und wenn nicht vergraben, sondern begraben?«, warf Emma ein. »Wenn also zwei Personen beteiligt sind – der Täter und derjenige, der das Mädchen an den Fundort gebracht hat?«

Eine Variante, die durchaus im Bereich des Möglichen lag, waren sich die vier einig. Ein wichtiges Detail blieb jedoch in beiden Fällen ungeklärt: Wie war Mareike an den Fundort gelangt? Von der Landstraße durch den Wald bis zum Teich war es ein ganzes Stück. Und warum war das von niemandem beobachtet worden? Wenke erinnerte daran, dass der alte Fischer, Kai-Uwe Frenks, Mareike auf dem Parkplatz des Fahrradverleihs gesehen haben wollte; aber da war sie noch am Leben.

Das brachte Jensen auf eine Idee: »Und wenn der Unbekannte sie mit dem Auto zum Parkplatz des Campingplatzes transportiert hatte? Von dort war es um einiges näher als von der Landstraße am Ortsausgang aus.«

»Nur wenn man weiß, wie man zu gehen hat«, sagte Emma. »Das würde bedeuten, dass der Betreffende den Weg gekannt hat.«

Festerling nickte.

Wie man es drehte und wendete, es lief alles auf Ronald Bäumer als Täter hinaus, wenn nicht noch der ominöse Unbekannte auftauchte.

Vormittags hatte Wenke eine interessante Nachricht erhalten: Ein Herr Hendryk Wesemeyer – ›mit zwei Ypsilon‹, dachte Wenke und lächelte vor sich hin – teilte ihm mit, dass das Angebot eines Bildes von T.J. in dieser Woche zu erwarten war.

Am Nachmittag klingelte sein Telefon erneut. Es meldete sich Jürgen Brandt; er wollte sein Strandbild zurückhaben, das ihm Ronald überlassen hatte. Als der Kommissar ihn noch um ein paar Tage Geduld bat, blieb der Anrufer hartnäckig. Er brauche es dringend als Geburtstagsgeschenk.

»Für wen?«, fragte Wenke nach.

Die Antwort kam etwas zögerlich: »Für Wiebke.«

Er versuchte also immer noch, mit seiner geschiedenen Frau Kontakt aufzunehmen. ›Auch er hat jemanden verloren‹, ging es dem Kommissar durch den Kopf, ›und er will diesen Verlust nicht akzeptieren.‹ Dann dachte er darüber nach, dass das Bild Ronald Bäumers durch Mareike in dessen Besitz gekommen war. Wenn das stimmte – und daran bestand kein Zweifel –, dann war möglicherweise ein direkter Kontakt des behinderten jungen Mannes zum Stiefvater Mareikes nicht auszuschließen. Wie hätte es dazu gekommen sein können? Da fielen dem Kommissar die Steine ein: Die Sammelleidenschaft verband Mareike mit Ronald und in diese Beziehung hatte sich Jürgen Brandt gedrängt; er hatte sich Zugang verschafft, indem er das Hobby seiner Tochter unterstützte: das Buch über Steine als Geburtstagsgeschenk.

›Hieß es nicht ›Was Steine erzählen‹?‹, überlegte Wenke. ›Jedenfalls sind sie auch für uns nicht stumm geblieben, denn

ihrer Spur sind wir gefolgt.‹ Dann standen ihm Ronalds Porträts vor Augen und da war er sich sicher, dass die Steine nur Wegmarkierungen waren, die Bilder aber im Zielpunkt lagen. Ronald lebte in ihnen oder besser: Sie waren Ronald selbst.

In dieser Nacht saß Frank Steffen in seinem »Büro« und hatte das Gewächshaus im Blick. Vor ihm stand eine Tasse Kaffee – es war schon frustrierend, dazusitzen und zu warten. In den letzten beiden Stunden war die Katze des Hausmeisters dort entlanggestrichen, dann kam Brunos dicker Kater dazu – sie hatten offensichtlich ein Stelldichein. Im rechten Flügel des Haupthauses öffnete eine Schwester um 21.14 Uhr ein Fenster und schloss es um 22 Uhr wieder. Ein aufregenderes Nachtleben wäre schon unterhaltsamer gewesen – Frank Steffen ahnte nicht, dass außer ihm noch jemand wachte.

Bruno Bunke saß im Vorraum seines Fahrradverleihs. Er hatte zum wiederholten Male bemerkt, dass jemand sich in seinem Gewächshaus zu schaffen machte. Zuerst hatte er an einen Irrtum geglaubt, als Paletten mit Anzuchtpflanzen nicht an ihrem Ort standen oder der Erdhaufen neben der Blumentopfablage kleiner geworden und auf der anderen Seite des Arbeitstisches aufgehäuft worden war; doch dann war er auf die Idee gekommen, im Türbereich des Gewächshauses frische Erde im Gang zu verstreuen. Den Patienten hatte er erklärt, diese sei von den Maulwurfshügeln, die sich seit dem Sommer breitgemacht hatten. Als er am anderen Morgen die Tür aufgeschlossen hatte, traute er seinen Augen nicht: Es zeichnete sich tatsächlich eine Spur in dem weichen Boden ab, die nach hinten zu dem abgeschlossenen Geräteschuppen führte.

Nun saß er hier und wollte den ungebetenen Gast ertappen. Ihm ging kurz durch den Sinn, dass derjenige natürlich auch in seinen Mittagspausen dort gewesen sein konnte, doch er verwarf den Gedanken wieder. Soviel Dreistigkeit war denn doch nicht denkbar. So hatte er jetzt im Dunkeln am Fenster Posten bezogen, bis ihm derart langweilig wurde, dass er seine kleine Tischlampe so stellte, dass von außen nichts zu sehen war. Er hielt ein Kreuzworträtsel auf den Knien und begann es zu lösen.

Doch die Zeit wurde ihm dennoch lang; er brauchte frische Luft, um nicht einzuschlafen, und öffnete das Fenster einen Spalt breit. Alles blieb still. Auch er regte sich nicht.

Dann sah er ein Licht, einen dünnen Strahl nur. Er schlich aus dem Haus und bewegte sich darauf zu. Die dichten Büsche verdeckten ihm die Sicht, aber der Lampenschein wies ihm den Weg. Er ging zwischen den Beeten entlang und wunderte sich, dass seine Tritte zu hören waren – es musste jemand Kies gestreut haben, vielleicht der Hausmeister. Als er das Gewächshaus erreicht hatte, war das Licht erloschen. Er griff zu seinem Schlüsselbund und wollte aufschließen, aber es gelang nicht, er hatte wohl aus Nervosität den falschen Schlüssel genommen. Plötzlich sprang die Tür auf, ein Lichtstrahl blendete ihn, er wollte laut schreien, doch er brachte keinen Ton aus der Kehle …

Bruno schreckte hoch, sein Stuhl war zur Seite gekippt. Der Stift lag auf dem Boden – er hatte geschlafen. Jetzt öffnete er das Fenster ganz und lehnte sich hinaus: Nichts – nächtliche Stille. Den Fremden, der da herumgegeistert war, den gab es wohl nur in seinem Kopf.

Frank Steffen, durch ein dumpfes Poltern aufmerksam geworden, war an den Fahrradverleih herangetreten und konnte sich gerade noch zurückziehen, als Brunos Kopf im Fenster erschien. Am liebsten hätte er ihn zur Rede gestellt, doch dann hätte er seine Anwesenheit erklären müssen. Stattdessen schickte er eine Mitteilung per SMS an den Kommissar.

Donnerstag, 1. September

Am Morgen, früher als erwartet, lag das Untersuchungsergebnis der DNA-Spuren an Mareikes Kleidung vor: Einige waren Ronald zuzuordnen, eine Reihe anderer hatte eine unbekannte Person hinterlassen. Ob derjenige das Kind zu Lebzeiten berührt hatte oder erst später mit dem Leichnam in Kontakt geraten war, musste offen bleiben.

»Nachricht an Hendryk Wesemeyer«, gab der Kommissar bekannt und sah Frank Steffen und Arno Leising an, »in Kürze ist ein Bildangebot zu erwarten.«

Festerling nickte: »Er hat also angebissen.«

»Oder sie, sie hat angebissen«, ließ sich Emma hören.

»In diesem Zusammenhang«, sagte Wenke, »wann ist der Geburtstag von Wiebke Brandt?«

Jensen blickte in die Unterlagen zum Fall Mareike: »Am 14. Februar …«

Um 11 Uhr war die Pressekonferenz angesetzt, zu der sie zu viert erschienen: Die SOKO »Mareike« informierte die Öffentlichkeit über den Tod des Kindes; Details wie der Fundort, der Todeszeitpunkt zwischen dem 29./30. Juli und die Bekleidung der Toten wurden erwähnt.

Schnell kamen die Journalisten zu der entscheidenden Frage nach Hinweisen auf den Täter. Sie erfuhren die Todesursache, aber darüber hinaus hielten sich die Ermittler bedeckt. Doch besonders die Leute vom Fernsehen wollten sich nicht so einfach abspeisen lassen: »Die Polizei geht offenbar von einem Zusammenhang der beiden Fälle, Ronald Bäumer und Mareike Brandt, aus. Welche Indizien gibt es dafür?«

»Einige«, sagte Festerling trocken und nickte den Anwesenden freundlich zu.

Der Kommissar griff ein: »Im Interesse der laufenden Ermittlungen können wir dazu nichts sagen.« Und er wehrte auch den folgenden Versuch eines Pressevertreters ab, Näheres über die Rolle der Kurklinik in Erfahrung zu bringen.

Die SOKO schloss die Informationsrunde mit der lapidaren Feststellung, sie seien dabei, einer ganzen Reihe von Spuren nachzugehen, ob eine heiße darunter war, werde die Zukunft zeigen.

Wenke nahm die drei danach noch einmal zusammen und vergatterte sie eindringlich, alles zu vermeiden, was die Fantasie der Journalistengilde beflügeln könnte; dass kein Täterwissen preisgegeben werden durfte, verstand sich von selbst. Auch alles, was im Zusammenhang mit Luise Meister stand sowie generell mit dem Personal der Kurklinik, was die Familien Johanson und Bäumer betraf oder das familiäre Umfeld Wiebke Brandts war nicht für die Öffentlichkeit bestimmt – noch nicht. Selbstverständlich galt das auch für die Physiotherapie Walter. Man wollte sich nicht in die Karten gucken lassen.

»Also gar nichts«, brachte Jensen die Informationsstrategie auf den Punkt, »mal sehen, wie lange die Presse stillhält. Seit der Vermisstenmeldung Mareikes sind fast fünf Wochen vergangen – so lange bestand Hoffnung. Jetzt aber wird man fragen, warum die Polizei sie nicht schon längst gefunden hat und ob sie in den ersten Tagen vielleicht noch zu retten gewesen wäre.«

Der Kommissar blickte bedrückt zu Boden: »Schlimmer noch, man wird den Großeltern, das heißt der Oma, eine Mitschuld zuschreiben; sie hätte besser auf ihre Enkeltochter aufpassen müssen; sie hätte sie nicht unbeaufsichtigt spielen lassen dürfen. Und der Mutter, sie hätte ihr Kind nicht zu den Großeltern geben dürfen, bei dem Krankheitszustand des Großvaters: ›Abgeschoben und vernachlässigt‹ werden sie schreiben und mit dem Blick auf die Kurklinik titeln ›Geistig Behinderte – eine Gefahr für unsere Kinder?!‹ Wenn die Journaille erst Blut geleckt hat …«

Luise Meister hatte sich für ein paar Tage krankschreiben lassen. Sie ertrug das alles nicht mehr. Ihr behandelnder Arzt hatte ihr das übliche Medikament gegen ihre depressive Verstimmung verschrieben, aber diesmal blieb die Wirkung nahezu aus. Seit dem Tod Ronalds fühlte sie sich nicht nur verlassen, sondern vielmehr verraten. Wie hatte er sie allein zurücklassen können! Sie merkte, wie die Mauer, die sie umgab, immer höher wurde. ›Wie im Märchen vom Dornröschen‹, dachte sie, nur sie war keine verwunschene Prinzessin, sondern bei ihr wirkte das Gift, das die Königstochter in den Schlaf geschickt hatte, mit unverminderter Kraft, bis es eines Tages überflüssig sein würde. In den Therapieräumen ging es ihr besser. Hier verwandelte sich die Mauer, die sie in die Isolation verbannte, auf wundersame Weise in einen Schutzwall, der sie umgab. Sie wusste, dass diese Verwandlung durch Ronald bewirkt worden war – durch seine Bilder. Solange ständig Nachschub kam, ging alles gut – nun aber war er tot.

Sie raffte sich auf, sie musste wieder im Atelier sein, das ihr wie eine rettende Insel erschien. Nach der Arbeit mit den Patienten setzte sie sich an Ronalds Arbeitsplatz und nahm eines seiner Strandbilder in die Hand. Es war das letzte, was sie besaß, aber das auch nur, weil sie es versteckt gehalten hatte. Es graute ihr davor, abends in ihre Wohnung zurückzukehren, vor der abgrundtiefen Leere, der sie dort ausgeliefert war. So blieb sie tatenlos im Atelier sitzen. Das Licht hatte sie gelöscht, nur die Außenbeleuchtung am hinteren Ausgang brannte noch.

Sie döste vor sich hin, bis ihr kalt wurde und sie aufstand, um eine Decke zu holen. Beim mechanischen Blick aus dem Fenster stutzte sie: Im Gewächshaus war für den Bruchteil einer Sekunde ein Licht aufgeblitzt. Sie zog die Decke über ihre Schultern und sah auf ihre Armbanduhr: Es war weit nach Mitternacht. Wirklich beunruhigt war sie nicht, ihre »Mauer« würde diesmal verhindern, dass der Eindringling in ihre Therapieräume kam. Dennoch erschrak sie, als da plötzlich eine laute Stimme und ein Knall zu hören waren. Fast zeitgleich blinkte ein blaues Licht durch die Büsche, die den Klinikparkplatz umgaben.

Frank Steffen ließ die Waffe sinken und übergab den Mann seinen Kollegen vom Streifenwagen. Er hatte ihn im Schuppen, mit dem Metallkasten in der Hand, gestellt.

Der Aufruhr hatte die Nachtschwester und den herbeigerufenen diensthabenden Arzt, Dr. Vanderveit, alarmiert.

Der Polizist beruhigte sie, verpflichtete beide zu Stillschweigen und schickte sie wieder an ihren Arbeitsplatz.

Freitag, 2. September

Es war 9 Uhr: Vor dem Kommissar und Festerling saß Thomas Johanson. Ohne Umschweife leitete Wenke die Vernehmung ein: »Was wollten Sie mit den Bildern Ronald Bäumers?«

Der junge Mann, Mitte dreißig, von ausgesprochen einnehmendem Äußeren, schaute die Polizisten selbstbewusst an. Er sei ein bekannter Hamburger Künstler; von der Hamburger Kunsthalle sei eine Ausstellung seiner Werke in Planung und dennoch kümmere er sich auch um weniger erfolgreiche, vor allem junge Leute, denen er Hilfestellung gebe, in der Kunstszene Fuß zu fassen. Im Übrigen fände er seine Behandlung durch diesen Polizisten skandalös und werde sich gegen eine solche Freiheitsberaubung auch anwaltlich zur Wehr setzen.

»Einen Anwalt werden Sie brauchen«, Wenke blieb gelassen. Die SOKO war sich sicher, dass Thomas Johanson in der Falle saß.

»Wie sollte diese Hilfestellung im Falle Ronald Bäumers aussehen? Beantworten Sie die Frage des Kommissars!« Festerling saß vorgebeugt und klopfte alle Augenblicke mit seinem Kugelschreiber auf den Tisch. »Die Zeit läuft«, sagte er, »und je länger ein Vernommener für eine Antwort braucht, um so unglaubwürdiger wird sie, das haben Wissenschaftler …« Er brachte den Satz nicht zu Ende.

Mit Herrn Bäumer wäre vereinbart gewesen, dass er die Bilder an seine Hamburger Adresse schicke, um sie dort möglichen Kaufinteressenten anzubieten.

»Warum dann der nächtliche Einbruch?« In der Stimme Wenkes lag Verwunderung, gepaart mit dem Respekt vor dem Künstler. Als der bekannte T.J. – sein von der Signatur abgeleitetes Synonym – hätte er doch auf ganz offiziellem Wege handeln können.

Der Befragte blickte auf seine Hände, legte schließlich beide Handflächen auf die Tischkante: »Der Tod von Herrn Bäumer bereitete gewisse Umständlichkeiten; statt eines direkten Kontaktes hätte dieser über die Klinik oder über die

Bäumers laufen müssen. Das hätte zu lange gedauert, denn sie wären einem Kaufinteressenten bereits avisiert worden.

»Herrn Hendryk Wesemeyer?«, fragte der Kommissar.

»Mit zwei Y«, ergänzte Festerling lakonisch.

Diese Bemerkung brachte Thomas Johanson nun doch aus dem Konzept, denn er begriff plötzlich, was hier gespielt wurde. Aber er hatte sich schnell wieder unter Kontrolle und ging zum Angriff über: »Was wird mir eigentlich vorgeworfen, abgesehen von dem unerlaubten Betreten des Gewächshauses? Das ist bestenfalls Hausfriedensbruch.«

»Nun einiges andere auch noch«, ließ ihn der Kommissar wissen, »zum Beispiel Einbruchdiebstahl.«

Die Ausflucht, zu der der Vernommene griff, hatte schon fast komische Züge: Er hätte lediglich kontrollieren wollen, ob sich die Bilder auch wirklich in dem Kasten befänden.

Festerlings Kugelschreiber klopfte mit sichtlicher Ungeduld auf die Tischplatte: »Unser Kollege hat Sie am Ausgang des Gewächshauses gestellt, Sie wollten mit dem Diebesgut verschwinden. Nach Ihrem Fahrzeug wird in Graal-Müritz bereits gefahndet. Da zu der erkennungsdienstlichen Behandlung auch die Kopie Ihrer Fahrzeugpapiere gehört hat, dürfte das Auffinden eine der leichteren Übungen sein.«

»Wir verkürzen das Ganze, Herr Johanson«, schaltete sich Wenke ein. »Während wir hier reden, sind unsere Hamburger Kollegen mit einem Durchsuchungsbeschluss in ihrem sogenannten Kunsthaus, mit dem Auftrag, Werke von Herrn Bäumer sicherzustellen – in Anwesenheit eines Mitarbeiters der Hamburger Kunsthalle übrigens, der seine Mitwirkung sehr bereitwillig zugesagt hat – wohl aus hauseigenem Interesse, wie uns schien. Im Übrigen – sind Sie bereit, uns eine Speichelprobe zur Feststellung Ihrer DNA zu überlassen? Ihre Fingerabdrücke haben wir ja bereits.«

Es dauerte einen Moment, bis ein »Ja« zu hören war.

»Wieder zu viel Zeit für die Antwort gebraucht«, meinte Festerling.

»Sie bleiben in vorläufigem Gewahrsam«, teilte Wenke dem Vernommenen mit. Und als dieser schon zur Tür gebracht worden war, kam noch eine Frage: »Übrigens wer hat die Bilder des Toten im Schuppen deponiert?«

Thomas Johanson fuhr sich mit der Hand ins Gesicht, als hätte er eine lästige Fliege abzuwehren: »Na, Ronald natürlich.«

Als die Kriminalisten unter sich waren, wiederholte Jensen die Frage. »Von wem sind die Bilder deponiert worden, von Ronald selbst, oder hatte Thomas Johanson einen Komplizen in der Klinik?« Es wurde beschlossen, die

Durchsuchungsergebnisse der Räumlichkeiten des Verdächtigen abzuwarten und danach das weitere Vorgehen auszurichten. Natürlich waren die Ehepaare Bäumer und Johanson über dessen Beschuldigung informiert und für den morgigen Tag zu einem Gespräch ins Kommissariat gebeten worden.

Die SOKO musste sich in den nächsten Tagen ruhig verhalten und untätig bleiben. »Das fällt so schwer«, seufzte Emma.

»Das musst du aber lernen«, sagte Wenke und erregte mit dem »Du« den amüsierten Blick Jensens und ein Kopfnicken Festerlings – sie waren schließlich Kriminalisten, was sollte ihnen schon verborgen bleiben.

Birgitta Bäumer war pünktlich erschienen; sie war nicht nur von der Polizei, sondern auch von Karen Johanson informiert worden. Bengt Johanson müsse sich entschuldigen, teilte sie mit, er wäre gerade als Schiffsarzt unterwegs, und Karen, seine Frau, fühle sich unpässlich und käme daher nicht. Das Schiff ihres Mannes Per, ein Luxusliner, sei gerade auf dem Mittelmeer – wie sie bereits mitgeteilt habe – mit dem Zielhafen Kairo übrigens, von wo die Passagiere zu einer Kreuzfahrt auf dem Nil weiterreisen.

Im Mittelpunkt des Interesses stand die Frage, inwieweit Birgitta Bäumer Kenntnis vom künstlerischen Schaffen ihres Stiefsohnes hatte. Das Ergebnis war eher mager, warf aber ein bezeichnendes Licht auf das Verhältnis zu Ronald: Sie mokierte sich über die Bezeichnung »künstlerisches Schaffen«, sprach von »Kritzeleien« und »entsetzlichen Porträts« und zeigte sich überaus echauffiert über das Vorgehen der Polizei gegenüber Thomas Johanson; man konnte die Worte Karen Johansons geradezu heraushören, als Frau Bäumer beim letzten Punkt ihres Auftritts angekommen war.

Der Kommissar wurde zum Telefon gerufen und verließ den Raum. In der Leitung war der Hamburger Kunstexperte.

Wenke rief die SOKO zusammen, nachdem Birgitta Bäumer wieder fortgeschickt worden war: »Der Mitarbeiter der Kunsthalle hat eine ganze Reihe von Arbeiten aus der Werkstatt von T.J., wie er sagte, bei der polizeilichen Durchsuchung sicherstellen lassen. Unter den einundzwanzig Werken befinden sich sowohl Gemälde als auch Zeichnungen.« Weiter hieß es, dass falls auf Gerichtsbeschluss Expertisen angefertigt werden sollten, die ihre Sonderwerkstatt natürlich gern ausführen könne, so müssten sie sich noch gedulden – voraussichtlich zwei bis drei Monate mindestens. Dann werde mit Laborbefunden wie Röntgenaufnahmen und Emissionsspektralanalysen gearbeitet. Wenn es den Ermittlern aber um einen schnellen Bescheid – vorläufiger Art – ginge, so könnten sie sich auf sein Urteil berufen, das, bei aller Bescheidenheit, das eines Kunstexperten sei.«

Wenke griff zu seinem Notizblock und las vor: »›Die stilkritische Begutachtung der beschlagnahmten Arbeiten lässt eine auffällige Zweiteilung erkennen; das heißt, die erste Gruppe unterscheidet sich in ihrer künstlerischen Handschrift deutlich von der zweiten. Um das herauszufinden, braucht es keine Expertise von mehreren Tausend Euro. Das bestätigt auch die Bildrückseite. Bemerkenswert ist weiter, dass alle der Gruppe zwei zugerechneten Werke eine gewisse Variationsbreite aufweisen, wie sie zum Beispiel auch im Schaffen van Goghs zu finden ist, der in seinen Krankheitsphasen anders als in gesunden Tagen gemalt hat.‹ Weiter unten heißt es: ›Der Befund der grundsätzlichen Unterschiedlichkeit beider Werkgruppen ist nicht anfechtbar und steht im Widerspruch zu dem Tatbestand, dass sie alle die gleiche Signatur tragen – ›T.J.‹. Dennoch lautet das Urteil: Die Werke müssen zwei verschiedenen Künstlern zugeschrieben werden.‹« Der Kommissar ergänzte seine Notizen mit der Bemerkung des Experten: »›Ein Skandal, der die Hamburger Kunstszene erschüttern wird.‹«

»Also doch«, sagte Emma, »Thomas Johanson hat die Arbeiten Ronalds als eigene ausgegeben, indem er sie mit ›T.J.‹ signiert hat. Was ist aber mit denen, die die von dem Toten verwendete Signatur ›M‹ tragen, wie z.B. die Terrakottafigur?«

Darauf wusste niemand eine Antwort. »Um auf die Ausgangsfrage zurückzukommen, wer das Schuppendepot angelegt hat … Denkbar ist natürlich nach wie vor, dass es Herr Bäumer selbst war und dass die Fälschungen auch mit seiner Einwilligung geschehen sind«, bemerkte Jensen nachdenklich.

»Wie auch immer«, schloss der Kommissar die Überlegungen ab. »Es sind Fälschungen, daran ändert sich nichts. Wir beantragen Haftbefehl bei der Staatsanwaltschaft.«

Montag, 5. September

Am Vormittag fand die zweite Vernehmung Thomas Johansons statt. Mit dem Urteil des Hamburger Experten konfrontiert, gab er unumwunden zu, dass er die Arbeiten, die Ronald Bäumer ihm ausgehändigt hatte, mit seiner Signatur kennzeichnen sollte – und zwar auf dessen ausdrücklichen Wunsch hin.

»Eine Fälschung bleibt es, deswegen hat der Staatsanwalt dem Haftbefehl stattgegeben«, sagte Wenke kühl.

Jensen rutschte unruhig auf seinem Stuhl neben ihm hin und her; er hatte offenbar ebenso wie Emma mit seiner Ungeduld zu kämpfen. Als erfahrener Ermittler wusste der Kommissar aber, dass man dem Täter Zeit lassen musste, bis er wie bei einem Schachspiel die nächsten Züge der Polizei voraussehen konnte und damit auch sein Schachmatt. Doch dieser Johanson glaubte immer noch, sich hinter seinem Künstlertum verschanzen zu können – mit seiner Vorstellung, die er ihnen lieferte: die eines anerkannten Künstlers, der seinen jungen Kollegen unter die Fittiche nahm und ihm half, sich in der Welt der Kunst durchzusetzen, mit etwas unorthodoxen Mitteln, zugegeben. Schließlich gab Wenke Jensen ein Zeichen: Sie brachen die Vernehmung ab.

Am frühen Nachmittag hatten sich der Kommissar und Emma bei Jürgen Brandt angekündigt. Dessen Wohnung lag nicht weit von Wenkes entfernt. Sie gingen zu Fuß durch die Straßen. Dieser Septembertag machte seinem Ruf alle Ehre; die Stadt hatte sich in ein Einheitsgrau gehüllt, aus dem es hin und wieder tröpfelte – ein ungemütliches Schmuddelwetter.

»Wie in Hamburg; nichts mehr übrig von dem sonnigen Ostseesommer, als hätte es ihn nie gegeben«, meinte Emma und hakte sich bei Wenke ein. So näherten sie sich einträchtig der Brandt'schen Wohnung. Wer sie ansah, hätte sie für ein schlenderndes Paar gehalten und nicht für Polizeibeamte im Dienst.

Diesen Eindruck hatte auch der Stiefvater Mareikes, der ihnen am Fenster mit den Blicken folgte.

Er streckte dem Kommissar die Hand entgegen und begrüßte ihn aufgeräumt: »Schön, dass Sie mir mein Bild persönlich zurückbringen.«

»Das ist ein Irrtum«, entgegnete Wenke und ging an ihm ungefragt vorbei ins Wohnzimmer. »Wem das Bild gehört, wird gerade geklärt, es ist von der Staatsanwaltschaft beschlagnahmt worden.«

Der Mann konnte sein Erschrecken nur schwer verbergen.

»Wozu, sagten Sie, brauchen Sie es so dringend? Für den Geburtstag Ihrer geschiedenen Frau? Den feiert Wiebke Brandt erst in ein paar Monaten!«

Das Auffliegen seiner so plumpen Lüge brachte ihn sichtlich aus der Fassung. Er trat ein paar Schritte zurück und lehnte sich an die Wand.

»Ja, Sie stehen da richtig, nämlich mit dem Rücken an der Wand.« Dieser scharfe Angriff Wenkes stand in keinem vernünftigen Verhältnis zu der Schwindelei, doch er hatte Erfolg, denn er teilte Jürgen Brandt die Rolle des Beschuldigten zu.

Schließlich gab dieser klein bei: Er brauche Geld und hätte das Bild verkaufen wollen.

Das klang zwar plausibel, doch die beiden Ermittler hatten da so ihre Zweifel. »Verkaufen? Das Geschenk Ihrer toten Tochter, die Sie liebten, als wäre es Ihr eigenes Kind?« Emmas Stimme klang sanft. Und leise fügte sie hinzu: »Warum sind Sie in die Wohnung Frau Brandts eingebrochen? Was wollten Sie dort?«

Für einen Moment starrte er sie fassungslos an, dann sagte er tonlos: »Ich wollte ihr nahe sein. Den Bildband – ein Geschenk Wiebkes mit einer Widmung an Mareike – habe ich mitgenommen; als Andenken …«

›… ihr nahe sein‹, dachte Wenke, als sie wieder auf der Straße standen und sah Emma lächelnd an.

Der Einbruch bei Wiebke Brandt und ihrer Mitbewohnerin, Anna Hegebrecht, war zwar geklärt, offen blieb aber nach wie vor, wer das Bilderdepot angelegt hatte. Tatsächlich Ronald selbst? Das wäre doch ein allzu abwegiges Versteck gewesen, er hätte seine Arbeiten einfach in seinem Zimmer aufbewahren können. »Noch bizarrer wäre nur die Toilette gewesen«, mokierte sich Jensen. Außerdem bereitete Kopfzerbrechen, dass er die Werke überhaupt versteckt haben sollte. Er hätte sich doch unbeobachtet mit Thomas Johanson treffen können – beispielsweise in der Nähe der Physiotherapie Walter.

Um der Wahrheit ein Stück näher zu kommen, hatten sie sich wiederum in der Klinik angekündigt, denn dass der Beschuldigte log, um seinen Kopf zu retten, lag auf der Hand. Wer aber war sein Handlanger? Es musste jemand aus der Kureinrichtung sein, jemand, der sich unbemerkt Zutritt zum Schuppen verschaffen konnte.

Emma stand mit Festerling auf dem großen Balkon und blickte in die weitläufige Gartenanlage. Der Himmel war aufgebrochen. Den Strahlen der Sonne fehlte zwar die wärmende Kraft des Sommers, doch alles war in ein goldenes Licht getaucht: Es ließ das kräftige Rot des wilden Weins, der am Fahrradverleih hochrankte, leuchten. ›Seltsam‹, dachte Emma, ›die im Sonnenschein liegende Klinik mit ihren gepflegten Anlagen hat alles Anheimelnde verloren seit dem Fund im Schuppen. Von der Idylle ist nichts mehr geblieben. Es ist wie auf dem Bild Ronalds, das bei Jürgen Brandt an der Wand hing: Aus der hübschen Strandszene ist der düstere Bunker geworden.‹

Im Arztzimmer stießen sie auf Dr. Sagmo, der ihnen bei ihrem letzten Besuch das Porträt seines Patienten überlassen hatte. Er war in Eile und beantwortete ihre Fragen daher knapp, aber präzise: Ronald hätte ihm die Zeichnung vor etwa einem Jahr geschenkt. Der Anlass war, soweit er sich erinnere, dass er gestattet hatte, dass das Mädchen ihn auf der Station besuchen durfte – aber das hätte er ihnen doch schon mitgeteilt. Von weiteren Arbeiten Herrn Bäumers wisse er nichts und könne sich natürlich auch nicht erklären, wie die in den Schuppen gekommen sein sollten.

Sein Assistenzarzt, Dr. Vanderveit, trat zu ihnen.

»Können Sie sich vorstellen, dass Ronald Bäumer etwas mit dem Tod des Kindes zu tun hat?«, fragte Festerling und sah von einem zum anderen.

»Absurd«, antwortete Vanderveit, »dafür gibt es von seinem Krankheitsbild her keinerlei Anhaltspunkte.«

»Der Patient neigte auf keinen Fall zu Gewalttätigkeit«, ergänzte der Oberarzt.

Auf dem Gang stand Schwester Lena Ort mit ihrer Tasche über der Schulter. Sie hatte gerade Dienstschluss; Festerling bat sie um ein Gespräch und lud sie zu einem Kaffee ein. Sie saßen an einem Ecktisch der Cafeteria, außerhalb der Hörweite der den Raum bevölkernden Kurgäste. Auch sie wusste auf die Frage nach den Bildern im Schuppen nichts zu sagen. »Aber eines seiner Bilder ist verschwunden«, begann sie zögernd, »es hing in Dr. Sagmos Raum.«

Emma wollte ihr die Erklärung dafür mitteilen, aber Festerling brachte sie mit einer Geste zum Schweigen und schaute die junge Schwester auffordernd an.

Einen Moment lang hielt sie dem Blick stand, dann begann sie zu sprechen. »Es war jemand da, der es mitgenommen hat. Am Freitag, also vom 26. zum 27. August, hatte ich Nachtschicht …« Und die beiden Ermittler hörten gebannt zu, als Schwester Lena von ihrem nächtlichen Abenteuer berichtete.

»Und Sie haben die Person nicht erkannt?«

Ein Kopfschütteln folgte auf Emmas Frage; auch die Beschreibung war dürftig: groß, dunkel gekleidet.

»Mann oder Frau?«, versuchte sie es weiter.

Sie hätte hinterher oft darüber nachgedacht, war die Antwort; sie hatte die Gestalt ja nur ganz kurz und auch nur von der Seite auf dem Gang und unten am Hinterausgang gesehen. Von der Art, wie sie sich bewegte, eher ein Mann als eine Frau, und zwar ein jüngerer Mann.

Festerling bedankte sich für ihr Vertrauen und fügte hinzu: »Und warum haben Sie uns das nicht längst erzählt?«

Die Begründung bot einen Einblick in die nach außen abgeschottete Welt der Kurklinik, die ein Eigenleben nach besonderen Regeln führte: Da sich das in Dr. Sagmos Zimmer abgespielt hätte, wäre eine naheliegende Erklärung gewesen, dass dieser nächtlichen Besuch hatte … Unter den Schwestern hielten sich jedenfalls hartnäckige Gerüchte, die ihm Affären nachsagten. Sie wollte keine Schwierigkeiten mit dem Oberarzt.

Die beiden Polizisten ließen sich nicht anmerken, wie wichtig diese Mitteilung für sie war, denn hier waren sie auf eine Spur gestoßen, die mit dem Bilderversteck in Zusammenhang stehen konnte – die Thomas Johansons oder die seines Handlangers.

Auf dem Weg zum Ausgang der Station kamen sie an Erwin Almgrens Zimmer vorbei. Seine Tür stand halb offen und als er sie sah, stürzte er auf Emma los, klammerte sich an ihr fest und sagte fortwährend: »Mein Bild …«

Festerling löste seinen Griff, zog ihn in den Raum und hielt ihn auf dem Sessel fest: »Bald. Erst das andere Bild.

Es waren zwei Bilder; wo ist das zweite? Dann gibt es auch das erste zurück.«

Almgren starrte ihn an und rührte sich nicht.

Festerling wandte sich ab und wollte schon aufgeben. Da hörte er dessen wie immer krächzende Stimme: »Bei Luise …«

»Danke«, sagte Festerling schlicht. Sie verließen ihn, in seinem Sessel sitzend.

Emma hatte ihr Erstaunen kaum zurückhalten können:

»Wieso zwei?«

Festerling blickte sie amüsiert an: »Ich dachte nur so … ein Versuchsballon.«

Wenke und Jensen waren erst vor einer halben Stunde in der Klinik angekommen und unterdessen bei Bruno gewesen, der noch immer damit beschäftigt war, eine Erklärung für die Anwesenheit eines Unbefugten in seinem Gewächshaus zu finden.

Wenke sah nun keinen Grund zum Verschweigen mehr und klärte ihn auf: Die Fußspuren hatte einer seiner beiden Kollegen hinterlassen, und zwar bei der regelmäßigen Kontrolle des Verstecks im Schuppen, die natürlich unbemerkt erfolgen musste. Leising hätte besser Brunos pedantische Ordnungsliebe in Rechnung stellen sollen, die dieser an den Tag legte, wenn es um seine Pflanzen ging. Da sich auch Patienten in dem Gewächshaus aufhielten, war jedoch nicht davon auszugehen, dass eine einzelne Fußspur Misstrauen erregen würde. Zu den Veränderungen, die sonst noch seine Aufmerksamkeit geweckt hatten, könne er nichts weiter sagen, als dass diese nicht von den beiden Polizeibeamten herrührten. Sie waren möglicherweise harmloser Natur, denn dass der Einbrecher einen Erdhaufen umgeschichtet hatte, sei natürlich nur schwer vorstellbar.

Bruno Bunke fühlte sich nicht ganz ernst genommen und reagierte pikiert, als der Kommissar nach Bildern Ronalds in seinem Besitz fragte.

Zu viert traten sie bei Luise Meister ein. Wenke bat um Verständnis, dass sie heute »in großer Besetzung« kamen, aber sie hatten im Anschluss noch einen gemeinsamen Termin und wollten nur kurz bei ihr vorbeischauen. »Haben Sie eine Erklärung für den Bilderfund im Schuppen?«

Als keine Antwort kam, versuchte Jensen es anders: »Haben Sie etwas Ungewöhnliches in den letzten zwei Wochen auf dem Klinikgelände bemerkt?«

»Nein«, sagte sie gedehnt.

»Aber?« Jensen sah auf ihre Hände, die sie zusammengepresst vor der Brust hielt.

»Der kommt wie ein Schatten und nimmt sich, was er will.« Wieder versank sie in ihre schweigende Erstarrung. Es musste gelingen, sie aus ihrer Lethargie zu holen.

»Hat er Ihnen etwas angetan, Luise?« Emma zog das Porträt aus der Tasche – das Exemplar aus der Graal-Müritzer Wohnung Gertrud Vespers, das sie in Mareikes Kinderzimmer gefunden hatten.

Die Therapeutin starrte auf die Kohlezeichnung, auf das Gesicht mit dem einen geschlossenen Auge, auf den weichen – fast weiblichen – Mund, der so gar nicht zu den Zornesfalten auf der Stirn passte. »Er sieht mit dem geschlossenen Auge noch besser als mit dem anderen, denn mit dem blickt er in die Menschen hinein und kann sie dadurch manipulieren. ›Djävul‹ – Ronald hat erzählt, die Mutter des Mädchens nennt das Bild so; das ist Schwedisch. ›Teufel‹ bedeutet es. Aber das Kind hatte keine Angst davor und Ronald hatte die

seine damit gebändigt. Aber mir konnte er nicht helfen …«

Für die Ermittler sprach Luise Meister in Rätseln, aber sie hielten sich zurück und warteten geduldig. »Er hat also die Bilder genommen«, sagte Emma leise vor sich hin.

»Ja«, erwiderte die Gefragte.

»Und Sie haben die Arbeiten Ronalds in den Schuppen gebracht.« Es klang wie eine simple Feststellung – für Emma war es keine Frage mehr.

Wieder kam ein »Ja«.

»Warum haben Sie die Bilder Ihres Patienten an Thomas Johanson weitergegeben?«

Bei der sachlichen Formulierung des Kommissars schien Luise Meister zu sich zu kommen; als wäre sie gerade wie aus dem Schlaf erwacht, antwortete sie mit klarer Stimme: Sie hätte den künstlerischen Wert von Ronalds Arbeiten erkannt und wollte ihm zu Anerkennung verhelfen. Deshalb hätte sie vor etwa drei Jahren einige seiner Bilder an Herrn Johanson geschickt, von dem sie von Ronald wusste. Sie hatte viel zu spät gemerkt, was sich da tue, dass sie nämlich einem Kunstfälscher in die Falle gegangen war, der die unsignierten Bilder mit dem eigenen ›T.J.‹ versah. Das Geschäft schien zu florieren, denn er wollte immer mehr und bot ihr jetzt Geld an; doch das hätte sie abgelehnt. Da sei er im vorigen Dezember auf eine teuflische Idee gekommen: Er hatte in Erfahrung gebracht – auf welche Weise auch immer –, dass sie unter Depressionen litt, besonders schlimm im Herbst und Winter. Damit hatte er sie erpresst, denn eine Therapeutin, die selbst von der Krankheit befallen ist, die sie bei ihren Patienten behandeln sollte, wäre nicht länger … Luise Meister seufzte tief auf: »So hat er mich gezwungen, ständig für Nachschub zu sorgen und kam in immer kürzeren Abständen.«

»Und wie hat er zu Ihnen Kontakt gehalten?«, wollte Wenke wissen.

»Er wusste, wann die Pausen zwischen den Therapiestunden lagen. Dann klingelte meistens mein Handy und die Drohung kam …«

»Aber wie konnte er sicher sein, dass der Metallkasten auch wirklich gefüllt war?«, schaltete sich Festerling ein.

»Ich habe die Lampe der Außenbeleuchtung der Therapieräume eingeschaltet, das war das Zeichen.«

»Er kam also nur nachts?«

Luise Meister sank in sich zusammen und die Ermittler befürchteten schon, sie würde wieder in ihr Schweigen zurückfallen. Dann aber raffte sie sich auf: »Erst seit Kurzem ist das so, vorher ist er tagsüber da gewesen. Er kam mit einem Lieferauto – ganz ähnlich dem unserer Zulieferfirma für Klinikartikel – und ist auf den Parkplatz gefahren, denn dort ist unser Versteck hinter einem der Container, dem Glascontainer, der schon lange nicht mehr genutzt wird.«

»Und warum der Schuppen?« Der Kommissar stand am Fenster und drehte sich zu ihr um.

»Er war dicht am hinteren Ausgang, den Wagen hatte er wohl diesmal auf dem öffentlichen Parkplatz des Supermarktes abgestellt. Wem fiel schon das auswärtige Kennzeichen unter den vielen Fahrzeugen der Touristen auf … Für das Gewächshaus und den Schuppen musste ich ihm die Schlüssel beschaffen, bei Bruno habe ich sie einfach vom Haken genommen.«

Luise Meister fasste sich plötzlich an die Kehle und sank so schnell zur Seite, dass Jensen sie gerade noch auffangen und vor dem Sturz auf den harten Fußboden des Ateliers bewahren konnte.

Der Kommissar griff zum Handy und rief den Notarzt.

Dienstag, 6. September

Thomas Johanson war einen Tag nach seiner Festsetzung dem Haftrichter vorgeführt worden, der zur Sicherung des Strafverfahrens einen Haftbefehl wegen Verdunkelungsgefahr erlassen hatte. Seitdem waren vier Tage vergangen, in denen die SOKO den Tathergang weitgehend rekonstruieren konnte. Maßgeblich beteiligt daran waren natürlich auch die Hamburger Kollegen, die umgehend und mit professioneller Umsicht weitere Arbeiten Ronalds im Kunststudio des Beschuldigten sichergestellt hatten; deren Beweislast war insgesamt so erdrückend, dass ein weiteres Leugnen sinnlos war.

Wenke hatte seine Leute an diesem Dienstagmorgen zusammengerufen. So erfreulich dieser Erfolg war, so unbefriedigend blieb, dass bisher ungeklärt war, unter welchen Umständen Ronald ertrunken war: Ein Unglücksfall schied aus, ein Selbstmord konnte nicht ganz ausgeschlossen werden, doch ein Fremdverschulden lag näher. Wer also konnte ein Motiv haben, Ronald Bäumer den Betonklotz um das Bein zu ketten, ihn mit dem Ruderkahn hinauszufahren und ihn ins Wasser zu stoßen – und das alles bei lebendigem Leibe? Die Ermittler waren sich einig, dass Thomas Johanson nur schwer ein Motiv für das Tötungsverbrechen unterstellt werden konnte, denn warum sollte er die Kuh, die er auch weiterhin melken wollte, schlachten? Offensichtlich hatte er jedenfalls alles getan, um in den Besitz auch noch der restlichen Bilder des Toten zu kommen. Wenn es darum gegangen wäre, Mitwisser der Fälschungen aus dem Weg zu räumen, so wäre Luise Meister eine Bedrohung gewesen. Und dann war da noch die Verbindung des behinderten Patienten zu Mareike Brandt: Ging es möglicherweise darum, die Aufklärung des Tötungsverbrechens an dem Kind zu verhindern? War der junge Mann im Juli Mitwisser oder gar Zeuge des Tathergangs gewesen? Das aber war unwahrscheinlich, denn warum hätte er sein Wissen bei den polizeilichen Befragungen verschweigen sollen. Und schließlich blieb noch eine Möglichkeit: War er der Täter – immerhin sprachen die Spuren dafür, dass er es war, der den Leichnam beseitigt hatte; doch er konnte im Falle eines Verkehrsunfalls gar nicht am Steuer eines Wagens gesessen haben, bei dem Mareike zu Tode gekommen war.

»Apropos Spuren«, sagte Festerling, »wir warten jetzt seit Tagen auf die Auswertung der an dem Kind gefundenen DNA, die nicht Ronald zugeordnet werden konnte.«

In diesem Augenblick klingelte das Telefon auf dem Schreibtisch des Kommissars: »Ja, danke.« Er schaute in die Runde. »Der Anwalt von Herrn Johanson hatte Erfolg. In zwei Tagen ist ein Haftprüfungstermin angesetzt. Es geht um eine Kaution von fünfhunderttausend Euro, die von der Familie hinterlegt wird, um die vorläufige Entlassung aus der Haft zu bewirken. Die Chancen stehen nicht schlecht, zumal damit auch verbunden ist, dass Thomas Johanson das Land nicht verlassen darf.«

»Uns bleiben also noch zwei Tage …«, meinte Jensen.

Und Emma fügte hinzu: »… und wir wissen einfach noch zu wenig.«

Donnerstag, 8. September

Thomas Johanson kam in Begleitung seines Anwalts und seiner Schwägerin, Karen Johanson, die breite Treppe des Gerichtsgebäudes hinunter. Er war – wie zu erwarten – bis zum Prozessbeginn auf freien Fuß gesetzt worden.

An der Eingangstür erwarteten ihn die Ermittler der SOKO. Der Kommissar trat an ihn heran: »Thomas Johanson, ich nehme sie wegen des dringenden Tatverdachts im Todesfall des Kindes Mareike Brandt vorläufig fest …«

Der Anwalt protestierte lautstark gegen die »Mafia-Methoden« der Polizei. Sein Mandant hätte sich bei der Aufklärung der Fälschungen schließlich kooperativ gezeigt und der Haftbefehl sei daraufhin ausgesetzt worden.

»Ob sich Herr Johanson auch weiterhin kooperativ zeigt, wird sich erweisen. Dass er ein zweites Mal aus der Untersuchungshaft kommt, ist aber bei einem Kapitalverbrechen sehr unwahrscheinlich«, entgegnete Wenke mit sachlicher Nüchternheit.

Am Morgen dieses Tages hatte das DNA-Gutachten das Kommissariat erreicht. Ein Vergleich der Speichelprobe des Beschuldigten mit der DNA-Spur, die an der Kleidung des toten Kindes gefunden worden war, hatte eine zweifelsfreie Identifizierung erbracht: Thomas Johanson war mit dem Körper in unmittelbaren Kontakt gekommen.

Der Kommissar und Jensen begannen die Vernehmung. »Was wollten Sie in der Nacht vom 26. zum 27. August im

Dienstzimmer von Dr. Sagmo?«, wollte Wenke zunächst wissen.

Thomas Johanson blickte überrascht auf, mit dieser Frage hatte er offenbar nicht gerechnet.

»Es hat sich jetzt eine Zeugin gemeldet …«

Doch diesen Anstoß brauchte es nicht mehr, denn er sah sich in dieser Sache ohnehin als überführt an und bestätigte ohne Umschweife, dass es um das Bild Ronalds gegangen war, von dem er durch Luise Meister wusste; allerdings

hätte er es nicht gefunden.

Wenke zeigte sich von dieser Kooperationswilligkeit wenig beeindruckt. »Das konnten Sie auch nicht, wir hatten es bereits«, sagte er trocken. »Zu einem nächsten Punkt in der Bilder-Angelegenheit: Die Zeugin, Frau Meister, hat ausgesagt, dass eine der Bildübergaben am 29. Juli stattfand …«

Doch nun war es mit der Kooperationsbereitschaft des Mannes vorbei. Er gab an, ein paar Tage später nachts in der Kurklinik gewesen zu sein, aber das Bilderdepot wäre leer gewesen, er sei vergeblich gekommen; er erinnere sich genau.

Wenke blätterte in den Unterlagen: »Die Sträucher am Parkplatz wurden zu dieser Zeit geschnitten, der alljährliche Heckenschnitt, sodass der Klinikparkplatz aus dem oberen Stockwerk einzusehen war …«

Thomas Johanson saß mit versteinerter Miene vor ihnen und antwortete in abgebrochenen Sätzen. Sein Auto hätte er dieses Mal auf dem Parkplatz des Supermarktes abgestellt.

»Sonst stand es also auf dem Parkplatz der Klinik?«, ergänzte Festerling die Aussage.

»Manchmal«, war die vage Antwort.

Mit Luise Meisters Angaben konfrontiert, dass Johanson mit dem Lieferwagen üblicherweise den Parkplatz benutzte, um die hinter dem Glascontainer deponierten Bilder mitzunehmen, widersprach der Vernommene nicht mehr.

»Was ist am Vormittag des 29. Juli geschehen?«

»Nichts.«

Wenke sah den steif auf seinem Stuhl Sitzenden an.

»Nichts weiter«, wiederholte der.

»Nach Aussage von Frau Meister ...«, doch weiter kam Festerling nicht.

Der Anwalt stand in der Tür und verlangte eine Unterbrechung für eine Beratung mit seinem Mandanten.

Der Kommissar teilte ihm mit, dass er umgehend einen Haftbefehl beantragen werde, um zu verhindern, dass Herr Johanson nach vierundzwanzig Stunden freigelassen werden musste.

Gegen Mittag kam die Nachricht aus dem Krankenhaus, dass Luise Meister vernehmungsfähig war. Jensen und Festerling wurden von dem behandelnden Arzt empfangen, der ihnen mitteilte, dass die Patientin durch eine Überdosis ihrer Tabletten einen Kreislaufkollaps erlitten hatte. »Wenn sie allein gewesen und so unglücklich auf das Gesicht gefallen wäre, dass die Atmung behindert worden wäre, hätte das durchaus böse enden können ...«

Luise saß in ihrem Zimmer am Tisch und blickte stumpf vor sich hin. Sie bestätigte noch einmal ihre Aussagen und unterschrieb das Protokoll.

»Thomas Johanson war also am Vormittag des 29. Juli auf dem Parkplatz. Sind Sie sicher?«, wollte Jensen noch einmal hören.

Luise Meister griff zu ihrem Handy und zeigte auf die am 28. Juli gesendete SMS von Johanson: ›Morgen Parkplatz‹.

»Gibt es noch etwas zu Ronald Bäumer zu sagen?« Fes-

terling hatte ihr Zögern bemerkt, aber das konnte natürlich auch die dämpfende Wirkung der Medikamente sein.

Doch Luise ging zu ihrem Nachttisch und hatte ein zusammengefaltetes Blatt in der Hand: Es war von dem Toten. Eine seiner eigenwillig verfassten Nachrichten, nur diesmal konnten die Ermittler sie verstehen, so fragmentarisch sie auch war. Der Zettel trug das Datum vom 4. August. ›M.‹ stand da in ungelenker Schrift; das war zweifellos die Signatur Ronalds. Ein Muster von Linien schloss sich an, an deren Anfang eine auf der Seite liegende Acht und am Ende ein Steinhaufen gemalt war.

»Es besteht kein Zweifel«, sagte Jensen, »die Linien führen vom Bunker zum Fundort im Wald.«

Luise wurde gebeten, den »Brief« zu lesen: »Das ist der Abschiedsbrief Ronalds. Er hat Mareike verzweifelt gesucht, seit ihrem Verschwinden. Es muss um den 31. Juli gewesen sein, jedenfalls wenige Tage bevor er vermisst wurde, da hat er mir gesagt, dass er Mareike tot am Bunker gefunden und dann im Wald beerdigt hätte. Er werde nun auch gehen; in ›blaue Stille‹ … Seit Ronald sich das Leben genommen hat, ist alles ohne Sinn.« Die Kranke lehnte sich erschöpft zurück.

»Warum haben Sie uns das nicht schon längst mitgeteilt?«, fragte Jensen scharf.

Doch Festerling hatte verstanden: »Sie dachten, Mareike ist am Bunker ums Leben gekommen, als sie dort allein war; beim Klettern heruntergestürzt vielleicht. Und sie glaubten, man würde Ronald die Schuld geben. Sie wollten ihn schützen.«

»Ja«, sagte Luise nur. Dann fuhr sie fort: »Später dachte ich, ich sollte Tom, also Thomas Johanson, Bescheid geben. Das habe ich dann auch getan.«

»Damit ist das Rätsel um Onkel Tom gelöst«, griff Jensen ein. »Mareike hat Thomas Johanson so genannt. Es muss gar nicht sein, dass sie ihn persönlich kannte, viel eher ist es so gewesen, dass ihr Ronald von ihm erzählt hat.«

»Wenn Herr Bäumer ihn so bezeichnet hat, dann hieß das, er hatte zu ihm Vertrauen«, ergänzte Festerling.

Einen Moment lang herrschte Stille.

»Am Bunker«, wiederholte Jensen, » Johanson wusste also von dem Bunker?«

»Natürlich, auf einigen von Ronalds Bildern ist er ja zu finden.«

Der Arzt kam herein und holte die sich willenlos und nur noch mechanisch bewegende Patientin zu einer Untersuchung ab.

Als die Beamten sich verabschiedeten, fragte Festerling den Mediziner nach der Zuverlässigkeit ihrer Aussage.

Der Arzt bescheinigte, dass das geistige Leistungsvermögen, also Wahrnehmungs-, Erinnerungs- und Urteilsvermögen, Luise Meisters nicht bezweifelt werden könne.

Am Nachmittag saß die SOKO zusammen; Jensen beendete seinen Bericht über den Krankenhausbesuch mit den Worten: »Luise Meister konnte in den Bildern Ronalds lesen wie kein anderer, bei seinem letzten Brief aber hat sie versagt; sie hätte wissen müssen, dass er keine Schuld trug, obwohl alles darauf hindeutete.«

»Und befragt nach einem Onkel Tom in Mareikes Umfeld hat sie geschwiegen, weil sie die Aufmerksamkeit natürlich nicht auf Thomas Johanson lenken wollte, ihren Erpresser«, fügte Wenke hinzu.

Das Telefon unterbrach ihn: »Die Entlassung aus der Untersuchungshaft ist aufgehoben. Der Richter hat erneut einen Haftbefehl erteilt. Morgen wird Herr Johanson uns in der nächsten Vernehmung Rede und Antwort stehen müssen. – Feierabend für heute. Gute Arbeit!«

Freitag, 9. September – Sechs Wochen nach Mareikes Verschwinden

Seit die Therapeutin den Lieferwagen von Johanson beschrieben hatte, lief die Fahndung danach bundesweit, doch bisher ohne Ergebnis. Die SOKO hatte die unmittelbare Umgebung der Klinik abgesucht, denn der Beschuldigte war doch wohl damit nach Graal-Müritz gekommen. Die Streifenwagen der Polizei fuhren die Straßen ab und suchten auf Parkplätzen, aber das Terrain des Seebades war unübersichtlich – zu viele Hotels und Pensionen, aber auch Einfamilienhäuser mit Parkflächen hinter den Häusern; dazu kam, dass dieser Typ von Lieferwagen nicht selten war – im Volksmund sagt man Hundefänger. Und so hatte es schon einige Male Fehlalarm gegeben. Daher beschlossen Wenke und seine Leute, ihre Suche etwas auszudehnen: auch Pkw mit einem Hamburger Kennzeichen einzubeziehen, denn wer wollte wissen, ob Johanson nicht mit einem anderen Wagen gekommen war.

Diese Aufgabe übernahmen Jensen und Emma, während Wenke und Festerling zum Bunker unterwegs waren, um die Wegbeschreibung der Strichskizze des »Briefes« von dort zum Fundort des toten Kindes, dem »Steingrab« wie Luise Meister so treffend gesagt hatte, zu überprüfen – man wollte sichergehen.

Jensen steuerte einen Hotelparkplatz nach dem anderen an. Aber es war wie verhext, sie konnten nichts finden. Als er versuchte, einen unbefestigten Weg in der Nähe des Fischrestaurants von Frenks zu nehmen, saß der Wagen fest; alles Schieben half nicht. Das vorsichtige Anfahren führte nur dazu, dass sich die Räder noch tiefer eingruben. Es blieb nichts anderes übrig, als auszusteigen, nachdem sie ihren Hilferuf an die Zentrale abgesetzt hatten. Auf dem wenige hundert Meter entfernten Parkplatz standen nur Fahrzeuge mit einheimischen Kennzeichen. So trabten die beiden missmutig die Strandpromenade in Richtung Seebrücke entlang, nahmen, dort angekommen, den Weg ins Stadtinnere und bogen rechterhand in den Friedhofsweg ein.

Emma hatte ein Faible für alte Friedhöfe mit ihren Grabsteinen aus vergangenen Zeiten, auf denen oft auch der Beruf des Verstorbenen stand, sodass ganze Familiendynastien von Hotelbesitzern oder Kapitänen zu finden waren. Der kurze Abstecher in Sachen Kulturgeschichte tat ihrem Vorhaben jedenfalls keinen Abbruch und an einigen Grabreihen vorbei gelangten sie schließlich auf die Rückseite des Gotteshauses. Ein vor sich hin schnaufender, korpulenter Mann kämpfte dort gegen das üppig wuchernde Unkraut an der Friedhofsmauer und das Gras auf den Wegen, gegen das nur die Hacke half. Es stellte sich heraus, dass er als Gemeindemitglied hier für Ordnung sorgte. An der Zufahrt zum Friedhof türmte sich schon ein ansehnlicher Haufen, der demnächst abgefahren werden sollte. Er schob die schwere Schubkarre an einer schon recht baufälligen Remise vorbei, während sie sich unterhielten. Ein Audi stand darin – auch nicht mehr das jüngste Modell. Dann blieben sie wie angewurzelt stehen. Der Wagen stand vor einem zweiten, den er fast völlig verdeckte: einem dunkelgrauen Lieferwagen, allerdings ohne Firmenlogo, aber mit Hamburger Kennzeichen. Sie fragten nach dem Besitzer und erhielten die Antwort, dass er wohl einer mit dem Pfarrer befreundeten Familie gehöre, die in letzter Zeit des Öfteren zu Besuch kam; gesehen hätte er allerdings noch niemanden. Das Auto stehe vielmehr schon seit mindestens einer Woche unberührt an seinem Platz, sodass der Pfarrer gezwungen war, sein eigenes davor abzustellen, denn sonst gäbe es keine andere Parkmöglichkeit auf dem Gelände.

Jensen griff zum Handy und veranlasste in der Zentrale eine Halterabfrage. Er sah Emma an und ließ die Hand sinken. »Thomas Johanson«, sagte er, »wir haben ihn.«

Die beiden blieben bei dem Fahrzeug, bis es sichergestellt war; das geschah sehr schnell, und zwar noch ehe ihr festgefahrener Wagen abgeschleppt wurde.

»Wo habt ihr ihn gefunden?«, fragte Festerling im Kommissariat. Und dehnte das »Wo?« ungläubig.

»Auf dem Friedhof«, wiederholte Emma, »bewacht von den Toten.«

Die Vernehmung Johansons wurde auf Montag vertagt, man wollte erst die Ergebnisse der KTU abwarten, um keine unsinnigen Schlüsse zu ziehen, sollte sich auch dieser Fund als falscher Alarm herausstellen.

»Das fehlende Firmenlogo«, meinte Festerling, »da ist verhaltener Optimismus angebracht.«

Ein Lokaltermin war dem Inhaftierten angekündigt worden. Der Polizeiwagen hielt am hinteren Eingang zum Klinikgelände. Der Trupp ging durch die Zaunlücke, die mittlerweile immer breiter geworden war.

Johanson wollte zum Gewächshaus abbiegen, doch Festerling führte ihn daran vorbei.

Bruno stand in der Tür seines Verleihs und knurrte Johanson regelrecht an: »Hund, verfluchter!«

Jetzt steuerte dieser auf den rückwärtigen Klinikeingang zu, doch er wurde abermals umdirigiert – zum Parkplatz des Hauses. Als er durch die Hecke trat, blieb er abrupt stehen und rührte sich nicht mehr von der Stelle: Vor ihm stand hinten rechts der dunkelgraue Lieferwagen.

»Wie ist es passiert?«, fragte der Kommissar lakonisch.

Doch der Angesprochene reagierte nicht.

Jensen machte ein paar Schritte auf das Fahrzeug zu, öffnete die Fahrertür und setzte sich ans Lenkrad. »Stand der Wagen hier?«, fragte er durch das heruntergedrehte Fenster. Als wiederum Schweigen herrschte, stieg er aus: »Wir werfen jetzt einen Blick in den geräumigen Laderaum.«

Emma trat heran, eine Decke lag auf der Ladefläche und verschiedene Utensilien, die aus Johansons Atelier sein mochten. Mit der rechten Hand hatte sie die geöffnete Tür gefasst, die linke griff in den Wagen. Sie zog sie heraus, ging auf Thomas Johanson zu und öffnete ihre Faust – auf der Handfläche lag ein Zopfhalter mit einer roten Plastikblüte: »Damit hat Mareike ihren blonden Pferdeschwanz zusammengehalten.«

Einen Moment lang starrte der junge Mann fassungslos auf die Hand, dann schlug er die Hände vor das Gesicht und krümmte sich zusammen.

Wenke riss ihn hoch.

»Ich wollte … es war ein Unglück, ich bin unschuldig … Es tut mir leid …«, brachte er unentwegt über die Lippen.

Die Ermittler führten ihn in Dr. Sagmos Zimmer, das zu dieser Stunde leer stand. Jensen stellte ein Glas Wasser vor ihn hin.

»Wie ist es passiert?«, wiederholte der Kommissar seine Frage.

Die gestammelte Schilderung des Hergangs fasste Festerling am Schluss des Geständnisses so zusammen: »Der rote Lieferwagen mit einer Art Firmenlogo, der auf frappierende Art den Autos der tatsächlich die Klinik beliefernden Firma ähnelte, stand auf dem Parkplatz hinten rechts. Um an das Depot mit den Bildern zu kommen, mussten Sie also nur ein paar Schritte hinter den Glascontainer machen. Sie hatten es an diesem 29. Juli eilig, denn ein Stau auf der Autobahn hatte Sie aufgehalten. Sie waren spät dran. Es war Ihnen bekannt, dass kurz vor 12 Uhr Patienten auf dem breiten Weg zum Mittagessen liefen. Und es war nicht auszuschließen, dass einer von ihnen auf den Parkplatz kam. Beim Zurückstoßen des Fahrzeugs passierte es dann: Sie haben das am Boden – im toten Winkel – hockende Kind nicht gesehen, der Wagen überrollte den kleinen Körper.

Sie trugen das Opfer zu Ihrem Auto und legten es auf der Ladefläche ab.« Festerling schwieg einen Augenblick, dann fuhr er fort: »Sie gaben an, das Mädchen zum Krankenhaus fahren zu wollen. Unterwegs hielten Sie an einer Parkmöglichkeit am Rhododendron-Park und sahen nach Mareike: Sie war tot – jedenfalls glaubten Sie das. Um Ihre Tat zu verschleiern, fuhren Sie zum Ortsausgang und parkten das Fahrzeug ein Stück weit in dem abbiegenden Waldweg. Sie entwendeten ein auf dem Hof der Physiotherapie Walter

abgestelltes Kinderfahrrad, transportierten den Leichnam damit zum Bunker und legten ihn dort ab. Sie spekulierten darauf, dass die Tote von Ronald Bäumer gefunden wurde und man ihn für den Täter hielt – ein besonders perfider Trick. Sie wussten, dass er sich nicht wehren konnte oder nur auf seine für die Polizei unverständliche Weise; das hat er dann auch getan, indem er sich, nachdem er Mareike irgendwann zwischen dem 30. Juli und dem 3. August gefunden hatte, am 4. den ganzen Tag versteckt hielt – vermutlich im Bunker – und sich dann vielleicht schon am Nachmittag dieses Tages oder erst am 5. das Leben nahm, wie wir inzwischen wissen. Seine Armbanduhr ist also um 17.10 Uhr oder erst am folgenden Morgen um 5.10 Uhr stehen geblieben; dass dies erst am 6. der Fall war, ist eher unwahrscheinlich. «

Der sachliche Ton, mit dem Festerling in knappen Sätzen das Geschehen wiedergegeben hatte, ließ das Grauen, das bei den Zuhörern aufkam, noch mehr wachsen, als es eine emotionale Schilderung vermocht hätte: Der lapidare Vortrag gab der Fantasie Raum für Details. In das Schweigen, das einen Augenblick lang herrschte, fiel Wenkes scharfe Stimme: »Sie wollten das überfahrene Kind zum Krankenhaus bringen. Sie waren aber in entgegengesetzter Richtung unterwegs!«

Johanson blickte mit leeren Augen hoch: »Sie war tot.«

»Möglicherweise nicht gleich, sagt die Rechtsmedizin.«

Aber die Ermittler hatten den Eindruck, dass Johanson diese Bemerkung Jensens gar nicht verstanden hatte. »Nur zur Ergänzung Ihres Geständnisses: Die KTU hat ein langes blondes Haar im Laderaum gefunden. Ein DNA-Abgleich hat ergeben, dass es von Mareike Brandt stammt. Da kann man einen Wagen noch so gründlich reinigen oder ihn gar umspritzen lassen, irgendeine Spur bleibt immer«, schloss der Kommissar die Vernehmung und ließ Johanson abführen.

Als sie im Kommissariat in Rostock unter sich waren, schüttelte Jensen den Kopf und meinte: »Dass die Kollegen von der Spurensicherung den Zopfhalter übersehen hatten …«

»Hatten sie doch gar nicht«, antwortete Emma. »Er stammt vom Waldspielplatz. Ein kleines Mädchen aus der Kindergruppe hatte ihn bei der Steinpyramide gefunden und mir geschenkt – es kann durchaus sein, dass es Mareikes war, sicher ist das aber nicht. Ich habe ihn seitdem in der Hosentasche mit mir herumgetragen.«

Festerling nickte: »… mit allen Wassern gewaschen.«

Und Wenke lächelte sie an. ›Diese Frau …‹, dachte er.

Liebe Leserin, lieber Leser, wir freuen uns über Ihre Bewertung im Internet!

Die Deutsche Nationalbibliothek verzeichnet diese Publikation in der Deutschen Nationalbibliografie; detaillierte bibliografische Daten sind im Internet über
http://dnb.ddb.de abrufbar.

1. Auflage 2016
Herstellung: Hinstorff Verlag GmbH
Lektorat: Henry Gidom
Titelbild: © mauritius images / Trigger Image / Tim Kahane
Druck: GGP Media GmbH
Printed in Germany
ISBN 978-3-356-02059-5

MIX
Papier aus verantwortungsvollen Quellen
FSC
www.fsc.org
FSC® C014496

ALS E-BOOK ERHÄLTLICH